Ali Novak

ICH UND DIE WALTER BOYS

DIE AUTORIN

Foto: © Joel Holmberg

Ali Novak, geb. 1991, stammt aus Wisconsin und hat vor Kurzem ihr Creative-Writing-Studium an der University of Wisconsin-Madison abgeschlossen. Ihr Debüt »Ich und die Walter Boys« begann sie im Alter von 15 zu schreiben und stellte den Text 2010 als Selbstpublisher online. Inzwischen haben ihre Geschichten über 150 Millionen Leser. Wenn sie nicht gerade schreibt oder Fantasyromane liest, ist Ali gern auf Reisen oder veranstaltet Netflix-Marathons mit ihrem Mann Jared.

ALI NOVAK

ICH und die WALTER BOYS

Aus dem Englischen
von Michaela Link

cbt

Der Verlag weist ausdrücklich darauf hin, dass im Text enthaltene externe Links vom Verlag nur bis zum Zeitpunkt der Buchveröffentlichung eingesehen werden konnten.
Auf spätere Veränderungen hat der Verlag keinerlei Einfluss. Eine Haftung des Verlags ist daher ausgeschlossen.

Dieses Buch ist auch als E-Book erhältlich.

MIX
Papier aus verantwortungsvollen Quellen
FSC® C014496

Verlagsgruppe Random House FSC® N001967

1. Auflage 2016
Erstmals als cbt Taschenbuch Oktober 2016

Die Originalausgabe erschien unter dem Titel
»MY LIFE WITH THE WALTER BOYS«
bei Sourcebooks, Inc.

Aus dem Englischen von Michaela Link
Lektorat: Roman Stadler
Umschlaggestaltung: Kathrin Schüler, Berlin, unter
Verwendung von Fotos von © Altrendo/Gettyimages;
ILINA SIMEONOVA/Trevillion Images
TP · Herstellung: wei
Satz: KompetenzCenter Mönchengladbach
Druck und Bindung: GGP Media GmbH, Pößneck
ISBN: 978-3-570-31116-5
Printed in Germany

www.cbt-buecher.de

In liebender Erinnerung an meinen Vater, dessen unglaubliche Stärke mich noch immer inspiriert. Dad, während unserer letzten gemeinsamen Weihnachten habe ich Dir versprochen, dass ich meinen Traum niemals aufgeben würde.
Hier ist er.

PROLOG

Romeo und Julia haben mir nie besonders leidgetan.

Versteht mich nicht falsch. Das Stück ist ein Klassiker und Shakespeare war auf jeden Fall ein literarisches Genie. Aber ich kapiere einfach nicht, wie zwei Menschen, die einander kaum kannten, ihr Leben so bereitwillig wegwerfen konnten.

Aus Liebe, heißt es – aus wahrer, ewiger Liebe. Aber das ist in meinen Augen Blödsinn. Liebe braucht mehr als ein paar Tage und eine heimliche, überstürzte Heirat, um sich zu etwas zu entwickeln, für das es sich zu sterben lohnt.

Sicher: *Leidenschaft* kann man Romeo und Julia nicht absprechen. Aber ihre Leidenschaft war so heftig, so zerstörerisch, dass sie sie umgebracht hat. Für mich wird die ganze Handlung des Stücks letztlich von den impulsiven Gefühlsentscheidungen der beiden getrieben. Ihr glaubt mir nicht? Nehmt zum Beispiel Julia. Welchem Mädchen würde es einfallen, den Sohn des Todfeindes ihres Vaters zu heiraten, nachdem sie ihn vor ihrem Schlafzimmerfenster erwischt hat? Mir jedenfalls nicht. Das ist der eigentliche Grund, warum die beiden sich meine Sympathie verscherzt haben. Sie haben nichts vorbereitet – oder auch nur darüber nachgedacht. Sie haben einfach *gemacht,* ungeachtet der

Konsequenzen. Wenn man nicht vorausplant, bricht das Chaos aus.

Und nach dem, was vor drei Monaten passiert ist und mein ganzes Leben aus den Angeln gerissen hat, ist ein chaotisches Liebesleben das Letzte, worüber ich mir Gedanken machen will.

KAPITEL 1

Ich besaß keine einzige Jeans. Es ist verrückt, ich weiß, denn welches sechzehnjährige Mädchen hat nicht mindestens eine Jeans – vielleicht mit einem Riss am linken Knie oder mit einem Herzchen, das sie mit Edding auf den Oberschenkel gekritzelt hat?

Das lag nicht etwa daran, dass mir Jeans generell nicht gefielen, und es hatte auch nichts mit der Tatsache zu tun, dass meine Mutter Modedesignerin gewesen war – im Gegenteil, sie hatte ja selbst ständig Jeans in ihren Kollektionen gehabt. Aber Kleider machen nun mal Leute, und heute musste ich unbedingt Eindruck schinden.

»Jackie?«, hörte ich Katherine von irgendwo in der Wohnung rufen. »Das Taxi ist da.«

»Nur eine Minute!« Ich angelte mir ein Blatt Papier von meinem Schreibtisch. »Laptop, Ladegerät, Maus«, murmelte ich und überflog den Rest der Checkliste. Ich öffnete meine Schultasche und prüfte noch einmal, ob alles sicher darin verstaut war. »Okay, okay, okay«, flüsterte ich, als meine Finger über alle drei Gegenstände strichen. Mit einem leuchtend roten Stift setzte ich ein X neben jeden Punkt auf meiner Liste.

Es klopfte an meiner Schlafzimmertür. »Bist du so weit,

Liebes?«, fragte Katherine und streckte den Kopf herein. Sie war eine hochgewachsene Frau Ende vierzig, mit goldblondem Haar, das zu einem Mom-Bob geschnitten war und grau zu werden begann.

»Ich glaub schon«, antwortete ich ihr, aber meine brüchige Stimme strafte mich Lügen. Schnell schaute ich auf meine Füße, denn ich wollte den Ausdruck in ihren Augen nicht sehen – den mitfühlenden, den ich seit der Beerdigung in den Gesichtern aller Menschen um mich herum gesehen hatte.

»Ich gebe dir einen Moment«, hörte ich sie sagen.

Als die Tür ins Schloss fiel, strich ich meinen Rock glatt und schaute in den Spiegel. Meine dunklen, langen Locken waren geglättet und wie immer mit einem blauen Band zusammengebunden. Nicht eine einzige Strähne war verrutscht. Der Kragen meiner Bluse war schief, und ich fingerte daran herum, bis er tadellos saß. Ich verzog den Mund, als ich die dunklen Ringe unter meinen Augen sah – ich schlief zu wenig, aber ich konnte nichts dagegen tun.

Seufzend sah ich mich ein letztes Mal in meinem Zimmer um. Meine Checkliste war zwar vollständig abgearbeitet, aber da ich nicht wusste, wann ich wieder zurückkehren würde, wollte ich ganz sichergehen, nichts Wichtiges zu vergessen. Der Raum war seltsam leer, da fast alle meine Sachen bereits in einem Umzugswagen unterwegs nach Colorado waren. Ich hatte eine Woche gebraucht, um alles einzupacken, und Katherine hatte mir dabei geholfen.

Die meisten Kartons waren voll mit Kleidung, doch

natürlich hatte ich auch meine Sammlung von Shakespeare-Stücken fein säuberlich verstaut, genau wie die Teetassen, die meine Schwester Lucy und ich aus jedem Land mitgebracht hatten, in das wir je gereist waren. Ich wusste, dass ich nichts anderes tat, als Zeit zu schinden, als ich mich noch einmal umschaute. Ich war ein Organisationstalent, und im Grunde war es sehr unwahrscheinlich, dass ich irgendetwas vergessen hatte. Das eigentliche Problem war, dass ich nicht aus New York wegwollte – ganz und gar nicht.

Aber ich hatte kein Mitspracherecht in der Sache und so griff ich widerstrebend nach meiner Reisetasche. Katherine wartete im Flur auf mich, einen einzigen kleinen Koffer neben sich auf dem Boden.

»Hast du alles?«, fragte sie, und ich nickte. »In Ordnung, dann wollen wir mal los.«

Sie ging durch das Wohnzimmer voran zur Eingangstür, und ich folgte ihr langsam, während ich mit den Händen über die Möbel strich, um mir auch noch das letzte Detail meines Zuhauses einzuprägen. Seltsamerweise fiel mir das schwer, obwohl ich mein ganzes Leben hier verbracht hatte. Die weißen Laken über den Möbeln, die sie vor Staub schützen sollten, schienen auch meine Gedanken und Erinnerungen in Schach zu halten.

Wir traten schweigend aus der Wohnung, und Katherine blieb stehen, um die Tür abzuschließen. »Möchtest du den Schlüssel aufbewahren?«, fragte sie.

Ich hatte meinen eigenen Schlüsselbund in meinem Koffer, aber ich streckte die Hand aus und griff nach dem kleinen, silbernen Stück Metall. Dann öffnete ich das Medaillon meiner Mutter und ließ den Schlüssel über die feine Kette gleiten, sodass er auf meiner Brust zu liegen kam, ganz nah bei meinem Herzen.

Wir saßen schweigend im Flugzeug. Ich gab mir alle Mühe zu vergessen, dass ich mich gerade immer weiter und weiter von meinem Zuhause entfernte, und ich verbot mir zu weinen. Während des ersten Monats nach dem Unfall hatte ich mein Bett nicht verlassen. Dann kam der Tag, an dem ich wie durch ein Wunder unter der Decke hervorkroch und mich anzog. Von da an – das hatte ich mir geschworen – wollte ich stark und gefasst sein. Ich wollte nie wieder dieses blasse, durchscheinende Abziehbild sein, zu dem ich geworden war, und daran würde sich auch jetzt nichts ändern. Also richtete ich meine Aufmerksamkeit auf Katherine, die immer wieder abwechselnd die Armlehne umklammerte und losließ und deren Knöchel dabei jedes Mal weiß hervortraten.

Ich wusste nicht viel über die Frau, die neben mir saß. Sie und meine Mutter waren als Kinder Freundinnen gewesen. Beide waren in New York aufgewachsen und gemeinsam auf die Hawks Boarding School gegangen, dieselbe Schule, die meine Schwester und ich besucht hatten. Damals hieß sie noch Katherine Green. Auf dem College hatte sie George Walter kennengelernt. Die beiden hatten geheiratet und waren nach Colorado gezogen, um eine Pferderanch zu betreiben, Georges Lebenstraum. Und jetzt war sie mein neuer Vormund. Anscheinend hatten wir uns schon mal gesehen, als ich noch klein war, aber das war so lange her, dass ich mich nicht daran erinnern konnte. Katherine Walter war eine Fremde für mich.

»Angst vorm Fliegen?«, fragte ich, als sie lang und hörbar ausatmete. Ehrlich gesagt sah die Frau aus, als würde sie sich gleich übergeben.

»Nein, aber um ganz ehrlich zu sein, ich bin ein wenig nervös bei dem Gedanken, dich, na ja, nach Hause zu bringen«, sagte sie. Meine Schultern verkrampften sich. Hatte sie Angst, dass ich ausrasten könnte? Ich konnte ihr versichern, dass das nicht passieren würde. Nicht, wenn ich in Princeton angenommen werden wollte. Onkel Richard musste ihr irgendetwas gesagt haben, vielleicht, dass es mir nicht gut ginge, obwohl ich vollkommen in Ordnung war. Katherine sah meinen Blick und fügte schnell hinzu: »Oh nein, nicht deinetwegen, Liebes. Ich weiß doch, dass du guten Willens bist und immer dein Bestes gibst.«

»Warum dann?«

Katherine lächelte mitfühlend. »Jackie, habe ich dir je erzählt, dass ich zwölf Kinder habe?«

Nein, dachte ich, als mir der Unterkiefer herunterklappte, das war mit Sicherheit nicht erwähnt worden. Als er entschieden hatte, dass ich nach Colorado ziehen würde, hatte Onkel Richard erwähnt, dass Katherine Kinder hatte – aber *zwölf*? Dieses kleine Detail hatte er praktischerweise weggelassen. Ein Dutzend Kinder. Katherines Haushalt musste sich in einem Zustand des permanenten Chaos befinden. Wie man überhaupt auf die Idee kommen konnte, zwölf Kinder haben zu wollen, erschloss sich mir nicht. In meiner Brust begannen sich leichte Anzeichen von Panik bemerkbar zu machen.

Ich befahl mir, ruhig zu bleiben. Nachdem ich einige Male tief durch die Nase ein- und durch den Mund ausgeatmet hatte, nahm ich ein Notizbuch und einen Stift aus der Tasche. Ich musste so viel wie möglich über die Familie herausfinden, bei der ich leben würde, damit ich vorbereitet war. Also richtete ich mich in meinem Sitz auf und bat Katherine, mir von ihren Kindern zu erzählen. Sie stimmte begeistert zu.

»Mein Ältester heißt Will«, begann sie, und ich fing an zu schreiben.

Will, 21: Studiert im letzten Semester am örtlichen College und ist mit seiner Highschool-Freundin verlobt.

Cole, 17: Ist im letzten Schuljahr auf der Highschool und begabter Autoschrauber.

Danny, 17: Geht auch in die Abschlussklasse der Highschool, Vorsitzender der Theatergruppe. Coles Zwillingsbruder.

Isaac, 16: Besucht die 11. Klasse Highschool, ist verrückt nach Mädchen. Katherines Neffe.

Alex, 16: Geht in die 10. Klasse Highschool und spielt zu viele Videospiele.

Lee, 15: Ist in der Zehnten, fährt Skateboard. Ebenfalls Katherines Neffe.

Nathan, 14: Geht in die Neunte. Musiker.

Jack und Jordan, 12: Zwillinge. Gehen in die Siebte und glauben, dass sie der nächste Steven Spielberg werden. Haben immer eine Videokamera dabei.

Parker, 9: Geht in die Vierte, sieht unschuldig aus, liebt aber den Körpereinsatz beim Football.

Zack und Benny, 5: Sind noch im Kindergarten. Ebenfalls Zwillinge und verrückte kleine Monster mit frechem Mundwerk.

Ich überflog meine Notizen und mir wurde flau im Magen.

Das war ein Witz, oder? Katherine hatte nicht nur zwölf Kinder, sondern zwölf *Jungs*! Ich wusste nichts, absolut nichts über die männliche Spezies. Ich hatte eine Privatschule für Mädchen besucht! Wie sollte ich jemals in einem Haus voller Jungen überleben? Sprachen die nicht irgendwie sogar eine eigene Sprache?

Gleich nach der Landung würde Onkel Richard einiges von mir zu hören bekommen. Aber wie ich ihn kannte, steckte er wahrscheinlich gerade in einer wichtigen Vorstandssitzung und würde meinen Anruf gar nicht erst entgegennehmen können. Ich konnte es nicht fassen! Er verfrachtete mich nicht nur zu einer Frau, die ich nicht kannte, sondern überließ mich auch noch einer Meute Jungs. So wäre es für mich am Besten, hatte er gesagt, vor allem da er eh nie zu Hause sei. Ich hatte im Laufe der letzten drei Monate allerdings eher den Eindruck gewonnen, dass er sich einfach nicht wohl dabei fühlte, plötzlich Vater zu sein.

Richard war nicht mein richtiger Onkel, aber ich kannte ihn schon seit ich ganz klein war. Im College hatte er das Zimmer mit meinem Dad geteilt und nach dem Abschluss waren sie Geschäftspartner geworden. Jedes Jahr zu meinem Geburtstag bekam ich von ihm eine Tüte mit meinen Lieblings-Geleebonbons und eine Karte mit fünfzig Dollar.

Seit Januar war Richard mein Vormund, und um die Situation erträglicher für mich zu machen, war er in unser Penthouse in der Upper East Side gezogen. Zuerst war es merkwürdig mit ihm im Haus, aber er zog sich meistens ins Gästezimmer zurück, und schon bald hatte sich unser Tagesablauf ganz gut eingespielt. Normalerweise sah ich ihn nur beim Frühstück, da er immer bis spät in die Nacht arbeitete. Letzte Woche hatte sich das alles allerdings schlagartig geändert. Als ich von der Schule nach Hause kam, war der Esstisch gedeckt, und er hatte sich viel Mühe gegeben, selbst etwas zu kochen. Dann eröffnete er mir, dass ich nach Colorado ziehen würde.

»Ich verstehe nicht, warum du mich wegschickst«, rief ich erbost, nachdem wir zehn Minuten gestritten hatten.

»Ich habe dir das bereits erklärt, Jackie«, antwortete er mit gequältem Gesichtsausdruck, als reiße diese Entscheidung *ihn* von dem Ort weg, an dem er sein Leben lang gewohnt hatte, und nicht mich. »Deine Schultherapeutin macht sich Sorgen um dich. Sie hat heute angerufen, weil sie glaubt, du kommst nicht gut zurecht.«

»Erstens wollte ich nie zu dieser blöden Therapeutin gehen«, fuhr ich ihn an und knallte meine Gabel auf den Tisch. »Und zweitens: Wie kann sie auch nur andeuten, ich würde nicht gut zurechtkommen? Meine Noten sind super, wenn nicht sogar besser als im ersten Semester.«

»Du machst deine Sache in der Schule hervorragend, Jackie.« Ich konnte das *Aber* kommen hören. »Sie denkt aber, dass du dich in die Arbeit stürzt, damit du dich nicht mit deinen Problemen auseinandersetzen musst.«

»Mein einziges Problem ist, dass sie keinen Schimmer hat, wer ich bin! Ich bitte dich, Onkel Richard. Du kennst mich. Ich bin immer fleißig gewesen und habe hart gearbeitet. Das heißt es eben, eine Howard zu sein.«

»Jackie, du bist seit dem Beginn des Semesters drei neuen AGs beigetreten. Meinst du nicht, dass du dich ein wenig überforderst?«

»Wusstest du, dass Sarah Yolden letzten Sommer ein Stipendium bekommen hat, um in Brasilien eine gefährdete Pflanzenart zu untersuchen?«, fragte ich stattdessen.

»Nein, aber …«

»Sie durfte ihre Ergebnisse in einer wissenschaftlichen Zeitschrift veröffentlichen. Sie ist außerdem die erste Vorsitzende der Geigen-AG und durfte in der Carnegie Hall auftreten. Wie soll ich damit bitte konkurrieren? Gute Noten alleine reichen einfach nicht, wenn ich nach Princeton will.« Ich versuchte, mich zu beherrschen und abgeklärt zu klingen. »Meine Bewerbung muss schon eindrucksvoll sein, wenn ich eine Chance haben will. Und daran arbeite ich.«

»Das verstehe ich ja, aber ich glaube auch, dass dir vielleicht ein Tapetenwechsel guttun würde. Die Walters sind tolle Leute, und sie freuen sich, dich aufzunehmen.«

»*Tapetenwechsel*? Das ist, wenn ich eine Woche am Strand rumhänge!«, schrie ich und schnellte von meinem Stuhl hoch. Dann beugte ich mich über den Tisch und funkelte Onkel Richard an. »Das ist grausam. Du schickst mich quer durchs ganze Land.«

Er seufzte. »Ich weiß, dass du das jetzt nicht verstehst, Jackie, aber ich verspreche dir, dass das letztlich das Richtige ist. Du wirst schon sehen.«

Bisher verstand ich es nicht. Je näher wir Colorado kamen, umso nervöser wurde ich. Und egal, wie oft ich mir sagte, dass alles gut werden würde, ich glaubte es nicht. Ich kaute auf meiner Unterlippe, bis sie wund war, und grübelte darüber nach, wie schwierig es für mich sein würde, mich ans Leben bei den Walters zu gewöhnen.

Nachdem das Flugzeug gelandet war, machten Katherine und ich uns auf die Suche nach ihrem Mann.

»Ich habe den Kindern letzte Woche gesagt, dass du bei uns einziehst, sie wissen also, dass du kommst«, plauderte sie, während wir uns durch die Menge kämpften. »Du bekommst auch ein eigenes Zimmer. Ich konnte es nur noch nicht herrichten, deshalb ... George! George, hier sind wir!«

Katherine winkte einem hochgewachsenen Mann von Anfang fünfzig zu und hüpfte dabei aufgeregt herum. Dass er ein bisschen älter als seine Frau sein musste, schloss ich aus seinen komplett grauen Haaren und Bartstoppeln und den Falten, die seine Stirn durchzogen. Er trug ein schwarzrotes Flanellhemd und zerrissene Jeans, schwere Arbeitsstiefel und einen Cowboyhut.

Als wir ihn erreichten, umarmte er Katherine und strich ihr übers Haar. Die Geste erinnerte mich an meine Eltern und ich zuckte zusammen, drehte mich weg. »Ich habe dich vermisst«, hörte ich ihn dann sagen.

Sie hauchte ihm einen Kuss auf die Wange. »Ich habe dich auch vermisst.« Dann löste sie sich von ihm und wandte sich zu mir. »George, Liebling«, sagte sie und nahm meine Hand. »Das ist Jackie Howard. Jackie, das ist mein Mann.«

George wirkte unbehaglich, als er mich musterte. Wie begrüßt man jemanden, der gerade seine ganze Familie verloren hat? *Freut mich, dich kennenzulernen? Wir sind glücklich darüber, dich aufnehmen zu dürfen?* Stattdessen streckte George seine Hand aus und murmelte ein schnelles Hallo.

Dann straffte er sich mit einem Ruck und wandte sich an Katherine. »Holen wir das Gepäck und dann ab nach Hause.«

Nachdem all meine Koffer auf der Ladefläche des Pick-ups verstaut waren, kletterte ich auf die Rückbank und fischte meinen MP3-Player aus meiner Jacke. George und Katherine unterhielten sich leise über den Flug, und ich setzte meine Kopfhörer auf, weil ich ihr Gespräch nicht mit anhören wollte. Ich wurde nervöser und nervöser, als wir immer weiter von der Stadt weg aufs Land hinaus fuhren. Um uns herum war nichts als grüne Felder und vereinzelte Hügel, die entlang der Straße auftauchten, aber ohne die hohen, stolzen Gebäude von New York City fühlte ich mich irgendwie ungeschützt. Colorado war wunderschön, aber wie sollte ich mich hier jemals zu Hause fühlen?

Endlich, nach einer Ewigkeit, wie es mir vorkam, lenkte George den Wagen auf eine Schotterstraße. Zuerst sah ich nicht, wohin sie führte. Dann konnte ich auf einem Hügel in der Ferne vage ein Haus erkennen. Gehörte das ganze Land wirklich ihnen? Als wir oben ankamen, erkannte ich dann, dass es weniger ein einzelnes Haus war als vielmehr drei aneinandergebaute Häuser. Ich schätze, für zwölf Jungs braucht man eine Menge Platz.

Das Gras musste dringend gemäht werden und die hölzerne Veranda hätte einen Anstrich vertragen können. Der Rasen war mit Spielzeug übersät, hier waren wohl die kleineren Jungs zugange gewesen. George betätigte eine Fernbedienung, die am Blendschutz befestigt war. Die Garagentür öffnete sich, und dabei kippte ein Fahrrad um, gefolgt von einigen weiteren Spielsachen, die dem Pick-up jetzt den Weg zu seinem Parkplatz versperrten.

»Wie oft müssen wir ihnen noch sagen, dass sie ihre Sachen nicht überall rumliegen lassen sollen?«, brummte George.

»Ärgere dich nicht, Liebling. Ich kümmer mich drum«, antwortete Katherine, löste ihren Sicherheitsgurt und schlüpfte aus dem Wagen. Ich sah zu, wie sie das Chaos wegräumte, damit ihr Mann in die Garage fahren konnte. Als der Wagen endlich geparkt war, schaltete George den Motor ab, und wir saßen schweigend im Halbdunkel. Dann drehte er sich zu mir um.

»Bist du bereit, Jackie?«, fragte er. Er musterte mich und runzelte die Stirn. »Du siehst irgendwie blass aus.«

Natürlich sah ich blass aus! Ich war gerade mit einer Frau, die ich nicht kannte, durch das halbe Land geflogen, weil meine Familie tot war. Hinzu kam, dass ich mit zwölf Kindern zusammenziehen würde, die allesamt Jungs waren! Aller Voraussicht nach würde es dieser Tag nicht mehr ganz in die Top Ten schaffen.

»Es geht mir gut«, murmelte ich automatisch. »Ich bin wohl bloß ein bisschen nervös.«

»Nun, der beste Tipp, den ich dir geben kann, was meine Jungs betrifft ...« – er löste seinen Sicherheitsgurt – »Hunde, die bellen, beißen nicht. Lass dich nicht von ihnen einschüchtern.«

Inwiefern sollte das jetzt beruhigend sein? George sah mich an, deshalb nickte ich. »Ähm, danke«, sagte ich.

Er nickte mir kurz zu, stieg dann aus und ließ mich allein, damit ich mich sammeln konnte. Ich starrte durch die Windschutzscheibe. Vor meinen Augen begannen schnelle Bilder aufzublitzen, wie bei einem Daumenkino: meine Eltern auf den Vordersitzen, wie sie einander neckten, meine Schwester auf dem Rücksitz, während sie das Lied im Radio mitsang, das kurze Aufflackern eines anderen Wagens, das Lenkrad, das außer Kontrolle geriet. Dann verbogenes Metall, rot. Es war der Albtraum, der mich seit dem Tag, an dem meine Familie gestorben war, nicht schlafen ließ. Jetzt verfolgte er mich anscheinend auch schon am Tag.

Hör auf!, schrie ich mich selbst an und presste die Augen zusammen. *Hör einfach auf, daran zu denken.* Ich biss die Zähne aufeinander, öffnete die Tür und setzte meine Füße auf den Boden.

»Jackie!«, rief Katherine. Ihre Stimme kam durch eine offene Tür im hinteren Teil der Garage, die vermutlich zum Garten führte. Ich warf mir meine Reisetasche über die Schulter und trat ins Sonnenlicht hinaus. Zuerst sah ich nur Katherine am Rand eines Pools auf einer Art Holzterrasse stehen und mir zuwinken, während mir die Sonne in die Augen stach. Aber dann entdeckte ich sie im Wasser. Sie spritzten und tollten herum – ein Haufen umwerfender Jungs mit bloßem Oberkörper.

»Komm her, Liebes!«, rief Katherine, sodass mir nichts anderes übrig blieb, als ihr auf die Terrasse zu folgen.

Ich stieg die Holzstufen hinauf und hoffte, dass meine Kleider nicht vom Flug zerknittert waren. Unbewusst hob ich die Hand, um meine Haare glatt zu streichen. Katherine, an deren Hosenbeinen zwei kleine Jungs klebten, lächelte mich aufmunternd an. Die Kleinen mussten ihre jüngsten Zwillinge sein. Dann blickte ich vorsichtig Richtung Wasser – und die gesamte Poolbesatzung starrte mit offenen Mündern zurück.

»Jungs«, brach Katherine das Schweigen, »das ist Jackie Howard, die Freundin der Familie, von der euer Vater und ich euch erzählt haben. Sie wird für einige Zeit bei uns wohnen, und während sie hier ist, will ich, dass ihr alle versucht, euer Bestes zu geben, damit sie sich bei uns zu Hause fühlt.«

Das schien genau das Gegenteil von dem zu sein, was sie wollten. Sie starrten mich an, als sei ich ein Eindringling, der eine Invasion ihres Landes plante.

Das Beste war wohl, Frieden zu schließen, sagte ich mir. Ich hob langsam die Hand und winkte. »Hey, Leute. Ich bin Jackie.«

Einer der Älteren schwamm herbei, stemmte sich aus dem Wasser und ließ die Muskeln seiner gebräunten Arme spielen. Tropfen spritzten in alle Richtungen, als er sich seine wirren Ponyfransen aus den Augen schüttelte wie ein nasser Hund, nur bedeutend sexyer. Dann strich er zur Krönung des Ganzen mit den Fingern durch seine sonnengebleichten, blonden Haare, sodass weiß-goldene Strähnchen abstanden. Seine rote Badehose saß gefährlich tief – zu tief für mein Gefühl.

Ich warf einen einzigen Blick auf ihn und mein Herz flatterte. Rasch schob ich das, was sich da gerade in mir breitmachen wollte, beiseite. *Was ist denn los mit dir, Jackie?*

Sein Blick glitt lässig über mich hinweg, und die Wassertröpfchen, die sich in seinen Wimpern verfangen hatten, funkelten im Sonnenlicht. Er wandte sich an seinen Vater. »Wo soll sie schlafen?«, fragte er und ignorierte mich, als sei ich gar nicht da.

»Cole«, antwortete George mit Tadel in der Stimme, »sei nicht so unhöflich. Jackie ist unser Gast.«

Cole zuckte die Achseln. »Wäre mir neu, dass das hier ein Hotel ist. Ich teile mir jedenfalls mit niemandem ein Zimmer.«

»Ich will mir auch mit niemandem ein Zimmer teilen«, jammerte ein anderer Junge.

»Ich auch nicht«, fügte ein dritter hinzu.

Bevor die Beschwerden zu einem Chor anschwellen konnten, hob George beschwichtigend die Hände. »Niemand wird sein Zimmer hergeben oder es mit jemand anderem teilen müssen«, versicherte er. »Jackie wird ein eigenes Zimmer bekommen.«

»Ein eigenes Zimmer?«, fragte Cole und verschränkte die Arme vor seiner nackten Brust. »Wo soll das sein?«

Katherine warf ihm einen Blick zu. »Im Atelier.«

»Aber Tante Kathy!«, hob einer der anderen Jungen an.

»Du hast doch das Bett aufgestellt, während ich fort war, oder, George?«, fiel sie einem ihrer Neffen ins Wort.

»Natürlich. Es ist noch nicht alles rausgeschafft worden, aber vorerst wird es so gehen«, erklärte er seiner Frau. Dann drehte er sich zu Cole um und warf ihm einen Blick zu, der sagte: *Hör auf damit.* »Du kannst Jackie helfen, ihre Sachen reinzubringen«, fügte er hinzu. »Und hör auf mit dem Gemecker.«

Coles Blick fiel wieder auf mich, und die Art, wie er mich ansah, drohte mich aus der Fassung zu bringen. Meine Haut brannte, wo sein Blick meinen Körper streifte, und als er einen Tick zu lange auf meiner Brust verweilte, verschränkte ich unbehaglich die Arme.

Nach einigen angespannten Sekunden zuckte er die Achseln. »Kein Problem, Dad«, erwiderte er.

Er legte den Kopf schräg und grinste mich an, als wolle er sagen: *Ich weiß, dass ich heiß bin.* Selbst mit meinem beschränkten Wissen über Jungs sagte mir mein Bauchgefühl, dass vor allem dieser Kerl ein Problem werden würde. Wenn es mir gelang, mit ihm fertigzuwerden, würde der Rest nur noch halb so schlimm sein. Ich riskierte einen schnellen Blick auf die anderen Jungs und ließ sofort meine Schultern sinken. Der finstere Gesichtsausdruck bei den meisten versprach nichts Gutes. Sie schienen mich ebenso wenig hier haben zu wollen, wie ich hier sein wollte.

Katherine und George verschwanden im Haus und ließen mich mit den Wölfen allein. Ich wartete verlegen darauf, dass Cole mir mit meinem Gepäck half. Er ließ sich Zeit und trocknete sich in aller Ruhe mit einem Handtuch ab, das über einem der vielen Liegestühle lag. Ich spürte, dass die anderen mich nach wie vor beobachteten, und konzentrierte mich auf ein Astloch in den Holzbohlen der Terrasse. Je länger Cole sich Zeit ließ, umso mehr fühlte ich die durchdringenden Blicke der anderen. Ich beschloss, in der Garage auf ihn zu warten.

»Hey, warte«, rief jemand, als ich mich zum Gehen wandte. Die Fliegengittertür auf der Gartenseite des Hauses wurde geöffnet und ein weiterer Junge kam zum Vorschein. Er war der größte von allen und wahrscheinlich auch der älteste. Sein goldblondes Haar war zu einem kurzen Pferdeschwanz zurückgebunden und ein paar Strähnchen kringelten sich über seinen Ohren. Sein ausgeprägtes Kinn und seine lange, gerade Nase ließen die Brille, die er trug, klein aussehen. Seine Unterarme waren muskulös, und seine Hände sahen rau aus, höchstwahrscheinlich von jahrelanger Arbeit auf der Ranch.

»Mom hat gesagt, ich soll mich vorstellen.« Mit drei, vier Schritten war er auf der Terrasse und hielt mir die Hand hin. »Hi, ich bin Will.«

»Jackie«, sagte ich und ließ meine Hand in seine gleiten. Will lächelte mich an, und sein starker Händedruck zerquetschte mir fast die Finger, genau wie der seines Vaters.

»Du wirst also für eine Weile hierbleiben? Ich habe es gerade erst erfahren«, fügte er hinzu und zeigte über seine Schulter mit dem Daumen Richtung Haus.

»Ja, schaut so aus.«

»Cool. Ich wohne eigentlich nicht mehr hier, weil ich aufs College gehe. Wirst mich wahrscheinlich nicht oft zu sehen bekommen, aber falls du mal was brauchst, sag Bescheid, okay?«

Inzwischen waren alle Jungen aus dem Pool geklettert, um sich abzutrocknen, und einer von ihnen stieß bei Wills Bemerkung ein Schnauben aus.

Ich tat mein Bestes, das Geräusch zu ignorieren. »Ich werd's im Kopf behalten.«

Will dagegen ignorierte es nicht. »Wir wissen uns zu benehmen, oder?«, fragte er und wandte sich seinen Brüdern zu. Als keine Antwort kam, schüttelte er unwillig den Kopf. »Habt ihr Idioten euch wenigstens schon vorgestellt?«

»Sie weiß, wer ich bin«, erklärte Cole. Er hatte sich auf einem der Plastikliegestühle niedergelassen, die Hände lässig hinter dem Kopf verschränkt. Mit geschlossenen Augen rekelte er sich in der Sonne und ein selbstgefälliges Lächeln umspielte seine Lippen.

»Achte nicht auf ihn. Er ist ein Trottel«, sagte Will. »Das dort drüben ist Danny, der Zwillingsbruder des Trottels.« Es war zwar unübersehbar, dass Danny und Cole Brüder waren, aber wie eineiige Zwillinge sahen sie nicht aus. Danny hatte starke Ähnlichkeit mit Will, vor allem in der Größe, war aber hagerer, und sein Kinn war mit Flaum bedeckt. Er wirkte rauer als Cole und trug sein gutes Aussehen nicht ganz so demonstrativ zur Schau.

»Das ist Isaac, mein Cousin«, fuhr Will fort und zeigte

auf einen Jungen, der mir vor allem durch sein rabenschwarzes Haar auffiel, während seine Gesichtszüge denen der anderen glichen.

»Das ist Alex.« Eine jünger aussehende Version von Cole drängelte sich in der Gruppe nach vorn. Nachdem er aus dem Pool gestiegen war, hatte er eine Baseballkappe aufgesetzt, unter der blonde Locken hervorlugten, aber er hatte immer noch kein Hemd an und stellte seine unverschämte Bräune zur Schau. Ich nickte ihm nervös zu und er erwiderte den Gruß.

»Lee, ebenfalls mein Cousin, ist Isaacs jüngerer Bruder.« Will deutete auf einen anderen Jungen mit lockigen, schwarzen Haaren, die dringend hätten geschnitten werden müssen. Sein Gesicht war ausdruckslos, aber in seinen dunklen Augen blitzte Wut auf, als ich ihm einen Gruß zunickte. Ich wandte unwillkürlich meinen Blick ab.

Als Nächstes stellte Will mich Nathan vor. Er war ein schmaler Teenager, aber man konnte schon sehen, dass er in ein paar Jahren genauso attraktiv sein würde wie seine großen Brüder. Sein sandblondes Haar wirkte braun, weil es nass war, und an einer silbernen Kette um seinen Hals hing ein Plektrum. Dann waren da noch Jack und Jordan – Zwillinge, die sich tatsächlich zum Verwechseln ähnlich sahen. Sie trugen beide die gleiche grüne Badehose, und ihr einziges Unterscheidungsmerkmal war die Brille, die Jack trug.

Als Will mir Parker vorstellte, sah ich plötzlich, dass ich doch nicht allein war. *Sie* trat vor, und mir wurde klar, warum ich bis jetzt nicht bemerkt hatte, dass da noch ein Mädchen war. Parker trug ein orangefarbenes T-Shirt und eine Badehose, die triefnass an ihrer Haut klebte. Ihr Haar war zu einem kurzen Bob geschnitten – beinahe so kurz wie das Haar einiger ihrer Brüder. Ich dachte an die Liste, die ich im Flugzeug gemacht hatte, und erinnerte mich daran, dass Parker auf Körpereinsatz beim Football stand. Deshalb war ich wohl davon ausgegangen, dass sie ein Junge ist.

»Hey, Parker«, begrüßte ich sie mit einem Lächeln, froh darüber, dass noch ein Mädchen im Haus war.

»Hey, *Jackie.*« Parker sprach meinen Namen aus, als sei er etwas Komisches, und mein Lächeln verschwand. Sie beugte sich vor und flüsterte den beiden Jungen, die ich noch nicht kennengelernt hatte, etwas zu – dem jüngsten Zwillingspaar. Ein boshaftes Grinsen breitete sich auf ihren Gesichtern aus.

»Und zu guter Letzt haben wir …« Doch bevor Will die Vorstellungsrunde beenden konnte, schossen die beiden Kleinen aus der Reihe der Walters heraus und prallten in mich hinein, als sei ich ein Footballspieler. Zuerst dachte ich noch, ich könnte mein Gleichgewicht halten, aber dann gaben meine Knie nach, und ich kippte nach hinten um – und hinein in den Pool. Prustend und nach Luft ringend kam ich wieder an die Wasseroberfläche. Die meisten Jungs lachten.

»Erwischt!«, rief einer der Zwillinge, der am Rand des Pools stand. Er war ein niedlicher kleiner Junge, der seinen Babyspeck noch nicht verloren hatte. Sommersprossen bedeckten sein Gesicht und sein blondes Haar lockte sich überall. »Ich bin Zack, und« – er streckte seinen Zeigefinger aus – »das ist mein Zwillingsbruder Benny!« In der angezeigten Richtung erblickte ich eine exakte Kopie des süßen Kleinen. *Ich freue mich auch, euch kennenzulernen,* dachte ich bei mir – oder jedenfalls etwas ganz Ähnliches.

»Zack, Benny! Was zur Hölle ist los mit euch?«, schnauzte Will die beiden an. »Holt Jackie ein Handtuch!« Er streckte die Hand aus, um mir aus dem Wasser zu helfen, und bald stand ich tropfnass neben dem Pool. Es war zu früh im Jahr, um schwimmen zu gehen. Wieso war ihnen nicht eiskalt? Irgendjemand reichte mir ein rotes Power-Rangers-Handtuch, und ich hüllte mich schnell darin ein, um meine jetzt durchsichtige weiße Bluse zu verdecken.

»Das tut mir wirklich leid«, sagte Will und warf den jüngsten Zwillingen einen bösen Blick zu.

»Das Einzige, was mir leidtut, ist, dass er ihr ein Handtuch gegeben hat«, bemerkte ein anderer. Ich wirbelte herum, um festzustellen, wer es war, aber sie standen alle stumm nebeneinander und unterdrückten ein Grinsen. Ich holte tief Luft und drehte mich wieder zu Will um.

»K-kein Problem«, sagte ich mit klappernden Zähnen, »aber ich würde gerne etwas Trockenes anziehen.«

»Dabei kann ich dir helfen«, witzelte ein anderer. Diesmal konnten die Jungen ihr Gelächter nicht zurückhalten.

»Isaac!«, fuhr Will den Schuldigen an. Er funkelte seinen Cousin an, bis das Lachen verstummte. Dann wandte er sich wieder mir zu. »Deine Taschen sind im Auto?« Ich konnte nur zitternd nicken. »Okay, ich hole sie. Lass dir solange von einem der Helden hier dein Zimmer zeigen.«

Als Will von der Terrasse verschwunden war, hatte ich das Gefühl zu schrumpfen. Mein einziger Freund bisher hatte mich gerade mit den Feinden allein gelassen. Ich atmete tief durch, schluckte und wandte mich wieder dem Rest der Meute zu. Die Walter-Jungs sahen mich mit leeren Mienen an. Dann griffen sie alle nach ihren Handtüchern und Klamotten und verschwanden ohne ein weiteres Wort im Haus.

Nur Cole war noch da. Peinliche dreißig Sekunden verstrichen, bevor er den Mund zu einem schwachen Grinsen verzog. »Willst du mich weiter anstarren oder willst du reingehen?«, fragte er. Coles zerzauste Haare waren jetzt leicht angetrocknet und er strahlte dieses gedankenverlorene *Mir doch egal, wie ich aussehe, ich hatte gerade guten Sex* aus. Ja, zugegeben, er war heiß, aber sein übertrieben zur Schau gestelltes Selbstbewusstsein brachte mich dazu, dichtzumachen.

»Ich gehe rein«, murmelte ich leise.

»Nach dir.« Er machte eine schwungvolle Handbewegung und verbeugte sich.

Ich atmete tief ein und betrachtete mein neues Zuhause. Mit seinen gelben Fensterläden und rustikalen Anbauten, die mit jedem neuen Kind der Walters hinzugefügt worden sein mussten, war es so ziemlich das Gegenteil von meinem Penthouse daheim in New York. Ich warf einen letzten Blick auf Cole, holte noch einmal tief Luft und ging hinein.

Dies war vielleicht der Ort, an dem ich leben musste, und ich würde versuchen, das Beste daraus zu machen. Aber mein Zuhause würde das hier nie werden.

KAPITEL 2

»Wegen vorhin«, sagte Cole, als er mich durch das unaufgeräumte Haus führte. »Diese ganze Du-ziehst-hier-ein-Sache ist irgendwie aus dem Nichts gekommen. Hat mich überrumpelt.«

»Ich versteh schon«, antwortete ich. Es war nicht direkt eine Entschuldigung für sein unfreundliches Benehmen, aber zumindest hatte er damit eine Erklärung für die wenig begeisterten Reaktionen der meisten anderen geliefert. »Du brauchst nichts zu erklären.«

»Also, meine Mom hat erzählt, dass du aus New York kommst.« Er hielt am Fuß der Treppe inne, um mich anzusehen.

»Ja«, bestätigte ich, und plötzlich rutschte mir das Herz in die Hose. Was wusste er sonst noch über mich? Der Unfall … hatte er davon gehört? Wenn mein Umzug nach Colorado etwas Gutes hatte, dann, dass hier niemand wusste, wer ich war. Ich konnte wieder einfach nur Jackie sein, nicht das Mädchen, dessen Familie ums Leben gekommen war. Ich wollte nicht, dass die Jungs davon erfuhren und dass es sie mir gegenüber befangen machte. »Hat sie euch sonst noch etwas erzählt?«, fragte ich und versuchte, lässig zu klingen.

Er zögerte kurz, und das war alles, was ich an Bestätigung brauchte. Ein Sekundenbruchteil, in dem er überlegte, was er sagen sollte, und mir war klar, dass er Bescheid wusste.

»Nicht viel.« Er hatte sich schnell wieder gefasst, und ein Lächeln glitt so mühelos über seine Züge, dass es fast echt wirkte. »Nur dass die Tochter ihrer Freundin einzieht. Du bist also ein Buch mit sieben Siegeln für uns.«

»Okay …« Bei dem Gedanken daran, dass alle Walter Boys wussten, was passiert war, wurde mein Mund trocken. Aber zumindest gab Cole sich Mühe, sich mir gegenüber normal zu benehmen.

»Wenn ich's mir recht überlege, weiß ich nicht mal, wie alt du bist.«

»Sechzehn.«

»Bist du immer so schüchtern?«

»Schüchtern?«, wiederholte ich verwirrt. Was erwartete er denn? Es war ja nun nicht so, als sei er der Vorsitzende meines Empfangskomitees gewesen. Und die Tatsache, dass er praktisch Bauchmuskeln bis zu den Zehen hatte, trug auch nicht gerade dazu bei, meine Nerven zu beruhigen.

»Vergiss es«, lachte er und schüttelte den Kopf. »Komm. Ich zeige dir die obere Etage.«

Wir gingen die Treppe hinauf, was sich als deutlich problematischer herausstellte, als man meinen könnte. Bücherstapel und Brettspiele, schmutzige Kleidung, ein schlaffer Basketball und stapelweise DVDs machten das Erreichen des ersten Stocks zu einem Hindernislauf. Dann folgte ein Labyrinth von Gängen, dunklen Nischen und unerwarteten Abzweigungen, von dem ich jetzt schon wusste, dass ich mich darin regelmäßig verlaufen würde. Als wir den entlegensten Winkel des Hauses erreichten, blieb Cole endlich stehen.

»Hier ist dein Zimmer«, sagte er und schob eine Tür auf. Ich tastete an der Wand nach dem Lichtschalter. Wir fanden ihn gleichzeitig, und kurz spürte ich in der Dunkelheit seine Fingerspitzen an meinen: Klick! Die Berührung durchzuckte mich und ich riss erschrocken die Hand zurück. Cole kicherte, dann ging flackernd die Lampe an, und ein warmer Schein erhellte den Raum und ließ mich meine Verlegenheit vergessen.

»Oh. Wow.«

Jeder Zentimeter der Wand war in leuchtenden Farben gestrichen. Die Wand an einem Ende des Raums zierte das Bild eines tropischen Regenwalds, das an der anschließenden Wand in einen tiefblauen Ozean voller Meeresgeschöpfe überging. Die eine Hälfte der Decke war mit einem Nachthimmel mit Tausenden Sternen bemalt, die andere mit dem tiefblauen Himmel eines Sommertages mit strahlender Sonne und luftigen Wölkchen. Selbst die Holzverkleidung des Deckenventilators war verziert worden. Ich staunte mit offenem Mund.

»Das war das Atelier meiner Mom«, erklärte Cole.

Ein großer Schreibtisch strahlte in ebenso leuchtend bunten Farben wie der Rest des Zimmers. Darauf drängelte sich eine Sammlung von Glaskrügen und Kaffeebechern, gefüllt mit Pinseln, Kohlestiften und Textmarkern. Ein Skizzenbuch lag aufgeschlagen da und zeigte den groben Entwurf des Gemäldes auf einer Staffelei in der Mitte des Raums. Schnelle, geschickte Pinselstriche hatten auf die Leinwand ein Bild gezaubert, das ich schon von meiner Fahrt vom Flughafen hierher kannte – die sanfte Hügellandschaft Colorados.

»Das ist ja toll«, sagte ich und strich mit der Hand sachte über den Rand der Leinwand.

»Ja, sie hat ein ziemliches Händchen dafür.« In seiner Stimme schwang ein Unterton mit.

Dann bemerkte ich ein kleines Regal mit weiteren Malutensilien, das offensichtlich achtlos in irgendeine Ecke geschoben worden war, um Platz für mein Bett zu machen – und mir wurde klar, warum die Jungen so aufgebracht waren, als Katherine erwähnt hatte, wo ich schlafen sollte.

»Ich nehme ihr das Zimmer weg.«

»Sie hat nicht mehr viel Zeit zum Malen«, entgegnete Cole und stopfte seine Hände in die Hosentaschen. »Mit zwölf Kids und so weiter.«

Mit anderen Worten: Ja, ich tat es.

Bevor ich etwas erwidern konnte, schepperte es hinter uns und wir drehten uns erschrocken um: Will hatte einen meiner Koffer auf den Boden fallen lassen. »Auf geht's, Cole«, sagte er. »Da ist noch einiges im Auto.«

»Ich helfe mit, sobald ich mich umgezogen habe«, bot ich an, weil ich nicht wollte, dass sie mir alles abnahmen.

Will winkte ab. »Mach es dir einfach gemütlich.« Als sie fort waren, schloss ich die Tür, um mich umzuziehen, und ließ das nasse Handtuch, in das ich immer noch eingewickelt war, zu Boden fallen. Am Morgen hatte ich einen Satz Wechselkleidung – maßgeschneiderte Hosen und eine rosa Bluse mit einfachem Kragen – in meine Reisetasche gepackt. Nachdem ich mich umgezogen hatte, kamen die Haare an die Reihe. Ich brauchte fast zehn Minuten, um mit dem Kamm die Nester zu entwirren.

Dann klopfte es, und ich hörte Cole fragen: »Hey, lebst du noch?«

»Einen Moment«, rief ich und ließ meine Finger noch einmal durch meine Haare gleiten. Mein Glätteisen war noch eingepackt, gegen meine Locken konnte ich also nichts unternehmen. Widerwillig ließ ich sie offen herunterhängen und bändigte sie so gut es ging mit meinem blauen Band. »Ja?«, sagte ich und zog die Tür auf. Hinter Cole stapelte sich mein Gepäck.

»Wollte nur mal nachsehen«, sagte Cole, der am Türrahmen lehnte. »Du warst ganz schön lange da drin.«

»Ich habe mich umgezogen.«

»Eine Viertelstunde lang?«, fragte er und zog die Augenbrauen hoch. »Und was genau soll das sein, was du da anhast?«

»Was gibt es daran auszusetzen?«, fragte ich zurück. Klar, das Outfit war schon ein wenig informell, aber schließlich hatte ich nicht geplant, in einen Pool geworfen zu werden.

»Sieht aus, als würdest du zu einem Vorstellungsgespräch

gehen«, meinte Cole und hatte sichtlich Mühe, nicht zu lachen.

»Wenn ich zu einem Vorstellungsgespräch ginge, würde ich einen Anzug tragen.«

»Warum solltest du Männerklamotten tragen?«

Ich lachte spöttisch. »Anzüge sind nicht nur für Männer.« Hatte seine Mutter ihm denn *gar nichts* über Mode beigebracht?

»Okay, wie auch immer, aber ich würde dieses hübsche Top heute nicht zum Abendessen anziehen. Es gib Spaghetti.«

Was sollte das wieder heißen? Ich pflegte nicht wie ein Höhlenmensch zu essen. »Wenn wir zu Abend essen, sollten wir dann nicht etwas … Passenderes tragen?«, konterte ich. Cole war immer noch oben ohne, und ich hielt bewusst den Blick auf sein Gesicht gerichtet, um nicht auf seine Brust starren zu müssen. Mit seinen sonnengebleichten Locken und seinen wie in Stein gemeißelten Bauchmuskeln sah er aus wie ein griechischer Gott. Wie sollte ich jemals mit diesem Typ zusammenleben? Alles an ihm machte mich verlegen und nervös.

»Ich weiß nicht, wie ihr das in New York handhabt, aber hier ziehen wir uns nicht zum Abendessen um. Ich jedenfalls nicht.« Er setzte ein arrogantes Lächeln auf, bei dem sich meine Eingeweide verknoteten. »Na ja, ich lass dir dann mal Zeit zum Auspacken«, fügte er hinzu, bevor ich etwas erwidern konnte.

Cole spannte seinen Bizeps an, stieß sich vom Türrahmen

ab und wandte sich zum Gehen. Mit angehaltenem Atem sah ich ihm nach, außerstande, meinen Blick von ihm loszureißen. Als er endlich um eine Ecke verschwunden war, erwachte ich aus meiner Trance, tapste durch den Raum und ließ mich auf mein neues Bett fallen. Ich hatte meine erste Begegnung mit den Walter Boys überstanden.

So etwas wie Katherines Küche hatte ich noch nie zuvor gesehen. Auch dieser Raum war in leuchtenden Farben ausgemalt und bis unter die Decke voll mit Regalen, Küchenutensilien und Krimskrams; gleichzeitig fühlte er sich warm und behaglich an. Um alle vier Wände rankte sich ein Weingarten als großformatiges Wandgemälde, jeder Stuhl am Küchentisch hatte eine andere Farbe. Dieser Raum war das genaue Gegenteil zur steril gekachelten, stahlglänzenden Fünfhunderttausend-Dollar-Küche meiner Mutter. Zu Hause hatte ich immer das Gefühl gehabt, die Küche sei einfach nur dazu da, professionell auszusehen, und wenn ich Chaos hinterließ, gab es mächtig Ärger. Dieser Raum hier dagegen sah bewohnt aus und aus irgendeinem seltsamen Grund gefiel mir das.

Als ich die Küche betrat, stand Katherine am Herd und rührte in einem Topf, während sie Isaac, der ihr beim Kochen half, Anweisungen gab. Zwei Hunde tollten durch den Raum, was das Tischdecken erschwerte, aber niemanden zu kümmern schien. George ließ beinahe die Salatschüssel fallen, als er über einen Hund stolperte, der gerade zwischen seinen Beinen hindurchwitschte.

Zack und Benny, die jüngsten Zwillinge, saßen einen Meter voneinander entfernt auf dem Boden und spielten irgendein Videospiel auf zwei Spielkonsolen. Ich verschluckte mich beinahe, als Zack Benny sein Gerät aus der Hand riss und brüllte: »Du hast verloren, Kackfrosch!«

Im Wohnzimmer, das ohne Tür direkt mit der Küche verbunden war, brach ohrenbetäubender Jubel aus, und als ich mich umdrehte, sah ich, dass die anderen Jungs sich im Fernsehen ein Basketballspiel ansahen. Ich entdeckte sofort Cole, der aus seinem Sitz gesprungen war und die Faust in die Luft reckte. Er hatte ein hautenges, schwarzes Hemd angezogen, das seine breiten Schultern betonte und sein helles Haar wie Platin aussehen ließ.

»Glotz nicht so«, pöbelte Lee, als er hinter mir auf seinem Skateboard in die Küche gerollt kam. Ich hatte mir Lee gemerkt, weil er wie ich in die zehnte Klasse ging und bei der Vorstellungsrunde derjenige gewesen war, der mir den eisigsten Blick zugeworfen hatte. Ich wandte mich vom Wohnzimmer ab, verlegen, dass er mich dabei ertappt hatte, wie ich seinen Cousin beobachtete.

Lee krachte auf seinem Board gegen einen der Küchenstühle, der umkippte und auf Bennys Kopf fiel, welcher sofort anfing zu schreien wie am Spieß. »Lee! Wie oft muss ich dir noch sagen, dass dein Board im Haus nichts verloren hat?«, schimpfte Katherine.

»So ungefähr tausendmal noch, Tante Kathy«, sagte er und kniete sich neben seinen kleinen Cousin, um nachzusehen, ob er verletzt war.

Ich rieb mir die Schläfen, um meine Kopfschmerzen zu vertreiben. Dieser Ort machte einen wahnsinnig. Und dann war da dieser Junge mittendrin in all dem Chaos. Mir fiel sein Name nicht ein, aber er saß auf einem der Küchenstühle, eine Gitarre auf dem Schoß und Notenblätter vor sich auf dem Tisch. Ich rief mir meine Liste in Erinnerung, und dann hatte ich es: Nathan – der vierzehnjährige Musiker. Ich sah ihm zu, wie er Töne auf dem Instrument anschlug, die ich nicht hören konnte. Kopfschüttelnd nahm er den Bleistift zwischen den Zähnen hervor und strich etwas durch. Ich fragte mich, wie er sich in diesem Inferno konzentrieren konnte.

»Jackie, Liebes«, sagte Katherine, als sie mich endlich bemerkte. Sie goss gerade das Wasser aus einem riesigen Topf Nudeln ab. Auf der Theke neben ihr stand eine Familiengroßpackung Spaghettisoße. »Ich bin so froh, dass du dich nicht verlaufen hast. Das Haus ist riesig und von deinem Zimmer hast du den weitesten Weg in die Küche. Ich habe Cole zwar vor zehn Minuten gebeten, dich zu holen, aber das Basketballspiel war wohl doch zu spannend.« Sie lächelte mich an, und ich ging zu ihr, um zu helfen.

»Ist schon gut. War gar nicht so schwer zu finden«, antwortete ich und drehte den Deckel von dem Glas Spaghettisoße. »Ich bin einfach dem Lärm gefolgt.«

Katherine lachte, nahm mir das Glas ab und kippte es über die Nudeln. »Es ist immer laut hier. Das ist so, wenn man zwölf Kinder hat.« Sie hielt inne und schenkte mir ein kleines Lächeln. »Ich meine dreizehn.«

Ich schaute auf meine Füße und flüsterte: »Danke, Mrs Walter.«

»Gern, mein Liebes. Und bitte, nenn mich nicht so. Ich bin Katherine«, sagte sie und zog mich fest in die Arme.

»Jungs!«, brüllte George. »Das Essen steht auf dem Tisch. Schaltet dieses blöde Ding aus.«

Katherine ließ mich los, schnappte sich die Schüssel Spaghetti und stellte sie neben einige andere dampfende Schüsseln auf den Tisch. Ich folgte ihr an den Tisch und setzte mich auf den nächstbesten Stuhl.

»Da darfst du nicht sitzen«, sagte einer der mittleren Zwillinge. Ihre Namen fielen mir gerade nicht ein.

»Tut mir leid«, erwiderte ich und schob mich auf den nächsten Stuhl.

»Da auch nicht. Das ist mein Stuhl«, sagte der andere Zwilling.

»Jungs, wie wäre es, wenn einer von euch einen Stuhl aus dem Esszimmer holt, damit Jackie sich setzen kann?«, schlug George vor. Einer der Zwillinge machte ein Gesicht, als wolle er protestieren, aber dann rammte sein Doppelgänger ihm einen Ellbogen in die Seite.

»Okay, Dad. Bin gleich wieder da«, sagte er mit einem süßen Lächeln.

Eine Minute später kam er zurück und schleppte einen Stuhl hinter sich her. Ich setzte mich, und George begann, das Tischgebet zu sprechen. Während er das tat, spürte ich eine Bewegung an meinem Bein. Ich griff unter den Tisch und bekam etwas Dünnes und Glattes zu fassen. Als ich es hochzog, schrie ich auf und schleuderte das gelbe Reptil von mir weg. Am Tisch brach Chaos aus.

»Schlange!«, brüllte Benny und sprang aus seinem Stuhl. Dabei trat er auf einen der Hunde. Das arme Tier jaulte auf und machte einen Satz von Benny weg. Alex, der erschrocken aufgesprungen war, stolperte über den Hund und knallte gegen Isaac, der neben ihm saß. George versuchte, Benny zu beruhigen, rutschte aber in einer Lache Milch aus, die in dem ganzen Aufruhr auf dem Boden gelandet sein musste.

Im letzten Moment hielt George sich am Tischtuch fest, konnte den Sturz aber nicht mehr verhindern und riss das gesamte Geschirr mit sich in die Tiefe. Als die Schüssel mit Spaghetti nach einem Zeitlupenflug auf dem Boden zerschellte, spritzte ihr Inhalt in alle Richtungen, und fairerweise bekam jeder etwas von der Tomatensoße ab.

»Jordan!«, brüllte George seinen Sohn an. »Du hast so was von Hausarrest!«

Das Abendessen war eine Katastrophe gewesen und das war ganz allein meine Schuld. Nachdem George und Katherine das Chaos einigermaßen sortiert hatten, bekam jeder eine Aufgabe bei der Beseitigung der Schweinerei. Das heißt, alle bis auf mich. Katherine entschuldigte sich übermäßig für das Benehmen ihrer Söhne und schickte mich weg, damit ich mich sauber machen konnte, obwohl ich sie inständig gebeten hatte, helfen zu dürfen.

Ich drehte das heiße Wasser aus und stieg aus der Dusche.

Es tat gut, das Chlor aus dem Pool und die Spaghetti vom Abendessen abzuwaschen, aber keine noch so lange Dusche konnte das grauenhafte Gefühl in meinem Magen lindern. Vielmehr verstärkte es sich noch, als ich meine Bluse auf dem Boden sah, über und über mit roter Soße besudelt. Kurz blitzte richtige Wut in mir auf. Cole hatte doch recht behalten – jetzt war sie vollkommen ruiniert. Außerdem war ich gerade drauf und dran, mein Zusammenleben mit den Walters komplett in den Sand zu setzen, wenn ich an die bösen Blicke dachte, die mir ein Großteil der Jungs bei meinem Abgang aus der Küche zugeworfen hatte.

Nachdem ich mich in ein Handtuch gewickelt hatte, wünschte ich, ich hätte auf dem Weg zum Badezimmer Flipflops angezogen. Der Boden war ein Minenfeld aus dreckigen Boxershorts und benutzten Papiertüchern, die den Mülleimer verfehlt hatten; ganz zu schweigen davon, dass die Fliesen aussahen, als seien sie nicht mehr geschrubbt worden, seit die Walters in das Haus eingezogen waren.

Und ich musste höllisch aufpassen, mich nicht an das Waschbecken zu lehnen, während ich mir das Gesicht wusch. Zahnpastakleckse sprenkelten es wie Vogelkacke, zusammen mit Haaren und leuchtend blauer Rasiercreme. Die meisten der Jungs ließen ihre Zahnbürsten neben dem Waschbecken liegen, als sei die feuchte Oberfläche nicht die beste Brutstätte für alle möglichen Keime. Meine Zahnbürste würde ich auf jeden Fall nicht im Bad aufbewahren.

Ich zog die Tür auf und streckte den Kopf in den Flur, um mich davon zu überzeugen, dass niemand in der Nähe war. Ich wollte nicht, dass irgendeiner der Jungen mich in einem Handtuch sah. Wenn ich das nächste Mal duschte, würde ich daran denken, Kleider mitzunehmen. Als ich zu meinem Zimmer zurückschlich, kam ich mir vor wie ein wilder Teenager, der sich nachts heimlich aus dem Haus stielt. Ich selbst hatte nie etwas derart Verrücktes getan.

Ohne einem der Jungen über den Weg zu laufen, erreichte ich mein neues Zimmer und schlüpfte mit einem Seufzer der Erleichterung hinein.

»Hübsches Handtuch, Jackie.«

»Oh!«, quiekte ich und ließ den flauschigen Stoff beinahe fallen, als ich Cole auf meinem Bett sitzen sah. Er war immer noch voller Tomatensoße, futterte aber etwas aus einer Pappschachtel vom Chinesen. Zwei weitere dampfende Schachteln standen auf dem Schreibtisch und warteten darauf, verzehrt zu werden. Ein Lächeln glitt über seine Züge, während er mich von Kopf bis Fuß musterte.

Mein Gesicht wurde so rot wie die Flecken auf seinem Hemd und ich wickelte mich fester in das Handtuch ein. »Was um alles in der Welt machst du in meinem Zimmer?«

»Abendessen. Willst du was?«, fragte er und hielt die Schachtel hoch.

»Ja, aber gehst du bitte raus«, gab ich zurück und konnte nicht glauben, dass das gerade wirklich passierte. »Ich muss mich anziehen.«

»Keine Sorge. Ich mache die Augen zu.«

»Ich werde mich nicht anziehen, solange du im Zimmer bist.«

»Kein Problem. Es macht mir nichts aus, wenn du im Handtuch isst.«

»Cole, raus!«, fuhr ich ihn schließlich an.

»Jetzt mach dir doch nicht gleich ins Höschen.« Die Federn meines Bettes quietschten, als er in aller Gemütsruhe aufstand und dann seine Pappschachtel neben den anderen Kartons abstellte. »Obwohl das im Moment ja wohl kaum möglich ist, oder?« Cole kicherte vor sich hin, als er hinausging. Ich schlug die Tür hinter ihm zu und drehte sicherheitshalber noch den Schlüssel um.

Nachdem ich schnell einen Schlafanzug angezogen hatte, schloss ich die Tür auf und ließ Cole wieder herein. Er schob sich an mir vorbei, schnappte sich sein Essen und warf sich aufs Bett. Ich zuckte zusammen, als ich sah, wie er sich einen Bissen nach dem anderen in den Mund schaufelte. Ich aß nie in meinem Schlafzimmer. Es war unhygienisch.

Als er bemerkte, dass ich ihn beobachtete, hörte Cole auf zu kauen. »Was?«, fragte er mit vollem Mund.

»Musst du auf dem Bett essen?«

»Warum, willst du auf dem Bett etwas *anderes* machen?«

»Nein, Cole«, gab ich zurück und versuchte, den unverschämten Unterton zu ignorieren. »Ich will einfach kein Essen im Bett. Ich muss da schlafen.«

»Werden dich ein paar Reiskörner wach halten, Prinzessin?« Cole sah sich im Raum um. »Außerdem, wohin sollen wir uns sonst setzen?«

Da hatte er natürlich recht. Meine Koffer nahmen den

ganzen Boden ein und überall sonst lagen Katherines Malutensilien. Und in die Küche zurück wollte ich auf keinen Fall. Vorsichtig ließ ich mich auf der Bettkante nieder und Cole reichte mir Essstäbchen. Während der nächsten Minuten saßen wir schweigend da und aßen Hühnchen süßsauer, und erstaunlicherweise blieb alles friedlich – zunächst. Kaum hatten wir aufgegessen, zerstörte er einen der wenigen entspannten Momente, die ich seit meiner Ankunft in Colorado gehabt hatte.

»Die Dinnershow heute Abend hat mir gefallen«, sagte er und stellte seinen leeren Essenskarton beiseite. Ich wandte mich von ihm ab und spießte halbherzig ein Stückchen Brokkoli auf. Cole lachte. »Jetzt komm schon, Jackie. Sollte ein Witz sein. Solche Sachen passieren hier echt *ständig*.«

Ich schob meine Mahlzeit beiseite, stützte mich auf die Ellbogen und sah Cole an. »Wirklich?«

»Ja, okay, ganz so dramatisch ist es nicht immer, aber zumindest war das heute Abend witzig. Du hättest dein Gesicht sehen sollen, als du Rumple hervorgezogen hast.« Ein Lachen brach aus ihm heraus.

»Rumple?«, wiederholte ich verwirrt.

Cole reckte sich und rutschte näher an mich heran. »Rumplesnakeskin. Jordans Schlange.«

»Gibt es sonst noch irgendwelche gefährlichen Haustiere, von denen ich wissen sollte?«, brummelte ich.

»Nein«, antwortete er und lachte. »Außer Isaac natürlich.«

»Ich komme mit Tieren nicht so wahnsinnig gut klar«,

erklärte ich, als die Dielenbretter draußen vor meinem Zimmer knarrten. »Und Schlangen stehen da ganz oben auf der Liste.«

Die Tür sprang auf und knallte gegen die Wand. »Kornnattern sind nicht gefährlich«, rief Jordan und stürmte ins Zimmer. Jack, sein Zwilling, folgte ihm mit einer Videokamera in der Hand, und ein grünes, blinkendes Licht signalisierte, dass er filmte.

Jack nickte. »Eigentlich wollten wir einen Python, aber Mom hat es uns nicht erlaubt.«

»Genau. Nick, der große Bruder von meinem Kumpel, hat einen«, berichtete Jordan aufgeregt. »Einmal ist das Terrarium kaputtgegangen. Schlangen sind ektotherm, und er musste sie warm halten, deshalb hat Nick den Python nachts mit ins Bett genommen, damit die Schlange sich an ihm wärmen konnte. Statt sich zusammenzurollen wie sonst, hat die Schlange sich in dem Bett richtig lang gemacht. Fressen wollte sie auch nicht, und Nick hat sie dann zum Tierarzt gebracht, weil er dachte, dass sie vielleicht krank ist. Der Tierarzt erklärte ihm, dass sich Pythons lang ausstrecken, bevor sie sich über ihr Opfer hermachen! Wie cool ist das denn?«

Ich sah die Zwillinge mit vor Entsetzen geweiteten Augen an. Allem Anschein nach stimmte meine Definition von »grausig« ziemlich genau mit Jordans von »cool« überein.

»Wenn ich eine Schlange hätte«, begann Cole, »würde ich ihr wahrscheinlich erlauben, dich zu fressen, Jo. Du hast wohl noch nie was von Anklopfen gehört.«

»Dad hat uns raufgeschickt, um dir zu sagen, dass die Tür offen bleiben muss, wenn einer von uns mit Jackie allein im Zimmer ist. Damit hat sich Anklopfen ja wohl erledigt, Blödmann«, erwiderte Jordan und verschränkte trotzig die Arme vor der Brust.

»So so. Das erklärt aber nicht, warum du immer noch hier bist. Du hast uns von Dads blöder Regel erzählt. Und jetzt: Abmarsch.«

»Ich war noch nicht fertig. Wir sind außerdem nach oben gekommen, um Jackie zu informieren, dass sie unser neues Thema ist.«

»Thema?«, fragte ich.

Cole verdrehte die Augen. »Die beiden Spinner denken, sie würden eines Tages Filmregisseure werden. Deshalb rennen sie dauernd mit der Kamera rum und nerven jeden mit ihrer Suche« – Cole malte mit den Fingern Anführungszeichen in die Luft – »*nach interessanten Themen für den Dokumentarfilm des Jahrhunderts*.«

»Wir werden die Preise nur so abräumen«, fügte Jack hinzu und hielt die Kamera auf mich. »Jordan und ich haben beim Abendessen gemerkt, dass du perfekt wärst. Schade, dass ich die Kamera in dem Moment nicht laufen hatte. Aber wir hoffen, dass wir die Szene nachstellen können.«

»Das wird wohl kaum passieren. Was wirst du sagen? ›Hey, Mom, hast du etwas dagegen, wenn wir die Küche noch einmal verwüsten? Wir versprechen auch, dass wir die ganze Spaghettisoße wieder aufwischen.‹«

Ich ignorierte Cole und wandte mich den Zwillingen zu.

»Mir wäre es lieber, wenn ihr mich überhaupt nicht filmen würdet. Ich habe nämlich keine Lust, euer nächstes Filmthema zu sein.«

»Aber du verstehst nicht«, argumentierte Jordan. »Du bist das erste weibliche Wesen im Haus der Walters. Ein Ereignis von größter Tragweite.«

»Du hast aber schon mitbekommen, dass du eine Mutter und eine kleine Schwester hast, oder?«, bemerkte Cole.

»Mom zählt nicht, weil sie unsere Mutter ist. Und Parker hat noch nicht einmal einen Busen.«

Ein Klopfen an der Tür unterbrach das Gespräch. Einer der älteren Brüder stand draußen, als hätte er Angst hereinzukommen. »Ähm, Cole?«, fragte er, wobei er es vermied, mich anzusehen.

»Ja, was gibt's, Danny?«

Als Cole den Namen seines Bruders sagte, machte es Klick. Ich musterte ihn und bemerkte den Bartflaum an seinem Kinn. Danny war Coles Zwillingsbruder.

»Erin ist hier«, murmelte er, »sie wartet unten vorm Haus auf dich.« Nachdem er seine Nachricht übermittelt hatte, machte Danny auf dem Absatz kehrt und verschwand.

»Zeit zu gehen.« Cole stand vom Bett auf. »Kommt mit, ihr zwei«, sagte er und schob seine jüngeren Brüder zur Tür. »Lasst Jackie jetzt mal allein. Sie hatte einen langen Tag.«

»Na gut«, brummte Jack. »Wir können morgen früh über deinen Vertrag reden, Jackie. Jordan und ich haben schon eine Zeit lang unser Taschengeld gespart und wir können dir ein attraktives Honorar in Aussicht stellen.« Die beiden liefen aus dem Zimmer und ließen mich mit Cole allein zurück.

»Ich will wirklich nicht bei ihrem Film mitmachen«, wiederholte ich und seufzte.

»Wenn du sie lange genug ignorierst, suchen sie sich irgendwann was anderes.«

»Hoffentlich. Deine Familie ist wirklich überwältigend, Cole, und ich will einfach, dass alle dieses Abendessen so schnell wie möglich vergessen.«

»Ich bin mir sicher, morgen wird's schon leichter. Wir sehen uns dann morgen früh vor der Schule.«

»Oh, großartig«, stöhnte ich und warf mich auf mein Kissen. »Schule.« Ich war so auf die Abendessenkatastrophe fixiert gewesen, dass ich fast vergessen hatte, dass ich zum ersten Mal in meinem Leben eine staatliche Schule besuchen würde.

»Mach dir keine Sorgen«, sagte Cole und gähnte. Er streckte sich und reckte einen Arm über seinen Kopf. Ich wandte schnell den Blick, um mir nicht das Muskelspiel seiner Oberarme ansehen zu müssen. »Das wird ein Kinderspiel.«

»Du hast leicht reden«, erwiderte ich und schob das Medaillon meiner Mutter an seiner Kette hin und her. »Ich bin fünf Jahre lang auf dasselbe Internat gegangen. Der Gedanke an eine andere Schule macht mir Angst.«

»Ich garantiere dir, dass du wunderbar zurechtkommen wirst.« Leise vor sich hin lachend trat er in den Flur hinaus. »Nacht, Jackie.«

»Gute Nacht, Cole«, antwortete ich. Plötzlich schoss mir ein Gedanke durch den Kopf.

»Warte«, rief ich, als er gerade die Tür hinter sich zuziehen wollte. »Wer ist Erin?«

Cole zögerte, bevor er antwortete. »Bloß eine Freundin.«

Als er aus dem Zimmer war, hielt ich den Atem an und lauschte auf seine sich entfernenden Schritte. Einige Sekunden später hörte ich ihn die Treppe hinunterstapfen. Ich machte es mir in meinem Bett bequem und dachte noch einmal über alles nach, was heute passiert war.

Dann: »Hey, Erin.«

Ich war so überrascht, Coles Stimme zu hören, dass ich fast aus meinem Bett fiel.

»Cole«, erwiderte ein Mädchen mit rauchigem Timbre. »Du hast gesagt, du würdest mich anrufen.«

Ich sah mich im Raum um und versuchte herauszufinden, wo die Stimmen herkamen. Es gab drei Fenster, und mir wurde klar, warum Katherine diesen Raum zu ihrem Atelier gemacht hatte. Sie musste hier fast den ganzen Tag lang Sonne haben. Das Fenster nach vorn stand offen.

»Ich weiß«, sagte Cole. »Es ist was dazwischengekommen. Tut mir leid.«

Ich schob den Vorhang zurück, schaute hinab und sah Cole auf der Veranda stehen. Die Haustür war geöffnet und das Licht von drinnen hüllte ihn in einen gelben Schein.

»Geht das mit heute Abend klar?«, fragte Erin. Sie stand einige Stufen weiter unten und hatte mir den Rücken zugekehrt, sodass ich nur lange Beine und einen Pferdeschwanz sehen konnte.

Cole antwortete nicht gleich. »Es ist schon spät.«

Erin verschränkte die Arme vor der Brust. »Na schön, aber morgen gibt es keine Ausreden. Du kannst mich nicht immer wieder hängen lassen. Du fehlst mir.«

»Okay.«

»Versprochen?«, fragte sie. Cole nickte. »Gut. Dann bis morgen.«

Cole blickte Erin von der Veranda aus nach, wie sie zu ihrem Wagen ging. Als das Scheinwerferlicht von Erins Wagen nicht mehr zu sehen war, drehte er sich nicht um, um ins Haus zurückzugehen. Stattdessen trat er von der Veranda herunter und schlenderte den Weg entlang, der am Haus vorbeiführte. Er hielt auf etwas zu, das wie ein Schuppen aussah.

Als er das Schloss entriegelte und die Doppeltüren aufzog, wurde mir klar, dass es eine zweite Garage war. Er schaltete das Licht ein und schloss die Türen hinter sich. Ich wartete ein paar Minuten, aber er kam nicht wieder zum Vorschein. Schließlich gab ich auf und kroch zurück ins Bett, aber ich konnte nicht aufhören, über die Szene, die ich gerade beobachtet hatte, nachzugrübeln. Was zum Kuckuck machte Cole da draußen?

KAPITEL 3

Ich war mit meiner Familie im Auto. Mein Dad und meine Mom saßen vorn, Lucy saß hinten neben mir. Wir teilten uns einen Kopfhörer und improvisierten lauthals zu einem unserer Lieblingslieder. Als das Lied zu Ende war, lächelte ich und schaute aus dem Fenster. Es war einer dieser frischen, sonnigen Frühlingstage, die einem bewusst machen, dass der Winter endgültig vorbei ist. Ein fast unsichtbarer Hauch von Grün umrahmte die Äste, aus denen bald neue Knospen sprießen würden.

Ich schaute überrascht hinab, als mein Sicherheitsgurt sich plötzlich löste. »Was zum …?«, murmelte ich vor mich hin und schnallte mich wieder an. Ein flaues Gefühl breitete sich in meinem Magen aus, als die Schnalle sich mit einem Klicken erneut öffnete. Bevor ich sie wieder hineindrücken konnte, riss mich eine unsichtbare Macht aus dem Wagen.

Jetzt stand ich auf dem Asphalt. Die Bäume am Straßenrand waren verdorrt und der Himmel hatte sich zu einem unheilverkündenden Grau verdunkelt. Unser Wagen schoss vorbei und ich erhaschte einen Blick auf Lucy, die mich durch die Heckscheibe anstarrte.

»Wartet, stopp!«, schrie ich und rannte die Straße hinunter.

Aber der Wagen blieb nicht stehen. Ich starrte voller Entsetzen auf den Straßenbelag, der sich vor und unter dem Auto einfach aufzulösen schien. Dann brach die Straße auseinander und meine Familie fuhr direkt ins Nichts.

Schweißgebadet und keuchend saß ich kerzengerade in meinem Bett. Als sich meine Augen an die Dunkelheit gewöhnt hatten, schälte sich langsam eine unbekannte Umgebung aus dem Grau, die mir furchtbare Angst machte. Ich trat die Decke weg und stellte mich auf den kalten, harten Boden. Für einen Moment war ich verwirrt – mein Zimmer hatte keinen Holzboden. Wo war denn der Teppich?

Ich suchte im Dunkeln nach dem Lichtschalter, und als ich ihn drückte, leuchteten um mich herum die Wandgemälde auf. Die Realität traf mich wie ein Schlag, der mich zu Boden sacken ließ. Ich war nicht daheim in New York. Ich war in Colorado.

Es war ein Traum. Ich hatte von dem Unfall nur geträumt.

Ich war bei dem Unfall nicht dabei gewesen. Ich hatte mit einer Grippe auf dem Sofa gelegen. Ich erinnere mich, dass ich mich in einen Kokon aus Decken eingewickelt hatte und versuchte, den Schüttelfrost irgendwie wegzuschlafen. Während an diesem Tag der Morgen langsam verstrich, war ich immer wieder in einen unruhigen Halbschlaf gesunken. An dem Morgen, an dem meine Familie ausgelöscht wurde.

Irgendwann hatte das Telefon geklingelt, aber mir war zu elend gewesen, um an den Apparat zu gehen.

Es klingelte den ganzen Nachmittag, bis es schließlich an der Haustür klopfte und ich gezwungen war aufzustehen. Als der Polizeibeamte mir mitteilte, was mit meiner Familie geschehen war, reagierte mein Magen, noch bevor ich irgendetwas hätte bewusst aufnehmen können. Ich krümmte mich zusammen und erbrach das bisschen heiße Schokolade, die ich an diesem Morgen widerwillig getrunken hatte.

Ich verstand nicht, wie Lucy tot sein konnte. Sie war immer ein klein wenig mehr gewesen als eine ältere Schwester. Als es mir in der Nacht zuvor richtig schlecht gegangen war und ich würgend und weinend über der Toilette gehangen hatte, hatte sie mir den Kopf gestreichelt und mir mit beruhigenden Kreisen den Rücken massiert. Und meine Mutter – sie war die stärkste Frau gewesen, die ich jemals gekannt hatte. Dass sie tot sein sollte, sprengte schlicht mein Vorstellungsvermögen.

Aber sie waren tot. Alle.

Seit diesem Tag – seit vierundneunzig Tagen, um genau zu sein – träumte ich von ihnen. Mein Vater war ein bekannter Mann, Generaldirektor der Howard Investment Corporation, daher hatte man den Autounfall immer wieder in den Nachrichten gebracht, eine ständige Erinnerung daran, dass sie tot waren. Ich bekam das Bild von unserem Wagen, der zusammengequetscht worden war wie eine Kugel aus Alufolie, immer noch nicht aus dem Kopf. Es war, als hätte sich jedes Detail in mein Gehirn eingebrannt, wie wenn man den Blick von der Sonne abwendet, nachdem man zu lange hineingestarrt hat, und sich dann ihr Nachbild am Himmel in bunten Farben zu vervielfältigen beginnt.

Minuten verstrichen, mein Herz pochte, und meine Brust hob und senkte sich schwer. Als ich endlich wieder einigermaßen ruhig atmen konnte, rappelte ich mich hoch und schaute auf die Uhr – fünf Uhr einunddreißig.

Mir war klar, dass ich ohnehin nicht wieder würde einschlafen können, also ging ich rüber zur Kommode und suchte meine Trainingssachen. Ich zog eine Sporthose an, schnappte mir meine Laufschuhe und zog meinen MP3-Player vom Ladegerät ab. Es war noch früh, und ich war erschöpft von meinem Albtraum, aber ich musste mich irgendwie ablenken.

Normalerweise trainierte ich auf einem der Laufbänder im Fitnessstudio unserer Familie, aber die Walters hatten kein Fitnessstudio – übrigens nicht einmal ein Laufband. Ich würde mich also damit begnügen müssen, draußen zu laufen. Die Sonne ging langsam auf, und eine kühle Brise strich über meinen Hals, als ich auf die klapprige, wettergegerbte Veranda trat. Der Morgentau funkelte auf dem Rasen. Ich setzte mich hin, um mir die Schuhe zuzubinden, bevor ich meine Dehnübungen machte.

Während ich mich dehnte, zog sich mein Magen zusammen. Ich wusste nicht, ob das ein Überbleibsel meines Albtraums war oder ob ich wegen des bevorstehenden Tages nervös war. Von der Aussicht, eine neue Schule zu besuchen, wurde mir übel. Ich war erst seit einem Tag im Haus der Walters und bisher war es furchtbar gewesen. Ich konnte mir nicht vorstellen, auf eine staatliche Schule mit Hunderten von Jungs zu gehen – elf plus Parker waren schlimm genug.

Das Schuljahr war bald zu Ende, und ich war davon überzeugt, dass ich keinen einzigen Freund finden würde. Ich ertappte mich bei dem Wunsch, dass es bereits drei Uhr nachmittags wäre, damit ich mich in meinem Zimmer einschließen und unter der Decke verkriechen konnte.

Gerade als ich loslaufen wollte, öffnete sich mit einem Quietschen die Haustür, und George trat vor die Tür. Will und Cole waren direkt hinter ihm, alle trugen Arbeitskleidung: Jeans, alte T-Shirts, die einmal weiß gewesen waren, jetzt aber eher beige aussahen, Stiefel und Hüte zum Schutz gegen die Sonne.

»Morgen, Jackie«, sagte George und tippte an seinen Hut. Will winkte und lächelte freundlich.

»Morgen, Mr Walter. Will«, erwiderte ich.

»Du bist aber früh auf«, brummte Cole, der sich den Schlaf aus den Augen rieb.

»Das Gleiche könnte ich von euch sagen.«

Cole runzelte die Stirn. »Die Pflicht ruft«, war alles, was er sagte.

»Es gibt für die Jungs einiges auf der Ranch zu tun, bevor sie zur Schule gehen«, erklärte George mir. »Wenn du laufen willst, solltest du vielleicht auf Nathan warten. Er kommt jede Sekunde.«

»Okay, danke«, antwortete ich, als die drei an mir vorbei die Holztreppe hinunterstiegen.

Ich sah ihnen nach, wie sie sich auf den Weg zu einer Scheune machten, die im schwachen Morgenlicht noch kaum zu sehen war. Auf einmal versetzte Will Cole einen spielerischen Stoß, sodass dieser stolperte und ins Gras fiel. Ich verbarg mit der Hand das Lächeln auf meinem Gesicht.

Wieder quietschte die Haustür, diesmal war es Nathan. Er strahlte, als er mich sah. Ich versuchte, mich genauer zu erinnern, wer er war, als ich die Kette mit dem Plektrum bemerkte. Richtig, der Musiker.

»Du läufst gern?«, fragte er aufgedreht, ohne mir einen guten Morgen zu wünschen.

»Ich bleibe gern in Form«, antwortete ich. »Ich würde nicht unbedingt sagen, dass ich besonders gern laufe.«

»Okay«, sagte er und lachte. »Möchtest du dich meinem Versuch, in Form zu bleiben, anschließen?« Er klang richtig enthusiastisch.

»Klar, warum nicht?«, erwiderte ich. »Allerdings überrascht es mich, dass du mich mitnehmen willst. Gestern Abend schienen alle ziemlich sauer auf mich zu sein.« Meine Wangen brannten bei der Erinnerung an die Spaghetti, die durch die Luft geflogen waren. Nathan grinste nur. Er würde Cole immer ähnlicher sehen, wenn er älter wurde, aber er war nicht annähernd so einschüchternd.

»Natürlich will ich mit dir laufen! Und außerdem fand ich es lustig. Lass dich nicht von Jordan ärgern. Der heckt ständig so was aus.«

»Das merke ich mir«, entgegnete ich und folgte ihm die Stufen hinunter.

»Sollen wir meine übliche Strecke nehmen?«

»Lauf du vor.«

Nach dem Laufen ging ich in die Küche, um ein wenig zu frühstücken, bevor alle anderen aufwachten. Ich fand, das wäre die beste Methode, eine weitere Katastrophe zu vermeiden. Natürlich ging mein Plan nach hinten los. Katherine saß in einem flauschigen rosa Bademantel mit einer Tasse Kaffee am Tisch und las ein Buch. Zu allem Übel war Katherines ältester Neffe ebenfalls da. Er stand *in seinen Boxershorts* an der Küchentheke und verputzte einen Bagel. Guten Morgen, Sixpack! Ich konnte nur dastehen und gaffen wie eine Idiotin.

»Morgen, Jackie!«, rief er mit vollem Mund. Schon wieder wurden meine Wangen rot. Warum hatte jeder dieser Kerle so perfekte Bauchmuskeln?

»Ähm, hi«, war meine glorreiche Erwiderung. Beim Klang meiner Stimme sah Katherine jäh von ihrem Buch auf.

»Isaac!«, schimpfte sie – und half meinem Gedächtnis auf die Sprünge. Ich erinnerte mich, dass wir im gleichen Alter waren, sechzehn, aber er war in der Schule ein Jahr über mir. »Geh und zieh dir um Gottes willen etwas an! Wir haben jetzt ein Mädchen im Haus.«

»Aber du bist auch ein Mädchen und du hattest noch nie ein Problem damit«, konterte er. »Außerdem macht es Jackie nichts aus, nicht wahr, Jackie?« Er drehte sich zu mir.

Was zum Geier sollte ich darauf sagen? *Oh ja, Isaac. Ich*

liebe es, deinen halb nackten Körper anzustarren? Stattdessen sagte ich, was jedes kluge Mädchen in meiner Situation sagen würde: »Ähm …« Mein Blick wanderte zwischen den beiden hin und her.

»Siehst du, Tante Kathy? Jackie hat gesagt, es macht ihr nichts aus«, erklärte er seiner Tante.

Komisch, ich erinnerte mich nicht, etwas Derartiges gesagt zu haben.

»Nein, das hat sie nicht, junger Mann«, entgegnete Katherine und stemmte die Hände in die Hüften. »Jetzt geh dir etwas anziehen, bevor ich dich eigenhändig nach oben zerre!«

Genau in dem Moment kam Alex in die Küche und rieb sich den Schlaf aus den Augen. Er hatte ebenfalls nur seine Boxershorts an. Im Gegensatz zu Isaac hielt er mitten im Gehen inne, als er mich entdeckte. Einen Moment lang stand er wie erstarrt mit großen Augen da, dann wirbelte er herum und flitzte den Flur entlang.

»Siehst du!«, sagte Katherine, als ihr Sohn weg war. »Genauso solltest du dich in der Gegenwart eines hübschen Mädchens benehmen – verlegen!«

»Tante Kathy, Jackie mag ja heiß sein – auf eine adrette Mädchen-aus-gutem-Hause-Art –, aber das würde mich niemals in Verlegenheit bringen«, stellte Isaac trocken fest und zeigte auf seinen Oberkörper.

»Isaac Walter!«, sagte Katherine langsam, während sie mit drohend erhobenem Zeigefinger einen Schritt auf ihn zu machte. Lachend verließ Isaac die Küche, aber nicht ohne mir vorher zuzuzwinkern. Ich weiß nicht genau, warum ich errötete. Vielleicht lag es daran, dass Katherine mir ein Kompliment gemacht hatte. Oder daran, dass Isaac ihr zugestimmt hatte.

»Was genau soll das werden?«, fragte Lee scharf, während ich in meinem Morgenrock draußen vor dem Badezimmer wartete. Ich war immer noch verschwitzt vom Laufen mit Nathan und musste vor der Schule dringend duschen. Diesmal hatte ich daran gedacht, Badeschlappen und meine Kleider mitzunehmen, und im Geist bereitete ich mich auf das widerwärtige Schlachtfeld jenseits der Tür vor.

»Ich warte darauf, dass das Badezimmer frei wird«, antwortete ich. »Ich glaube, Cole ist drin.«

»Ich weiß, dass Cole drin ist. Es ist ja auch ordnungsgemäß fürs Bad eingetragen«, fügte Lee hinzu und tippte mit dem Zeigefinger auf ein Blatt Papier, das neben der Tür hing. Er schüttelte sich sein dunkles Haar aus den Augen und funkelte mich an. »Ich bin als Nächster an der Reihe, also schwirr ab.«

»Es gibt einen Terminplan für die Benutzung des *Badezimmers*?«

»Nur morgens«, erklärte Nathan, der gerade aus seinem Zimmer kam, bereits geduscht und umgezogen. »Wenn wir uns alle gleichzeitig für die Schule fertig machen, wird es gern mal hektisch.«

Cole öffnete die Badezimmertür und eine Dampfwolke waberte in den Flur. Er hatte nur ein weißes Handtuch um die Taille gewickelt, Wassertröpfchen perlten von seinen wohlgeformten Schultern und Bauchmuskeln ab und ließen seine Haut funkeln.

»Wenn wir keine festgelegten Zeiten hätten«, sagte er und versuchte, sich Wasser aus dem Ohr zu schütteln, »wäre Danny stundenlang dort drin und würde versuchen, sich hübsch zu machen.« Dann schob er sich an Lee, Nathan und mir vorbei und rief über seine Schulter: »Ich selbst brauche nicht viel Zeit, denn ich bin von Natur aus hübsch.«

»Kann ich mich irgendwie noch dazwischenquetschen?«, fragte ich und sah mir den Zeitplan genauer an. Bis wir zur Schule aufbrechen mussten, waren alle Zwanzig-Minuten-Einheiten belegt.

Isaac streckte den Kopf aus dem Zimmer, das er sich mit Lee teilte. »Hat irgendjemand meine Lederjacke gesehen?«

»Sie ist in deinem Kleiderschrank, Idiot«, antwortete Lee seinem älteren Bruder.

»Du meinst, auf einem Kleiderbügel? Wie zum Henker ist sie da hingekommen?«

»Leute?«, fragte ich.

»Dein Scheiß war im ganzen Zimmer verteilt und ich konnte mein Board nicht finden.«

»Wenn du das nächste Mal beschließt, einen kleinen Frühjahrsputz zu veranstalten, tu mir einen Gefallen – fass die Jacke nicht an.«

»Hallo? Kann bitte mal irgendjemand mit mir sprechen?«, fragte ich und stemmte die Hände in die Hüften. »Ich muss auch duschen.«

»Du hättest früher etwas sagen sollen, Babe«, entgegnete Isaac. »Wir hätten meine Duschzeit teilen können.« Er grinste mich an und verschwand wieder in seinem Zimmer.

Lee lachte über seinen Bruder, schlüpfte ins Badezimmer und schlug mir die Tür vor der Nase zu.

»Versuch es mit dem Badezimmer unten, neben den Zimmern der Kleinen«, schlug Nathan vor. »Sie baden abends, sollte also im Moment niemand drin sein. Pass aber auf das ganze Spielzeug auf. Da bin ich schon mal böse drübergestolpert.«

Nachdem alle geduscht, gefrühstückt und in letzter Minute ihre Hausaufgaben fertig gemacht hatten, komplimentierte Katherine uns alle nach draußen.

»Lee, lass das Skateboard daheim. Wenn du noch einmal damit in der Schule erwischt wirst, blüht dir ein Verweis.«

»Aber Tante Kathy …«

»Kein Aber. Alex, du hast eine Fünf für deinen Geschichtsaufsatz bekommen. Star Wars ist kein zulässiges Thema für ›Bedeutsamster Krieg der Weltgeschichte‹. Entschuldige dich bei deinem Lehrer und sag ihm, dass du ihn noch einmal schreiben wirst. Isaac, die Volleyball-Trainerin der Frauen hat angerufen und gesagt, wenn sie dich noch ein einziges Mal dabei ertappt, wie du versuchst, dich in den Umkleideraum der Mädchen zu schleichen, sorgt sie dafür, dass du in deinem Sportkurs durchfällst. Jetzt macht euch auf die Socken«, rief Katherine dem davonziehenden Trupp von der Veranda aus nach. »Jackie sollte am ersten Schultag besser nicht zu spät kommen!«

Die Jungs warfen ihre Rucksäcke auf die Ladefläche des alten Pick-ups und zwängten sich in den Wagen. Ich sah ihnen vom Rand der Einfahrt aus zu und hatte plötzlich das Gefühl, einer besonders heimeligen Szene aus einem alten Film beizuwohnen. Alle hatten so viel Persönlichkeit, und ich kam mir vor, als gehöre ich nicht dazu. Selbst der Pick-up hatte Charakter. Vor Urzeiten war er wahrscheinlich einmal leuchtend rot gewesen, aber Alter und Witterung hatten die Farbe stumpf werden lassen. Einer der Seitenspiegel fehlte und ein Scheinwerfer war zerdeppert. So ganz verkehrstauglich kam er mir nicht vor.

Danny, der länger als alle anderen gebraucht hatte, um sich fertig zu machen, kam durch die Haustür und versuchte, den Schimpftiraden seiner Mutter zu entgehen. Er warf Cole die Schlüssel zu. Man brauchte kein Genie zu sein, um dahinterzukommen, dass er als Fahrer auserkoren worden war. Schon bald saßen alle auf ihren gewohnten Plätzen und der Wagen war voll. Danny, Isaac und Alex hatten hinten Platz genommen, Cole, Lee und Nathan vorn.

»Ähm«, begann ich unbeholfen. Ich stand immer noch im Gras. »Wo sitze ich?«

»Zu Fuß gehen ist immer eine Option«, gab Lee sarkastisch zurück.

Ich kämpfte gegen den Drang, ihm die Zunge herauszustrecken, aber glücklicherweise kam Nathan mir zu Hilfe. »Keine Sorgen, Jackie. Du kannst dich vorn dazwischenquetschen. Wir machen dir Platz.« Er lächelte freundlich aus dem Beifahrerfenster heraus.

»Und wenn das nicht funktioniert, können wir Alex immer noch aufs Dach binden. Sollte niemanden stören«, meinte Cole und drehte den Zündschlüssel um.

»Wenn irgendjemand aufs Dach gebunden wird«, schoss Alex zurück, »dann du, Cole. Du nimmst den meisten Platz weg.«

»Niemand hat dich nach deiner Meinung gefragt«, sagte Cole und funkelte seinen jüngeren Bruder im Rückspiegel an. »So, auf geht's jetzt.«

Lee grunzte verärgert, rutschte aber näher an Cole heran. Er wirkte nicht allzu glücklich darüber, die Vorderbank mit mir teilen zu müssen, aber ich öffnete die Beifahrertür und schlüpfte trotzdem hinein, nachdem Nathan mir ein wenig Platz gemacht hatte.

Die zwanzigminütige Fahrt zur Schule war nichts anderes als ein Einführungskurs in die grundlegenden Verhaltensweisen männlicher Jugendlicher, und ich befand, dass sich diese Spezies vielleicht doch nicht so sehr von der weiblichen unterschied. Um es zusammenzufassen: Die Walters schwatzten und tratschten schlimmer als die Mädchen in meinem alten Internat. Anfangs war es noch still im Wagen, was wahrscheinlich an meiner Anwesenheit lag, aber schon bald entspannten sie sich und quatschten drauflos, als sei ich nicht da. Sie redeten darüber, wer es diesen Frühling in die Leichtathletikmannschaft schaffen würde und wer nicht. Sie diskutierten, was sie am Freitagabend auf eine Party anziehen sollten und wer wohl dort sein würde. Aber vor allem sprachen sie über Mädchen: welche süß waren, welche das perfekte Parfüm benutzte und wer die hübscheste Frisur hatte.

Als sie anfingen, über eine gewisse Kate zu reden, die, um Isaacs Worte zu benutzen, »die coolsten Titten der Welt« hatte, fühlte ich mich unbehaglich. Ich versuchte, das Gespräch auszublenden, ließ mich in meinen Sitz zurücksinken und starrte aus dem Fenster. *Bitte, mach, dass wir bald ankommen. Bitte, lass uns bald ankommen!*

Aber als der Lastwagen auf den Schulparkplatz schoss – und Cole lachte wie ein kleiner Junge, als er die Reifen so richtig quietschen ließ –, bereute ich mein stummes Gebet sofort. Die Valley View High war dreimal so groß wie meine alte Schule. Und im Gegensatz zu den gepflegten grünen Rasenflächen und efeubedeckten Backsteinen, die ich gewohnt war, präsentiert sich mir diese Schule als nichts als ein hässlicher Betonklotz. Ein Banner über dem Haupteingang trug die Aufschrift: Heimat der Tigers!

Als ich das Gebäude betrachtete, merkte ich, dass die schiere Anzahl von Schülern mich bereits nervös machte. Ihre Rucksäcke über den Schultern, strömten sie in Massen zum Haupteingang. Andere lungerten auf dem Parkplatz herum, eine Gruppe von Jungen warf einen Football hin und her, Pärchen lehnten aneinandergeschmiegt an Autos, und hier und da standen größere Gruppen herum und unterhielten sich lachend.

»Raus«, verlangte Lee, obwohl Cole den Wagen gerade

noch in eine Parklücke bugsierte. Kaum waren Nathan und ich aus dem Wagen gestiegen, sprang Lee heraus und rannte auf die Menge zu. Ich versuchte, ihm mit den Augen zu folgen, aber da war er schon verschwunden. Wie sollte ich mich hier jemals zurechtfinden?

Die Hintertüren knallten zu, und alle Walters schnappten sich ihre Taschen von der Ladefläche. Ich blieb zögernd am Auto stehen und hoffte, dass irgendjemand mir anbieten würde, mich herumzuführen.

»Bloß weg, bevor der Fanklub kommt«, hörte ich Alex Danny zuflüstern, als sie sich an mir vorbeischoben.

Isaac schlüpfte in seine Lederjacke und zog ein Feuerzeug aus seiner Tasche. »Viel Spaß an deinem ersten Tag als die Neue«, rief er über seine Schulter, eine Zigarette zwischen den Lippen.

Mein Magen schlug Purzelbäume. Seine Worte machten mich noch nervöser. Ich wollte nicht die Neue sein – ich wusste nicht, wie! Seit der sechsten Klasse hatte ich in New York die Hawks besucht, wo ich Jahr für Jahr das gleiche Wohnheimzimmer mit meiner besten Freundin Sammy geteilt hatte und mit derselben Mädchenclique herumhing, die ich seit der Vorschule kannte. Bei dem Gedanken an zu Hause stiegen mir Tränen in die Augen.

»Alles in Ordnung?«, fragte Nathan. Er musste den besorgten Ausdruck auf meinem Gesicht bemerkt haben.

»Alles bestens«, murmelte ich, während ich meine Tränen wegblinzelte.

»Bist du dir sicher?«

»Es geht mir gut. Ehrenwort.«

»Alles klar. Wie wär's, wenn ich dir zeige, wo das Sekretariat ist?«, fragte er, während er sich seine Gitarre auf den Rücken schnallte.

»Das würdest du tun?« Meine Stimme hüpfte, als ich neue Hoffnung schöpfte.

»Na klar«, antwortete er und lächelte. »Wir wollen doch nicht, dass du dich an deinem ersten Tag verirrst.«

Ich atmete erleichtert aus. »Das wäre wirklich nett, Nathan. Lass mich nur meine Sachen holen.«

Auf der Ladeklappe saß Cole und schien auf etwas zu warten. »Also, New York«, sagte er und reichte mir meine Tasche runter. »Was denkst du?«

»Über eure Schule?«, fragte ich. »Sie ist, ähm – groß.«

Cole lachte. »Da bist du seit der Junior High behütet in einem Internat aufgewachsen, und alles, was dir zu deiner ersten Begegnung mit der richtigen Welt einfällt, ist, dass sie groß ist?«

Ich hasse sie, dachte ich. Aber diese Antwort würde wohl wenig Anklang finden. »Sie ist ganz anders als meine alte Schule«, sagte ich zögernd. »Ich brauche zum Beispiel keine Uniform zu tragen.«

»Ihr habt Uniformen getragen?«

»Ja. Es war eine Privatschule, Uniformen waren ein Muss.« Bei dem Gedanken an meinen alten, klobigen Pullover, die Krawatte und den passenden karierten Rock stieß ich einen Seufzer aus. Ja, meine Uniform war hässlich gewesen, aber es hatte immer etwas Tröstliches gehabt, morgens hineinzuschlüpfen. Heute Morgen hatte ich keine Ahnung gehabt, was ich anziehen sollte. Nachdem Cole gestern mein Outfit ins Lächerliche gezogen hatte, war mir klar geworden, dass ich gar nicht wusste, wie Jugendliche an öffentlichen Schulen sich anzogen.

»Und du bist auf eine reine Mädchenschule gegangen? Mann, das muss ein Anblick gewesen sein. Schulmädchen-Outfits sind heiß.«

»Bitte?«

»Na, Britney Spears und so.«

Ich bedachte Cole mit einem abschätzigen Blick. »*Unsere* Röcke waren knielang.«

»Schade«, gab er achselzuckend zurück. »Aber ich wette, du hast darin trotzdem süß ausgesehen.«

Das Kompliment kam unerwartet. »Ich – ähm«, stammelte ich.

»Coley!«, kreischte jemand und rettete mich aus meiner Verlegenheit. Ein relativ kleines Mädchen mit kastanienbraunen Haaren und giftgrünen Augen schlang die Arme um Coles Hals und knallte ihre Lippen auf seine. Als ich Zungenspitzen aufblitzen sah, wandte ich den Blick ab.

»Olivia«, sagte Cole tadelnd, als er sich nach einem langen Kuss von ihr löste, »wie oft hab ich dir schon gesagt, dass du mich nicht so nennen sollst? Das ist unmännlich.« Er pflückte Olivias Arme von seinem Hals, blieb aber neben ihr stehen und legte ihr einen Arm um die Schultern.

»Tut mir leid«, antwortete sie, ohne sich im Geringsten zu schämen, »aber du weißt doch, wie ich mich freue, wenn ich dich sehe. Manchmal geht meine Aufregung einfach mit mir durch.«

»Ja, ich weiß, Babe«, erwiderte er und lenkte sie Richtung Haupteingang. Er war schon halb über den Parkplatz, als er sich noch einmal umdrehte. »Viel Glück heute, New York!«, rief er.

»Typisch Cole«, bemerkte Nathan kopfschüttelnd.

»Ist sie seine Freundin?«, fragte ich und sah ihnen nach, außerstande, den Blick von Olivia abzuwenden. Es überraschte mich nicht, dass Cole ein Mädchen hatte, das wie ein Supermodel aussah. Ein Bilderbuchpaar.

Nathan schnaubte. »Das hätte sie gern.«

»Häh?«

»Cole steht nicht auf *feste Freundin*«, erklärte er, als wir uns Richtung Haupteingang aufmachten. »Er hat jede Menge Mädchen, mit denen er ... rumhängt, auf mehr lässt er sich nicht ein.«

»Und die Mädchen? Die haben kein Problem damit?«

»Sieht so aus«, antwortete Nathan mit einem Achselzucken.

Ich runzelte die Stirn, als wir die Stufen zur Schule hinaufgingen. »Das ist ja ekelhaft.«

»Du musst eins über Cole wissen«, sagte Nathan und hielt mir die Tür auf, »er hat an dieser Schule das Sagen. Alle Mädchen sind scharf auf ihn und alle Jungs wären gern *er*.«

»Aber wenn alle Mädchen scharf auf ihn sind, warum sucht er sich dann nicht einfach eine aus?«

Er zuckte die Achseln. »Warum sich eine bestimmte aussuchen, wenn er von allen mal kosten kann?«

»Von allen mal kosten?«, stieß ich hervor. »Ich kann nicht glauben, dass du das gerade gesagt hast!«

»Moment, Jackie«, entgegnete Nathan lachend, »ich sage nicht, dass ich Coles Benehmen gut finde. Ich versuche nur zu erklären, wie er denkt.«

Wir traten ein, und mir wurde bewusst, wie anders es sein würde, auf diese Schule zu gehen. Allein bei dem Gedanken daran schwirrte mir der Kopf. Dachten Jungen wirklich so? Vielleicht war meine Einführung in die grundlegenden Verhaltensweisen männlicher Jugendlicher doch nicht so lehrreich gewesen, wie ich gedacht hatte.

»Na schön.« Ich schüttelte ungläubig den Kopf. »Aber ich verstehe nicht, dass irgendein Mädchen es sich gefallen lässt, so behandelt zu werden.«

»Das verstehe ich auch nicht«, sagte Nathan, als über uns ein Gong ertönte, »das kannst du mir glauben. Das war der erste Gong – lass uns ins Sekretariat gehen, damit du nicht zu spät kommst.«

Nachdem er mich zum Sekretariat gebracht hatte, wo ich meinen Stundenplan bekam, begleitete Nathan mich zu meiner ersten Unterrichtsstunde – Anatomie.

»Da sind wir – Raum 207«, sagte er. »Hey! Sieht so aus, als hättest du einen Kurs zusammen mit Alex.« Nathan zeigte auf seinen Bruder, der mit der Nase in einem Buch in der hinteren Ecke des Raums saß. »Vielleicht kannst du ja neben ihm sitzen.«

»Warte, nein«, begann ich, aber Nathan marschierte bereits in das Klassenzimmer.

Seufzend folgte ich ihm.

»Hey, Alex«, rief Nathan, als er den hinteren Teil des Raums erreichte.

»Was gibt's, Nate?«, fragte Alex, ohne den Blick von seiner Lektüre zu nehmen.

»Ich habe gerade Jackie zum Unterricht begleitet und sie hat zufällig zusammen mit dir Anatomie. Hast du was dagegen, wenn sie sich an deinen Tisch setzt?«

Alex sah abrupt auf, als er meinen Namen hörte. »Ähm ...«, murmelte er. Er verstummte, als etwas hinter mir seine Aufmerksamkeit erregte.

Ein schrilles Kichern erfüllte den Raum, und als ich mich umdrehte, sah ich ein wunderschönes Mädchen mit blonden Ringellöckchen. Sie hatte eine perfekte Stupsnase, die sich niedlich kräuselte, wenn sie lachte, und ihre blauen Augen funkelten. Sie hielt ein anderes Mädchen untergehakt und zusammen schlenderten sie scherzend durch den Klassenraum.

Ich drehte mich wieder zu Alex um, der das Mädchen hinter mir mit seinen Blicken fixierte. Er presste die Lippen aufeinander, und für einen Moment dachte ich, dass er Nein sagen würde, aber dann machte er doch den Platz neben sich frei.

»Super! Danke, Al«, sagte Nathan.

»Kein Problem«, erwiderte Alex und wandte sich wieder seiner Lektüre zu.

»Ich mache mich jetzt besser auch auf den Weg. Ich wünsche dir einen guten ersten Tag, Jackie.«

»Bye, Nathan. Ich weiß deine Hilfe heute Morgen wirklich zu schätzen.«

»Hab ich sehr gerne gemacht«, gab er zurück. »Wir sehen uns später.«

Als Nathan fort war, zögerte ich, mich hinzusetzen. »Ich kann woanders hingehen, wenn du neben einem deiner Freunde sitzen willst«, sagte ich leise zu Alex und meinte damit das Mädchen. »Ich komme auch allein klar.«

»Häh?« Er blickte wieder von seinem Buch auf. »Nein, nein. Es ist total in Ordnung. Setz dich«, sagte er und bot mir den Stuhl an.

Ich war erleichtert. »Okay, danke.«

Alex' Blick huschte zu seinem Lesestoff zurück, aber dann holte er ein Lesezeichen hervor, schob es zwischen die Seiten und klappte das Buch zu.

»Du brauchst meinetwegen nicht aufzuhören«, murmelte ich, zog den Reißverschluss meiner Schultasche auf und nahm ein Heft heraus.

»Nein, das war unhöflich von mir«, antwortete Alex und lächelte mich an. »Du hast mich nur gerade bei meinem Lieblingsteil erwischt.«

»Oh, du hast das Buch also schon mal gelesen?«, fragte ich und legte den Kopf schräg, um den Titel zu lesen. »Wie heißt es denn?«

»*Die Gefährten*.«

Ich starrte Alex verständnislos an.

»Tolkien?«, fragte er und schüttelte ungläubig den Kopf. »Du machst Witze, oder? Du hast noch nie etwas vom *Herrn der Ringe* gehört?«

»Ach, der Film?«

Alex stöhnte auf und ließ frustriert seinen Kopf auf die Tischplatte fallen. »Warum kommen Mädchen nie darauf, gute Fantasy zu *lesen*?«

»Wovon redest du? Ich liebe Fantasy. Was ist mit *Ein Sommernachtstraum*?«

»Ist das so ein Mädchenscheiß wie *Twilight*? Das zählt nicht als Fantasy.«

»Shakespeare schreibt nicht über unsterbliche Vampire«, spottete ich.

»Ah, jetzt hab ich's! Ist das nicht dieser uralte Typ, der Theaterstücke geschrieben hat? Wir mussten sein Zeug im Englischkurs lesen.«

Ich wusste, dass er nur scherzte, trotzdem spöttelte ich: »Du weißt nicht, wer Shakespeare ist, aber mich lachst du aus, weil ich Tonkin nicht kenne, oder wie immer der heißt?«

»Tolkien«, korrigierte Alex mich, »und er hat die großartigste Fantasy-Reihe aller Zeiten geschrieben.«

»Mag sein, aber Shakespeare wird als größter Autor der Weltliteratur angesehen.«

Bevor Alex etwas erwidern konnte, erschien ein junger Mann im Raum.

»Guten Morgen«, begann er. »Heute haben wir eine neue Schülerin. Jackie, nicht wahr?«

Ich erstarrte, als ich meinen Namen hörte. Alle Köpfe drehten sich zu mir.

»Ähm, ja?«

»Sehr schön«, fuhr der Lehrer freundlich fort. »Willkommen an der Valley View. Ich bin Mr Piper und ich unterrichte die meisten Biologiekurse hier. Wie wär's, wenn Sie aufständen und uns etwas über sich erzählten?«

Er wollte, dass ich aufstand, vor allen! Mein Gesicht begann zu brennen.

»Jackie?«, hakte Mr Piper nach.

Ich hörte, wie mein Stuhl über den Boden scharrte, und dann stand ich. Meine Hände zitterten und ich schob sie hastig hinter den Rücken. »Ähm, okay. Hi, ich bin Jackie Howard, und ich bin vor Kurzem von New York hierher gezogen.« Ich brachte meine kurze Begrüßung in aller Eile hinter mich und setzte mich wieder. Wenn ich das in jedem Fach tun musste, würde der Tag ein Albtraum sondergleichen werden.

»Danke, Jackie«, sagte Mr Piper und rieb sich die Hände. »Dann wollen wir mal. Nehmen Sie bitte ihre Bücher heraus. Heute fangen wir mit dem Skelett an.«

»Keine große öffentliche Rednerin, hm?«, flüsterte Alex. Ein träges Grinsen glitt über seine Züge und für einen Moment verblüffte mich seine Ähnlichkeit mit Cole. Sie hatten das gleiche kräftige Kinn, die gleiche sonnengebräunte Haut und die gleichen blauen Augen, umrahmt von dichten Wimpern, für die jedes Mädchen sterben würde. Aber als ich sein Gesicht näher betrachtete, zeigten sich doch feine

Unterschiede: Fast unsichtbare Sommersprossen sprenkelten seine Nase, und seine Augen hatten eine leicht dunklere Blauschattierung mit goldenen Einsprengseln, die ich nur deshalb bemerkte, weil wir so nah nebeneinandersaßen.

Als mir bewusst wurde, dass ich ihn anstarrte, schüttelte ich den Kopf und wandte den Blick ab. »Nein, ganz und gar nicht.«

»Ich auch nicht«, entgegnete Alex. »Bei dem bloßen Gedanken daran juckt es mich überall.« Er schob sein Lehrbuch in die Mitte des Tisches. »Du hast noch kein Buch, oder? Du kannst bei mir mit reinschauen.« Ich lächelte vor mich hin. Es schien, dass ich im Hause Walter einen weiteren Freund gefunden hatte.

Mr Piper begann mit seiner Lektion und ich richtete meine Aufmerksamkeit auf den Unterricht. In dem Moment bemerkte ich die Blondine von vorhin. Sie saß auf der anderen Seite des Klassenzimmers und warf mir mörderische Blicke zu.

Nach Biologie hatte ich Kunst. Ich verlief mich auf der Suche nach dem richtigen Raum, und als ich mit Verspätung ankam, hatten alle bereits zu arbeiten begonnen. Die Kunstlehrerin, Mrs Hanks, war eine kleine Dame mit roter Brille und kupferfarbenem Haar, das sich in alle Richtungen lockte. Sie erklärte mir, dass die Schüler heute ein Projekt beendeten und morgen mit etwas Neuem anfangen würden, sodass ich die Stunde freihätte.

Als ich mich im Raum umsah, entdeckte ich nirgendwo

den leuchtenden Blondschopf eines Walter-Sprösslings, und so suchte ich mir einen freien Platz relativ weit hinten. Als ich mich setzte, lächelte mich ein Mädchen mit roten Haaren an, bevor sie sich wieder ihrer Arbeit zuwandte. Vielleicht waren die Leute hier ja gar nicht so schlimm, dachte ich bei mir und zog *Der Herr der Ringe* aus meiner Tasche. Alex hatte es mir nach der Stunde in die Hand gedrückt, und ich hatte ihm versprochen, es zu lesen, unter der Bedingung, dass er seine Shakespeare-Kenntnisse auffrischte. Zunächst schreckte mich das dicke Buch ein wenig ab, aber schon nach wenigen Seiten war ich so in die Handlung vertieft, dass ich erschrocken auf meinem Stuhl zusammenzuckte, als es zum Ende der Unterrichtsstunde läutete.

Der Rest des Morgens verflog schnell – ein Kurs noch, dann war Mittagspause. Als ich in den Raum für den Mathematikkurs kam, fiel mir sofort auf, dass viele der Schüler älter aussahen als ich. Durch meine Privatschulausbildung war ich dem Lehrplan für öffentliche Schulen voraus, deshalb hatte ich mich für Differenzial- und Integralrechnung eingeschrieben, einen Oberstufenkurs.

Als die Stunde bereits seit zehn Minuten lief, kam Cole mit einem Grinsen auf dem Gesicht ins Klassenzimmer geschlendert.

»Hallo, tut mir leid, dass ich zu spät komme«, sagte er, als sei das kein großes Problem. Dann entdeckte er mich. »Hey, Jackie! Ich wusste gar nicht, dass du in einem meiner Kurse bist!«

Alle drehten sich zu mir um. Ich senkte den Blick, schaute

auf meine Notizen und versteckte mich hinter meinem Vorhang aus Haaren.

»Mr Walter! Würden Sie bitte Platz nehmen und aufhören, meinen Unterricht zu stören?«, fragte der Lehrer.

Cole antwortete ihm, indem er die flache Hand an die Stirn legte und sich dann auf den einzigen freien Platz in der ersten Reihe fallen ließ.

Als die Stunde endlich vorbei war, begann ich meine Sachen zusammenzupacken. Ich stopfte gerade mein neues Buch in die Tasche, als Cole kam und sich auf mein Pult setzte.

»Was geht ab, Jackie?«, fragte er, griff sich eins meiner Hefte und blätterte es durch. »He, benutzt du dieses Ding wirklich?«, fragte er, als er sah, was ich mir während der Stunde aufgeschrieben hatte.

»Ähm, ja, dafür ist es da«, antwortete ich mit einem Was-denn-sonst-Unterton.

»Wer schreibt denn heutzutage noch mit?«, fragte er. Ich nahm ihm mein Heft ab, steckte es in meine Tasche und zog den Reißverschluss zu.

Dann warf ich mir die Tasche über die Schulter und wandte mich zum Gehen. »Ich.«

»Ja, klar«, stichelte er und heftete sich an meine Fersen, »Loser wie du.«

»Ich bin *kein* Loser«, gab ich zurück und blieb stehen, um stirnrunzelnd zu ihm aufzuschauen.

»Bist du doch«, neckte er.

»Bin ich nicht«, protestierte ich. Langsam wurde ich

wütend. »Es gibt einen großen Unterschied zwischen einem Loser und einem guten Schüler.« Ich wusste nicht, warum mich seine Stichelei so aufregte. Vielleicht lag es daran, dass ich immer noch aufgebracht war über das, was Nathan heute Morgen über ihn gesagt hatte.

»Entspann dich, Jackie. War nur ein Scherz«, sagte Cole.

»Was soll daran so witzig sein?«, fragte ich bissig.

»Du wirst wirklich rot, wenn du wütend bist«, antwortete er und pikste mir mit dem Zeigefinger in die Wange.

»Wo ist die Mensa?«, fuhr ich ihn an und stieß seine Hand weg. Ich hatte die Nase voll von Cole.

Er lachte und zog mich an seine Seite. »Beruhig dich, Jackie.« Als er meinen nackten Arm berührte, zog ich zischend den Atem ein. Cole redete weiter, als habe er es nicht bemerkt. »Ich geh mit dir hin und zeige dir sogar den besten Tisch.«

Da ich tatsächlich keine Ahnung hatte, wo ich hinmusste, blieb mir nichts anderes übrig, als mich von ihm in die Cafeteria bringen zu lassen. Ich hatte vor, Cole loszuwerden, sobald wir dort waren, aber als wir in den lauten Raum traten, rutschte mir das Herz in die Hose. Da waren so viele Leute und ich kannte niemanden. Vor der Vorstellung, mutterseelenallein an einem Tisch zu sitzen, graute mir, daher sagte ich nichts und folgte ihm einfach. Er zog mich durch das Gedränge zur Warteschlange an der Essensausgabe und die ganze Zeit über spürte ich die neugierigen Blicke der anderen Schüler. Statt sie zu erwidern, starrte ich stur auf Coles Hinterkopf.

Nachdem er sich ein Tablett geschnappt hatte, griff er sich zwei Brezeltüten.

»Magst du Pute?«, fragte er. Ich nickte und er warf zwei Sandwiches auf das Tablett. »Einen Apfel für die Gesundheit«, murmelte er, während er zwei Stücke Obst aussuchte. »Und Milch für starke Knochen. Bitte schön, ein zertifiziertes Cole-Walter-Mittagessen. Halt das Tablett, ich zahle.«

»Ich habe Geld«, sagte ich ihm, als er mir das Tablett fast in die Arme warf.

Cole ignorierte mich, kramte seine Brieftasche hervor und reichte der Kassiererin einen Geldschein. Er steckte das Wechselgeld ein und legte mir die Hand in den Rücken. »Hier entlang«, sagte er und führte mich zu einem Tisch in der Mitte der Kantine.

Der Tisch war fast voll mit Jungs, die Jacken mit Sportabzeichen trugen, und Mädchen in Cheerleader-Uniformen. Ich fühlte mich sofort deplatziert. Cole setzte sich neben ein großes Mädchen mit langen, kastanienbraunen Haaren. Ihre rosa Lippen lächelten, als sie ihn sah.

»Wo hast du den ganzen Tag gesteckt, Walter?«, fragte sie und fuhr mit ihren manikürten Nägeln durch Coles Haar. »Du hast dich hoffentlich nicht mit diesem Flittchen Olivia rumgetrieben, oder?«

»Freut mich auch, dich zu sehen, Erin«, sagte Cole. »Zu deiner Information, ich habe mich mit Jackie zum Mittagessen getroffen.«

»Jackie? Wer ist das?«

»Eine Freundin«, antwortete Cole und deutete auf mich, »also, rutsch rüber und mach ihr ein wenig Platz.«

»Es ist ein bisschen eng am Tisch für noch jemanden, meinst du nicht?«, fragte Erin, während sie mich von Kopf bis Fuß musterte.

»Dann geh doch«, schlug Cole vor.

Erin klappte vor Überraschung die Kinnlade herunter. »Ist das dein Ernst?«, fragte sie empört. Cole starrte sie mit kalten Augen an. Erin kniff die Lippen zusammen und rutschte wortlos ein Stück weiter.

Der Ausdruck von Abscheu auf Erins Gesicht, als ich das Tablett auf den Tisch stellte, brachte beinahe *mich* dazu zu gehen. Cole klopfte mit der Hand auf den frei gewordenen Platz an seiner Seite. »Worauf wartest du?«, fragte er und lächelte mich freundlich an. Ich überwand meine Nervosität und zwang mich, Platz zu nehmen.

KAPITEL 4

Der Rest des Tages verging in einer Flut neuer Eindrücke und unbekannter Gesichter. Ich atmete erleichtert auf, als der Pick-up nach der Schule in die Einfahrt einbog und das klapprige Haus der Walters sich in mein Blickfeld schob.

»Wir sind wieder da, Tante Kathy!«, rief Lee, als er durch die Tür trat. »Was gibt's zu essen?«

Danny, Lee und ich mussten im Hauseingang über einen Haufen Kartons steigen. Wir waren die Einzigen, die tatsächlich schon um drei Uhr nachmittags von der Schule nach Hause kamen. Alex hatte noch Baseballtraining, Cole fuhr mit dem Bus zu seinem Job bei einer Autowerkstatt im Ort, Nathan probte noch im Musikraum der Schule, und Isaac war nicht auf dem Parkplatz aufgetaucht – was anscheinend normal war, denn nach fünf Minuten Warten waren wir einfach losgefahren. Ich hatte vor, mir einige Wahlfächer und AGs zu suchen, verschob das aber auf die nächste Woche, wenn ich hoffentlich nicht mehr so erschöpft sein würde.

»Hallo«, hörte ich Katherine aus der Küche rufen. Ein köstlicher Duft drang von dort in den Flur. Katherine stand an der Anrichte, wo sie einen Berg Brötchen aufschnitt.

»Höllisch gut«, sagte Lee, den Deckel des Schonkochtopfs in der Hand. »Sloppy Joe könnt ich jeden Tag essen.«

»Was ist Sloppy Joe?« Was immer es war, es klang widerlich.

Katherine, Lee und Danny starrten mich an, als spräche ich eine fremde Sprache.

»Du hast noch nie einen Sloppy Joe gegessen? Von was für einem seltsamen Planeten kommst du denn?«, fragte Lee.

»Lee, benimm dich«, sagte Katherine und zeigte mit dem gezackten Brotmesser in Lees Richtung. »Ein Sloppy Joe ist ein Sandwich mit einer Sauce aus Rinderhack«, erklärte sie mir. »Die gibt's heute zum Abendessen. Deine restlichen Sachen sind heute angekommen, Jackie. Du kannst ja die Zeit nutzen, dich weiter in deinem Zimmer einzurichten. Ich habe alle Malutensilien rausgeräumt, und Danny kann dir helfen, die Kisten nach oben zu tragen und auszupacken.«

»Warum kann Lee ihr nicht helfen?«, fragte Danny.

»Weil er schon Parker bei ihren Mathehausaufgaben hilft.«

»Tue ich das?«, fragte Lee.

»Würdest du doch lieber Kisten in Jackies Zimmer raufschleppen?«

»Hey, der Mathescheiß ist mein Leben«, sagte Lee und beeilte sich, aus der Küche zu verschwinden.

»Und ihr zwei« – Katherine griff nach dem nächsten Brötchen – »fangt am besten gleich an. Ich will diese Kisten aus dem Weg haben, bevor alle anderen nach Hause kommen.«

Zwanzig Minuten lang schleppten wir in angespanntem Schweigen meine Sachen nach oben. Wir hetzten die Treppe hinauf, versuchten, nicht zusammenzustoßen, und vermieden peinlichst jeglichen Blickkontakt. Als Danny endlich den letzten Karton auf den Boden stellte, warf ich mich auf mein Bett. Ich war verschwitzt und mir tat alles weh.

»Tausend Dank für deine Hilfe. Ohne dich hätte es eine Ewigkeit gedauert.«

Danny nickte und wandte sich wortlos zum Gehen. Leider war mein Zimmer jetzt ein Labyrinth aus Pappkartontürmen. Danny blieb mit dem Fuß hängen, und der oberste Karton des Stapels löste sich und krachte herunter, natürlich nicht ohne aufzureißen und meine Shakespeare-Sammlung auf dem Boden zu verteilen. Danny ging in die Knie, um sie aufzusammeln.

»Tut mir leid«, murmelte er und fing an, die Bücher wieder in den Karton zu packen.

»Macht nichts«, antwortete ich und sprang von meinem Bett. »Ich mach das schon.« Mein Blick fiel auf *Ein Sommernachtstraum,* und ich nahm mir vor, es für Alex beiseitezulegen. Eigentlich hatte Danny mir mit seiner Ungeschicklichkeit einen Gefallen getan, denn jetzt musste ich nicht mehr alle Kisten nach den Büchern durchsuchen. Ich zog den *Sommernachtstraum* unter einigen anderen Bänden hervor, und Danny warf einen Blick auf das Buch, das er gerade in der Hand hatte.

»*Romeo und Julia?*«, fragte er. Er klang überrascht. »Du magst Theaterstücke?«

»Natürlich, ich bin aus New York! Ich habe seit meiner frühesten Kindheit alle möglichen Aufführungen gesehen. Ich habe ein Faible für Shakespeare, aber Shaw und Miller mag ich auch sehr.« Als ich antwortete, presste Danny die Lippen aufeinander, als hätte er gerade erst bemerkt, dass er mit mir gesprochen hatte.

»Oh, cool.« Er stopfte ein letztes Buch in die Kiste und sprang auf. »Bis später.« Er war zur Tür hinaus, bevor ich Tschüs murmeln konnte.

Während ich mit der Hand über den Einband von *Ein Sommernachtstraum* strich, breitete sich ein Lächeln auf meinem Gesicht aus. Meine Begegnung mit Danny hätte ein wenig besser laufen können, aber zumindest wusste ich jetzt, dass wir ein gemeinsames Interesse hatten. Vielleicht würde ich im Haus der Walters mehr Freunde finden, als ich ursprünglich gedacht hatte. Anscheinend musste ich mir die Jungs nur einzeln vorknöpfen.

Beim Abendessen kostete ich den ersten Sloppy Joe meines Lebens, und ich verstand sofort, woher er seinen Namen hatte. Es war unmöglich, das Fleisch im Brötchen zu halten. Es quoll heraus, wenn ich hineinbiss, und spritzte auf meinen Teller. Als ich fertig war, waren meine Finger und mein Gesicht völlig verschmiert. Ich fand, es wäre sinnvoller gewesen, die Hackfleischsoße in eine Schüssel zu füllen und das Brötchen hineinzutunken. Aber die Walters schienen es zu genießen, mit dem Gesicht in den Burger zu tauchen.

Als alle satt waren, mussten wir helfen, den Tisch abzuräumen, aber anschließend durften wir tun, was wir wollten. Parker und die kleinen Zwillinge stürmten ins Wohnzimmer und kämpften um die Fernbedienung. Jack und Jordan verschwanden, um die Aufnahmen zu bearbeiten, die sie von mir während meines ersten Sloppy Joes gemacht hatten. Isaac forderte Alex zu einem Basketballspiel heraus, Lee und Nathan verschwanden in ihre Zimmer. Diese Freiheit fühlte sich fremd an. Im Internat hatte es einen strengen Zeitplan gegeben – Abendessen, Hausaufgaben, um neun Licht aus.

Im Versuch, in meinem Leben etwas Normalität zu bewahren, ging ich die Treppe zu meinem Zimmer hinauf, um Schularbeiten zu machen. Obwohl ich nichts Bestimmtes aufbekommen hatte, musste ich in Englisch etwas nachholen. Die Klasse hatte *Moby Dick* bereits halb durchgelesen, ein Buch, das dicker war als jedes der Lehrbücher, die ich im Laufe des Tages bekommen hatte. Nachdem ich fünf Seiten gelesen hatte, klappte ich das Buch verärgert zu, und schnappte mir Alex' Ausgabe von Tolkiens *Die Gefährten*.

Es klopfte an der Tür.

»Jackie?«, fragte Cole und streckte den Kopf herein. Er hatte nicht mit uns zu Abend gegessen, und nach dem Mechaniker-Overall von Tonys Autoreparaturwerkstatt, auf den sein Name gestickt war, zu urteilen, war er gerade erst von der Arbeit nach Hause gekommen.

»Hm?« Ich richtete mich in meinem Bett auf und sah auf meine Uhr. Überrascht stellte ich fest, dass ich bereits seit zwei Stunden mit den *Gefährten* unterwegs war.

»Alle sind draußen im Garten, um noch ein bisschen zu spielen. Machst du mit?« Er trug eine Baseballkappe verkehrt herum auf dem Kopf, was wohl verbergen sollte, dass sein Pony ihm an der Stirn klebte und er Autoschmiere auf der Nase hatte. Trotzdem brachte ein einziger Blick auf ihn meinen Puls zum Rasen.

»Was spielt ihr denn?«, fragte ich und versuchte, gleichgültig zu klingen.

»Dosentreten, Räuber und Gendarm, Geist im Grab, so was.« Cole schwieg und wartete auf meine Reaktion.

»Tut mir leid, aber von diesen Spielen habe ich noch nie etwas gehört.«

»Was zum Henker hast du denn gespielt, als du klein warst?«

»Ich habe jede Menge Broadway-Shows gesehen und meine Familie hat Jahreskarten für die meisten Museen.« Sobald die Worte über meine Lippen gekommen waren, begriff ich meinen Fehler. Meine Familie hatte Jahreskarten für die meisten der Museen *gehabt*.

»Klingt grauenvoll«, bemerkte Cole. »Wie wär's, wenn wir dir zeigen, was richtig Spaß macht?«

So nett es war, dass Cole mich einlud, etwas mit den anderen zu unternehmen, ich konnte mich nicht dazu aufraffen. Der Gedanke, mit allen Walter-Jungs auf einmal herumzuhängen, verunsicherte mich. Außerdem wirbelten jetzt Gedanken an meine Familie in meinem Kopf herum, und ich wusste, dass die Tränen fließen würden, sobald Cole weg war. Ich wollte nicht, dass er mich weinen sah.

»Ich muss ziemlich viel für die Schule nachholen. Vielleicht ein andermal?«

»Komm schon, Jackie. Es ist nicht so, als würden deine Lehrer erwarten, dass du bis morgen alles weißt, was du versäumt hast.«

Ich zog die Knie an die Brust, blinzelte und versuchte, die Tränen zurückzuhalten und meine Gefühle in den Griff zu bekommen. »Tut mir leid Cole, aber es war ein langer erster Tag.«

Ich dachte, er würde nicht locker lassen, aber offenbar spürte er, dass etwas nicht stimmte. »Okay. Auf jeden Fall weißt du, wo du uns findest, falls du es dir anders überlegst.«

Cole zog die Tür zu. Ich saß reglos da und starrte auf die wirbelnden blauen Meereswellen, mit denen Katherine die Wand hinter meinem Bett verziert hatte. Sie erinnerten mich an die Sommer meiner Kindheit – warme, sonnige Tage im Strandhaus in den Hamptons und Lucy und ich beim Picknick auf unseren Badetüchern oder am Ufer mit den Füßen im Wasser.

Ich fühlte das dringende Bedürfnis, eine vertraute Stimme zu hören, jemanden, der mich trösten konnte. Also nahm ich mein Handy vom Schreibtisch und wählte eine Nummer, die ich auswendig kannte.

Sammy ging beim ersten Läuten dran. »*Hola, chica,* was geht ab?«

Beim Klang der Stimme meiner besten Freundin begannen meine Lippen zu zittern. Eine kurz angebundene Begrüßung war alles, was ich, ohne in Tränen auszubrechen, fertigbekam.

»Gott, Jackie. Was ist los? Ist Colorado so schrecklich?«, fragte sie.

»Schlimmer als schrecklich, Sammy. Ich bin auf einer Ranch am Arsch der Welt. Katherine Walter hat zwölf Kinder, und kein Starbucks weit und breit, seit ich aus New York weg bin.«

»Wie bitte!? Diese Bohnenstange von einer Frau hat sich zwölf Babys rausgepresst?«

Ich konnte ein kurzes Lächeln nicht unterdrücken. »Nur zehn davon sind ihre eigenen. Zwei der Jungs sind ihre Neffen.«

Sammy schnappte nach Luft. »Hast du gerade Jungs gesagt – will heißen, *alle* zwölf haben ein Y-Chromosom?«

»Parker ist ein Mädchen, aber sie benimmt sich nicht so.«

»Wenn du mich fragst, sind das immer noch ziemlich gute Voraussetzungen. Irgendwelche heißen Typen dabei?«

»Sammy«, stöhnte ich. Die Walters waren das Letzte, worüber ich reden wollte.

»Was? Das ist eine vollkommen berechtigte Frage! Meine beste Freundin ist total isoliert von der Zivilisation, da wäre es schon schön zu wissen, dass sie zumindest was Leckeres zum Anschauen hat.«

Ein oder zwei sind schon dabei, bei denen einem das Wasser im Mund zusammenlaufen könnte. Kaum war mir der Gedanke durch den Kopf geschossen, bekam ich Gewissensbisse. Meine Familie war tot, und ich hatte nichts Besseres zu tun, als mich mit Jungs zu beschäftigen. »Können wir bitte über etwas anderes sprechen?«, murmelte ich ins Telefon.

»Über hübsche Jungs zu reden, ist meine Art der Therapie.«

»Mir geht's davon aber nicht besser.«

»Das wird es gleich. Jetzt raus damit! Wie heißt er?«

Ich hielt inne und überlegte, ob ich es ihr erzählen sollte. Einen Namen fallen zu lassen, konnte schließlich keinen großen Schaden anrichten, sagte ich mir. Es bedeutete ja nichts. Ein Seufzer kam mir über die Lippen. »Er heißt Cole.« Ich flüsterte seinen Namen, als verriete ich ein Geheimnis.

»Hm. Hört sich nicht schlecht an. Ist natürlich kein Blake oder Declan, aber Cole klingt auch ganz nett. Okay, jetzt erzähl mal. Wie sieht er aus?«

Ich vergrub mein Gesicht im Kopfkissen. »So habe ich mir unser Gespräch nicht vorgestellt.«

»Du machst es einem aber auch schwer mit deiner Hinhaltetaktik.«

»Na schön«, sagte ich schnell. »Er ist groß, blond und, was man so hört, ein totales Schwein. Außerdem kann ich im Moment nicht mal an Jungs denken. Ich will einfach nur nach Hause, okay?«

»Oh, Jackie«, sagte Sammy leise. »Ich wollte dich nicht aufregen. Ich dachte, vielleicht kann ich dich ein bisschen ablenken.«

»Ich weiß«, antwortete ich und fühlte mich mies, dass ich so schnippisch gewesen war. »Es ist nur so, dass heute all meine Sachen angekommen sind, und ich kann mich nicht aufraffen, sie auszupacken. Dann würde sich alles so endgültig anfühlen.«

»Ich kann dich total verstehen, Schwester. Meine neue Mitbewohnerin ist gestern Abend eingezogen. Es war so seltsam, auf deiner Zimmerseite die Sachen von jemand anderem zu sehen. Ganz zu schweigen vom Französischkurs. Keiner neben mir.«

Die Klammer um mein Herz zog sich zusammen, als ich an meine alte Schule dachte, mein altes Wohnheimzimmer, meine alten Kurse. Der Umzug nach Colorado hatte mich von meinem alten Leben und allem, was mir vertraut war, abgeschnitten, und die einzige Verbindung zu dieser Welt war meine beste Freundin. »Sammy, du weißt gar nicht, wie gut es tut, deine Stimme zu hören. Du fehlst mir so. Ich wünschte ... ich wünschte ...«

»Jackie«, sagte Sammy langsam und bedächtig. »Es wird alles besser werden, okay? Versprich mir nur, dass du versuchst, dich einzuleben. Das hilft. Ich weiß es.«

»Okay«, lenkte ich ein, obwohl ich alles andere als scharf darauf war.

Wir telefonierten eine Stunde lang, und während des Gesprächs ging es mir ein wenig besser. Aber als ich mich danach unter meiner Bettdecke zusammenrollte, hielt mich ein Gefühl absoluter und abgrundtiefer Einsamkeit noch lange hellwach.

Am nächsten Morgen aufzustehen, um mit Nathan laufen zu gehen, war die reinste Folter. Wie oft ich mir auch die

Augen rieb, ich konnte die Müdigkeit nicht abschütteln, die sich wie ein bleierner Mantel über meinen ganzen Körper legte. Dann ertappte ich Olivia dabei, wie sie sich aus Coles Zimmer schlich. Der Schock, sie mit zerzausten Haaren und nur mit einem seiner Hemden bekleidet im Flur stehen zu sehen, war wie ein Schlag, und mit einem Mal war ich hellwach. Als wir da standen, beide vor Schreck gelähmt, und uns mit weit aufgerissenen Augen anstarrten, kam Nathan aus seinem Zimmer und machte die ganze Sache noch peinlicher. Schlimmer noch, wir mussten auch noch alle zusammen die Treppe hinuntergehen.

»Also …«, sagte ich, nachdem Olivias Wagen aus der Einfahrt gebogen war. Nathan und ich machten auf der Veranda ein paar Dehnübungen. »Ist es normal, dass Cole *Freunde* bei sich schlafen lässt?«

Nathan zog einen Fuß hinter sich und konzentrierte sich auf seine Kniesehne. »Ab und an, aber nicht allzu oft. Ich nehme an, er will nicht erwischt werden.«

»Warum?«

»Weil«, sagte er und sah mich an, als könne ich nicht bis drei zählen, »unser Dad ihn umbringen würde.«

»Das ist mir schon klar«, antwortete ich, während ich versuchte, meine Haare zu einem Pferdeschwanz zu binden. »Ich meine, warum ist er so ein …«

»Ein Kerl?«

Ich musste zu heftig an meinem Zopfgummi gezogen haben, denn es riss, und mein Pony fiel mir in die Augen. »Du weißt, dass ich das nicht gemeint habe.« Ich seufzte frustriert. »Du bist auch ein Kerl. Ich sehe dich nicht herumschlafen.«

»Soweit ich mich erinnere, war er nicht schon immer so«, sagte Nathan mit einem Achselzucken. »Aber Cole ist niemand, der besonders viel über seine Gefühle redet.«

»Was ist passiert?«

Nathan hielt inne und sah mich misstrauisch an. »Du darfst Cole niemals sagen, dass ich dir das erzählt habe, in Ordnung? In diesem Punkt ist er sehr empfindlich.«

»Okay.«

»Er hat im letzten Jahr sein Football-Stipendium verloren.«

»Wie hat er denn das geschafft?« Mir schossen Drogen, Alkohol oder schlechte Noten durch den Kopf, deshalb überraschte mich Nathans Antwort.

»Während eines Spiels. Er war der beste Receiver im Staat, bis er böse gefoult worden ist und sich das Bein gebrochen hat«, berichtete Nathan. »Sein Bein ist besser geworden, aber seitdem war er nie mehr der Alte. Hat in diesem Jahr noch nicht einmal an den Ausscheidungsspielen teilgenommen.«

»Das ist ja schrecklich«, murmelte ich und fühlte mich ein bisschen schuldig. Vielleicht hatte Cole Walter doch mehr als Mädchen und Sex im Kopf.

Nach dem Laufen drehte ich die Dusche bis zum Anschlag kalt auf, um mich abzukühlen. Das Wasser erfüllte seinen Zweck, und als ich mit dem Haarewaschen fertig war, stieg ich erfrischt wie lange nicht aus der Dusche. Als ich tropfnass auf der Duschmatte stand, sah ich, dass der Haken, an dem mein Handtuch hängen sollte, leer war. Was zum Kuckuck? Ich hatte es ganz sicher kurz vor dem Duschen dort hingehängt.

Plötzlich schoss mir ein Gedanke durch den Kopf und ich suchte mit meinen Augen die Ablage neben dem Waschbecken. Mein Herz schlug mir bis zum Hals, und ich geriet in Panik – der sorgsam zusammengelegte Stapel mit meinen Kleidern war ebenfalls verschwunden. Irgendjemand musste sich ins Badezimmer geschlichen haben, während ich geduscht hatte, und sich meine Kleider und mein Handtuch geschnappt haben!

Panisch riss ich die Badezimmerschränke auf in der Hoffnung, etwas zu finden, *irgendetwas,* womit ich mich bedecken konnte, aber ich wusste, dass meine Suche erfolglos sein würde. Die Fächer waren voll mit Toilettenpapier, Seife und Waschlappen, aber nichts, das mir helfen konnte.

»Nein, nein, nein!«, murmelte ich vor mich hin. »Das kann nicht sein.« Wie um alles in der Welt sollte ich in mein Zimmer kommen, ohne dass einer der Jungen mich sah?

»Alles in Ordnung da drin, Jackie?«, fragte Isaac und klopfte an die Badezimmertür.

»Ähm, nicht direkt«, sagte ich mit heißen Wangen. »Hier drin sind keine Handtücher.«

»Warum hast du dir keins mitgebracht?«, fragte er und versuchte, ein Kichern zu unterdrücken.

»Hab ich doch! Irgendjemand hat es weggenommen. Würdest du mir eins holen?«

»Nö.«

»Warum zum Teufel nicht?«

»Weil ich mit Cole um fünf Dollar gewettet habe, dass du lieber die Schule schwänzen würdest, als nackt durchs Haus zu flanieren. Ich will doch keinen Lincoln verlieren.«

Also doch lauter Perverse, die kleinen Walters!

Ich wollte es zwar vermeiden, den Jungen auf die Füße zu treten, damit sie mich leichter akzeptierten, aber das würde ich Isaac auf keinen Fall durchgehen lassen. »KATHERINE!«, schrie ich aus Leibeskräften. Mit ein wenig Glück würde sie mich von der Küche aus hören. »ISAAC HAT MIR MEIN HANDTUCH GESTOHLEN!«

»Tut mir leid, Jackie, aber meine Tante ist mit Zack und Benny zum Zahnarzt gefahren, sie wird dir also nicht helfen können. Außerdem habe ich nicht gesagt, dass *ich* dein Handtuch genommen habe. Ich habe nur gesagt, dass ich dir kein neues bringen würde.«

»Bitte, Isaac«, flehte ich verzweifelt. »Ich will die Schule nicht versäumen.«

»Hey, ich halte dich nicht auf. Wir fahren in zehn Minuten, du solltest dich also besser beeilen.«

»Isaac!«, rief ich und hämmerte gegen die Tür. »Das ist nicht witzig.« Als keine Antwort kam, wusste ich, dass er mich hilflos im Badezimmer zurückgelassen hatte.

Ich schlug ein letztes Mal hart mit der Faust gegen die Tür, dann ließ ich meinen Kopf frustriert gegen das glatte Holz fallen. Schule war wichtig – tatsächlich war sie mein Leben –, aber auf keinen Fall würde ich jemals splitternackt durch das Haus der Walters laufen. Ich würde darauf warten müssen, dass Katherine vom Zahnarzt nach Hause kam, und bis dahin waren die Jungs längst ohne mich zur Schule gefahren.

Eine Gänsehaut kroch mir Arme und Nacken hinauf, als ich nass und zitternd in meiner Pfütze stand. Es sah aus, als würde ich für eine Weile im Badezimmer festsitzen, und so beschloss ich, wieder unter die Dusche zu gehen und das Wasser heiß aufzudrehen, um mich zu wärmen. Als ich den Duschvorhang zurückzog, kam mir eine Idee: Der Vorhang bestand aus zwei lose verbundenen Teilen – einem inneren, wasserdichten aus durchsichtigem Plastik und einem äußeren aus blickdichtem dunkelblauen Stoff. Leider war der Stoffvorhang mit kleinen silbernen Ringen befestigt. Wenn ich den Stoff irgendwie herunterbekäme. Vielleicht, wenn ich fest genug zog …

Ich packte das Material und riss mit aller Kraft daran, aber statt des Vorhangs krachte mir die ganze Duschstange auf den Kopf.

»Verflixt noch mal!«, fluchte ich, als die Duschstange scheppernd auf dem Boden zu liegen kam. Obwohl mein Kopf pochte, hob ich sie schnell hoch und zog den Vorhang herunter. Ich warf das Plastikteil achtlos in die Dusche und wickelte mir den blauen Stoff als provisorisches Handtuch um den Körper. Da dies das Badezimmer der Kleinen war, hatte der Vorhang ein scheußliches Muster aus Affen und Bananen, aber er würde genügen müssen. Hoffentlich würde Katherine nicht sauer auf mich sein, dachte ich und betrachtete das Chaos, das ich angerichtet hatte. Zur Not konnte ich alles ersetzen, was ich kaputt gemacht hatte.

Ohne in den Flur zu spähen, um zu sehen, ob die Luft rein war, riss ich die Tür auf und eilte zur Treppe.

»Isaac, die Taube ist ausgeflogen! Wiederhole, Taube ist ausgeflogen!« Als ich über meine Schulter spähte, sah ich Jack mit einem Walkie-Talkie. Neben ihm stand Jordan mit der Videokamera in den Händen. Das grüne Licht blinkte.

»Sie sollte eigentlich nackt sein«, murmelte Jack, als hätte ich ihm irgendetwas vermasselt.

Ich machte keine Anstalten, stehen zu bleiben oder die Zwillinge anzubrüllen, sondern nahm zwei Stufen gleichzeitig, um in mein Zimmer zu kommen, bevor mich noch jemand in dieser Aufmachung sah. Isaac erschien auf dem Treppenabsatz, das zweite Walkie-Talkie in der Hand und ein boshaftes Grinsen auf dem Gesicht.

»Ich hätte nicht gedacht, dass sie wirklich …« Er hielt inne, als er mich sah. »Oh, da war aber jemand clever. An den Duschvorhang hatte ich tatsächlich nicht gedacht.«

»Aus dem Weg«, rief ich und schob mich an ihm vorbei.

»Jackie, warte!«, rief Jordan und jagte mit der Kamera hinter mir her. »Kannst du einige Fragen für unseren Film beantworten? Unsere Zuschauer würde zum Beispiel brennend interessieren, ob Mädchen mit ihren eigenen Möpsen spielen.«

Die Zwillinge verfolgten mich bis zu meinem Zimmer und bombardierten mich mit lächerlichen Fragen, bis ich hineinschlüpfte und die Tür abschloss. Dann lehnte ich mich mit dem Rücken gegen das Holz, schloss die Augen und ließ mich zu Boden sinken.

»Kannst du erklären, warum Mädchen verrückt nach Schuhen sind?«, hörte ich Jack auf der anderen Seite sagen. »Warum braucht ihr so viele?«

»Stell die Toilettenfrage. Die ist gut.«

»Ja, das stimmt. Jackie, warum gehen Mädchen immer zu mehreren auf die Toilette?«

In dem Moment wurde mir bewusst, dass ich nie wieder meine Ruhe haben würde.

»Hört zu, wir machen das so«, hörte ich Mrs Hanks sagen. »Ihr müsst euch mit zwei Freunden zusammentun.«

Ich schaute mich im Raum um und biss mir fest auf die Unterlippe. Wir fingen im Kunstkurs ein neues Gruppenprojekt an, und Freunde waren etwas, an dem es mir gegenwärtig mangelte. Stühle scharrten über den Boden, und alle gingen zu jemandem, den sie kannten. Da ich wusste, dass sich niemand mit mir würde zusammentun wollen, blieb ich einfach sitzen und fragte mich, welche Gruppe das Pech haben würde, mich zugeteilt zu bekommen. Ich sah die Rothaarige vom Vortag aufstehen und in meine Richtung kommen. Als sie winkte, brauchte ich eine Sekunde, bis mir klar wurde, dass sie mich meinte. Ich grüßte kurz mit erhobener Hand, als sie neben meinem Tisch stehen blieb.

»Hey, Jackie. Mein Name ist Riley«, sagte sie mit einem deutlichen Südstaatenakzent. »Würdest du gern in meiner Gruppe mitmachen?«

»Du kennst meinen Namen?«, fragte ich überrascht.

Sie lächelte. »Alle kennen deinen Namen. Du bist die Neue, die an ihrem ersten Tag hier mit Cole Walter zusammengesessen hat.« Riley zog einen Stuhl unter dem Tisch vor und setzte sich. »Also, wie sieht es aus? Sind wir ein Team?«

Danke, Cole Walter! Anscheinend war er doch zu etwas anderem nutze, als nur dazu, mich nervös zu machen. »Ja, bitte. Ich hatte schon befürchtet, alleine arbeiten zu müssen.«

»Ach, sei nicht albern. Heather und ich hätten dich nie einsam und allein hier sitzen lassen«, meinte Riley. Wer die erwähnte Heather war, wusste ich noch nicht. »Sie wird gleich zu uns stoßen. Wahrscheinlich mit Verspätung, weil sie draußen rumflirtet.«

Wie aufs Stichwort kam ein Mädchen mit langen, sandfarbenen Haaren, die sie sich zu einem Knoten zusammengedreht hatte, durch die Tür und direkt auf Riley zu.

»Du errätst nie, was ich gerade erfahren habe«, rief sie und schnappte sich den Stuhl neben ihrer Freundin. »Kennst du diese Neue, diese Jackie, mit der Cole neulich zusammengesessen hat? Anscheinend war ihr Dad ein milliardenschwerer New Yorker Geschäftsmann und ihre Mutter war eine berühmte Modedesignerin. Ihre ganze Familie ist kürzlich bei einem Autounfall ums Leben gekommen …«

»Heather?«, zischte Riley und versuchte, ihre Freundin zu unterbrechen.

»… und auf meiner Lieblings-Internet-Klatschseite war

ein ganzer Artikel darüber. Du weißt schon, die, die Nacktfotos von diesem heißen britischen Schauspieler gepostet hat, von dem ich dir erzählt habe? Ist egal – aber kannst du dir vorstellen, so reich zu sein?«

»Heather!«, sagte Riley wieder, diesmal mit mehr Nachdruck. Sie deutete in meine Richtung.

Heather folgte Rileys Finger mit den Augen. »Ach du Scheiße«, sagte sie, als sie mich bemerkte.

»Was sie meint, ist: ›Tut mir leid‹«, erklärte Riley und warf ihrer Freundin einen Blick zu. Als Heather nichts sagte, stieß Riley ihr den Ellbogen in die Seite.

»Oh, klar! Es tut mir leid. Das war taktlos von mir. Ich hatte dich nicht bemerkt.« Heather sah ganz und gar nicht so aus, als täte es ihr leid. Ihre Lippen zuckten bei dem Versuch, ein Grinsen zu unterdrücken. Sie sah nicht peinlich berührt aus, vielmehr strahlte sie mich förmlich an.

»Ist schon gut«, gab ich zurück und fühlte, wie meine Schultern sich verspannten.

Es folgte ein Moment unbehaglichen Schweigens, während Heather auf der Kante ihres Sitzes herumrutschte. Sie sah aus, als wäre sie kurz davor zu explodieren, und schließlich konnte sie ihre Neugier nicht länger im Zaum halten.

»Also, woher kennst du Cole? Seid ihr irgendwie verwandt?« Die Worte platzten aus ihr heraus und in der zweiten Frage schwang Hoffnung mit.

»Nein, wir haben uns vor ein paar Tagen zum ersten Mal gesehen.«

»Und er hat dich einfach gefragt, ob du neben ihm sitzen magst?« Heather runzelte die Stirn.

»Ja.«

Sie stieß einen ungläubigen Laut aus. »Ich bin so was von eifersüchtig.«

»Warum solltest du eifersüchtig sein?«

»Weil«, gab Heather zurück und verdrehte dabei die Augen, »Cole nicht einfach jedes Mädchen beim Mittagessen neben sich sitzen lässt. Nur Mädchen, für die er sich *interessiert.*«

Cole war so desinteressiert an mir, wie man es sich nur vorstellen konnte. Heute Morgen auf dem Parkplatz hatte er Olivia um die Taille gefasst, sie herumgewirbelt und dann geküsst. Klar, schließlich sagt nichts so eindeutig »Ich will dich«, als mit einem anderen Mädchen herumzumachen, oder? Aber dann fiel mir plötzlich ein, was Nathan über Cole und dessen ständiges Freundinnen-Wechseln gesagt hatte. Ich lachte nervös. »Blödsinn. Er versucht einfach nur, nett zu sein.«

»Oh mein Gott, du bist so was von erledigt«, sagte Riley mitfühlend und schüttelte den Kopf. »Cole Walter ist zu niemandem nett, es sei denn, er verspricht sich etwas davon. Der Typ wird dich bei lebendigem Leib auffressen, ohne Vorwarnung.«

»Ich hätte nichts dagegen, wenn er mich bei lebendigem Leib auffressen würde«, bemerkte Heather mit hochgezogenen Augenbrauen.

»Würdest du deine schmutzigen Gedanken bitte für dich

behalten?« Riley rümpfte angewidert die Nase. Dann drehte sie sich wieder zu mir um. »Jackie, setz dich doch heute zum Mittagessen zu uns. Dann klären wir dich über alles auf, was du noch nicht über diesen Jungen weißt.«

Ich nickte wissbegierig. Riley schien nett, und wenn ich aus Cole Walter schlau werden wollte, konnte es nicht schaden, so viel wie möglich über ihn zu erfahren. Außerdem war das der perfekte Vorwand, um Erin und ihren hasserfüllten Blicken zu entgehen. »Klingt super.«

Heather quiekte begeistert auf und klatschte in die Hände. So dreist sie auch war, ich mochte sie trotzdem. Sie erinnerte mich ein wenig an Sammy, und irgendwie machte mich das ein bisschen ruhiger, auch wenn ich mich immer noch nicht richtig wohlfühlte.

»Perfekt«, sagte Riley und lehnte sich zu mir über den Tisch. »Ich kann es kaum erwarten.«

Genau wie am Tag zuvor begleitete Cole mich nach dem Mathekurs in die Cafeteria. Als wir an der Reihe waren, griff ich mir mein eigenes Tablett. Ich bezahlte mein Essen und stellte mich dann auf die Zehenspitzen, um nach Riley Ausschau zu halten. Schließlich entdeckte ich an einem Tisch ihre leuchtend roten Haare.

Ich wandte mich in ihre Richtung, aber Cole hielt mich an der Schulter fest. »Hey, wohin willst du, Jackie? Der Tisch ist da lang.« Er deutete dorthin, wo wir gestern gesessen hatten, und ich sah sofort, dass Erin mich nicht aus den Augen ließ.

»Tut mir leid, Cole. Ich habe meiner neuen Freundin Riley versprochen, mit ihr zu essen.«

Cole zögerte, als sei er überrascht. »Na schön, Miss Superbeliebt, aber du musst versprechen, dass du morgen mit mir isst.«

»Ich schau mal, ob ich dich noch in meiner Liste unterkriege«, witzelte ich.

»Tu das«, lachte er. »Darf ich dich wenigstens zu deinem Tisch begleiten?«

»Sicher.«

Ich ging voran durch die volle Cafeteria und Cole folgte mir. Die Gänge zwischen den Tischen waren so eng, dass Coles Ellbogen manchmal gegen meinen schlug, wenn Leute sich an uns vorbeidrängelten, was mir jedes Mal eine Gänsehaut bescherte.

»Hey, Mädels«, sagte ich und stellte mein Tablett ab. Statt zu antworten, starrten Riley und Heather beide Cole an.

»Wir sehen uns nach der Schule, New York«, sagte Cole zu mir. Er nickte Riley und Heather zu. »Meine Damen.« Dann grinste er sie an und ging davon.

Als er außer Hörweite war, begann Riley aufgeregt zu plappern. »Junge, Junge! Der Typ hat dich gerade an den Tisch begleitet. Ich kann's nicht glauben.«

»Was kannst du nicht glauben?«, fragte ich.

Die beiden Mädchen sahen mich an, als hätte ich keinen Plan von irgendwas, was wahrscheinlich sogar stimmte. Aber heute war erst mein zweiter Tag, ein bisschen mehr Nachsicht wäre schon angebracht gewesen.

»Der Gott der Valley View High flirtet mit dir«, warf ein Junge ein, der aus dem Nichts erschienen war und jetzt sein Tablett auf den Tisch stellte. »Und nicht nur beiläufig, sondern nachdrücklich à la *Ich will dich.*«

Der Junge trug ein frisch gebügeltes blaues Hemd mit einer roten Fliege. Sein tadelloses blondes Haar war zur Seite gekämmt, und mit tadellos meine ich: Fabio, *Baywatch*, Ford-Models.

»Du musst Jackie sein«, sagte er. »Ich bin Skylar, der Modeexperte der Valley View High. Ich betreibe den Stil-Blog für die Schülerzeitung. Wenn du bei uns redaktionell tätig werden möchtest, würde mich das sehr freuen. Dein Ostküsten-Look ist *très chic.*«

»Was? Keine Visitenkarte?«, fragte Riley lachend.

Skylar verdrehte die Augen und wandte sich zu mir. »Sie macht sich gern über mich lustig, aber zumindest sehe ich nicht aus wie ein Hinterwäldler«, spöttelte er, wobei er in einen fürchterlichen Südstaatenakzent verfiel.

»Würdet ihr zwei wohl aufhören?«, sagte Heather, während sie im *People Magazine* blätterte. »Ich will pikante Details über Cole hören.«

Alle wandten sich mir zu.

»Was?«, fragte ich und ließ meinen Blick von einem zum anderen wandern. Ich hatte nicht erwartet, dass sie etwas *von mir* wissen wollten. Ich kannte den Typ kaum.

»Also?«, fragte Skylar. »Was ist passiert?«

Warum interessierten sich alle so sehr für Cole? Was unterschied ihn denn bitte von all den anderen?

»Wir haben vor dem Mittagessen einen Kurs zusammen, und danach hat er mich eben zur Cafeteria begleitet«, antwortete ich, da ich nicht wusste, was ich ihnen sonst erzählen sollte. Ich war nicht gut im Tratschen über Jungs und sah sofort, dass Heather mit meiner Antwort nicht zufrieden war.

»Aber worüber habt ihr geredet?«, wollte sie wissen. Um zu zeigen, dass sie das Gespräch ernst nahm, legte sie ihre Zeitschrift beiseite. »Hat er dir Komplimente gemacht? Dich vielleicht am Arm berührt?«

»Redet ihr *schon wieder* über Walter?«, fragte ein neu hinzugekommenes Mädchen, das sich neben Skylar auf die Bank fallen ließ. »Tut mir leid, dass ich so spät komme. Musste im Computerraum noch was erledigen.«

»Das ist Kim, unsere Lieblingsstreberin«, stellte Riley sie mir vor. Kims schlanke, zierliche Gestalt, ihre langen, wallenden Haare und ihre makellose Haut erinnerten mich an eine Elfe. »Solange du keine Witze über ihr kleines Computergame machst, wo sie gegen mythische Kreaturen kämpft, beißt sie nicht.«

»MMORPG – Massen-Mehrspieler-Online-Rollenspiel, Riley.« Kim warf sich die Haare über die Schulter. »Außerdem kämpfe ich nicht gegen mythische Kreaturen. Ich *bin* eine mythische Kreatur. Mein Avatar ist ein Zwerg.«

»Avatar?« Ich konnte Kim nicht folgen.

»Die grafische Darstellung meiner Spielfigur, ein Spiegelbild meiner Persönlichkeit in der virtuellen Welt«, erklärte sie mir, und ich verstand kein Wort. Ich war mir nicht ganz sicher, wie ein knapp einen Meter großes Wesen ihren hochgewachsenen, gertenschlanken Körper symbolisieren sollte, aber ich nickte, als ergäbe alles einen Sinn.

»Hey, du musst Jackie sein.« Kim streckte mir über den Tisch hinweg eine Hand hin.

»Wow, kennen bloß wegen Cole alle schon meinen Namen?«, fragte ich.

Sie schüttelte den Kopf. »Ich bin mit Alex Walter befreundet. Er hat erwähnt, dass du gerade bei ihnen eingezogen bist.«

Heather fiel der Löffel aus der Hand. »Was hast du gerade gesagt?«

»Dass Alex und ich Freunde sind? Das wusstest du doch schon«, antwortete Kim und sah Heather stirnrunzelnd an.

»Nein, ich meine das andere«, sagte Heather. Sie nahm sich ihren Löffel wieder aus dem Teller und fuchtelte wild damit herum. »Darüber, wer wo eingezogen ist.«

»Oh«, sagte Kim und fischte ein Getränk aus ihrer Essenstüte. »Jackie ist gerade bei den Walters eingezogen. Stimmt's, Jackie?«

Drei Köpfe flogen zu mir herum.

»Ähm, ja, ich wohne bei ihnen«, antwortete ich unbehaglich und war mir ganz und gar nicht sicher, wie sie darauf reagieren würden.

»Wie konntest du das bitte vergessen zu erwähnen?«, stieß Riley hervor, der vor Überraschung die Kinnlade heruntergeklappt war.

»Oh mein Gott!«, kreischte Heather. »Du bist das glücklichste Mädchen der ganzen Schule.«

»Darüber kann man streiten«, murmelte ich vor mich hin. Was war so cool daran, mit einem Haufen ungezogener, verrückter, kindischer Jungs zusammenzuwohnen? Außerdem war es nicht so, als hätte ich es mir ausgesucht, in Colorado zu leben. Hatte Heather bereits den Klatsch vergessen, den sie Riley über den Unfall meiner Familie erzählt hatte?

»Das hat sie gerade *nicht* gesagt!«, rief Heather, an Kim gewandt.

»Jackie, Jackie, Jackie«, sagte Riley leise und schüttelte dabei den Kopf. »Ist dir nicht aufgefallen, dass die Walter-Jungs samt und sonders einfach perfekt sind?«

»Nein, sie sind besser als perfekt. Sie sind Götter«, erklärte Heather, den Blick verträumt ins Leere gerichtet.

»Das ist jetzt nicht gerade aus deinem Mund gekommen«, spottete Kim. »Das ist ja gruselig.«

»Ist es nicht! Es ist die Wahrheit. Jackie hat eine Bruchlandung im Jungs-Paradies hingelegt. Ich meine, schaut euch das doch mal an. Es spielt keine Rolle, auf welchen Typ Jungen sie steht, weil es von jeder Sorte einen gibt. Zuerst ist da Danny, der geheimnisvolle Grübler. Isaac ist der klassische, sexy Bad Boy. Als Nächstes kommt Alex, der typische schüchterne Nerd.« Heather zählte die Jungen an den Fingern ab. »Nathan ist der relaxte Musiker, Lee der trendige Skater, und dann ist da noch Cole – der Volltreffer.«

Alle seufzten und nickten zustimmend, als sie seinen Namen aussprach.

»Ich kapiere es nicht«, sagte ich und sah hinüber zu dem Tisch, an dem Cole sein Mittagessen aß. Erin saß auf seinem Schoß und spielte an seinen Haaren herum. »Es gibt jede Menge Jungs, die gut aussehen. Was macht ihn zu etwas so Besonderem?«

»Wenn er nichts Besonderes ist, warum kannst du dann deinen Blick nicht von ihm abwenden?«, fragte Skylar mit fragend hochgezogenen Augenbrauen.

»Das kann ich durchaus«, widersprach ich und schaute schnell weg. »Außerdem bin ich nicht auf der Suche nach einem festen Freund. Ich muss mich auf meine Arbeit für die Schule konzentrieren.«

Der ganze Tisch begann mich auszulachen, und als sie sich endlich beruhigten, sagte Skylar: »Ja klar, sicher.«

»Hört mal, ich versuche wirklich, das zu verstehen«, entgegnete ich frustriert. Wenn ich herausfand, was Cole so besonders machte, konnte ich vielleicht das Ziehen in meinem Magen in den Griff kriegen, das ich jedes Mal spürte, wenn ich ihn sah. »Ich meine, *schau sie dir doch mal an.* Was bringt sie dazu, *das* zu tun?«, fragte ich und musterte Erin kopfschüttelnd. Sie war eifrig dabei, Cole mit Weintrauben zu füttern.

»Er hat einfach etwas an sich«, meinte Heather achselzuckend, als würde das alles erklären. »Das gewisse Etwas, das kein normales Mädchen ignorieren kann.«

»Und was soll das sein?«

»Man kann es nicht definieren, Jackie.« Sie beugte sich über den Tisch zu mir und versteckte sich hinter einem Vorhang aus Haaren, als offenbare sie mir ein Betriebsgeheimnis. »Es ist das, was ich gern den Cole-Effekt nenne.«

»Aber wenn alle ihn mögen, muss es da irgendeine gemeinsame Variable geben«, stellte ich fest, wild entschlossen, logisch zu denken.

»Das ist es ja – es gibt keine! Die Tatsache, dass man es nicht benennen kann, was immer es ist, macht ihn so begehrenswert.«

»Das ist doch lächerlich.«

»Und doch spürst du es, oder etwa nicht?«, fragte Heather mit einem wissenden Lächeln.

»Es braucht dir nicht peinlich zu sein, Jackie«, sagte Riley, und als ich sie ein wenig zu scharf ansah, fügte sie hinzu: »Jede von uns hat es schon mal ziemlich erwischt, was Cole Walter betrifft.«

»Ich mag ihn nicht«, erklärte ich kategorisch, und alle verdrehten die Augen. »Sicher, er ist attraktiv, aber das ist auch alles. Ich kenne ihn kaum.«

»Du kannst es abstreiten, so viel du willst, meine Liebe«, sagte Riley und legte mir eine Hand auf die Schulter. »Aber ich erkenne einen liebeskranken Welpen, wenn ich einen sehe.«

Ich wollte abermals protestieren, wollte Riley klarmachen, dass sie sich irrte. Ich wusste, dass ich nicht liebeskrank war, und doch hielt ich den Mund, überrascht von der brennenden Übelkeit, die sich in meinem Magen ausbreitete. Heather und Riley klangen so, als könne kein Mädchen Cole widerstehen, und mein Mangel an Erfahrung mit Jungs beunruhigte mich plötzlich umso mehr.

Was hätte ich für eine Chance? Ich durfte mich nicht in ihn verlieben. Nicht nach dem, was Nathan mir erzählt hatte, und vor allem nicht nach dem, was mit meiner Familie passiert war. Es wäre nicht richtig. Es wäre zu früh. Ich musste meine Sache in der Schule gut machen, damit ich in die Fußstapfen meines Dads treten konnte.

Das alles würde sich aber wohl kaum bewerkstelligen lassen, wenn mir ständig ein Junge wie Cole Walter im Kopf herumging.

KAPITEL 5

Nach der Schule schloss ich mich in meinem Zimmer ein und machte mich ans Auspacken. Ich war entschlossen, das Versprechen zu halten, das ich Sammy gegeben hatte: Ich würde versuchen, mich einzuleben und das Beste aus meiner Situation zu machen. Auf meinem Bett lag eine Checkliste, mit der ich prüfen konnte, ob all meine Sachen da und ordentlich sortiert waren.

Wir hatten erst Frühling, aber das Haus hatte sich schon ziemlich aufgeheizt. Die Walters schienen nichts von den Vorzügen einer Klimaanlage zu halten. Daher hatte ich mein Fenster ganz aufgeschoben, um so viel frische Luft wie möglich hereinzulassen. Ich war seit fast einer Stunde damit beschäftigt, meine Kleider auszupacken und in der Kommode zu verstauen, die Katherine noch in das Zimmer gequetscht hatte, als plötzlich Stimmen aus dem Garten zu mir nach oben drangen. Ich hörte Wasser platschen, erst einmal, dann noch einmal. Während ich mir den Schweiß aus dem Nacken wischte, spähte ich aus dem Fenster und sah zum Pool hinunter.

»Du siehst so sexy aus, wenn du tropfnass bist. Ich würde dich am liebsten überall gleichzeitig berühren.«

Erin! Sie trat im Pool auf der Stelle und ihre langen,

kastanienbraunen Locken kräuselten sich im Wasser wie das Haar einer Meerjungfrau. Sie massierte jemandem die Schultern.

Ich sah ihn nur von hinten, aber erkannte seine rote Badehose sofort.

»Sexy, hm?«, meinte Cole gedehnt. »Erzähl mir mehr.«

»Muss das sein, ihr zwei?«, erklang eine andere Stimme, und Alex erschien auf der Terrasse. Er trug ebenfalls eine Badehose und schüttelte seine Flipflops von den Füßen. »Ich kotz gleich in den Pool.«

»Dann bekommt das Chlor endlich mal was zu tun. Stell dich nicht so an«, entgegnete Cole, befreite sich aber von Erin.

Alex zeigte seinem Bruder den Finger, trat an den Rand des Pools und krümmte die Zehen über der Kante.

»Alexander James Walter!«, rief Katherine von irgendwo, wo ich sie nicht sehen konnte. »Solltest du nicht deinen Geschichtsaufsatz neu schreiben?« Mütter sind Meister darin, Aufforderungen als Fragen zu formulieren. Alex blickte gen Himmel, als wollte er fragen: *Warum ich?*, bevor er sich langsam vom Pool abwandte.

»Bin schon dran, Mom. Nicht nötig, sich abzukühlen. Es sind ja nur ungefähr achtunddreißig Grad im Haus«, rief er in Richtung des Hauses.

»Gut, und wenn du nach oben gehst, frag Jackie, welches Dressing sie auf ihrem Salat möchte. Wir essen in einer halben Stunde zu Abend«, war die Antwort.

Alex schlüpfte wieder in seine Flipflops und machte sich

auf den Weg ins Haus. Dann hörte ich die Haustür quietschend auf- und zugehen.

»Endlich allein«, hörte ich Cole erleichtert rufen. Er schwamm zu Erin hinüber und nahm sie in die Arme.

»Jackie!?«, rief sie und stieß sich von ihm ab. »Dieses Mädchen, das gestern beim Mittagessen bei uns gesessen hat? Was macht sie hier?«

Ich erstarrte, als ich meinen Namen hörte.

»Ja«, gab Cole zurück. »Sie wohnt bei uns.«

»Das glaub ich einfach nicht«, sagte Erin laut und verzog verärgert das Gesicht. »Deshalb hängst du mit ihr rum. Du magst sie, nicht wahr?«

Cole sagte nichts. Sein Schweigen rauschte mir förmlich in den Ohren. Mir wurde schwummrig. Ich fixierte Cole und bat ihn telepathisch, endlich zu antworten.

»Ich kenne sie kaum«, erklärte er schließlich.

»Du kennst sie offensichtlich gut genug, um sie aufzufordern, mit uns zu Mittag zu essen.«

»Du kennst mich doch«, erwiderte er. »Das heißt gar nichts.«

»Heißt nichts? Ist das dein Ernst? Sie lebt unter demselben Dach wie du«, zischte Erin.

»Ja, klar ist das mein Ernst. Warum regst du dich so auf? Du bist schließlich nicht meine Freundin.«

Das war die falsche Antwort. Wasserspritzend wirbelte Erin herum und schwamm an den Rand des Pools. Als sie hinauszuklettern begann, stöhnte Cole auf und machte sich an die Verfolgung.

»Baby, willst du hier jetzt wirklich eine Szene machen?«, fragte er und versuchte, sie zurück in den Pool zu ziehen.

Erin schüttelte seine Hand ab. »Nenn mich nicht so! Wenn du nicht mein Freund bist, steht dir das nicht zu!« Sie griff sich ihre Handtasche von einem der Liegestühle, stapfte am Pool entlang und verschwand schließlich um die Hausecke.

Es herrschte wieder Stille, und in diesem Moment wurde mir klar, dass Nathan sich womöglich in einigen der Mädchen an der Valley View High täuschte. Ich hatte nicht den Eindruck, als würde Erin Coles Verhalten als Frauenheld einfach so akzeptieren. Vielleicht hatte ich doch eine Chance.

Cole schlug mit der Hand auf die Wasseroberfläche, dann fuhr er sich mit den Fingern durchs Haar. Selbst aus der Entfernung konnte ich sehen, dass er verärgert die Lippen verzog. Als spürte er meinen Blick, sah er zu meinem Fenster hinauf. Ich konnte mich gerade noch rechtzeitig wegducken und zog mich mit wild klopfendem Herzen außer Sichtweite in die andere Ecke des Zimmers zurück.

Ich spähte in den letzten Umzugskarton und stellte erleichtert fest, dass ich endlich mit Auspacken fertig war. Nur ein einziger Gegenstand lag noch am Boden des Kartons und wartete darauf, ein neues Zuhause zu bekommen. Der Bilderrahmen schimmerte golden und rankte sich wie Spitze um das Foto von meiner Mutter und mir. Ich positionierte es behutsam auf meiner Kommode neben all den anderen

Bilderrahmen, die ich dort bereits aufgestellt hatte. Dann trat ich einen Schritt zurück.

Schon als ich noch klein war, hatten alle immer gesagt, wie ähnlich meine Mutter und ich uns sähen. Ich hatte das nie so empfunden. Es müssen die Haare sein, hatte ich dann immer gesagt. Wir haben das gleiche Haar. Meine Mutter hatte über den Vergleich gelacht. Nicht etwa weil sie fand, dass wir uns nicht ähnlich sahen, sondern weil wir in ihren Augen grundverschieden waren.

Und das waren wir auch.

Als ich heranwuchs, war mir schnell bewusst geworden, wie sehr sich mein Leben von dem des Rests der Welt unterschied. Die meisten Menschen hatten ein einziges Haus, nicht vier Ferienhäuser an verschiedenen Orten rund um die Welt, zwei Strandgrundstücke – eins an der Ost- und eins an der Westküste – und ein luxuriöses Penthouse an der Upper East Side von Manhattan.

In der ersten Klasse hatte ich einmal eine Mitschülerin zu Hause besucht, um mit ihr an einem Biologie-Projekt zu arbeiten, und ich erinnere mich, wie schockiert ich war, als ich erfuhr, dass sie Pflichten im Haushalt übernehmen musste. Bei uns hatte es immer Hausmädchen gegeben, die hinter mir herräumten, meine Kleider zusammenlegten und mein Geschirr in die Küche trugen. Und nicht in jedem Auto auf der Straße saß ein Chauffeur – die meisten Leute fuhren ihre Autos selbst. Und ein Privatjet? Das war auch nicht normal. Mein Dad war der personifizierte Erfolg, und es gab viel, wenn nicht sogar zu viel, dem ich gerecht werden musste.

Ich versuchte es trotzdem. Für meine Mom. In der Schule hatte ich nicht nur den besten Notendurchschnitt meines Jahrgangs, ich wurde auch Schülersprecherin und, bereits im ersten Jahr an der Highschool, Vorsitzende des Jahrbuchausschusses. Im Sommer machte ich Praktika in der Firma meines Vaters, während ich gleichzeitig meiner Mutter bei den Planungen für ihren jährlichen Wohltätigkeitsball im Herbst half.

Ich hatte viel zu tun, hatte aber nie das Gefühl, dass Hektik ausbrechen oder etwas außer Kontrolle geraten könnte. Jede Minute eines jeden Tages war verplant, säuberlich eingetragen in einen kleinen, schwarzen Terminkalender. Was meine Mutter in den Wahnsinn trieb, waren die Listen. Jede Aufgabe, die ich zu erledigen hatte – sei es die Umgestaltung meines Zimmers oder meine abendlichen Hausaufgaben –, wurde mit einer ordentlichen To-do-Liste in Angriff genommen. Die wichtigsten Dinge standen oben, und wenn ich unten ankam, konnte ich sicher sein, dass ich nichts vergessen hatte. Das waren schließlich mit Abstand die schlimmsten Überraschungen – die Dinge, die man nicht geplant oder nicht *genug* geplant hatte und die alles weniger … perfekt machten.

Während ich also vorsichtig zu Werke ging und nach Perfektion – einem abstrakten, unerreichbaren Zustand – strebte, war meine Mutter das Gegenteil: wild, spontan, sorglos. Es gab einen Grund, warum Jole & Howard Designs eines von Manhattans beliebtesten Modehäusern war – Angeline Howard war bereit gewesen, Risiken einzugehen, sich in etwas Neues zu stürzen, ohne nach rechts oder links zu schauen. Jackie, sagte sie immer, du kannst nicht alles kontrollieren. Gesperrte Straßen, kleine, unerwartete Stolpersteine – all das gehörte nach ihrer Auffassung zum Leben dazu.

Ich war anderer Meinung. Man *konnte* mit allem rechnen. Man musste nur genau genug planen. Warum sollte sich irgendjemand fürs Chaos entscheiden, wenn er Kontrolle haben konnte?

»Hey, Jackie?«, unterbrach jemand meine Gedanken. Die Tür wurde einen Spaltbreit aufgeschoben, gerade so weit, dass ich Alex im Flur erkennen konnte.

»Ja?«, fragte ich und zog die Tür ganz auf.

»Ähm, meine Mom will wissen, welches Dressing du auf deinem Salat möchtest.«

»Keine besonderen Vorlieben.«

»Okay, alles klar. Das Essen müsste so in zehn Minuten fertig sein.« Er wandte sich zum Gehen.

»Warte!« Ich wirbelte herum und schnappte mir ein Buch von meinem Bett. »Hier«, sagte ich und reichte es ihm. »Für dich.«

»Was ist das?«, fragte er und sah auf den Einband.

»*Ein Sommernachtstraum.* Du erinnerst dich? Ich lese dein Buch und du liest meins?«

»Stimmt.« Er grinste mich an. »Büchertausch.«

»So, Jungs«, sagte Katherine und nahm die Hände auseinander, nachdem George das Tischgebet gesprochen hatte.

Wir hatten alle zum Abendessen Platz genommen, mit Ausnahme von Will, der am Tag zuvor in seine Wohnung zurückgekehrt war. »Wer gibt zu, dass er den Duschvorhang kaputt gemacht hat?«

Ich ließ beinahe meinen Teller fallen, den ich hochhielt, damit Nathan mir eine Portion Kartoffelpüree draufschaufeln konnte. Irgendwie hatte ich im Laufe des Tages ganz vergessen, was am Morgen passiert war. Die meisten der Jungs kicherten, und mir war klar, dass sie es alle wussten. Jack und Jordan mussten ihnen die Filmaufnahmen, wie ich aus dem Badezimmer flüchtete, gezeigt haben. Vor meinem inneren Auge sah ich sie alle vor dem kleinen Gerät versammelt und schallend lachen, während ich auf dem Bildschirm kreischend flüchtete.

»Dass mir ja niemand versucht, diese Sache Zack und Benny in die Schuhe zu schieben, wie bei dem Zwischenfall mit den Nudeln in der Waschmaschine. Die beiden waren mit mir beim Zahnarzt, haben also ein wasserdichtes Alibi.«

»Ich weiß, wer es gewesen ist«, sagte Lee. Die Worte sprudelten aus ihm heraus, beinahe als hätte er nur darauf gewartet, dass jemand das Gespräch auf den Duschvorhang brachte.

Als er nicht sofort weitersprach, sah ihn Katherine fragend an. »Ja?«

Lee griff nach seinem Wasserglas, nahm einen quälend langen Schluck und stellte das Glas mit Bedacht wieder ab. »Ich bin keine Petze«, erklärte er mit einem Achselzucken.

»Warum fragst du nicht Jackie?« Er wandte sich zu mir, sein Blick voll grausamer Genugtuung.

»Jackie?« Katherine lachte. Sie schüttelte entschlossen den Kopf. »Also, das ist das Lächerlichste, was ich seit Langem gehört habe.«

Ich wusste nicht, was ich sagen sollte, da die Vorstellung, ich könnte jemandes Duschvorhang herunterreißen, tatsächlich geradezu lächerlich unglaublich war. Leider war es aber auch die Wahrheit. Ich konnte nicht lügen.

»Es tut mir so leid, Katherine.« Ich ließ den Kopf hängen.

Katherine riss den Kopf hoch und blickte mich verwirrt an. »Jackie?« Sie zögerte, und ich konnte sehen, wie es in ihrem Kopf arbeitete. Schließlich fragte sie: »Warum um alles in der Welt solltest du das tun?«

Ihre Frage rief eine weitere Runde schallenden Gelächters hervor.

»Ich wollte nichts kaputt machen«, versuchte ich zu erklären, »aber nach meiner Dusche musste ich mich irgendwie, ähm, bedecken.«

George kniff argwöhnisch die Augen zusammen, als ahnte er, dass es hier nicht mit rechten Dingen zuging. »Hast du vergessen, ein Handtuch mitzunehmen?«

Jetzt gab es kein Zurück mehr. Ich musste mich entscheiden: lügen und Isaac damit durchkommen lassen oder zu meiner Rechtfertigung die ganze Wahrheit auf den Tisch legen. Aber wenn ich Katherine und George erzählte, was wirklich passiert war, würde Isaac sehr wahrscheinlich angefressen sein, und das konnte sich rächen. Andererseits, wenn ich klein beigab und die Sache auf sich beruhen ließ, würden die Jungen das vielleicht als Einladung sehen, sich weitere Qualen für mich auszudenken. Ich riskierte einen schnellen Blick in Isaacs Richtung. Seine Lippen zuckten, als er zurückstarrte. »Sag's doch. Wirst schon sehen, was du davon hast«, schien sein Blick zu sagen. Ich wandte mich wieder zu George.

»Isaac hat es genommen«, stieß ich hastig hervor. »Und meine Kleider. Die hat er auch mitgenommen.«

George biss die Zähne zusammen. Er schien einen Moment zu brauchen, um meine Worte zu verarbeiten. »*Was?*«, brüllte er schließlich, und sein Stuhl flog zurück, als er vom Tisch aufschoss.

Zwei Sekunden später tat Benny das Gleiche. »*Was?*«, rief er und warf seinen eigenen Stuhl um, um seinen Dad nachzuahmen. Neben ihm begann Zack zu lachen, während Parker mit dem Finger auf ihren Cousin zeigte und spöttelte: »Da steckt aber jemand ganz schön in Schwierigkeiten.«

George ignorierte alle drei und richtete seinen Zorn auf Isaac. »Du hast ihr *Handtuch* weggenommen? Du bist ins Badezimmer gegangen, während sie *geduscht* hat?«

»So ist das nicht gewesen, Onkel G.!« Isaac streckte abwehrend beide Handflächen nach vorn. Aus seinem Gesichtsausdruck schloss ich, dass er langsam anfing, seine Taten vom Morgen zu bereuen.

»Ich schwöre, Junge, wenn du mich anlügst, dann …«

»Das tue ich nicht. Ehrenwort!«, gab er geheuchelt unschuldig zurück.

Ich hätte ihn treten können. »Das ist nicht wahr«, sagte ich mit hoher Stimme. »Isaac meinte, er hätte mit Cole um fünf Dollar gewettet, dass ich lieber die Schule versäumen würde, als nackt aus dem Badezimmer zu kommen. Sie wollten mich in der Falle sitzen lassen und ohne mich fahren.«

Cole warf die Hände in die Luft. »He, zieh mich da nicht mit rein. Ich habe nichts damit zu tun.«

George blickte in die Runde und schätzte die Reaktionen aller Beteiligten ab, beginnend mit Alex' hochgezogenen Augenbrauen bis hin zu Dannys leerem Gesicht. Es kostete ihn sichtlich Kraft, sich im Zaum zu halten. Aus seinen Händen, mit denen er die Tischkante fest umklammert hielt, war das Blut gewichen.

»George«, flüsterte Katherine leise und legte ihre Hand auf seine. Ihre Berührung löste seinen Blick von den Jungen und er sah auf Katherines Hand hinab. Irgendwie schien ihn das zu beruhigen, denn er atmete geräuschvoll aus.

»Bei deiner schillernden Akte, Isaac«, sagte er schließlich und versuchte, gelassen zu bleiben, »fällt es mir schwer, dir zu glauben.«

»Er sagt die Wahrheit«, kam Lee seinem Bruder zu Hilfe. Es war das erste Mal, dass er etwas sagte, seit er mich verpfiffen hatte, und der Ausdruck auf seinem Gesicht verriet mir, dass er das Chaos genoss, das er angerichtet hatte. »Er war den ganzen Morgen in unserem Zimmer und hat versucht, einen Aufsatz zu schreiben. Ich habe ihn gesehen.«

»Schon klar. Seit wann schert Isaac sich um Hausaufgaben …«, begann Nathan, aber Lee stieß ihm den Ellbogen in die Seite, woraufhin Nathan verstummte.

»Könnte bitte irgendjemand Jackies oder Lees Version bestätigen?«, fragte Katherine. Zack und Benny hoben die Hände und sie seufzte. »Könnte jemand anderer, jemand, der nicht beim Zahnarzt war, mir verraten, was passiert ist?«

Als ich am Tisch nach einem freundlichen Gesicht Ausschau hielt, wollte keiner der Jungen mir in die Augen sehen. Selbst Nathan ignorierte mich. Er kniff die Lippen zusammen und konzentrierte sich darauf, mit einer Gabel Erbsen aufzuspießen, die über seinen Teller rollten.

Zum ersten Mal seit meiner Ankunft bei den Walters war das Haus totenstill, und ich begriff, dass keiner für mich eintreten würde. »Katherine«, sagte ich im geschäftsmäßigen Ton meines Vaters. »Ich würde Jack und Jordan fragen, was sie wissen, oder vielmehr, was sie mit ihrer Kamera aufgezeichnet haben. Ich bin mir sicher, dass das bei der Klärung der Sache helfen wird. Wenn du nichts dagegen hast, würde ich mich jetzt gern entschuldigen.«

Ohne auf eine Antwort zu warten, stand ich auf, warf meine Serviette auf den Tisch und verließ die Küche.

Als Katherine später an diesem Abend zu mir kam, um sich für das Benehmen ihrer Kinder zu entschuldigen, saß ich auf der Fensterbank und starrte in den Garten. Es war dunkel geworden. Ich konnte das Wasser des Pools erahnen, das funkelnd das Licht des Mondes zurückwarf. Der Rasen jenseits der Terrasse war von der Nacht verschluckt worden, als hätte er nie existiert. Eine halbe Stunde zuvor hatte ich zornige Rufe aus der Küche gehört, und nach Georges Stimme zu urteilen, hatte einer der Jungen wohl mächtig Ärger bekommen. Jetzt war alles still.

»Es ist seltsam«, sagte ich, als sie neben mich trat. »Wie leer es sich hier anfühlt.«

»Leer?«, fragte sie und sah mich besorgt an.

Ich schenkte ihr ein kleines Lächeln, weil ich wusste, dass sie mich missverstanden hatte. »Wenn ich zu Hause aus meinem Fenster geschaut habe«, versuchte ich zu erklären, »war dort draußen selbst bei Nacht immer irgendetwas: Licht von den Straßenlaternen, ein einsames Taxi, das um die Ecke biegt, jemand, der seinen Hund Gassi führt. Die Dunkelheit hier ist so dicht, dass es dort draußen nichts als Leere zu geben scheint, wenn es so still wird wie jetzt.«

»Ich nehme an, unser Nachtleben ist ein wenig subtiler«, entgegnete Katherine und schaute mit mir aus dem Fenster.

Dann sagten wir beide nichts mehr und ich konzentrierte mich auf die Dunkelheit. Ab und zu konnte ich den gelben Funken eines Glühwürmchens ausmachen, aber dann verschwand er wieder, als sei er nie da gewesen, und ich hatte das Gefühl, dass mein Verstand mir Streiche spielte.

»Jackie«, sagte Katherine nach einer Weile, »ich entschuldige mich dafür, wie meine Jungs dich heute Morgen und beim Abendessen behandelt haben. Das war vollkommen inakzeptabel.«

Es gab nichts, was ich hätte erwidern können, daher nickte ich nur. Meinem Vorschlag folgend hatte Katherine die Kamera der Zwillinge beschlagnahmt und sich die Videoclips angesehen. Sie hatten nicht nur mich dabei gefilmt, wie ich im Duschvorhang aus dem Badezimmer floh, sondern auch Isaac, als er das Schloss der Badezimmertür knackte und mein Handtuch und meine Kleider mitnahm. Sie entschuldigte sich noch einmal und versprach mir, dass alle Beteiligten bestraft werden würden. Als ich ihr sagte, dass ich für den Schaden, den ich verursacht hatte, aufkommen würde, lachte sie. Der Preis für den neuen Vorhang würde von Isaacs Taschengeld abgezogen werden.

Sie blieb noch etwa eine Viertelstunde, plauderte und stellte mir Fragen über meine beiden ersten Schultage und wie ich mich einlebte. Ich hatte das Gefühl, das war ihre Art, nach mir zu sehen und sich davon zu überzeugen, dass alles in Ordnung war.

»Es geht mir gut«, sagte ich ihr. »Wirklich.«

Ich erwähnte beiläufig, dass ich schon Freunde gefunden hätte und dass meine Kurse nicht schwer seien, Belanglosigkeiten, damit sie zufrieden war. In Wirklichkeit durchlebte ich meine Tage, ohne wirklich daran teilzunehmen: Ich stand auf, duschte, ging in die Schule, schlief. Colorado war nur ein Lesezeichen zwischen den Seiten meines Lebens, der Ort, an dem ich bleiben musste, bis ich alt genug war, um wieder nach Hause zu gehen.

Erschöpft von dem langen Tag fing ich schon um zehn an zu gähnen. Ich griff mir meinen Kulturbeutel und machte mich auf den Weg ins Bad. Wenig überraschend funkelte Lee mich finster an, als ich in den Flur hinaustrat und er mich sah. Dann rauschte er in sein Zimmer und schlug die Tür hinter sich zu. Ich stand im Flur und versuchte, seine feindselige Haltung einzuordnen. Er musste Ärger bekommen haben, weil er gelogen hatte.

Die Tatsache, dass er sich beim Abendessen mit Isaac verbündet hatte und mich mit seinen unverhohlenen Lügen in die Bredouille hatte bringen wollen, bereitete mir kein Kopfzerbrechen. Seit meiner Ankunft hatte Lee sich mir gegenüber betont unhöflich benommen und ich erwartete nichts anderes von ihm. Aber mit Nathan war das anders. Die Klänge einer halb fertigen Melodie drangen über den Flur, tastend und unbeholfen, und plötzlich packte mich die Wut.

Die Musik kam aus der einzigen offenen Tür und ich ging rein, ohne anzuklopfen. Zwei Betten waren in den kleinen Raum gestopft. Auf einer Seite des Zimmers hingen Star-Trek-Poster an der Wand, der Boden dort war mit Kleidern übersät, und neben dem Computer stapelten sich Videospiele fast bis zur Decke. Die andere Seite, Nathans Hälfte, war sauber und schlicht, in der Ecke stand lediglich ein Notenständer, der diesen Teil des Zimmers als Nathans Territorium markierte. Er lag auf dem Bett neben der Tür und zupfte mit geschlossenen Augen an den Saiten seiner Gitarre.

»Warum hast du nichts gesagt?«, fragte ich gekränkt. Wir kannten einander erst seit einigen Tagen, trotzdem fühlte ich mich verraten. Ich dachte, Nathan sei mein Freund. Er war derjenige, der morgens mit mir Laufen gegangen war, und sein ständiges Geplapper hatte schmerzliche Gedanken an meine Familie in Schach gehalten. Er war derjenige, der mich zum Unterricht begleitet hatte, damit ich mich nicht verlief, und der Einzige, der mich vor Cole gewarnt hatte, seinem eigenen Bruder.

Nathan hob den Kopf und spähte über den Rand seiner Gitarre. Als er mich in der Tür stehen sah, richtete er sich auf.

»Jackie, ich …«, begann er, als wolle er mich mit einer Ausrede abspeisen. Dann schüttelte er den Kopf und fing noch einmal von vorn an. »Hör zu, ich sage es dir, wie es ist. Zwischen uns allen gibt es die Abmachung, dass wir einander niemals verpetzen. Wenn wir uns gegenseitig wegen jeder Kleinigkeit verpfeifen würden, die einer von uns anstellt, hätten wir permanent Hausarrest. Permanent.«

»Aber woher sollte ich das wissen?«, beschwerte ich mich. Waren die Walters wirklich wegen einer Abmachung sauer, von der sie mich nicht einmal in Kenntnis gesetzt hatten? Ich hatte das Gefühl, jemand hätte mir in den Magen geboxt. »Niemand hat mir die Regeln verraten. Ich wollte nur nicht, dass deine Mom sauer auf mich ist.«

»Albern, ich weiß«, stimmte er mir zu. »Aber die meisten meiner Brüder sind eben so.«

»Isaac und die anderen? Sie sind jetzt also wütend auf mich?« Ich schlang die Arme um die Brust und versuchte, mir einzureden, dass alles gut werden würde.

»Nein. Ich weiß nicht. Vielleicht.« Er fuhr sich mit der Hand durch seine Haare.

Ich konnte einen tiefen Seufzer nicht unterdrücken. »Das ist so was von unfair.«

»Glaub mir, das weiß ich.«

»Was meinst du, wie lange wird dieser Spießrutenlauf noch gehen?«, fragte ich leise.

»Keine Ahnung, eine Woche vielleicht?«, sagte er ein wenig unsicher und sah mich von der Seite an. »Ich kann versuchen, sie zur Vernunft zu bringen.«

»Danke, Nathan«, erwiderte ich und schob mir eine störrische Haarsträhne hinters Ohr. »Das würde mir wirklich viel bedeuten.«

Ich wollte ihm sagen, wie albern es sei, dass er überhaupt ein gutes Wort für mich einlegen musste. Aber ich wusste, dass das zu nichts führen würde. Wenn ich bis jetzt irgendetwas über die Walters meines Alters gelernt hatte, dann dass sie unberechenbar waren. Ich konnte ihnen meine festgefügte, ordentliche Welt, in der alles einen Sinn ergab, nicht aufzwingen. Sie lebten nach ihren eigenen Regeln, und irgendwie würde ich lernen müssen, mich darin zurechtzufinden, ohne mein Streben nach Perfektion aufzugeben.

Als ich wieder in mein Zimmer kam, stand Cole neben meiner Kommode und sah sich die Bilder an, die ich darauf aufgestellt hatte.

»Wer ist das?«, fragte er und betrachtete meine Schwester, wie die meisten Jungs das taten.

Lucy war makellos. Anders konnte man sie nicht beschreiben. Immer wenn sie morgens aufstand, sah ihr langes, glattes schwarzes Haar aus, als käme sie frisch vom Friseur. Ich konnte mich nicht daran erinnern, dass sie jemals Make-up auftrug – es gab keinen Grund dazu. Ihre Haut war immer glatt wie Porzellan und ihre Wangen von Natur aus rosig. Aber es war nicht allein Lucys Schönheit, die sie so atemberaubend machte.

Als Model war sie ein Naturtalent und meine Mutter liebte sie dafür. Lucy wusste immer genau, wie sie sich bewegen musste – eine leichte Drehung des Halses oder Beugung des Beins –, um die eindrucksvollste Pose zu erzeugen. Ihre Augen leuchteten immer, als flirtete sie mit der Kamera, und sie hatte ein offenes, fast herausforderndes Lächeln. In den Augen meiner Mutter war Lucy ein Traum, eine Tochter, wie sie sich eine Modedesignerin nur wünschen konnte.

Obwohl wir nur ein Jahr auseinander waren, betrachtete ich Lucy immer auf diese Du-bist-so-groß-und-klug-Weise, so, wie Neuntklässler am ersten Tag der Highschool die Schüler des Abschlussjahrgangs sehen. Vielleicht lag es daran, dass sie in allem, was sie tat, so natürlich und selbstsicher wirkte, als sei sie mit einem Wissen auf die Welt gekommen, das uns anderen fehlte. Jedes Jahr nach meinem Geburtstag waren wir genau elf Tage lang gleich alt. Und jedes Mal dachte ich: So, das ist es jetzt. Ich werde mich endlich so reif und so klug fühlen wie Lucy. Irgendwie würde ich plötzlich all die Dinge wissen, die sie wusste, und dann würde meine Mom auch von mir Notiz nehmen. Aber dann kam Lucys Geburtstag, und sie würde wieder auf magische Weise fünf Jahre überspringen – auf ewig unerreichbar für mich.

Tief in meinem Inneren wusste ich, dass ich niemals wie meine Schwester sein konnte – wir waren einfach zu verschieden. Sie war wie unsere Mom, sorglos und mit jedem gut Freund, während ich wie unser Dad war, abwägend und ernst. Ich erinnere mich nicht mehr, wann ich zu dem Schluss gelangt war, dass, wenn ich so erfolgreich würde wie Dad, meine Mom mich ebenso lieben würde wie Lucy. Schließlich hatte sie sich in ihn verliebt, obwohl sie komplette Gegensätze waren.

Von da an war ich besessen davon, perfekt zu werden. Wenn ich in die Fußstapfen meines Vaters treten wollte, durfte ich keine Fehler machen. Ich begann mein Leben durchzuplanen. Zuerst würde ich als Jahrgangsbeste meinen Abschluss machen. Dann würde ich wie mein Vater nach Princeton gehen und ein Praktikum in einer erstklassigen New Yorker Firma machen. Schließlich würde ich in der Firma meines Vaters anfangen und so mein rechtmäßiges Erbe antreten.

Ich ließ meinen Kulturbeutel auf den Schreibtisch fallen. »Lucy. Meine Schwester.«

Ich rechnete vollauf mit einer unangemessenen Bemerkung darüber, was für ein Knaller sie war, und war überrascht, als Cole den Bilderrahmen zurückstellte und sagte: »Du siehst aus wie sie.«

»Ich … danke.«

Es war das schönste Kompliment, das mir seit langer

Zeit jemand gemacht hatte. Nicht weil Cole fand, dass wir uns ähnlich sahen – meine Schwester war eines der schönsten Mädchen, die ich kannte –, sondern weil es mir das Gefühl gab, als trüge ich einen Teil meiner Schwester in mir.

Cole wandte sich zu mir um. Er bemerkte nicht einmal, wie viel seine Worte mir bedeuteten, wie sie mein schmerzendes Herz besänftigten, wenn auch nur ein ganz klein wenig. Aber vielleicht wusste er es doch. Er nahm definitiv wahr, wie Mädchen sich in seiner Gegenwart verhielten. Vielleicht war er gut darin, Signale anderer Menschen – flache Atemzüge, zitternde Hände – zu interpretieren. So oder so, er ließ sich nichts anmerken.

»Ich wollte nur nach dir sehen«, sagte er und wandte sich Richtung Tür. »Um sicherzugehen, dass Isaac oder Lee dich nicht doch umgebracht haben.«

Ich nickte zum Zeichen, dass ich noch lebte. »Nathan hat mir von eurem Ehrenkodex erzählt«, sagte ich ihm mit leiser Stimme. »Ich wusste nichts davon. Ich wollte deiner Mom nur erklären, was passiert war, aber Isaac hat einfach …«

»Du brauchst dich nicht zu rechtfertigen, Jackie«, unterbrach Cole mich energisch. »Wenn ich in deiner Situation gewesen wäre, hätte ich das Gleiche getan.«

»Also werdet ihr mich nicht mit Schweigen strafen?«

»Ich nicht. Nathan ganz offensichtlich auch nicht«, antwortete er und ging auf meine Zimmertür zu. »Das wird schon wieder. Behalte nur für die Zukunft die Regel im Kopf.«

»Okay«, sagte ich und nickte. »Danke.«

»Nein, ich sollte mich bei dir bedanken.«

»Wofür?«

»Dafür, dass du mich überrascht hast.«

»Ich habe dich überrascht?«

Cole lächelte. »Ich habe vollauf damit gerechnet, die fünf Dollar für Isaac ausspucken zu müssen. Ich bin froh, dass du nicht so berechenbar bist, wie ich dachte.« Er zog die Tür hinter sich zu, bevor ich richtig begriff, was er gesagt hatte.

KAPITEL 6

Jackie, rette mich.

Ich schreckte jäh in meinem Bett hoch und suchte tastend nach der Lampe auf meinem Nachttisch. Die Dunkelheit im Raum war erdrückend, und ich hatte das Gefühl, nicht atmen zu können, bevor nicht das gelbe Licht an war. Der Schlafanzug klebte mir auf der nassen Haut und die Stimme meiner Schwester hallte noch immer in meinen Ohren. Es war immer derselbe Albtraum. Wir saßen alle an einem schönen, ruhigen Tag im Auto und freuten uns über einen gemeinsamen Ausflug. Dann riss mich eine unbekannte Macht aus meinem Sitz, und ich musste ohnmächtig zusehen, wie die Erde meine Familie verschlang.

Es war zu früh, um laufen zu gehen. Aber mein Herz hämmerte, und ich wusste, dass ich mich bis Sonnenaufgang im Bett hin und her wälzen würde, wenn ich liegen blieb. Also schob ich die Decke zurück und ging hinunter in die Küche, in der Hoffnung, dass ein Glas warme Milch mit Honig meine Nerven beruhigen würde. Katherine hatte das eingeführt, als sie bei mir in New York war. Die Nervosität wegen meines Umzugs nach Colorado hatte meine Albträume noch schlimmer gemacht und eines Nachts hatte ich uns beide mit meinen Schreien geweckt.

Ich schlich leise die Treppe hinunter. Die Dunkelheit machte das Unterfangen noch schwerer, weil ich rein gar nichts von dem Krempel auf den Stufen sehen konnte. Das Zeug musste sich irgendwie von selbst vermehren – wann immer ich die Treppe benutzte, lagen da eine neue DVD, ein neues Buch oder ein neues Spiel.

Mein Fuß berührte einen Ball, und ich hielt erschrocken die Luft an, als er die Treppe hinunterhüpfte und dabei den ein oder anderen Gegenstand mit sich in die Tiefe riss. Ich traute mich kaum zu atmen. Cole hatte zwar gesagt, alles würde in Ordnung kommen, aber ich wollte die Jungen nicht noch wütender machen, indem ich sie mitten in der Nacht aus dem Schlaf riss.

Nachdem ich schließlich ohne einen weiteren Zwischenfall unten angekommen war, ließ ich mir von einem sanften blauen Lichtschein den weiteren Weg weisen. Als ich die Küche erreichte, nahm ich ein beinahe unhörbares Geräusch vom Fernseher wahr.

»Hallo?«, flüsterte ich und schlich Richtung Wohnzimmer.

Als ich auf den weichen Teppich trat, sah ich den Fernseher – ein Polizist inspizierte gerade eine blutige Leiche. Jemand hatte die Sofakissen auf den Boden geworfen und eine Tüte Chips lag auf dem Couchtisch. Aber der Raum war leer.

Mein nicht besonders geschickter Abstieg die Treppe hinunter hatte zwar niemanden aufgeweckt, aber er hatte denjenigen, der noch auf gewesen war, gewarnt. Es schien außer mir noch einen weiteren Schlaflosen im Haus zu geben, und nach seinem zurückhaltenden Wesen zu urteilen, wusste ich genau, wer er war.

Die Schulwoche war fast zu Ende und wir sollten im Unterricht unser Kunstprojekt abschließen. Jede Gruppe sollte am Montag ihr fertiges Projekt präsentieren, aber Heather, Riley und ich waren alles andere als fertig. Wir hatten uns dafür entschieden, eine Fotocollage zu machen, aber außer dass wir eine Kamera aufgetrieben hatten, waren wir nicht weitergekommen. Heather und Riley waren überhaupt nicht bei der Sache und stellten mir ständig Fragen nach den Walters.

»Trägt Isaac Boxershorts oder diese anderen Dinger?«, fragte Heather, zog ihren Kaugummi zu einem langen Faden, den sie mit den Zähnen festhielt, und ließ ihn dann wieder in ihren Mund zurückschnellen.

»Woher soll ich das wissen?«, gab ich zurück und versuchte, das Thema auf unsere Kamera zu lenken. Ich kam und kam nicht dahinter, was man tun musste, damit nicht jedes Bild wie ein unscharfer Farbbrei aussah. Ich wollte schreien.

»Du wohnst mit ihm zusammen«, bemerkte Riley, als würde ich meine ganze Freizeit im Haus der Walters damit verbringen, ihre Unterwäscheschubladen zu durchwühlen. Obwohl, wenn ich so darüber nachdachte, Heather würde wahrscheinlich genau das tun.

»Ja, ungefähr seit einer Woche«, rief ich ihr ins Gedächtnis. »Können wir uns bitte konzentrieren? Ich muss für dieses Projekt eine gute Note bekommen.«

»Entspann dich, Jackie«, sagte Riley mit ihrem gedehnten Südstaatenakzent. »Das ist ein Kunstkurs. Niemand bekommt jemals schlechte Noten in einem Kunstkurs. Niemals.«

»Es sei denn, wir bekommen unser Projekt nicht fertig …«

»Keine Sorge«, meldete Heather sich zu Wort. »Das kriegen wir schon hin.«

»Wann? Wir haben« – ich hielt inne, um einen Blick auf die Uhr zu werfen – »genau zwanzig Minuten Zeit, um unseres fertig zu bekommen, und wir haben noch kein einziges Bild gemacht.«

»Keine Ahnung«, sagte Riley. »Irgendwie schaffen wir das.«

»Oh. Mein. Gott!«, rief Heather eine Sekunde später. »Ich habe die genialste Idee aller Zeiten! Warum machen wir das Projekt nicht am Wochenende bei den Walters fertig? Wir könnten sogar dort übernachten!«

Riley runzelte missbilligend die Stirn. »Ich weiß nicht, Heather«, sagte sie langsam. »Irgendwie unhöflich, sich selbst einzuladen, vor allem da wir Jackie erst seit Kurzem kennen.«

Mich hingegen begeisterte die Idee sofort. Wenn die beiden bei mir übernachteten, würde das nicht nur unser Projekt wieder ins Rollen bringen, sondern es wäre auch die perfekte Gelegenheit, diese Freundschaft weiter zu festigen.

Selbst mit Lucys Hilfe – sie hatte mich damals allen vorgestellt, die sie auf der Hawks kannte – war es für mich nie leicht gewesen, Freunde zu finden. Ohne sie würde mir das noch schwerer fallen.

Ich schluckte den Kloß hinunter, der sich in meinem Hals gebildet hatte, als ich an meine Schwester dachte. Es wäre toll, wenn Riley und Heather bei mir übernachteten. Gleich nach der Schule würde ich Katherine fragen, ob die beiden am Samstag kommen könnten. Es fühlte sich beinahe so an, als wäre Lucy bei mir und würde mich drängen, Kontakt mit den neuen Mitschülerinnen zu knüpfen.

»Nein, nein, das ist in Ordnung!«, platzte ich heraus und schaute von einer zur anderen. »Wenn ich heute nach Hause komme, frage ich Mrs Walter einfach, ob ihr bei uns übernachten könnt. Würde euch Samstag passen?«

Riley musterte mich für einen Moment unsicher, und ich versuchte, meiner Begeisterung mit einem noch breiteren Grinsen Ausdruck zu verleihen. »Ich glaube schon«, sagte sie schließlich nach langem Zögern. »Ich muss meinen süßesten Schlafanzug einpacken.«

Später an diesem Tag, nachdem Katherine der Übernachtung zugestimmt und ich gleich Riley angerufen hatte, um ihr das Okay zu geben, machte ich mich auf den Weg nach unten, um mich noch einmal bei Katherine zu bedanken. Als ich mich der Küche näherte, hörte ich eine wütende Stimme.

»Aber Tante Kathy, sie wohnt erst seit einer Woche hier,

und du erlaubst ihr, ihre Freundinnen zu uns nach Hause einzuladen?«

»Lee«, entgegnete Katherine in einem missbilligenden Ton, »wie kannst du so etwas sagen?«

»Es ist ja schließlich nicht ihr Haus, in das sie jederzeit Leute einladen kann, wenn es ihr passt.«

»Schatz, das arme Mädchen hat keine Familie. Das hier ist jetzt ihr Zuhause, ob es dir gefällt oder nicht. Ich versuche einfach, ein wenig Freude in eine schreckliche Situation zu bringen. Eigentlich solltest gerade du das verstehen.«

Ich blieb so abrupt stehen, als wäre vor mir plötzlich eine Wand aus dem Boden geschossen.

»Ach komm, Tante Kathy …«

Ich blieb nicht lange genug, um Lees weitere Ausführungen zu hören. Er hatte recht – das hier war nicht mein Zuhause, und ich würde definitiv niemals dazugehören. Ich machte kehrt, stürzte die Treppe hinauf – dass dabei einige DVDs unsanft weichen mussten, scherte mich nicht – und rannte den Gang entlang. Dann wurde es plötzlich schwarz und ich lag der Länge nach auf dem Rücken. Ich war mit voller Wucht in irgendwas reingekracht.

»Verdammte Schei…«, brummte Cole. Er rieb sich den Kopf und hielt sich vor Schmerz das Kinn, während wir beide benommen auf dem Boden saßen. Als er aufblickte und mich neben sich sitzen sah, schüttelte er den Kopf. »Mannomann, für jemanden, der so klein ist, bist du ein ganz schöner Bulldozer.«

»Tut mir leid«, erwiderte ich und rappelte mich hoch.

Ich hatte ein schwummriges Gefühl im Kopf und vor meinen Augen tanzten schwarze Punkte, aber ich schob mich an Cole vorbei, fest entschlossen, es in mein Zimmer zu schaffen.

»Hey, New York! Warte!«, rief er. Ich hörte, dass er hinter mir her stolperte, blieb aber nicht stehen, sondern stieß mit solcher Wucht meine Tür auf, dass sie gegen die Wand knallte und das Bücherregal zum Wackeln brachte. »Jackie, was ist los?«

»Nichts«, log ich und versuchte, ihm die Tür vor der Nase zuzuschlagen.

»Das«, sagte Cole und stellte den Fuß in die Tür, »glaubt dir kein Mensch.«

»Ich will jetzt wirklich nicht darüber reden, okay?«, gab ich mit unterdrückter Stimme zurück. Ich wollte im Moment einfach nur alleine sein. Er durfte meine Tränen nicht sehen. Niemand durfte das.

»Habe ich etwas falsch gemacht?«, fragte er verwirrt. Ich hätte wetten können, dass noch nie ein Mädchen es abgelehnt hatte, sich an seiner Schulter auszuweinen.

Ich schüttelte den Kopf.

»Warte mal«, sagte er, und da war dieser Ausdruck in seinen Augen, vor dem ich solche Angst hatte: der Arme-Jackie-Blick. Ich ballte die Hände zu Fäusten, meine Knöchel knackten, und ich wartete darauf, dass er von meiner Familie anfing. Aber er tat es nicht. »Geht es um diese ganze Übernachtungssache?«

Ich blinzelte ihn an. Das hatte ich nicht erwartet. Ich war

erleichtert – aber wenn er bereits von dem geplanten Besuch der Mädchen wusste, bedeutete das auch, dass sich in diesem Haus Neuigkeiten wie ein Lauffeuer verbreiteten.

»Ich habe recht, oder?«, sagte Cole, als ich nicht antwortete.

Es geht nicht nur darum, wollte ich ihn korrigieren. Es geht darum, dass meine Familie tot ist und dass du es weißt. »Hat Lee dir davon erzählt?«, fragte ich stattdessen. »Irgendwie kann er mich nicht ausstehen, stimmt's? Aber das Ganze war sowieso keine gute Idee. Ich sollte eure Gastfreundschaft nicht überstrapazieren.«

Daheim in New York hatte ich nach meinem Zusammenbruch geübt, meine Gefühle unter Kontrolle zu halten. Wenn ich zukünftig Erfolg haben wollte, durfte ich mich auf keinen Fall je wieder selbst so verlieren. Also hatte ich innerlich eine Mauer aufgebaut, um nicht von meinen Gefühlen überwältigt zu werden. Aber hier war es schwerer, die Mauer aufrechtzuerhalten. Das Zuhause der Walters war mit nichts vergleichbar, was ich je zuvor erlebt hatte: Es war desorganisiert, chaotisch und unberechenbar. Ohne festen Halt, ohne etwas, auf das ich mich verlassen konnte, würde ich mich in dem Chaos verlieren. Lees Bemerkung hatte meiner Mauer einen Riss versetzt, und ich fürchtete, dass sie jeden Moment in sich zusammenbrechen könnte.

»Jackie, was Lee sagt, spielt keine Rolle«, sagte Cole ruhig und mit Überzeugung in der Stimme. »Er weiß nicht, wovon er redet. Ignorier ihn einfach.«

Ich nickte mechanisch und starrte an ihm vorbei. Diese

mitfühlende Art des Verständnisses kam mir nur zu bekannt vor und sie prallte wirkungslos an mir ab. Es war so wie die Beileidsbekundungen beim Begräbnis meiner Familie – inhaltsleere Worte, die in solchen Situationen abgespult werden mussten. Sie sagten, es täte ihnen leid, aber in Wirklichkeit konnten sie nicht im Geringsten begreifen, was ich durchmachte. Es ging gar nicht darum, ob Lee gemein war und ich ihn ignorieren sollte, denn er sagte die Wahrheit.

Und dann war es beinahe so, als würde Cole verstehen, was ich dachte. »Hey«, sagte er leise und legte mir beide Hände auf die Schultern. Er schüttelte mich ein wenig und zwang mich so, ihn wieder anzusehen. »Es tut mir wirklich leid, dass mein Cousin ein solcher Mistkerl ist. Lass es mich wiedergutmachen.«

»Das sind die Pferdeställe«, erklärte Cole und hielt mir die Tür auf. Er hatte mir eine Führung über die Ranch angeboten und ich hatte zugestimmt. Ich brauchte jemanden, *irgend*jemanden, der mich auf andere Gedanken brachte.

Ich konnte die Ställe von meinem Schlafzimmerfenster aus sehen. Aus der Ferne betrachtet hatte ich das Hauptgebäude immer für eine Art kleine Scheune gehalten. Als ich es jetzt betrat, wurde mir klar, dass es viel größer war. Das Erste, was mir auffiel, war der Geruch von Tieren und Heu. Er war so scharf und schwer, dass man ihn in den Lungen spüren konnte, wenn man einatmete.

Wir standen am Ende eines langen Gangs mit Boxen auf

jeder Seite. Einige waren leer, aber in den übrigen standen gewaltige Tiere, die schnaubten und mit den Schwänzen schlugen. Sie unterschieden sich in ihrer Färbung, von dunkelbraun bis hellgrau, und flößten mir gehörigen Respekt ein. Ich spürte Cole direkt hinter mir und seltsamerweise fand ich das beruhigend.

»Abgesehen von den Pferden«, erklärte er im Plauderton, »ist das Beste hier der Heuboden.«

Er schob mich mit leichtem Druck seiner Hand in den Gang hinein. Auf unserem Weg an den Boxen vorbei zeigte Cole auf verschiedene Tiere und nannte mir ihre Namen. In einer der Boxen war gerade ein Mann dabei, eine schwarze Stute zu striegeln, die Cole Raisin nannte. Als der Mann uns kommen hörte, blickte er auf und nickte uns zu.

»Wer ist das?«, flüsterte ich, als wir weitergingen.

»Einer der Stallburschen«, antwortete Cole mir. »Mein Dad hat eine Menge Angestellte. Man braucht ziemlich viele Leute, um eine Ranch zu führen, und meine Brüder und ich können nicht immer hier sein, um ihm bei der Arbeit zu helfen.«

Als wir am anderen Ende des Stalls ankamen, hatte ich insgesamt vierundzwanzig Pferde gezählt. Vor einer Holzleiter blieb Cole stehen, und ich legte den Kopf in den Nacken, um zu sehen, wohin sie führte. Er trat auf die Leiter und begann, nach oben zu klettern. Ungefähr auf halbem Weg sah er über seine Schulter zu mir nach unten.

»Kommst du, Jackie?«

Ich folgte seiner Aufforderung, und als ich oben ankam,

hielt Cole mir die Hand hin und zog mich unter einem Geländer hindurch zu sich auf den Heuboden. Die Jungs hatten es sich hier oben offensichtlich gemütlich gemacht. Ich hatte vorher nicht darüber nachgedacht, was mich hier oben erwarten würde – Heuballen vermutlich. Stattdessen lag auf dem Boden ein abgewetzter blauer Läufer, weiter hinten gab es zwei Sofas und einen Couchtisch, auf dem ein alter Fernseher stand. Die Rückwand zierte eines von Katherines allgegenwärtigen Gemälden. In einer Ecke stapelten sich Brettspiele unter einer dicken Staubschicht.

»Hier waren wir oft, als wir klein waren«, sagte Cole, während ich eine Runde durch den Raum drehte und mir alles genau ansah. Einer der Balken, die die Decke stützten, war übersät mit horizontalen Markierungen, die mit Datum und Namen versehen waren.

Als er bemerkte, was mein Interesse geweckt hatte, fuhr Cole mit dem Finger über eine Markierung mit seinem Namen. »Das war an dem Tag, an dem ich mir das Bein gebrochen hatte«, sagte er und schüttelte lächelnd den Kopf. »Komm, wir schreiben dich dazu.«

Er nahm sich einen Stift, der an einer Schnur an dem Balken befestigt war. Ich lehnte meinen Rücken an den groben Holzbalken, und Coles Hand strich leicht über meinen Kopf, während er eine Linie zeichnete. Er kritzelte meinen Namen und das Datum daneben, und mir wurde bewusst, dass die kleine schwarze Inschrift mehr war als nur ein Beleg dafür, wie klein ich im Vergleich zu den meisten Walters war.

»Bitte schön«, sagte Cole und trat einen Schritt zurück, um sein Werk zu betrachten. »Jetzt, da du auf dem Heuboden verewigt bist, zeig ich dir, was ihn so besonders macht.« Er ging zum Rand des Bodens, beugte sich vor und fischte mit der Hand nach einem Seil, das von der Decke hing.

»Cole, was machst du da?«, fragte ich, als er sich mit wackligen Füßen auf das Geländer stellte, das den Heuboden begrenzte.

»Pass auf«, antwortete er grinsend. Er tat einen Schritt ins Leere und schwang sich an dem Seil durch die Luft, wobei er aus Leibeskräften brüllte. Dann war er plötzlich verschwunden und ich hörte ihn nicht mehr.

Ich rannte zum Geländer, umklammerte es mit beiden Händen und spähte nach unten, um zu sehen, ob er okay war. Ich sah ihn nicht. Gerade wollte *ich* aus Leibeskräften losschreien, da entdeckte ich ihn, wie er sich aus einem riesigen Heuballen rappelte und sich dabei das Heu aus Haaren und Kleidern schüttelte. »Jetzt bist du dran, Jackie«, rief er mir zu. »Schnapp dir das Seil.«

»Den Teufel werde ich tun«, erwiderte ich und wich zurück. »Ich nehme wie ein normaler Mensch die Leiter. Ich will ja nicht in der Notaufnahme landen.«

»Das kommt gar nicht infrage«, hörte ich Cole unter mir sagen, und bevor ich die Leiter erreichte, sah ich die obersten Sprossen erst wackeln und dann verschwinden. Fassungslos starrte ich einige Sekunden lang auf die Stelle, an der eben noch die Leiter gelehnt hatte. Ich war auf dem Heuboden gefangen.

»Das ist nicht witzig, Cole«, erklärte ich schließlich und versuchte, ruhig zu bleiben, während ich zu ihm runtersah. »Bitte, stell die Leiter wieder hin.«

»Nein.« Er ließ die Leiter langsam umkippen und legte sie vor sich auf den Boden, unerreichbar für mich.

»Wenn du wirklich glaubst, ich würde von diesem Heuboden springen, dann irrst du dich gewaltig«, teilte ich ihm in meinem besten Ich-meine-es-ernst-Ton mit. Was für eine aberwitzige Idee.

»Komm schon, Jackie«, quengelte er. »Man fällt nicht sehr tief, und ich verspreche dir, dass dir nichts passieren wird. Wir haben das als Kinder ständig gemacht.«

Aber ich wollte nichts davon wissen. »Wenn du nicht sofort die Leiter wieder aufstellst …«

»Was ist das Schlimmste, was passieren kann?«, unterbrach er mich. Er hatte die Arme vor der Brust verschränkt und den Kopf in den Nacken gelegt, um zu mir hinaufzuschauen.

»Ich könnte mir ein Bein brechen«, fuhr ich ihn an und erinnerte mich daran, was er mir gerade erst erzählt hatte, als wir vor der Messlatte der Walter-Kinder gestanden hatten.

»Jackie«, stöhnte er und warf genervt den Kopf nach hinten. Dann verdrehte er die Augen. »Ich schwöre dir, dass ich mir meins so nicht gebrochen habe.«

»Es tut mir leid, Cole«, gab ich zurück und stemmte die Hände fest in die Hüften. »Aber ich bin nicht der Typ, der unnötige Risiken eingeht.«

»Unnötige Risiken? Du klingst wie ein spießiger Geschäftsmann. Du sollst schließlich keinen Multimillionen-Dollar-Vertrag unterzeichnen. Du schwingst nur ein bisschen an einem Seil. Es soll Spaß machen.«

»Wie ich bereits sagte – mir macht es keinen Spaß, mir das Bein zu brechen.«

»Bist du immer so stur?«, fragte Cole mehr sich selbst als mich. Immer noch kopfschüttelnd ließ er sich auf den Boden sinken und faltete seine langen Beine demonstrativ zum Schneidersitz. »Macht nichts. Ich habe den ganzen Tag Zeit.«

»Ich dachte, bei dieser Führung geht es darum, mich aufzuheitern«, entgegnete ich, »nicht, mich zu quälen.«

Es folgte eine Pause und Cole seufzte. »Ich gebe mir ja Mühe, aber du machst es einem nicht gerade leicht«, sagte er, als sei ich diejenige, die sich lächerlich benahm. »Ernsthaft, Jackie, *lebe* einfach mal ein bisschen.«

Als ich das hörte, holte ich tief Luft.

Ich hatte vorgehabt, einfach länger auszuhalten als er und auf diesem abgewetzten blauen Teppich sitzen zu bleiben, bis meine Beine taub würden. Notfalls den ganzen Tag. Aber dann sagte er dieses eine simple Wort – lebe. Rückblickend bin ich mir sicher, dass Cole sich nicht viel dabei gedacht hatte, er wollte mich einfach springen sehen. Doch seine Worte erreichten mich – trafen mich – und hingen in der Luft wie dichter, beißender Zigarettenrauch, bis ich beinahe daran erstickte. Warum war ich hier und atmete, während meine Familie tot war, aus dem Leben gerissen? Hätten sie ebensolche Schuldgefühle gehabt, wenn es anders herum gewesen wäre?

Plötzlich überkam mich eine unglaubliche Wut, und ich riss mir das Stirnband, das meine Ponyfransen zurückhielt, aus den Haaren. Ich band sie mir zum Pferdeschwanz und trat an den Rand des Dachbodens. Den Bauch gegen das Geländer gepresst, streckte ich die Hände nach dem Seil aus, und nach drei Versuchen bekam ich es zu fassen. Ich hielt es fest zwischen den Händen, holte tief Luft und schwang vorsichtig meine Beine übers Geländer.

»Du schaffst das, New York«, hörte ich Cole rufen, aber ich konnte ihn nicht sehen, weil ich die Augen fest geschlossen hielt.

Es war dumm, so unglaublich dumm, aber ich tat es trotzdem. Kraftvoll stieß ich mich vom Geländer ab und sauste durch die Luft.

Der Schwung, der mich vor und zurück zog, entlockte mir eine Reihe von Kraftausdrücken, und ich beendete den Wortschwall mit einem deutlichen: »Walter, ich hasse dich jetzt offiziell!«. Das Seil schwang jetzt langsamer, aber es löste sich trotzdem aus meinem Griff. Der Boden stürzte auf mich zu und plötzlich war ich nur noch von Heu umgeben.

»Siehst du?«, fragte Cole und stapfte durch das Heu zu mir, während ich aufstand. »Das war doch gar nicht so schlimm.« Er war offensichtlich sehr zufrieden mit sich, aber mein Magen schlug immer noch Purzelbäume, und die kratzigen, trockenen Grashalme klebten mir am ganzen

Körper. Ich war stinkwütend und schlug Cole mit beiden Händen auf die Brust und stieß ihn von mir weg.

Zumindest versuchte ich es. Er bewegte sich kaum einen Zentimeter.

»Mach so was nie wieder mit mir«, fuhr ich ihn scharf an und versuchte damit wettzumachen, dass ich wahrscheinlich nach dem gescheiterten Schubsversuch nicht allzu einschüchternd rüberkam. »Niemals.«

Verblüfft über meinen Ausbruch starrte Cole mich kurz an, sein Mund halb offen. Ich kniff die Augen zusammen, funkelte ihn so bedrohlich an, wie ich nur konnte, und wartete auf eine Entschuldigung. Aber er lachte nur, und es war kein leises Kichern, sondern es brach regelrecht aus ihm heraus und schüttelte seinen ganzen Körper durch.

»Hör auf!«, sagte ich, als er immer weiter lachte.

»Oh Gott«, keuchte er und wischte sich einige Tränen vom Gesicht. »Das war unbezahlbar.«

»Ich finde rein gar nichts an dieser Sache komisch.«

»Ja – weil du dein Gesicht nicht sehen konntest. Du warst ein einziges ›Grrr‹ und sahst hinreißend aus dabei.«

Ich verkniff mir die giftige Antwort, die mir auf der Zunge lag. *Hinreißend.* Cole Walter hatte mich gerade hinreißend genannt.

»Warte«, sagte er, trat vor und streckte die Hände nach mir aus. Ich wich zurück, aber Cole kam immer näher und streckte langsam eine Hand nach meinem Kopf aus. Als er sie zurückzog, hielt er ein kleines Büschel Heu zwischen den Fingern. »Ich hab's«, flüsterte er.

Wir waren uns jetzt so nah, dass ich die winzige Narbe auf seiner Stirn sah, eine kleine, L-förmige Kerbe direkt über seiner linken Augenbraue. Als er auf mich runtersah, mit einem intensiven, undeutbaren Ausdruck in den Augen, war es schön, sich auf diese eine Unvollkommenheit zu konzentrieren. Zu wissen, dass er nicht absolut makellos war, machte es ein klein wenig leichter, seinem Blick standzuhalten.

Bis auf das leise Rascheln der Pferde war alles still. Es fühlte sich an wie einer dieser Momente in Liebesfilmen, in denen ein Mann und eine Frau sich gegenüberstehen und einander einfach nur anschauen. Der Raum wird still, und die Luft knistert vor Spannung – dann beugt der Mann sich vor, zögert aber im letzten Moment, um die Spannung noch weiter zu steigern. Dann kommen sich ganz schnell ihre Lippen näher und er reißt das Mädchen von den Beinen. Cole gegenüberzustehen war genauso, bis auf die Sache mit dem Küssen.

»Auu!«, jaulte ich, als ich plötzlich einen Schmerz am Fuß spürte. »Was zur Hölle?«

Unser Beinahekuss schien Cole ein wenig orientierungslos gemacht zu haben, denn er blinzelte mich verwirrt an, als ich von ihm weghüpfte. Dann tauchte plötzlich ein Hund mit Schlappohren aus dem Heu auf und Cole fing wieder an zu lachen.

»Das ist Bruno – mächtiger Jäger verloren geglaubter Socken und stinkender Tennisschuhe.«

»Er hat mich gebissen«, beschwerte ich mich und sah auf

den Hund hinunter. In Wirklichkeit war es mehr ein Knabbern gewesen. Es hatte nicht wirklich wehgetan, war aber so unerwartet gekommen, dass mein Herz trotzdem raste wie wild.

»Du machst Witze, oder?«, fragte Cole und kniete sich hin, um die Promenadenmischung hinter den Ohren zu kraulen. »Bruno würde keiner Fliege etwas zuleide tun. Wahrscheinlich hat er deinen Fuß einfach für einen alten Schuh gehalten.«

Bei näherer Betrachtung sah Bruno tatsächlich recht harmlos aus. Um die Schnauze war sein ansonsten braunes Fell weißgrau – wahrscheinlich war er nicht mehr der Jüngste.

»Ich fände ihn irgendwie süß, wenn ich nicht allergisch gegen Hunde wäre«, antwortete ich und trat einen Schritt zurück. Bruno ließ die Zunge aus dem Maul hängen und sah mich neugierig an.

Cole stand auf, nahm meine Hand und führte mich zu einer Reihe von Boxen, die mir zuvor nicht aufgefallen waren, weil sie sich in der entlegensten Ecke des Stalles befanden. Sie waren größer als die anderen Boxen, und das Gleiche galt für die Tiere, die sie beherbergten. »Bist du auch allergisch gegen Pferde?«, fragte er und blieb vor einer Box mit einem atemberaubenden grauen Pferd stehen. Unter den Lichtern des Stalls sah das Fell des Tieres beinahe blau aus.

»Nicht dass ich wüsste«, erwiderte ich und machte einen Schritt rückwärts, als Cole den Riegel öffnete. »Wie heißt er?«

»Du meinst, wie heißt sie«, korrigierte er mich und trat zu dem Pferd in die Box. »Athena ist ein Mädchen.« Beim Klang ihres Namens schüttelte Athena ihre Mähne und fing an, mit ihrem Maul an Coles Stirn zu nibbeln.

»Sie ist so ... riesig.« Ich versuchte, unbemerkt den Abstand zwischen mir und dem Pferd zu vergrößern. Ich war in der Stadt aufgewachsen und hatte nicht viel Erfahrung mit Tieren, wollte aber nicht zugeben, dass ich Angst vor Athena hatte.

Cole bemerkte es nicht. »Wollen wir ein bisschen reiten?«, fragte er, und seine Stimme überschlug sich fast vor Aufregung. Er wartete nicht auf eine Antwort, sondern zog bereits einen Sattel von der Wand.

»Auf keinen Fall!« Ich drückte mich an die gegenüberliegende Wand, so weit weg von dem Tier, wie ich nur konnte. Nichts und niemand konnte mich dazu bringen, auf dieses Vieh aufzusteigen – nicht einmal ein supersüßer Junge.

»Jackie«, sagte er, während er den Sattel auf Athenas Rücken zurechtrückte. »Erinnerst du dich daran, was ich darüber gesagt habe, ein bisschen zu leben?«

»Ja«, schoss ich zurück, »erinnerst du dich daran, was ich darüber gesagt habe, dich zu hassen?«

Es bedurfte einiger Überredungskunst, aber am Ende schaffte Cole es doch, mich auf das Pferd zu bringen. Ich war so wild entschlossen gewesen in meiner Ablehnung, dass Cole mir sogar fünf Minuten seiner morgendlichen Badezimmerzeit als Gegenleistung angeboten hatte. Aber ich hatte nur geantwortet, dass mich nichts dazu verleiten konnte, auf Athena zu steigen. Aber das stimmte so nicht. Irgendetwas war da, das es wert war, das unbehagliche Gefühl schwitziger Handflächen und eines wild schlagenden Herzens in Kauf zu nehmen. Und nachdem er mir versprochen hatte, Jack und Jordan davon abzubringen, mich weiter mit ihrer Videokamera zu verfolgen, ließ ich mich von Cole in den Sattel heben.

Während der ersten zehn Minuten hielt ich die Augen fest geschlossen. All meine Nerven kribbelten und ich spürte nichts als die Bewegungen des Pferdes unter mir. Aber dann begann ich langsam, auch andere Dinge wahrzunehmen, wie die Nähe von Coles Körper und die warme Frühlingssonne auf meinem Gesicht.

Cole ging es vorsichtig an. Er hatte Athena in einen langsamen Trab versetzt, und vor uns taten sich weite Wiesen auf, in die der leichte Wind sanfte Wellen zeichnete. Ich hatte es mir gerade bequem gemacht – Cole saß hinter mir, die Arme um meine Seiten und die Zügel in den Händen, und ich genoss seine leichten Berührungen –, als Cole am Rande eines Waldes plötzlich fest an den Zügeln zog und aus dem Sattel glitt. Nachdem er Athena an einen Baum gebunden hatte, half er mir abzusteigen, und wir folgten einem ausgetretenen Pfad weiter in den Wald hinein. »Das wird dir gefallen«, versprach er. Sein Gesicht leuchtete vor Aufregung, als er mir über seine Schulter hinweg einen Blick zuwarf.

Und er behielt recht.

Nach ein paar Minuten kamen wir auf eine Lichtung,

und ich wusste, dass wir am Ziel waren. Eine Szene wie aus einem Märchen. Von weiter oben ergoss sich ein winziger Wasserfall in einen kristallklaren kleinen See, auf dessen Oberfläche die Sonne fiel und das Wasser wie Glas schimmern ließ. Das Grün, das den See säumte, war bedeckt mit Wassertröpfchen, die wie kleine Smaragde funkelten.

Das Wasser plätscherte sanft gegen das Ufer, als wären wir uns am Meer, und jemand hatte aus weißem Sand einen kleinen Strand aufgeschüttet. Es gab zwei blaue Liegestühle, genau richtig positioniert, und dahinter im Schatten einen Picknicktisch. In einen Baum am Ufer waren Bretter genagelt, damit man zu dem dicken Ast hinaufklettern konnte, der über dem Wasser hing. Cole lächelte, zog sein Hemd aus und tapste wie ein kleiner Junge den Baum hinauf.

»Was machst du da?«, fragte ich ihn, obwohl ich es wusste.

Cole stieß ein Brüllen aus und ließ sich mit angezogenen Beinen Hintern voraus ins Wasser fallen. »Wie war ich?«, fragte er, als er wieder an die Oberfläche kam.

Ich zuckte die Achseln. »Ähm, ich würde dir eine Viereinhalb geben.«

»Von fünf?«

»Von zehn«, antwortete ich und sah ihm zu, als er langsam aus dem Wasser kam.

»Na schön, Simon Cowell«, sagte er und ließ sich in den Sand fallen. »Zeig mal, ob du es besser kannst.«

Ich schlüpfte aus meinen Sandalen und tauchte die Zehen ins Wasser, um die Temperatur zu prüfen. Erschrocken hüpfte ich zurück. »Bist du wahnsinnig?«, rief ich und wunderte mich, dass über dem Teich keine Eisschicht lag.

Ein beunruhigendes Grinsen breitete sich auf Coles Gesicht aus. »Vielleicht ein bisschen«, gab er zu, schoss auf mich zu und legte mir die Arme um die Taille.

»Cole! Cole, nein!«, wehrte ich mich und trat wie wild um mich, aber er hob mich mit einer einzigen flinken Bewegung hoch und warf mich ins Wasser.

Das Ganze dauerte keine drei Sekunden, aber mein Körper reagierte sofort; all meine Muskeln spannten sich an, als ich durch die Luft flog. Als ich die Wasseroberfläche berührte, spürte ich zuerst gar nichts. Einen Sekundenbruchteil später schloss sich das eisige Wasser über mir, und ein Gefühl stechender Nadeln schoss mir durch die Gliedmaßen. Ich war so überrumpelt, dass ich einen Schwall Wasser schluckte. Hustend tauchte ich wieder auf. Meine Lungen fühlten sich an, als wären sie gefroren.

»Deine Nummer war ein bisschen wackelig«, hörte ich Cole sagen. »Aber ich lasse Milde walten und gebe dir eine Zwei.«

»Ich h-hasse dich!« Meine Zähne klapperten so heftig, dass ich mir fast auf die Zunge biss.

»Ja«, stimmte er zu und nickte. »Das sagtest du bereits.«

Wenn ich nicht so heftig geschlottert hätte, hätte ich ihm sein Benehmen nicht durchgehen lassen, aber mein Hirn konnte im Moment nur eine einzige Information verarbeiten: »Das Wasser ist eiskalt!«

»Ja«, erwiderte Cole, der sich gemächlich auf dem Rücken

treiben ließ und ab und zu mit den Händen ruderte, um über Wasser zu bleiben. »Aber im Sommer, wenn es richtig heiß ist, ist es toll.«

»Wirklich?« Mir erschien das sehr unglaubwürdig. »Ich habe das Gefühl, dass ich stark unterkühlt bin.«

»Baby!«, sagte Cole nur, bevor er wie ein Pinguin kopfüber untertauchte. Die Walters mussten Eisbären-DNA haben, dachte ich, während ich einige Züge Richtung Land schwamm. Ich war mir sicher, dass ich bereits blau anlief.

Eine Hand packte mich am Knöchel und zog mich unter Wasser. Ich ließ mich für einen Moment sinken, bevor ich an die Oberfläche zurückkehrte und mehr Wasser ausspuckte.

»Bist du okay, New York?«, fragte Cole lachend. »Oder brauchst du Mund-zu-Mund-Beatmung?«

»Das war nicht witzig, *Colorado.*«

Cole zog eine Augenbraue hoch. »Wow, so schlagfertig kenne ich dich gar nicht.«

»Du hast ja auch noch nie versucht, mich zu ertränken«, gab ich zurück.

»Das habe ich *nicht*!«, verteidigte er sich.

Statt zu antworten, schickte ich eine Welle eisigen Wassers in seine Richtung.

Cole starrte mich mit aufgerissenen Augen an, während ihm das Wasser aus den Haaren troff. Als er sich erholt hatte, wischte er sich mit beiden Händen über sein Gesicht und rief: »Okay, das bedeutet Krieg!«. Dann sah ich nichts mehr und hatte wieder Wasser in Mund und Nase.

Wir planschten stundenlang, bespritzten einander, lachten zusammen.

»Also, außer der Tatsache, dass mein Cousin ein kompletter Arsch ist«, fragte Cole schließlich, als wir wieder einmal innehielten, um nach Luft zu schnappen, »wie findest du Colorado?«

Wir trieben auf dem Rücken und schauten in den Himmel; inzwischen war mein Körper so taub, dass ich die Kälte nicht mehr wahrnahm.

Ein langer Seufzer kam mir über die Lippen. »Es ist in Ordnung«, sagte ich.

»Aber?«, fragte Cole.

»Was, aber?«, fragte ich zurück.

»Normalerweise gibt es, wenn jemand so seufzt, ein Aber«, bemerkte er.

»Ach, irgendwie ...« Ich verstummte. Ich hatte Schwierigkeiten, die richtigen Worte zu finden. Cole blieb still und gab mir einen Moment Zeit zum Nachdenken. Schließlich schaute ich zu ihm hinüber und sagte: »Hier ist alles so anders, weißt du?«

»Ich war zwar noch nie in New York, aber das kann ich mir vorstellen.«

»Ich vermisse es sehr.«

Cole erwiderte nichts, sondern sah mich einfach nur an. Das Wasser war für einen Moment ganz ruhig, und ich hatte das Gefühl, alles um uns herum würde den Atem anhalten. Dann verschwand Coles Kopf mit einem Platschen unter der Wasseroberfläche.

»Wir sollten langsam aufbrechen«, meinte er, als er wieder auftauchte. »Meine Mom wird sauer sein, weil wir nicht beim Abendessen waren, und außerdem will ich nicht, dass du den Sonnenuntergang versäumst.«

»Sonnenuntergang?«, wiederholte ich, als wir Richtung Strand schwammen.

»Ja«, erwiderte Cole und schüttelte sein Haar aus. »Eines der Dinge, die das Leben hier so schön machen. Nach einem langen Arbeitstag der Sonne dabei zuzusehen, wie sie langsam über den Wiesen untergeht, ist das Beruhigendste und Friedlichste, was ich mir vorstellen kann.«

Auf dem Weg zurück zum Baum, wo wir Athena angebunden hatten, war mir noch kälter als im Wasser, aber wenigstens fing ich unterwegs an zu trocknen.

»Erinnere mich daran, beim nächsten Mal Handtücher mitzunehmen«, sagte er beiläufig, als er mir in den Sattel half.

»Nächstes Mal?«, fragte ich ein wenig überrascht.

»Ja, du Schnellmerkerin«, sagte er und schwang sich hinter mich. »Das ist *der* Platz. Hier kommen wir alle im Sommer her, um abzuhängen.«

»Oh, okay«, murmelte ich leise. Ein kleiner Teil von mir konnte nicht anders, als enttäuscht zu sein. Ich hatte gedacht, er hätte nur von uns beiden gesprochen. Dann kam in meinem Hirn an, was ich gedacht hatte, und ich fühlte mein Gesicht rot werden. Ein Schauer lief mir den Rücken hinauf, und mit einem Mal wurde mir bewusst, wie nah Cole hinter mir saß. Seine feste Brust drückte sich gegen meinen Rücken, während seine Arme mich umfingen. Ich richtete mich im Sattel auf und versuchte, etwas Abstand zwischen uns zu bringen.

»Auf geht's, Athena!«, rief Cole aufgekratzt und grub die Fersen in ihre Flanken. Er schien nicht zu bemerken, dass ich auf Distanz gegangen war. »Lass uns diesem Stadtmädchen zeigen, was Colorado so großartig macht.«

Mit einem Ruck kam Leben in das Pferd und wir machten uns auf den Weg über die Felder zurück nach Hause. Die untergehende Sonne tauchte alles in einen warmen, goldenen Schein. Als das Haus in Sicht kam, hielt Cole das Pferd an und drehte es der Sonne entgegen. Gemeinsam sahen wir zu, wie die orangefarbene Kugel hinter dem Horizont versank und einen Regenbogen von Farben mit sich nahm.

KAPITEL 7

»Ich war noch *nie* so eifersüchtig auf jemanden«, verkündete Heather. Es war Samstagabend, und wir lagen auf meinem Bett, unsere Ellbogen gegeneinandergestützt. Es war eng auf der Matratze – Heather hatte Kim mitgebracht, ohne mich vorzuwarnen –, und wir mussten uns zu viert ganz schön zusammenquetschen.

Ich war gerade damit fertig geworden, ihnen von Coles und meiner gestrigen Exkursion zu erzählen, die ich versprochen hatte, nach Beendigung unseres Kunstprojekts in allen Einzelheiten vor ihnen auszubreiten. Kim war überraschend hilfreich gewesen. Sie wusste genau, wie sie die aufgeregten Fragen ihrer Freundinnen bremsen und sie wieder dazu bringen konnte, sich auf die Arbeit zu konzentrieren. Und natürlich motivierte die beiden mein in Aussicht gestellter Bericht.

»Oh, Gott«, seufzte Riley. Sie schälte sich aus dem Bett, schnappte sich ein Kissen, warf es auf den Boden und setzte sich darauf. »Warum kann nicht einer der Walter-Jungs mit *mir* mal ein Date ausmachen?«

»Es war kein Date, es war eine *Führung«,* korrigierte ich sie. »Die, wie ich nochmals betone, Cole mir nur deshalb angeboten hat, weil Lee sich wie ein Arsch benommen hatte.«

»Ihr seid ausgeritten und habt euch zusammen den Sonnenuntergang angesehen«, sagte Heather, rutschte neben Riley und griff in die halb leere Schale Popcorn, die neben den beiden auf dem Boden stand. »Das ist *das* Bilderbuchbeispiel für ein romantisches Date.«

»Was denkst du, Kim?«, fragte Riley und hob die Hände vors Gesicht, um ihre Nägel zu inspizieren. An jedem Finger zeigte der leuchtend blaue Lack deutliche Risse.

»Worüber?«, fragte Kim zurück, ohne von dem Comicheft aufzublicken, das sie vor sich ausgebreitet hatte. An unserem Tratsch über Jungen hatte sie sich nicht beteiligt und einfach weitergelesen. Riley hatte versucht, sie mit gelegentlichen Fragen in das Gespräch einzubeziehen, aber Kim hatte die Gabe, das sofort abzublocken. Sie hatte schnell irgendetwas gesagt, mit der Hand gewedelt und sich wieder ihrem Comic zugewandt. Das war ein Talent, an dem ich selbst noch arbeiten musste: Wann immer ich versuchte, mich aus einer Frage herauszuwinden, ritt ich mich nur noch tiefer rein.

»Du denkst, die Führung zählt als Date?«

»Jackie war diejenige, die dabei war«, meinte Kim. »Sie weiß es am besten.«

»Was für eine lahme Antwort«, beschwerte Riley sich. »Jackie, hast du Nagellack da?«

»Natürlich.« Ich sprang von meinem Bett, dankbar für den Themenwechsel. »Brauchst du auch Nagellackentferner?«

»Und ein paar Wattebäusche.«

Ich öffnete meinen Schrank und hielt Ausschau nach der schweren Kiste.

»Wow«, sagte Heather, als sie an mir vorbei in den Schrank spähte. »Sind wir ein bisschen ordnungsbesessen?«

Sie sprach von der Tatsache, dass all meine Kleider nach Farben sortiert im Schrank hingen, von Rottönen an einem Ende bis hin zu den Violettönen am anderen.

Meine Wangen wurden heiß. »Bloß eine Angewohnheit«, murmelte ich und entdeckte Gott sei Dank den Nagellack.

Nachdem ich die Kiste mühsam aus dem Schrank gehievt hatte, ließ ich sie neben Riley auf den Boden fallen, dass die Fläschchen darin klapperten. Alle waren still, während sie in den riesigen Umzugskarton starrten, der randvoll mit allen erdenklichen Farben war.

Riley schaute mich mit großen Augen an. »Ist das alles?«, fragte sie sarkastisch und stieß ungläubig die Luft aus.

»Der Wahnsinn«, fügte Heather hinzu und rutschte näher an Riley heran, um besser sehen zu können. Sie versenkte ihre Hand in dem Karton und fischte ein leuchtend rotes Fläschchen heraus. »Hast du vor, die Schule zu schmeißen und deinen eigenen Salon zu eröffnen?«

Ich schüttelte den Kopf. Nichts davon gehörte mir. Lucy war ungefähr so besessen davon gewesen, sich dauernd die Nägel zu lackieren, wie Heather von den Walter-Jungs besessen war. Sie hatte jeden Tag eine neue Farbe aufgetragen, passend zum jeweiligen Outfit. Ihre Nagellacksammlung war überall im ganzen Haus verteilt gewesen, in Schubladen und Schränke gestopft oder wo immer sonst sie Platz finden konnte. Es ging so weit, dass meine Mom einen Schminktisch in Lucys Zimmer aufstellen musste, damit Lucy einen festen Platz hatte, wo sie sich ihre Nägel lackieren konnte. Trotzdem tauchten immer wieder einzelne Fläschchen auf, zwischen Sofakissen oder unter einem Bücherregal, wo sie hingerollt und vergessen worden waren.

Sie hatte immer wieder versucht, auch mir die Nägel zu lackieren. Aber es gefiel mir nicht, wie der Lack nach wenigen Stunden abbröckelte und meine Finger ungepflegt aussehen ließ. »Jackie«, hatte sie oft gesagt, »sich die Nägel zu lackieren ist ein persönliches Statement. Jede Farbe kann etwas anderes über dich und deine Stimmung aussagen.«

Ich fand das immer albern – Blau war Blau, Rosa war Rosa. Nicht *gelassen* oder *melancholisch* oder *fröhlich*. Trotzdem, als Katherine mir geholfen hatte, meine Sachen zu packen, konnte ich die Nagellackfläschchen nicht zurücklassen. Ich hatte alle vorsichtig in eine Kiste verstaut, damit ich etwas von Lucy mit nach Colorado nehmen konnte.

»Ich benutze sie nicht wirklich«, erklärte ich und zeigte meine unlackierten Finger. »Sie haben meiner Schwester gehört.« Die Bemerkung kam mir beiläufig über die Lippen, aber alle verstummten. Als ich begriff, was ich gesagt hatte, verkrampften sich meine Schultern.

»Also«, murmelte Riley und griff nach einem dunkellila Lack, »das ist eine ziemlich beeindruckende Sammlung.«

»Keine Frage«, stimmte Heather zu und schüttelte das Fläschchen in ihrer Hand. »Soll ich dir die Nägel lackieren, Jackie?«

Sie schraubte den Verschluss auf, und mir wurde klar, was ich an diesen Mädchen so sehr mochte. Sie wussten von meiner Familie, so viel stand seit meiner ersten Begegnung mit Heather fest, und sie liebten es zu tratschen, aber sie hatten das Thema nicht ein einziges Mal angeschnitten. Ich war es gewesen, mit meiner beiläufigen Bemerkung, und die Mädchen manövrierten taktvoll darum herum, ohne dass etwas peinlich oder unangenehm geworden wäre.

»Warum nicht?«, antwortete ich und ließ mich neben Heather auf dem Boden nieder.

»Also«, sagte sie, während sie begann, die leuchtend rote Flüssigkeit auf meine kleinen Nägel aufzutragen, »kannst du uns ein wenig mehr über diesen Beinahekuss erzählen?«

Ich verzog das Gesicht. »Nicht schon wieder«, entgegnete ich und hatte das Gefühl, ein bisschen in der Falle zu sitzen. Heather beugte sich über meine Hände und führte vorsichtig den winzigen Pinsel. »Ich dachte, wir wären mit dem Thema Cole fertig.«

»Ach bitte, Jackie!«, flehte Riley. »Das ist so aufregend! Eine von uns war Cole Walter tatsächlich nah genug, um ihn küssen zu können.«

Nichts wollte ich weniger, als an dieses Erlebnis erinnert zu werden – mir war peinlich, dass es überhaupt so weit hatte kommen können –, aber ich wusste, dass die Vernehmung nicht beendet sein würde, bevor ich nicht jedes noch so kleine Detail preisgegeben hatte. Und natürlich gab mir die Art, wie Riley *eine von uns* gesagt hatte, das Gefühl dazuzugehören.

»Okay, na schön«, stöhnte ich und gab mich geschlagen. Ich wollte die Sache so schnell wie möglich hinter mich bringen. »Was wollt ihr wissen?«

Ihre Fragen kamen schneller, als ich sie beantworten konnte.

»Wie hat er gerochen?«

»Hat er deine Hand gehalten?«

»Wie nah sind eure Lippen sich gekommen?«

»Hat er dir das Haar hinters Ohr gestrichen?«

Plötzlich wurde es still, und alle warteten darauf, dass ich etwas sagte.

»Ähm?«, antwortete ich und schaute zwischen den beiden hin und her.

»Wie wär's damit?«, sagte Riley mit ernster Stimme, als müssten wir ein großes Problem lösen. »Warum stellen wir Jackie nicht eine Frage nach der anderen?«

»Ich zuerst«, sagte Heather und sah von meinen Händen auf. »Auf einer Skala von eins bis zehn, wie sehr wolltest du ihn küssen?«

»Oh, das ist eine gute Frage«, stellte Riley fest und nickte Heather zu.

»Ähm«, murmelte ich mit einem Stirnrunzeln.

Ehrlich, ich hatte nicht die leiseste Ahnung. Es war ja nicht so, dass ich Coles Lippen angestarrt und nur darauf gewartet hätte, dass er mich küsst. Alles war einfach irgendwie passiert. Wir waren dagestanden, nah beieinander, und etwas – irgendeine Art von Energie – floss zwischen uns. Ich wusste nicht einmal, was geschah, bis alles vorbei war. Wie sollte ich ein solches Gefühl bewerten?

»Wir warten«, sagte Riley.

»Ich schätze … eine Fünf?«, sagte ich und hoffte, dass das nicht zu hoch angesetzt war.

»Nur?« Heather wirkte enttäuscht. »Ich hätte mich ihm an den Hals geworfen.«

In diesem Moment wurde meine Schlafzimmertür aufgerissen.

»Jackie will Cole küssen!«, schrie Benny aus Leibeskräften. Mein Herz blieb stehen. Wie lange hatte er gelauscht?

Erschrocken sprang ich auf die Füße. »Das ist nicht wahr, Benny«, sagte ich langsam. »Warum sollte ich eklige Jungs-Bazillen wollen?« Auf keinen Fall würde er mein Zimmer verlassen und so etwas rufen. Wenn Cole ihn hörte …

»Jackie und Cole sitzen auf dem Baum und küssen sich! Jackie und Cole sitzen auf dem Baum und küssen sich!« Er sang immer lauter und lauter, bis ihm mit einem Krächzen die Stimme versagte.

»Benny Walter«, mahnte ich streng. »Wenn du nicht sofort damit aufhörst …« Ich brach mitten im Satz ab, als ich sah, was er auf dem Kopf hatte. »Oh mein Gott, ist das mein BH?«

Ich versuchte, ihn mir zu schnappen, aber Benny war schneller und schlüpfte mir durch die Finger. Er sprang auf mein Bett und begann auf und ab zu hüpfen.

»Ich hab deinen Busenhalter!«, krähte er.

Kim, die immer noch auf meiner Tagesdecke lag und zu lesen versuchte, funkelte ihn an. »Hey, Kleiner.« Ihre Stimme war streng und energisch. »Du machst meinen Comic kaputt.«

Benny hörte auf zu hüpfen und sah sie aus großen Augen an. »Ist das der neue Dr. Cyrus Cyclops?«, fragte er ehrfürchtig, nachdem er einen Blick in das Heft geworfen hatte.

»Ja«, bestätigte Kim.

Da Benny abgelenkt war, konnte Riley ihm unbemerkt meinen BH abnehmen. Sie gab ihn mir, und ich sah sofort, dass es derjenige war, der aus dem Badezimmer verschwunden war, während ich geduscht hatte. Jemand hatte mit einem Textmarker Brustwarzen auf die Körbchen gemalt.

»Darf ich mitlesen?«, fragte Benny und fügte dann hinzu: »Bitte?«

»Ich mache dir einen Vorschlag«, antwortete Kim. »Wenn du versprichst, uns in Ruhe zu lassen und nichts von dem zu verraten, was du gehört hast, *gebe* ich dir den Comic.«

»Du meinst zum Behalten?«, fragte er, und Kim nickte. »Wow! Großes Indianer-Ehrenwort«, erklärte er sofort. Benny streckte die Hand aus, aber Kim gab ihm das Comicheft nicht sofort. Sie bedachte ihn mit einem Blick, einem dieser durchdringenden Blicke, die sagten: *Komm mir nicht dumm.* Erst als Benny offensichtlich nervös schluckte, überließ sie ihm den Comic.

Er saß für einen Moment auf meinem Bett und hielt staunend das Heft in der Hand. Dann schoss er aus dem Raum, um seinen Schatz in Sicherheit zu bringen.

»Nicht schlecht, Kim«, erklärte Heather anerkennend und schloss die Tür.

Sie zuckte die Achseln und streckte sich. »Ich gebe mir Mühe.«

Ich stieß den Atem aus, den ich angehalten hatte, seit Benny aufgetaucht war. »Vielen Dank, Kim. Das hätte in einer Katastrophe enden können.«

Wir sahen einander für einen Moment an, bevor wir in schallendes Gelächter ausbrachen.

»Mir hat das gestern Abend viel Spaß gemacht«, sagte Riley, während sie ihren Schlafsack zuzog.

»Ja, mir auch«, stimmte ich zu und schnappte mir meinen eigenen Schlafsack, um ihn zusammenzurollen.

Es war Sonntagmorgen, und Riley half mir, mein Zimmer aufzuräumen. Kim musste rechtzeitig zum Gottesdienst mit ihrer Familie zu Hause sein, und Heather sollte sie im Auto mitnehmen, deshalb waren die beiden gefahren, bevor Riley und ich aufgestanden waren.

Wir waren die halbe Nacht wach geblieben und hatten über alle möglichen Dinge geredet. Zum Beispiel, dass Kim zu süchtig nach ihren Onlinespielen war – ein Problem, das, wie Heather fand, mit einem festen Freund gelöst wäre. Oder dass Riley den neuen Geschichtslehrer vom Typ putziger, zerstreuter Professor nicht uninteressant fand. Aber vor allem redeten wir über Cole und die Walters. Dabei hatte ich immer wieder versucht, das Thema zu wechseln, aber es war, als seien die Gehirne von Riley und Heather darauf programmiert, alle halbe Stunde an Cole zu denken. Das wäre alles nicht so schlimm gewesen, wenn sie nicht ständig behauptet hätten, dass ich auf ihn stand, und umgekehrt.

»Es war wirklich cool von Mrs Walter, dass wir bei dir übernachten durften«, fuhr Riley fort und schüttelte eine Decke aus. Popcornstückchen flogen durch die Luft, aber Riley ignorierte sie und begann, den Flanellstoff zusammenzufalten.

»Ja, Katherine ist supernett zu mir.« Ich war gerade dabei, die Nagellackfläschchen wieder einzusortieren – Heather hatte auf der Suche nach dem perfekten Rosaton die ganze Kiste ausgekippt.

»Du bist übrigens auch ziemlich toll«, sagte Riley dann. Nachdem sie die gefaltete Decke auf mein Bett gelegt hatte, ließ sie sich neben mich auf den Boden fallen und half mir mit den Fläschchen. »Die meisten Leute kommen mit Heather und mir nicht gut klar. Wir sind ein wenig …«

»Fordernd?«, meinte ich.

»Das ist eine nette Art, es auszudrücken, aber: ja.«

Ich zuckte die Achseln. »Zu Hause habe ich eine Freundin, Sammy, die mich an euch beide erinnert. Die Mädchen in meiner alten Schule finden sie seltsam, dabei steht sie einfach nur zu dem, was sie gerade macht. Du weißt schon, die Art Mensch, die gern mal ein bisschen verrückt rüberkommt, weil sie alles sehr wichtig nimmt.«

Riley grinste. »Klingt, als könnten wir uns gut verstehen.«

»Total.«

Wir sammelten die letzten Nagellackfläschchen ein. Als alle wieder verstaut waren, machte Riley es sich auf dem Boden bequem und schob sich eine leuchtend rote Haarsträhne hinters Ohr. Ich wollte gerade den Umzugskarton nehmen und ihn wieder in den Schrank zurückstellen, da bemerkte ich den seltsamen, halb fröhlichen, halb traurigen Gesichtsausdruck, mit dem sie zu mir rübersah.

»Also«, fragte sie langsam. »Lebst du dich gut ein?«

Näher war sie dem Thema *Jackie und ihre Vergangenheit* noch nie gekommen. Und das Schweigen, das folgte, machte mir einmal mehr bewusst, dass ich einfach nicht wusste, wie ich diese Frage beantworten sollte.

»Ich bin ja erst eine Woche hier«, sagte ich schließlich, obwohl das ihre Frage nicht beantwortete. Und dann fügte ich leise hinzu: »Hier ist alles so verrückt.«

»Wie meinst du?«

»Das Leben mit den Walters – ich habe das Gefühl, dass ich nie weiß, was als Nächstes passieren wird. Es ist so …« Ich brach ab, weil mir das richtige Wort nicht einfiel.

»Unberechenbar«, sagte Riley.

»Genau.«

»Was ist daran so schlimm?«

Ich sah auf meine Hände und drehte die Handflächen nach oben, als könnte ich dort die Antwort ablesen. »Ich weiß es nicht«, erwiderte ich und spürte, wie ich innerlich mit mir kämpfte. »Es ist so, als müsste ich jede Stunde jedes Tages auf der Hut sein.« Ich sah zu Riley hinüber, um festzustellen, ob sie mir folgen konnte. Ihr Gesicht war ein einziges Fragezeichen.

»Warum musst du auf der Hut sein?«

»Weil«, sagte ich und seufzte resigniert, »ich vorbereitet sein muss.«

»Worauf? Auf die Zombie-Apokalypse?«

Ich warf ihr einen Blick zu. »Nein, auf Sachen, die im Leben halt so passieren können.«

»Hm«, machte Riley und legte die Stirn in Falten. »Das hört sich nach einer ziemlichen Menge Arbeit an.«

»Was hört sich nach einer Menge Arbeit an?«, wollte ich wissen.

»Zu versuchen, auf alles vorbereitet zu sein.«

»Na ja, nicht auf *alles*«, entgegnete ich. »Aber das Leben ist so viel einfacher, wenn die Dinge glattlaufen.«

»Schon«, sagte Riley. »Aber wo bleibt der Spaß, wenn nicht ab und zu was passiert, mit dem man nicht gerechnet hat? Das macht das Leben doch viel interessanter.«

Ich war plötzlich überfordert und hatte das starke Gefühl, letzte Nacht viel zu wenig geschlafen zu haben. »Aber wenn man nicht weiß, was als Nächstes kommt«, wandte ich ein und warf frustriert die Hände in die Luft, »wenn man nicht vorbereitet ist, dann macht man doch Fehler.«

»Aber Fehler können auch was Gutes haben.«

Ich sah sie nur an.

»Okay, nimm mich zum Beispiel«, begann sie. »Ich war nicht vorbereitet, wie du so schön sagst, auf meinen ersten festen Freund. Er war älter als ich, erfahrener. Wir sind ungefähr vier Monate zusammen gegangen, dann hat er mir das Herz gebrochen.«

»Und was soll daran bitte gut sein?«

»Okay, das war jetzt vielleicht nicht das beste Beispiel«, gab Riley zu, »aber ich würde trotzdem alles noch mal genauso machen.«

»Warum?«

»Weil er meine erste Liebe war. In diesen vier Monaten, so schnell sie auch vergangen sind, war ich so glücklich, wie noch nie zuvor in meinem Leben. Noch nie! Manchmal muss man einfach auf sein Herz hören.«

»Aber wenn ich mich darauf vorbereiten kann …«

Riley lachte. »Du kannst dich nicht auf die Liebe vorbereiten. Das ist nicht wie die Führerscheinprüfung oder der Zulassungstest für die Uni. Sie ist ein Geschenk. Eins, das man völlig überraschend und unerwartet bekommen kann.«

»Wie sind wir überhaupt auf dieses Thema gekommen?«, fragte ich. »Ich dachte, wir hätten über meinen Umzug gesprochen.«

»Wir sind darauf gekommen, weil du Angst hast, ein Risiko einzugehen.«

»Wobei?«

»Bei Sachen, die im Leben halt so passieren können«, wiederholte sie meine eigenen Worte. Sie hatte den Anflug eines Lächelns auf dem Gesicht, und ich wusste, dass sie auf etwas Bestimmtes hinauswollte.

»Riley …«, sagte ich nur und sah sie stirnrunzelnd an.

»Was?«, fragte sie mit unschuldiger Miene und zuckte die Achseln. »Ich sage nur, dass du dir zu viele Gedanken über die Zukunft machst. Manchmal muss man einfach nur *fühlen.*«

Ihre Mutter holte Riley nach dem Frühstück ab und ich stand auf der Veranda und winkte ihnen nach. Als ihr Wagen dann um die Ecke verschwunden war, ging ich nicht sofort wieder ins Haus, sondern nahm die Holztreppe hinunter in den Vorgarten. Die frische Frühlingsluft fühlte sich gut an, und ich folgte dem Kiesweg, der um das Haus herum in den großen Garten führte. Da war dieses Baumhaus, das ich mir genauer hatte ansehen wollen, seit Cole während unserer Führung kurz mit dem Finger darauf gedeutet hatte.

Als ich mich der Eiche näherte, sah ich erst, wie groß sie war und wie weit sie ihre Äste in alle Richtungen streckte. Die dichte Baumkrone warf einen angenehm kühlen Schatten. Ich nahm mir die Zeit, die Bretter zu zählen, die als Leitersprossen in den Stamm der Eiche genagelt waren – es waren zwölf. Das Baumhaus selbst sah vernachlässigt aus, und ich fragte mich, wann einer der Jungs zuletzt dort oben gewesen sein mochte. Wahrscheinlich seit langer Zeit nicht mehr. Der perfekte Ort, um mal vor allem ein bisschen Ruhe zu haben.

Ich legte die Hände auf die Leitersprosse über meinem Kopf und begann hinaufzuklettern. Vorsichtig, weil ich mich nicht an dem rohen Holz verletzen wollte. Als ich oben ankam, schob ich die Falltür im Boden auf, und ihre Scharniere quietschten, während sie langsam auf die Seite klappte.

»Jackie?«, fragte jemand, als ich den Kopf durch die Öffnung streckte.

Erschrocken stieß ich einen Schrei aus und mir rutschte ein Fuß weg. Einen Moment lang dachte ich, ich würde fallen, aber da hatte ich schon instinktiv nach der obersten Sprosse der Leiter gegriffen.

»Gib mir deine Hand«, sagte Alex, dessen Gesicht ich jetzt durch die Öffnung über mir sehen konnte. Ich streckte meinen Arm aus, er umfasste mein Handgelenk und zog mich in die Sicherheit des Baumhauses. Schwer atmend brachen wir beide auf dem Boden zusammen.

»Ich hätte mir den Hals brechen können«, sagte ich fassungslos.

»Und ich hätte beinahe einen Herzinfarkt bekommen«, gab er zurück. »Du hast mir einen Scheißschrecken eingejagt.«

»Tut mir leid«, stieß ich hervor, immer noch atemlos. Mein Herz hämmerte so heftig, dass meine Brust wehtat. »Ich wusste nicht, dass jemand hier oben ist.«

»Was machst du hier?«

»Ich war einfach neugierig«, erwiderte ich. »Ich bin noch nie in einem Baumhaus gewesen.«

Mein Herz beruhigte sich endlich, und ich begann, mich umzusehen. Das Baumhaus war innen in einem gemütlichen Grün gestrichen und es war angenehm kühl. Es gab sogar zwei winzige Fenster und an einem davon war ein Teleskop befestigt.

An der Wand hing etwas, das aussah wie eine handgezeichnete Karte der Ranch, aber sie entstammte offensichtlich der Fantasie eines Kindes: Der Pool hieß Giftlagune, das Haus der Walters war die Schwarze Festung, und das Baumhaus war die Waldzuflucht. In einer Ecke des Raumes lehnte ein Spielzeugschwert aus Plastik und auf dem Boden standen kleine Kisten zum Sitzen.

»Noch nie?«, fragte Alex. Er stützte sich auf die Ellbogen, um mich besser ansehen zu können.

»Ich komme aus New York City, du erinnerst dich?«

»Habt ihr dort keine Bäume?«

»In unserer Lobby steht ein Bambus im Topf«, erklärte ich geistesabwesend, während ich versuchte auf der Karte weitere Details auszumachen. »Aber ich glaube nicht, dass er sich für ein Baumhaus eignen würde.« Unter der Zeichnung des Wasserfalls konnte ich mit Mühe die gekritzelten Worte »Bucht der Meerjungfrauen« entziffern. Am Strand lag eine Schatztruhe, aus der Juwelen quollen.

»Die Vorstellung, dass du keinen Garten zum Spielen hattest, ist so seltsam«, sagte Alex. »Weil ich als Kind praktisch nur draußen gelebt habe. Mein Dad hat mir geholfen, dieses Baumhaus zu bauen, als ich acht war.«

»Selbst wenn ich einen Garten gehabt hätte, hätte das keine Rolle gespielt«, antwortete ich und griff nach dem Plastikschwert. Ich zog es aus der Ecke und ließ es durch die Luft sausen. »Mein Dad war kein großer Handwerker.«

»Er war Geschäftsmann, stimmt's?«, sagte Alex.

Ich ließ das Spielzeugschwert sinken und legte den Kopf zur Seite, sodass ich ihn besser sehen konnte. Alex war der Erste der Walters, der vor mir meine Familie zur Sprache brachte. Ich musste ihn mit meinem Blick fixiert haben, denn sein ganzer Körper versteifte sich plötzlich, als ihm klar wurde, welches Thema er da angeschnitten hatte. In seinem Gesicht las ich weniger Mitgefühl als Unbehagen. Ein Unbehagen, das größer war als meins, und irgendwie machte mich das ruhiger.

»Ist schon gut«, sagte ich, um seiner Entschuldigung zuvorzukommen.

Er reagierte nicht gleich, und ich dachte, er würde meine Bemerkung vielleicht übergehen wollen. »Was meinst du?«, fragte er vorsichtig.

»Alex«, begann ich und setzte mich auf. »An der Art, wie du meinem Blick ausweichst, sehe ich, dass dir die Sache unangenehm ist – mit meiner Familie.«

»Oh.« Er zwang sich, mich anzusehen. »Ich wollte mich nicht komisch benehmen«, sagte er dann. »Ich weiß einfach nicht, was ich sagen soll. Ich meine, ich habe einfach noch nie jemanden getroffen, der – dessen Familie …« Er brach ab, außerstande, seinen Satz zu Ende zu bringen.

»Jemand, dessen Familie gestorben ist?« Es war das erste Mal, dass ich es vor einem der Jungen laut ausgesprochen hatte.

»Ja, das.« Er hielt meinem Blick einen Moment lang stand, bevor er wieder wegschaute.

»Die meisten Leute sagen einfach, dass es ihnen leidtut«, erklärte ich und hoffte, ihm irgendwie dabei helfen zu können, sich wieder zu entspannen. Es fühlte sich seltsam an, denn normalerweise versuchten alle, *mich* zu trösten, wenn die Sprache auf meine Familie kam, nicht umgekehrt.

»Eine seltsame Gewohnheit, findest du nicht?«, fragte Alex unerwartet. Er richtete sich auf und lehnte sich an die Wand.

»Was meinst du?«

»Sagen wir zum Beispiel, dass es ein Unfall war«, antwortete er. »Dann gibt es keinen Grund, dich zu entschuldigen, da du an dem Unfall ja keine Schuld hast, oder? Es wäre logischer zu sagen, dass du dich mies fühlst, aber das will auch keiner hören. Außerdem bin ich mir sicher, dass sich nicht alle wirklich mies fühlen. Was ist, wenn du denjenigen, der gestorben ist, gar nicht gekannt hast, aber das Gefühl hast, du müsstest irgendetwas sagen? Das ist dann auch nicht gerade ehrlich.«

Alex war jetzt so richtig in Fahrt.

»Alex«, warf ich ein, in dem Versuch, seinen Redeschwall zu stoppen.

»Vielleicht sollte man sich einfach umarmen. Körperliche Berührung sagt eine Menge, ohne tatsächlich etwas in Worte fassen zu müssen, aber ich schätze, die Leute umarmen sich bei Beerdigungen sowieso. Und es wäre mir irgendwie peinlich, dich zu umarmen, wir kennen uns ja kaum.«

»Alex!« Diesmal schrie ich fast und klatschte zur Betonung meiner Worte in die Hände.

»Ja … was?« Er schüttelte seinen Kopf. Als er bemerkte, dass ich ihn anstarrte, wurde er rot. »Tut mir leid, ich neige zum Quasseln, wenn ich nervös bin.«

»Echt?«, entgegnete ich mit einem leichten Grinsen auf den Lippen. Das waren die schlimmsten Beileidsbekundungen gewesen, die ich jemals über mich hatte ergehen lassen müssen, und doch hatten sie funktioniert. »Danke.«

Als er sah, dass ich nicht sauer war, erwiderte er mein Lächeln. »Keine Ursache.«

Ich wurde wieder ernst. »Willst du wissen, was das Schlimmste ist?«, fragte ich, wartete aber seine Antwort nicht ab. »Wenn die Leute mich behandeln, als hätten sie Angst, ich könnte gleich zerbrechen. Vorhin hatte ich kurz befürchtet, du würdest auch so komisch reagieren.«

»Es tut mir leid, Jackie«, sagte er dann.

»Ja«, murmelte ich, mehr an mich selbst gewandt als an ihn. »Mir auch.«

Wir schwiegen für eine Weile, beide in unsere Gedanken versunken, bis ich schließlich genug Mut beisammenhatte, wieder etwas zu sagen. »Und, was tust *du* hier oben?«

Diese Frage schien Alex unangenehmer zu sein als das Gespräch über meine Familie. Er spannte sich an und ballte die Hände zu Fäusten. Etwas stimmte nicht. Er hatte dunkle Ringe unter den Augen, als hätte er das ganze Wochenende nicht geschlafen.

»Hey«, fragte ich, »was ist los?«

Sein Blick glitt kurz zur Seite, und als ich in die gleiche Richtung sah, bemerkte ich auf dem Boden ein kleines

Stück Papier. Alex bewegte sich nicht, deshalb streckte ich langsam meine Hand danach aus und behielt ihn dabei die ganze Zeit über im Auge, um sicherzugehen, dass er nichts dagegen hatte. Er machte keinerlei Anstalten, mich zu stoppen. Als ich es hochhob, sah ich, dass es ein zusammengefaltetes Foto war. Vorsichtig strich ich die Knicke glatt. Ich erkannte die Menschen auf dem Bild sofort. Da war Alex, der in die Kamera grinste, den Arm um ein Mädchen mit blonden Kringellöckchen gelegt – das Mädchen aus unserem Anatomiekurs.

»Sie heißt Mary Black«, sagte Alex ungefragt. »Sie ist meine Exfreundin. Wir haben vor drei Wochen Schluss gemacht.«

»Ich nehme an, du vermisst sie?« Ich wusste, dass das eine lahme Bemerkung war. Natürlich vermisste er sie, aber ich wusste nicht, wie ich ihn hätte trösten können. Das Foto erklärte den sehnsüchtigen Blick, den er Mary am ersten Unterrichtstag zugeworfen hatte. Alex nickte.

»Meinst du, das wird wieder mit euch?« Ich versuchte, optimistisch zu wirken.

»Ich bin seit der Grundschule in sie verknallt«, sagte Alex stattdessen. »Zum ersten Mal gesehen habe ich sie in der dritten Klasse, und ich weiß noch, dass ich den Atem angehalten habe, als sie auf dem Spielplatz an mir vorbeiging. Sie trug einen rosa Pulli und hatte zwei Zöpfe. Und es kümmerte sie nicht im Geringsten, dass alle Jungs aufhörten, Kickball zu spielen, nur um ihr beim Seilhüpfen mit ihren Freundinnen zuzusehen.« Die Worte sprudelten jetzt nur so aus ihm heraus und ich wollte ihn nicht unterbrechen.

»An dem Tag habe ich mich in sie verliebt, aber ich habe nie etwas deswegen unternommen. Mary war die Sorte Mädchen, die unerreichbar scheinen, und ich wusste, dass ich keine Chance bei ihr hatte. In der Siebten oder Achten bin ich dann mit einigen Mädchen gegangen, nichts Ernstes, und dann, zu Anfang dieses Jahres, saß sie in Englisch plötzlich neben mir. Sie hat sich am ersten Unterrichtstag neben mich gesetzt und einfach angefangen zu reden, als wären wir alte Freunde, als sei ich nicht seit einer Ewigkeit in sie verknallt gewesen. Nach einigen Wochen habe ich den Mut aufgebracht, sie zu fragen, ob sie mit mir zum Homecoming-Ball gehen will. Von da an waren wir zusammen.«

»Und dann?«

»Sie hat mich aus heiterem Himmel wegen eines anderen Jungen verlassen.«

»Autsch. Hast du wenigstens herausgefunden, wer es war, um ihm ordentlich eins auf die Nase zu geben?« Ich hatte ihn eigentlich aufheitern wollen, aber stattdessen sah ich Wut in seinen Augen aufblitzen.

»Ich hätte es getan, aber sie wollte mir nicht sagen, wer es war«, sagte Alex. »Du kannst dir also meine Überraschung vorstellen, als ich heimkomme und sie mit Cole zusammen auf dem Sofa einen Film anschauen sehe.«

Mir klappte die Kinnlade runter. »Sie hat mit dir Schluss gemacht, um mit deinem Bruder zu gehen?«

Alex lachte hässlich. »Cole *geht* mit niemandem«, wiederholte er die Tatsache, die ich bereits mehrfach gehört hatte. »Aus irgendeinem Grund dachte sie wohl, sie könne ihn ändern, aber ich kenne Cole besser. Sie hat mich Freitagabend angerufen und gesagt, dass es ihr leidtue und dass sie wieder mit mir zusammen sein wolle.«

»Was hast du gesagt?«

»Dass ich keine Lust habe, ihr Trostpreis zu sein«, zischte er.

»Alex, ich weiß nicht, was ich sagen soll«, murmelte ich unbehaglich. Offensichtlich ging da irgendetwas zwischen Alex und Cole vor und ich wollte nicht dazwischengeraten. »Warum vertraust du mir das alles überhaupt an?«

Es dauerte lange, bevor Alex etwas sagte. Zuerst dachte ich, dass er mir überhaupt nicht antworten würde. »Es ist so: Ich weiß von deiner Familie, und jetzt habe ich dir mein Geheimnis erzählt, also sind wir quitt. Ich kenne deinen Ballast. Du kennst meinen. Wir können einfach normal miteinander umgehen.« Er hielt inne, als brauchte er einen Moment, um sich zu fassen. »Ich geh dann mal.« Er rappelte sich hoch und trat an die Falltür. »Wir sehen uns später, okay?«

Den Rest des Tages konnte ich nicht aufhören, an das zu denken, was Alex mir erzählt hatte. Cole hatte ihm seine Freundin ausgespannt. Wie konnte er so grausam sein? Während ich mir all das durch den Kopf gehen ließ, sortierte ich die Unterlagen für meine Kurse. Seit ich an der neuen Schule angefangen hatte, hatte ich noch keine Gelegenheit gehabt, irgendetwas zu ordnen, weil es in meinem Leben mit den Walters immer irgendein unerwartetes Ereignis gab, das mich von meiner Arbeit abhielt. Jeder Kurs bekam seinen eigenen Ordner, sortiert nach Unterrichtsstunden. Den Lehrplan heftete ich vorne ein.

Eine Geschichtsaufgabe glitt mir aus den Händen und flatterte zu Boden. Als ich mich bückte, um sie aufzuheben, erhaschte ich durch mein Fenster einen Blick auf Cole, der gerade auf dem Weg zur zweiten Garage war. Im Lauf der Woche war mir aufgefallen, dass er jeden Abend dort verbrachte. Neugierig geworden ließ ich meine Hausaufgaben auf meinem Schreibtisch liegen und zog Schuhe an. Als ich die Einfahrt hinunterging, hatte Cole bereits die Türen geschlossen, aber ich konnte Musik von drinnen hören.

»Cole?« Ich klopfte an, doch er antwortete nicht. »Hallo?«, rief ich. Ich legte die Hand auf den Griff, nicht sicher, ob ich stören sollte. Ich wusste, dass er noch drin war, denn ich konnte ihn hören, aber ich wollte nicht unhöflich sein. Als ich das Klirren von Metall auf Beton vernahm, gefolgt von einer Flut von Flüchen, riss ich die Tür auf, um mich davon zu überzeugen, dass es ihm gut ging.

Der kleine Raum hatte eher die Größe eines Schuppens als die einer Garage. Eine Wand war von einer Werkbank eingenommen, auf der verschiedene Schraubenschlüssel, Zangen und Schraubenzieher lagen. Über der Werkbank hingen Regalbretter, die bis unters Dach der Garage mit Autoteilen beladen waren. Ein riesiges schwarzes Auto nahm den Rest des Raumes ein. Die Motorhaube war hochgeklappt und zeigte die Innereien des Wagens. Cole kniete auf dem Boden und sammelte verschiedene Kleinteile auf, die offensichtlich aus einer roten Werkzeugkiste stammten, die umgekippt danebenlag.

»Alles okay?«, fragte ich, und er zuckte zusammen.

»Gott, Jackie!«, rief er, sah zu mir auf und stützte sich mit den Händen auf seinen Oberschenkeln auf. »Wolltest du mich erschrecken?«

»Ich habe angeklopft«, erwiderte ich mit einem Achselzucken, bevor ich in den engen Raum schlüpfte. »Was machst du hier?«

Er stand auf. »Arbeiten.« Cole trug ein schlichtes, weißes Hemd und eine alte Jeans, die beide voller Schmierfett waren. Aus seiner Tasche hing ein roter Lappen, den er herauszupfte, um sich die Stirn abzutupfen. »Hat meine Mom dich geschickt, um mich zu holen?«

»Nein«, sagte ich und ging vorsichtig um den Wagen herum. Ich wollte kein Schmieröl auf meiner guten Seidenbluse. »Das hier hast du mir bei unserer Führung gar nicht gezeigt.«

»Das liegt daran, dass hier niemand reindarf«, sagte er mit leerem Gesichtsausdruck. »Ich brauche meine Ruhe.«

»Oh.« Ich war verdutzt, wie barsch er war. »Tut mir leid, das wusste ich nicht. Dann gehe ich mal wieder.«

Cole seufzte. »Nein, ist schon gut. Ich wollte dich nicht so anfahren. Aber Alex war heute unmöglich zu mir, und du hast es jetzt leider abbekommen.«

»Was war los?«, fragte ich und versuchte, verhalten interessiert zu klingen. In Wirklichkeit spitzte ich die Ohren. Ich hatte mich unter anderem deshalb auf den Weg in die Garage gemacht, um herauszufinden, ob Alex' Vorwürfe der Wahrheit entsprachen. Ich wusste, dass es schwer sein würde, das Thema anzuschneiden, und ich hatte nicht damit gerechnet, dass es tatsächlich zur Sprache kommen würde. Nachdem Cole das praktisch für mich erledigt hatte, spürte ich, wie Aufregung von mir Besitz ergriff.

»Ich weiß es nicht.« Er lehnte sich an den Wagen. »Er benimmt sich mir gegenüber seit einigen Wochen extrem daneben.«

Ich war nicht sicher, ob Cole tatsächlich nicht kapierte, warum sein Bruder so sauer war, oder ob es da noch etwas anderes gab. »Hast du vor, mit ihm zu reden?«

»Das habe ich schon getan, aber was ich erzähle, interessiert ihn überhaupt nicht«, gab Cole zurück und knetete an dem schmutzigen Lappen herum. »Wie auch immer. Wenn er von nichts irgendetwas wissen will, ist das seine Entscheidung.« Cole knüllte das Tuch zusammen und warf es auf die Werkbank. »Können wir über etwas anderes reden?«

»Natürlich«, antwortete ich, obwohl ich darauf brannte, mehr zu erfahren.

»In Ordnung. Nun, wo du eh schon mal hier bist, kann ich dir eigentlich auch mein Baby zeigen.«

»Wie meinen?«

Cole grinste und zog die Beifahrertür auf. »Steig ein.«

»Ist das sauber da drin?«, fragte ich und blinzelte hinein.

In der Garage war kaum Licht, und die Beleuchtung im Wagen sprang auch nicht an, als Cole die Tür öffnete.

»Frisch gesaugt«, antwortete er und ging um die Vorderseite des Wagens herum. »Steig einfach ein.«

Ich duckte mich und ließ mich vorsichtig auf den Sitz sinken. Cole schlug seine Tür zu, ich folgte seinem Beispiel und schloss uns damit in der muffigen Fahrerkabine ein.

»Also, das ist dein Baby?«

»Ein 1987er Buick Grand National«, erklärte er und fuhr dabei mit beiden Händen über das Lenkrad. »Hat früher meinem Grandpa gehört.«

»Muss ich beeindruckt sein?« Ich wollte nicht unhöflich sein, aber der Wagen war ein ziemlicher Klapperkasten.

»Der Wagen ist ein *Klassiker.*«

»Sieht man ihm gar nicht an.«

»Ist er aber. Und wenn ich ihn fertig restauriert habe, wird er laufen wie geschmiert«, sagte er und machte dabei eine gleitende Handbewegung durch die Luft.

»Also, das machst du hier? Ihn reparieren?«

»Ich versuche es, aber es ist teuer«, sagte Cole und ließ die Hand wieder sinken. »Das ist der Grund, warum ich bei Tony's arbeite. Er bezahlt mich mit den Ersatzteilen, die ich brauche.«

»Wann hast du gelernt, Autos zu reparieren?« Ich wollte ihn nicht aushorchen, aber die Begeisterung, mit der er über sein Auto redete, war ansteckend.

»Ich habe in der Schule viel Werkunterricht belegt und irgendwie hatte ich immer schon ein Händchen für so was.

»Wie lange arbeitest du schon daran?«

»Immer mal wieder, seit ich auf der Highschool bin.« Er zögerte kurz, dann fügte er hinzu: »Aber ich habe erst letztes Jahr angefangen, mich so richtig intensiv damit zu beschäftigen.« Cole presste die Lippen aufeinander und starrte zur Windschutzscheibe hinaus.

Ich wertete das als Zeichen, nicht weiter nachzubohren. »Cool«, sagte ich stattdessen.

Er hatte offensichtlich über irgendetwas nachgedacht, denn er schüttelte seinen Kopf, als wollte er unliebsame Gedanken vertreiben. »Jackie«, sagte er dann. »Ich will dich nicht rauswerfen, aber ich wollte vor dem Abendessen wirklich noch mal den Motor in Angriff nehmen.«

Zuerst verstand ich nicht, was er meinte, aber dann begriff ich, dass er wollte, dass ich ging. Ich musste etwas Falsches gesagt haben. »Oh, okay.« Ich tastete in der Dunkelheit nach dem Türgriff und wurde rot. Als meine Finger endlich das glatte Metall gefunden hatten, riss ich die Tür hastig auf und stieg aus.

»Wir sehen uns später«, sagte er, aber er sah mich nicht einmal an. Er starrte immer noch durch die Windschutzscheibe.

»Ja, bis später.«

Ich beeilte mich, aus Coles Garage zu kommen. Aber als ich die Veranda erreichte, sah ich über meine Schulter zurück. Im Schatten war er schwer auszumachen, nur sein blonder Haarschopf verriet ihn. Cole saß immer noch im Wagen – er hatte sich überhaupt nicht bewegt.

KAPITEL 8

»Cole, fang«, rief Isaac und warf seinem Cousin die Autoschlüssel zu, während wir alle die Verandastufen hinuntertrotteten. Es war Montagmorgen, und wir bewegten uns alle langsam, weil wir keine Lust auf die Schule hatten.

»Du fährst«, sagte Cole und warf die Schlüssel zu Isaac zurück. »Ich fahre woanders mit.«

»Was?«, fragte Alex, und wir alle schauten überrascht zu Cole hinüber. Er grinste, als ein schnittiger, schwarzer Porsche in die Einfahrt bog. Unsere Blicke verfolgten den Wagen, als er näher kam und schließlich vor Cole stehen blieb.

»Es wird langsam ein bisschen eng im Laster, meint ihr nicht auch?«, fragte Cole.

Das Fenster wurde heruntergekurbelt, und ich erkannte einen der Jungen, die beim Mittagessen immer mit Cole zusammensaßen. »Hey, Walter«, sagte er. Er wirkte verärgert. »Kommst du nun mit oder nicht? Wir kommen zu spät.«

»Immer mit der Ruhe. Wir haben jede Menge Zeit«, antwortete Cole und lief um den Wagen herum. Er öffnete die Tür, beugte sich vor und sagte etwas zu seinem Freund, das ich nicht hören konnte. Dann sah er wieder auf. »Hey

Jackie, willst du mitfahren? Du brauchst nicht mit den Losern zu fahren, wenn du nicht willst.« Er zeigte mir sein freches Grinsen und öffnete eine der hinteren Türen, als erwarte er, dass ich einfach einsteigen würde.

Danny, Nathan, Isaac und Lee standen schon am Pick-up und bemühten sich, Cole zu ignorieren, während sie ihre Rucksäcke auf die Ladefläche verfrachteten. Nur Alex stand immer noch neben mir auf dem Gehweg. Ich konnte spüren, dass er mich anstarrte, und aus dem Augenwinkel sah ich, dass er wie versteinert dastand. Aber er hatte keinen Grund zur Sorge. Bis ich genau wusste, was zwischen den beiden vorgefallen war, würde ich zu Alex halten, der mir der Vertrauenswürdigere von beiden zu sein schien.

»Eigentlich«, erwiderte ich und schulterte meine Tasche, »fahre ich lieber mit den Losern.«

Coles starrte mich nur an, die Überraschung stand ihm ins Gesicht geschrieben. Ich wandte mich Alex zu, reckte den Daumen hoch und machte mich auf den Weg zum Laster. Ich heftete meinen Blick fest auf die rostige alte Karre, damit ich nicht doch noch einknickte und zu Cole hinüberspähte. Ein Blick in diese blauen Augen und meine Entschlossenheit würde bröckeln. Nathan machte die Beifahrertür auf und hielt mir die Hand hin, um mir hinaufzuhelfen. Als ich einstieg, hörte ich eine Autotür zuschlagen und Kies knirschen.

»Alter Schwede!« Nathan stieß einen Pfiff aus und sah dem Porsche im Rückspiegel nach. »Hast du sein Gesicht gesehen?«

»Nein«, erwiderte ich und schnallte mich an. »Warum, war es schlimm?«

»Schlimm ist ein bisschen geschmeichelt«, lachte Alex, während er auf die Rückbank kletterte. Er grinste von einem Ohr zum andern. »Das hätten Jack und Jordan mal filmen sollen. Cole Walter kriegt einen Korb.« Er schüttelte ungläubig den Kopf.

»Er hat mich gefragt, ob ich mitfahren will«, murmelte ich. Ich wurde langsam ein wenig nervös. »Und mir keinen Heiratsantrag gemacht.«

»Du verstehst nicht.« Auf Nathans Gesicht lag ein mitleidiger Ausdruck. »Ich habe am ersten Tag versucht, dich zu warnen. Man weist Cole nicht zurück. Du bist jetzt eine Herausforderung für ihn«, fügte er hinzu, und Danny nickte bekräftigend.

»Und was mache ich jetzt?«

»Ignorier ihn einfach«, riet mir Alex, als sei es keine große Sache. Aber ich wusste, wie schwer es war, Cole zu ignorieren, wenn er in der Nähe war. Ich war überhaupt nicht gut darin.

»Bete«, murmelte Danny. Ich sah ihn mit aufgerissenen Augen an.

»Isaac, können wir jetzt fahren?«, verlangte Lee. »Ich interessiere mich wirklich nicht für diese blöde Seifenoper. Ich habe Kurse zu schwänzen.«

»Meinst du, ich nicht?«, sagte Isaac, als er den Wagen anließ. »Ich habe nur darauf gewartet, dass Captain Dork endlich einsteigt.«

Alex verdrehte die Augen, schenkte der Beleidigung seines Cousins ansonsten aber keine Beachtung. Er hatte immer noch dunkle Ringe unter den Augen, aber im Vergleich zu gestern wirkte er heute geradezu ausgelassen. Der Laster machte einen Satz nach hinten, dann hatte Isaac die Gänge sortiert, und wir fuhren los. Ich starrte durch das Fenster in den rechten Seitenspiegel. Leider, dachte ich, als ich einen Blick auf mein Gesicht erhaschte, sehe ich nicht annähernd so glücklich aus wie er.

Als wir zwanzig Minuten später in der Schule ankamen, hatte ich immer noch einen Knoten im Magen. Es half auch nicht gerade, dass die Haut in meinem Nacken kribbelte, weil ich wusste, dass ich beim Aussteigen beobachtet wurde. Als ich mich umdrehte, entdeckte ich Cole, der auf den Stufen vor dem Haupteingang saß, umringt von einem Schwarm Mädchen, die er überhaupt nicht beachtete. Er starrte quer über den Parkplatz zu mir herüber. Ich wusste, dass ich ihm im Mathekurs begegnen würde, und bei dem Gedanken zitterten meine Finger.

»Hey, Alex«, sagte ich, während wir Richtung Eingang trotteten. »Wo isst du normalerweise zu Mittag?«

»Ich esse gar nicht zu Mittag«, antwortete er, und seine Wangen wurden rosa. »Normalerweise gehe ich … ähm, in den Computerraum, um schnell eine Runde Gathering of Gods zu spielen.«

»Das ist dieses Game, das du mit Kim spielst, oder?«, hakte ich nach.

»Ja. Spielst du auch?«

»Nein, aber ich habe überlegt, ob du heute vielleicht eine Pause machen und mit uns zu Mittag essen willst.«

»Mit dir und Kim?«

»Und den anderen Mädels, ja.« Er sah aus, als wolle er Nein sagen. »Wenn ich ganz lieb Bitte sage?«, fügte ich schnell hinzu.

Er war sichtlich verwirrt, nickte aber trotzdem. »Okay, ja, klar.«

»Perfekt. Holst du mich nach meinem Mathekurs ab?«

Als wir im Anatomieraum unsere Sachen auspackten, lächelte ich vor mich hin. Ich hatte beschlossen, dass die beste Möglichkeit, einen Walter abzuwehren, ein anderer Walter war. Und mein Plan funktionierte perfekt. Zum Mathekurs erschien ich genau zu Stundenbeginn, sodass Cole keine Gelegenheit hatte, mit mir zu sprechen. Dann, als er Alex nach dem Kurs auf mich warten sah, rauschte er aus dem Raum, ohne mich auch nur eines Blickes zu würdigen.

»Hey«, begrüßte ich Alex gut gelaunt. Kim stand sichtlich beeindruckt neben ihm.

»Wie hast du das gemacht?«, fragte sie.

»Wie habe ich *was* gemacht?«

»Ihn fürs Mittagessen aus dem Computerraum gelockt. Ich versuche das seit einer Ewigkeit.«

»Ich habe einfach nett gefragt.«

»Das ist ein toller Trick«, brummte Kim. »Du wirst ihn mir irgendwann mal zeigen müssen.«

»Bin ich jetzt ein Hund, oder was?«, schoss Alex zurück. Aber uns war klar, dass er nicht wirklich wütend war, und zu dritt machten wir uns lachend auf den Weg zum Pausenraum.

Entgegen Nathans Prophezeiung waren die folgenden Wochen im Haus der Walters Cole-frei. Ich ging ihm aus dem Weg, so gut es ging, und er mir. Die einzige Interaktion (wenn man das so nennen kann), die wir hatten, war eine Art Einweg-Kommunikation – von meinem Fenster aus konnte ich alles hören, was sich unten im Pool abspielte. Wenn er eine seiner Eroberungen mit nach Hause brachte, war meistens Planschen im Pool angesagt, und in den vergangenen Tagen hatten sich Mädchen in Bikinis die Klinke in die Hand gegeben.

Mein Plan schien aufzugehen. Weil ich mit Alex rumhing, ließ Cole mich in Ruhe. Alex und ich wurden schnell Freunde – er aß jetzt regelmäßig mit mir und meinen Freundinnen zu Mittag, und wir machten unsere Anatomiehausaufgaben zusammen. Er hatte recht gehabt – dass ich jetzt etwas aus seiner Vergangenheit wusste, machte es mir leichter, mich ihm gegenüber zu öffnen. Er war wie der Bruder, den ich nie gehabt hatte.

Ich war gerade auf dem Weg in sein Zimmer, meine Tasche über der Schulter, als ich den Streit hörte.

»Komm schon, Alex. Du hast mich die ganze Woche abblitzen lassen.«

Die Tür zu Alex' und Nathans Zimmer stand einen Spaltbreit offen. Zuerst dachte ich, Alex würde sich mit Nathan streiten, aber dann erkannte ich Lees Stimme.

»Ich weiß ja. Aber Jackie und ich müssen uns auf eine Anatomieprüfung vorbereiten«, hörte ich Alex antworten.

»Du lässt mich hängen?«, fragte Lee scharf. »Wir sehen uns das Spiel doch immer zusammen an. Fick sie!« Es folgte eine Pause, und als Alex nicht antwortete, sprach Lee weiter. »Ah … ja klar«, sagte er. »Genau das ist es, was du möchtest!«

»Nein!«, wehrte sich Alex. »Wir lernen nur zusammen!«

»Ja genau, bla«, gab Lee zurück und stürmte aus dem Zimmer. Als er mich einige Schritte entfernt stehen sah, drängelte er sich an mir vorbei und rammte mich mit der Schulter. »Miststück«, zischte er und ging weiter. Kurz darauf hörte ich seine Zimmertür zuknallen.

Ich stand da und dachte darüber nach, ob ich einfach in mein Zimmer zurückgehen sollte. Da streckte Alex den Kopf in den Flur.

»Oh Scheiße«, murmelte er und fuhr sich mit einer Hand durch sein wirres Haar. »Du hast das jetzt alles gehört, oder?«

»Ja.« Ich wandte den Blick ab. »Wenn du lieber was mit Lee machen willst, kein Problem.«

»Nein, Jackie, mach dir deswegen keine Sorgen«, erwiderte Alex und machte seine Tür ganz auf. »Komm rein.«

Einen Moment lang war ich unschlüssig, was ich tun sollte, aber dann nahm Alex mir meine Tasche ab, und ich hatte keine andere Wahl, als ihm in sein Zimmer zu folgen. Seine Hälfte war immer noch genauso unordentlich, wenn nicht noch schlimmer. Überall lagen Kleider herum und sein Schreibtisch war übersät mit leeren Fast-Food-Tüten. Nathans Zimmerteil sah aus wie aus *Schöner Wohnen*, aber er selbst war nirgends zu sehen.

»Ich bin noch nicht zum Aufräumen gekommen«, entschuldigte sich Alex und kickte auf dem Weg zu seinem Schreibtisch ein Paar Schuhe in die Ecke.

Ich lachte. »Alex, du bräuchtest ein Spezialeinsatzkommando, um dieses Chaos zu beseitigen«, sagte ich und bahnte mir einen Weg durch den Raum, wobei ich mich vorsah, nicht auf irgendwelche Schmutzwäsche zu treten.

»Ich nehme das als Kompliment«, sagte er und zog seinen Schreibtischstuhl vor, damit ich mich setzen konnte. Auf der Sitzfläche stand ein Teller mit verschimmelten Essensresten. Der Zersetzungsprozess war so weit fortgeschritten, dass man über den ursprünglichen Inhalt des Tellers nur noch Spekulationen anstellen konnte. Alex sah mich verlegen an, bevor er sich den Teller schnappte und ihn unter sein Bett schob. »Den entsorge ich später«, murmelte er. »Setz dich.«

»Ich weiß nicht«, sagte ich und beäugte den Stuhl argwöhnisch, um sicherzugehen, dass er nicht ebenfalls schimmelig war. »Das könnte gefährlich sein.«

Alex warf mir einen Blick zu. »Witzig.«

»Was?«, sagte ich, setzte mich aber trotzdem hin. »Man kann gar nicht vorsichtig genug sein.«

Er angelte sich einen Stuhl von Nathans Seite des Zimmers, setzte sich neben mich und nahm sein Lehrbuch heraus. »Also, wie sieht unsere Angriffsstrategie aus?«

Alex hatte das einfach nur so dahergesagt, und er hatte keinen Schimmer, wie ernst ich seine Frage nahm. Ich war nie eins dieser kreativen, schöngeistigen Kinder gewesen, die tanzten und sangen und hübsche Bilder malten. In meinen Schulheften gab es keine Kritzeleien, weil ich nicht einmal ein Strichmännchen zeichnen konnte. Aber ein Talent, mit dem ich prahlen konnte, war meine Fähigkeit, für Prüfungen zu lernen. Es spielte keine Rolle, welche Art von Test es war. Solange ich genügend Zeit hatte, um mich vorzubereiten, schaffte ich sie alle mit links. Bei diesem Anatomie-Test würde es nicht anders sein. Schließlich ging es um meinen ersten Leistungsnachweis an meiner neuen Schule und ich wollte die Messlatte hoch legen.

»Wir sollten damit anfangen, unsere Überblicksliste durchzugehen und alle Begriffe zu definieren«, schlug ich vor und zog das wichtige Stück Papier aus meinem Hefter. Ich reichte es Alex, damit er einen Blick darauf werfen konnte, weil ich wusste, dass er seins bereits verloren hatte. »Ich habe meine Mitschriften farblich markiert und chronologisch sortiert, das macht es leichter. Für den unwahrscheinlichen Fall, dass in meinen Aufzeichnungen etwas fehlt, können wir im Lehrbuch nachschauen.«

»Und was ist mit meinen Aufzeichnungen?«, fragte er und sah von dem Zettel auf. Er legte ihn beiseite, und ich versuchte, mir nichts anmerken zu lassen, als das Blatt Papier sich mit einer mysteriösen Flüssigkeit vollsog. Wahrscheinlich von einem der Energydrinks, die er jeden Morgen in sich hineinschüttete.

»Mach dich nicht lächerlich«, sagte ich und riss das Papier vom Schreibtisch hoch. »Das Einzige, was du aufgezeichnet hast, war dein Überblicksschema von Mr Pipers Gesichtsknochen. Und die waren nicht einmal korrekt benannt.«

»Da hast du nicht ganz unrecht.« Alex kratzte sich verlegen am Kopf.

»Also los.« Ich betrachtete die erste Kategorie auf der Überblicksliste. »Lass uns mit dem Skelett der Gliedmaßen anfangen ...«

Eine halbe Stunde später hatten wir erst zwanzig von den fünfundsiebzig Fachbegriffen durch, die wir wissen mussten. Ich versuchte, Alex dazu zu bringen, sich aufs Lernen zu konzentrieren. Ich versuchte es wirklich. Das war allerdings leichter gesagt als getan. Alle paar Minuten piepte seine E-Mail und veranlasste ihn, auf seinen Computer zu schauen. Wenn ich dann mühsam seine Aufmerksamkeit wieder auf unseren Lernstoff gelenkt hatte, kam die nächste E-Mail, und die Prozedur begann von Neuem.

Schließlich gab ich es auf.

»Lies sie einfach«, sagte ich mit einem Seufzen, als wieder einmal das vertraute Signal ertönte. Entweder hatte Alex ein ernsthaftes Problem mit Junk-Mails, oder irgendjemand versuchte wirklich dringend, ihn zu erreichen. Es war die zehnte E-Mail in den letzten fünf Minuten.

»Was soll ich lesen?«, fragte er, und sein Blick huschte zurück zu der Passage, die er lesen sollte.

»Meine E-Mails. Sonst kommen wir heute sowieso nicht mehr weiter.«

»Tut mir leid«, murmelte er, rief schnell seinen Posteingang auf und überflog die erste Nachricht. »Meine Gilde macht einen ZG-Raid.«

Mit einem Satz hatte er mich vollkommen abgehängt. »Gilde? Raid?«, fragte ich. »Was ist das?«

»Gamer-Sprache«, antwortete Alex, während er den Rest seiner E-Mails durchging. »Du weißt schon, Gathering of Gods.«

»Ach so, ja. Ich habe Kim davon sprechen hören«, sagte ich geistesabwesend. »Hab allerdings nicht wirklich was verstanden.«

Etwas Dämlicheres hätte ich zu Alex in dem Moment nicht sagen können. Er wandte sich mir zu, ein beunruhigendes Lächeln auf seinem Gesicht. »Legt Eure Notizen beiseite, junger Padawan. Viel zu lernen Ihr habt«

Alex war so begeistert von Gathering of Gods, dass er es mir nicht einfach erklären konnte. Er musste es mir zeigen. Und mit »zeigen« meine ich, dass er mich zwang, es zu spielen. Nachdem er mir erklärt hatte, dass es bei dem Spiel im Wesentlichen darum ging, gefährliche Missionen zu bestehen, half er mir, einen Charakter zu erstellen, was ziemlich lange dauerte.

»Warum spielt es eine Rolle, welche Farbe meine Haare haben?«, fragte ich, während er sich durch vierzig verschiedenen Frisuren klickte.

»Weil«, sagte Alex in einem Ton, als sei ich ein störrisches Kind, »du das später nicht mehr verändern kannst. Du musst dich für etwas entscheiden, das du wirklich liebst.«

Als es darum ging festzulegen, welchem Volk mein Charakter angehören sollte, strapazierte ich seine Nerven weiter. Ich hatte die Wahl zwischen Menschen, Zwergen, Dämonen und Elfen, aber ich wollte mich nicht entscheiden, ohne vorher zu wissen, welche Figuren die stärksten waren.

»Das ist eine vollkommen berechtigte Frage, Alex«, erklärte ich ihm. »Welche Figur ist die beste?«

»Das kann man so nicht sagen«, versuchte er mir klarzumachen. »Mir persönlich gefallen die Dämonen, weil das so coole Fieslinge sind, aber viele stehen auch auf Elfen.«

»Also sollte ich ein Dämon sein?«, fragte ich und bewegte den Cursor über eine hässlich aussehende Kreatur mit Hörnern und Schuppen.

»Nein, das meine ich nicht.« Er klang frustriert. »Jedes Volk hat unterschiedliche Fähigkeiten. Es hängt alles davon ab, was du am liebsten sein möchtest.«

»Aber wie soll ich wissen, was ich am liebsten sein möchte, wenn ich das Spiel noch nie gespielt habe?«

Alex holte tief Luft und versuchte, geduldig zu bleiben. »Such dir einfach eins aus, Jackie.«

»Dann sag mir zumindest, mit welchem Volk ich am schnellsten zu Ende spielen und gewinnen kann.«

»So funktioniert das nicht«, antwortete Alex und riss mir die Maus aus der Hand. Dann traf er die Entscheidung für mich und klickte auf ›Mensch‹. »Das Spiel geht immer weiter. Es endet nie.«

»Moment mal. Man kann nicht gewinnen?«, fragte ich stirnrunzelnd. »Welchen Sinn hat es dann zu spielen?«

»Es ist nicht wie Monopoly oder Mensch ärgere Dich nicht – der Sinn des Spieles ist es, seinen Charakter immer weiter zu verbessern.«

»Okay, von mir aus.« Ich nahm ihm die Maus wieder aus der Hand und klickte auf »Elfe«, ein feingliedriges Wesen mit pastellfarbenen Flügeln. »Aber ich will kein Mensch sein. Das ist langweilig.«

Ich war nicht sehr gut in Gathering of Gods. Alles bewegte sich so schnell, und Alex rief mir verwirrende Anweisungen zu wie: »Nimm deinen Feuerschild!« Oder: »Nicht diesen Feuerschild, den anderen!« Trotzdem hatte ich nach anderthalb Stunden Kampf den Level meines Charakters von eins auf drei erhöht. Ich war ziemlich zufrieden mit mir, aber Alex war nicht sehr optimistisch.

»Definitiv kein Naturtalent«, bemerkte er, als er sich aus dem Spiel ausloggte, »aber wir machen schon noch eine Spielerin aus dir.«

»Das bezweifle ich«, seufzte ich und suchte meine Unterlagen zusammen. Ich hatte eine Menge Zeit mit Spielen verschwendet, von daher war klar, dass ich bis spät abends aufbleiben würde, um den ganzen Stoff durchzugehen. »Trotzdem danke. Es hat Spaß gemacht.«

Die Tür schwang auf, bevor er antworten konnte.

»Hey, Alex, ich muss mit dir reden«, sagte Cole und kam in den Raum geschlendert. Als er mich am Computertisch sitzen sah, hielt er inne. »Oh, ich wusste nicht, dass du hier bist.«

»Ähm, ja«, entgegnete ich.

»Dann komme ich wohl lieber später wieder«, sagte er mit einem Gesichtsausdruck, als hätte ich ihm große Unannehmlichkeiten bereitet, und wandte sich zum Gehen.

»Nein, ist schon gut.« Ich sprang auf. »Wir waren sowieso gerade fertig.«

»Danke, dass du mit mir gelernt hast«, sagte Alex, während ich meine Tasche packte.

»Das geht noch nicht als lernen durch«, sagte ich mit einem Lachen. »Ich muss mindestens noch vier Stunden dranhängen.«

»Du bist verrückt.« Alex reichte mir mein Heft. »Ich habe mit Abstand noch nie so viel Zeit für die Schule aufgebracht.«

»Dann bin ich froh, dass ich helfen konnte.« Ich lächelte ihn an. »Wir sehen uns morgen.«

»Nacht, Jackie.«

Cole beobachtete mich von der Tür aus, sein Gesicht leer. Als ich ihn erreichte, bewegte er sich nicht.

»Cole.« Ich zog eine Augenbraue hoch. Er starrte mich einen Moment lang an, bevor er beiseitetrat und mich gehen ließ. Als ich in den Flur hinausschlüpfte, schlug er die Tür hinter mir zu.

Ich konnte wieder nicht schlafen. Als ich in Richtung Küche hinunterhuschte, wurde mir bewusst, dass ich nach Katherines warmer Milch mit Honig süchtig war. Immer wenn ich nicht schlafen konnte, machte ich mir eine Tasse, setzte mich an den Küchentisch und nippte an dem Getränk, bis meine Lider schwer wurden. Ich blieb gern mit meinem Becher unten in der Küche, statt in mein Zimmer zurückzugehen, denn es bestand immer die Chance, Danny über den Weg zu laufen.

Ich wurde zwar immer besser darin, die unordentliche Treppe hinunterzuschleichen, aber normalerweise hörte er mich trotzdem kommen und verschwand, bevor ich das Wohnzimmer erreichte. Ich wusste immer sofort, wenn ich ihn verschreckt hatte. Im Fernseher lief irgendein Krimi und auf dem Couchtisch lag Knabberzeug. Wenn der Fernseher nicht lief, wusste ich, dass er nicht unten war. Dann setzte ich mich in die Küche, ohne das Licht einzuschalten, und hoffte, ihn zu erwischen, falls er noch auftauchte.

Aber heute Nacht war es anders. Als ich auf Zehenspitzen ins Wohnzimmer schlich, saß Danny noch auf dem Sofa, die Hand in einer Tüte Kartoffelchips. Ich stand am Rand des Teppichs und starrte ihn ungläubig an. Er sah für einen Moment zu mir herüber, dann wandte er sich schnell wieder dem Fernseher zu. Da ich ihm nicht auf den Geist gehen wollte, zog ich mich in die Küche zurück, um meine Milch mit Honig zu machen.

Nachdem die Mikrowelle gepiept hatte, zog ich die dampfende Tasse mit dem Ärmel meines Bademantels als Topflappen heraus und ging Richtung Wohnzimmer. Ich wusste, dass Danny inzwischen fort sein würde, und ich wusste, dass ich den Apparat würde ausschalten müssen. Aber zu meiner Überraschung saß er immer noch da und sah fern.

»Willst du dich setzen?«, fragte er, ohne den Blick vom Fernseher abzuwenden. Ich stand unschlüssig im Durchgang zur Küche.

»Ich – ähm, gerne«, stammelte ich ziemlich überrumpelt. Mich neben ihn auf die Couch zu setzen, wäre mir irgendwie aufdringlich vorgekommen, deshalb setzte ich mich in eine Ecke des großen Sessels und zog die Beine unter meinen Po. Wir blieben während der nächsten paar Folgen so sitzen und genossen schweigend die Gesellschaft des anderen.

Es war fast vier Uhr, als ich aufwachte. Offensichtlich war ich doch eingenickt. Der Fernseher war dunkel und Danny verschwunden, aber er musste die kleine Leselampe für mich eingeschaltet haben, denn der Raum war in ein sanftes, gelbes Licht getaucht. Ich blieb noch einen Moment sitzen und lächelte vor mich hin. Es freute mich, dass ich mit Danny Fortschritte gemacht hatte. Dann knipste ich die Lampe aus und ging nach oben ins Bett.

»New York!« Irgendetwas pikste mich ins Gesicht. »Wenn du nicht aufwachst, fahre ich dich nicht zur Schule.«

Stöhnend öffnete ich meine Augen einen Spalt. Coles verschwommene Silhouette schwebte über mir, bereit, mich wieder ins Gesicht zu piksen.

»Geh weg«, sagte ich, drehte mich um und vergrub mein Gesicht in meinem Kissen. Es war zu früh, um mich mit seinem Mist zu beschäftigen. »Wer hat überhaupt gesagt, dass ich mit dir fahren will?«

»Na schön«, hörte ich ihn antworten, »aber die Jungs sind schon weg, wenn du also deine Anatomieprüfung verpasst, gib nicht mir die Schuld.«

»Ich weiß, du findest dich so witzig, Cole …«, fing ich an und öffnete dabei meine Augen ganz, um auf die Uhr zu sehen. Ich hatte meinen Wecker auf sechs gestellt, damit ich genug Zeit hatte, meine Kleider zu bügeln und zu duschen. Mein Herz tat einen Satz, als ich die neongrünen Ziffern sah: 7:26. »Nein, nein, nein!«, schrie ich und schleuderte die Decke weg.

»Ich hab's dir ja gesagt«, entgegnete Cole und wich zurück, als ich durch mein Zimmer stürmte.

»Das kann nicht sein.« Auf keinen Fall würde ich rechtzeitig fertig werden. Allein um mein Haar zu bändigen brauchte ich eine halbe Stunde.

»Immer mit der Ruhe, Jackie. Schmeiß dich einfach schnell in eine Jogginghose und lass uns fahren.«

»Jogginghose?«, zischte ich und wirbelte herum, um ihn anzustarren. »Hast du mich jemals eine Jogginghose tragen sehen?«

»Eigentlich nicht. Du siehst normalerweise aus wie eine etwas spießige junge Dame auf dem Weg zu einer Teegesellschaft.«

»Das liegt daran, dass ich so was tagsüber niemals anziehen würde! Die Zeit reicht nie, um mein Outfit für heute zu bügeln.«

»Okay, okay.« Cole hob beschwichtigend die Hände, »Warte hier. Ich habe eine Idee.« Kurz darauf kam er zurück, in den Händen eine Jeans und einen Pullover. »Probier die hier. Eine alte Jeans meiner Mom. Könnte ein wenig zu weit sein, aber es müsste gehen.«

»Ich kann so nicht in die Schule gehen«, sagte ich einen Moment später, als ich in den Spiegel schaute. »Ich sehe aus wie ein Schlumpf.« In dem Pullover ertrank ich, er reichte mir beinahe bis zu den Knien. Ich versuchte, die Ärmel hochzuschieben, aber sie rutschten sofort wieder herunter. Die Jeans war noch schlimmer.

»Jackie, es ist nur ein einziger Tag. Das kümmert doch keinen.«

»Schön und gut, aber was ist mit meinen Haaren?«, gab ich zurück, während ich versuchte, sie wie üblich mit meinem Haarband zu bändigen. Meine Finger zitterten, weil ich so genervt war, und mein Pony wollte einfach nicht richtig liegen. »Sie sind eine Katastrophe.«

»Stopp«, sagte Cole und hielt meine Hände fest. »Ich mag die Locken. Sieht so natürlich aus.«

Er sagte das einfach so, und es klang nicht danach, als fühlte er sich gezwungen, mir ein Kompliment zu machen, nur damit ich mich besser fühlte. Ich wollte etwas erwidern, aber draußen ging eine Hupe und schnitt mir das Wort ab.

»Wir müssen gehen.« Cole schnappte sich meine Tasche und zog mich aus dem Zimmer und aus dem Haus. Dann saßen wir in dem glänzenden schwarzen Porsche und rasten zur Schule.

»Jackie, du erinnerst dich an meinen Freund Nick«, sagte Cole und drehte sich um.

»Hey.« Nick nickte grüßend.

»Ja, hi«, murmelte ich, während ich aus dem Fenster starrte.

In den nächsten Minuten versuchte Cole, ein Gespräch mit mir in Gang zu bringen, aber ich antwortete nur einsilbig. Ich war zu aufgewühlt. Schließlich gab er es auf und wandte sich Nick zu.

»Also, kommst du heute ins Lagerhaus?«

Neugierig sah ich Cole an.

»Ich weiß nicht«, erwiderte Nick und sah zu mir nach hinten, als sei dies etwas, das ich nicht hören sollte. »Haben wir alles?«

»Klar«, erwiderte Cole. »Kate hat gestern Nacht fette Beute gemacht.«

»Gut, okay«, sagte Nick, der immer noch nicht ganz überzeugt klang. »Wir fahren aber nicht mit meinem Wagen.«

»Vielleicht kann ich die Schlüssel für den Laster organisieren.« Cole zog sein Telefon heraus. »Ich schicke Isaac eine SMS.«

Auf dem Hügel vor uns war gerade das Gebäude der Valley View aufgetaucht und kam schnell näher. Coles Finger tippten drauflos, aber Nick schien immer noch nicht ganz überzeugt.

»Bring aber sonst niemanden mit, okay?« Wieder dieser kurze Blick in meine Richtung. »Ich will keine Schwierigkeiten bekommen.«

Als ich das hörte, blickte ich wieder konzentriert aus dem Fenster. Ich war mir nicht sicher, wovon sie redeten, aber was es auch war, es klang nach Ärger. Ich hielt den Mund, bis der Wagen geparkt war.

»Tausend Dank, Nick«, sagte ich und stieß meine Tür auf. Inzwischen war der Parkplatz größtenteils menschenleer. Nur die Schüler, denen es egal war, ob sie zu spät kamen, standen noch draußen herum. »Man sieht sich.«

Ich rannte los, ohne auf sie zu warten, und schaffte es tatsächlich noch vor dem letzten Läuten in den Unterricht. Ich warf meine Tasche auf den Tisch und baute mich neben Alex auf. Er starrte in sein Lehrbuch und tat so, als lerne er auf die letzte Sekunde noch, aber seine Augen blickten starr auf die Seite.

»Was zur Hölle war heute Morgen los?«, wollte ich wissen.

»Was meinst du?« Er machte sich nicht die Mühe aufzuschauen.

»Ihr seid ohne mich gefahren«, sagte ich und zog eine Handvoll Bleistifte aus meiner Tasche. »Ich musste mit Coles Freund Nick mitfahren.«

Alex biss sich auf die Unterlippe. »Cole hat gesagt, dass du mit ihm fahren wolltest.«

»Ist das dein Ernst? Wann hat er das gesagt?«

»Beim Frühstück.«

»Unglaublich.« Ich biss die Zähne zusammen. Jetzt hatte Cole ein Problem.

»Wie meinst du?«

»Alex, mein Wecker hat heute Morgen gestreikt. Cole muss ihn manipuliert haben, denn er hat erst geklingelt, *nachdem* ihr bereits gefahren wart.«

»Wirklich?«, fragte Alex und sah endlich zu mir auf. Als er sah, wie verärgert ich war, breitete sich Erleichterung auf seinem Gesicht aus. »Gott sei Dank. Ich dachte schon, du wärst eingeknickt.«

»Bin ich nicht. Und übrigens, ich bin total sauer auf dich«, sagte ich halb im Scherz. »Ich hatte heute Morgen keine Zeit, mich fertig zu machen. Siehst du, wie ich aussehe?«

Alex sah an mir hinunter, und sein Gesicht erstarrte, als er den Pullover bemerkte. »Woher hast du den?«

»Cole hat ihn mir geliehen. Ich hatte sonst nichts anzuziehen.«

»Er hat ihn dir *geliehen*?«, fragte Alex, als sei das das Irrsinnigste, was er je gehört hatte.

»Ja. Warum ist das denn so wichtig?«, gab ich zurück. »Es ist bloß ein alter Pullover.«

»Aber das ist Coles Football-Pullover. Ich habe ihn nicht mehr gesehen seit ...« Alex verstummte, offensichtlich zu geschockt, um seinen Satz zu beenden.

Plötzlich fiel mir wieder ein, was mir Nathan gesagt hatte. *Er war der beste Receiver im Staat, bis er böse gefoult worden ist und sich das Bein gebrochen hat ...*

»Seit dem Spiel, in dem Cole sich verletzt hat«, beendete ich seinen Satz für ihn.

»Ja, woher weißt du das?«

»Nathan hat es mal erwähnt.«

»Jackie«, sagte Alex langsam und schüttelte dabei immer noch ungläubig den Kopf. »Was du nicht weißt, ist, dass Football Coles Leben war. Aber nachdem er sein Stipendium verloren hatte, hat er nie wieder über Football auch nur gesprochen. Es war, als hätte er überhaupt nie gespielt.«

»Und?«

»Dass er dir jetzt einfach so seinen Pullover gibt … ich krieg das irgendwie nicht ganz auf die Reihe.«

Ich konnte mir auch keinen Reim darauf machen.

Mr Piper erschien und klatschte in die Hände, um unsere Aufmerksamkeit zu bekommen. »Alle mal herhören!«, rief er. »Räumen Sie alles weg. Bücher und Hefte unter den Tisch. Es wird Zeit, diese Arbeit zu schreiben.«

Es war der einfachste Test, den ich je geschrieben hatte. Obwohl ich von dem, was Alex mir erzählt hatte, abgelenkt war, schaffte ich alle Aufgaben in dreißig Minuten. Wenn alle Prüfungen an der Valley View High so leicht waren, würden diese letzten Schulmonate ein Kinderspiel sein. Aber aus irgendeinem Grund heiterte der Gedanke mich nicht auf.

Im Laufe des Vormittags fühlte ich mich immer unbehaglicher, weil ich Coles Pullover trug. Beinahe hätte ich Heather gefragt, ob sie mir von sich etwas anders ausleihen könnte. Ich hatte mitbekommen, dass sie in ihrem Schließfach zur Sicherheit Outfits zum Wechseln aufbewahrte, falls jemand in den gleichen Kleidern auftauchte wie sie. Aber wenn ich mir etwas geliehen hätte, hätte ich den Mädchen erzählen müssen, was an diesem Morgen passiert war – sie wären ausgerastet.

Ich kam fünf Minuten zu früh zum Mathekurs, fest entschlossen, Cole abzupassen und ihn zu fragen, warum genau er mir seinen Pullover gegeben hatte. Ich stand unruhig vor der Tür zum Klassenzimmer und wartete, da tippte mir jemand auf die Schulter.

»Gott«, stieß ich hervor und wirbelte herum. »Du hast mich zu Tode erschreckt.«

»Tut mir leid.« Es war Mary, Alex' Exfreundin, und der Blick aus ihren zu Schlitzen zusammengezogenen Augen sagte mir deutlich, dass es ihr überhaupt nicht leidtat. »Du bist Jackie, oder?«

»Ähm, ja ...«, antwortete ich.

»Mein Name ist Mary Black.«

»Freut mich, dich kennenzulernen, Mary«, erwiderte ich ruhig. »Kann ich dir helfen?«

»Dein Outfit ist wirklich toll«, sagte sie spöttisch. »Sehr ... Freizeit-Chic. Gehört das zur neuen Kollektion deiner Mutter?«

»Ich – was?«

»Oh, Moment«, sagte Mary mit einem bösartigen Grinsen. »Sie ist tot, oder?« Sie machte einen Schritt auf mich zu und ihr Gesicht verzog sich zu einer zornigen Grimasse. »Hör mir ganz genau zu, neues Mädchen. Halt dich von Alex fern. Er gehört mir.«

Ich war so geschockt, dass ich sie nur mit offenem Mund anstarren konnte.

»Hast du kapiert?«, fuhr sie mich an, als ich nicht reagierte. Ich nickte. »Gut.« Sie grinste. »Nett, dich kennengelernt zu haben, Jackie.«

Als sie davonging, konnte ich nur an eines denken. Nicht an Marys Drohung oder Alex. Nicht einmal daran, wie wütend ich auf Cole war, weil es keine Rolle spielte. Alles, woran ich denken konnte, waren diese vier schrecklichen Worte: *Sie ist tot, oder?*

KAPITEL 9

»Hey, geht die Welt unter?«, hörte ich eine vertraute Stimme. »New York macht blau?«

Ich saß vor dem Matheraum auf dem Boden und lehnte mich gegen die Schließfächer. Der Gang war leer, der Unterricht hatte angefangen. Noch nie zuvor hatte ich einen Kurs geschwänzt, aber Marys Worte hatten mich in einen Lähmungszustand versetzt. Fast fünf Minuten hatte ich mich mit aller Kraft auf meine Atmung konzentrieren müssen, um nicht in Tränen auszubrechen.

Als ich aufblickte, sah ich Cole den Flur entlang auf mich zukommen. Zuerst dachte ich, er käme zu spät zum Unterricht, aber dann fiel mir auf, dass er sich seine Jacke über die Schulter geworfen hatte und sein Rucksack nirgends zu sehen war.

»Ich mache nicht blau«, entgegnete ich leise. »Ich komme nur ein wenig zu spät.«

Cole sah mich einen Moment lang an, bevor er sich neben mich auf den Boden sinken ließ. »Was ist los, Jackie?«, fragte er.

»Abgesehen davon, dass ich sauer auf dich bin, weil du meinen Wecker manipuliert hast?«, fragte ich und schob seine Hand von meiner Schulter. »Nichts.«

»Das glaube ich dir nicht.«

»Schön für dich«, antwortete ich und vergrub das Gesicht in den Händen, »aber das heißt noch lange nicht, dass ich mit dir darüber reden werde.« Warum tauchte er immer auf, wenn ich den Tränen nahe war?

»Wenn du es mir nicht erzählen willst«, sagte Cole, »ist das in Ordnung. Aber ich würde dir trotzdem gern dabei helfen, dass es dir wieder besser geht.«

»Warum?«, murmelte ich. Ich hörte ihm nicht mehr wirklich zu. Ich versuchte einfach, das Gespräch zu überstehen, damit er mich in Ruhe ließ.

»Scheint in letzter Zeit meine Aufgabe geworden zu sein. Ich sollte es – neben umwerfend gut aussehend – meinem Profil hinzufügen. Cole Walter, professioneller Aufmunterer und attraktivster Mann des Jahres.«

»Lass gut sein, Cole«, sagte ich leise.

»Okay, Spaß beiseite«, versprach er und wedelte mit dem Schlüssel des Lasters. »Komm einfach mit, und ich verspreche dir, dass du vergessen wirst, was dir grade im Kopf rumgeht.«

Überrascht sah ich auf. Anders als das letzte Mal, als Cole mich als emotionales Wrack angetroffen hatte, wusste ich diesmal, dass er von meiner Familie sprach. Sein Gesicht war nicht unfreundlich, und von dem Mitleid, vor dem ich mich so fürchtete, war nichts zu sehen. Maßlose Erleichterung überkam mich, und dann hörte ich mich etwas sagen, das ich selbst kaum glauben konnte.

»Du meinst, ich soll schwänzen?«, fragte ich. »Mit dir?«

Er nickte. »Warum nicht? Du bist sowieso schon zwanzig Minuten zu spät dran.«

Ich schaute auf meine Armbanduhr und sah, dass er recht hatte. »Ich weiß nicht …«, sagte ich unschlüssig.

»Komm schon, Jackie. Ich verspreche dir, dass es Spaß machen wird.« Er bedachte mich mit einem Welpenblick. *Zum Teufel mit diesen wunderschönen Augen.*

Bei klarem Verstand wäre ich niemals auf die Idee gekommen, einen Kurs ausfallen zu lassen. Doch nach dem, was gerade mit Mary passiert war, war der Gedanke, mich mit Cole aus dem Staub zu mache, eine willkommene Ablenkung. »Na schön.« Ich rappelte mich hoch und folgte ihm.

Beim Anblick des Pick-ups und der Leute, die auf der Ladefläche saßen, fiel mir wieder die Unterhaltung zwischen Cole und Nick heute Morgen ein. Und tatsächlich, Coles Freund lehnte am Heck, und ich gewann langsam den Eindruck, dass das Stirnrunzeln auf seinem Gesicht dauerhafter Natur war. An die Namen der anderen konnte ich mich nicht erinnern, aber es waren alles Freunde von Cole, mit denen er beim Mittagessen zusammensaß.

»Cole, du bist mit Fahren an der Reihe«, erklärte eins der Mädchen, als wir näher kamen. Sie hatte dunkelblondes Haar mit einer pinkfarbenen Strähne, und ich erkannte in ihr eines der Mädchen, die vergangene Woche mit Cole im Pool geplanscht hatten.

»Auf die Idee wäre ich niemals gekommen, Kate«, sagte er und öffnete die Ladeklappe, damit ich hinaufklettern konnte. »Vor allem, da wir ja meinen Wagen nehmen.« Dann streckte er die Hand aus, um mir hochzuhelfen.

»Wenn du fährst«, sagte ich leise, damit die anderen es nicht hörten, »würde ich gern vorne sitzen.«

»Natürlich.« Das zufriedene Grinsen auf seinem Gesicht hätte mich beinahe dazu gebracht, meine Meinung wieder zu ändern, aber ich wollte nicht bei all den Leuten sitzen, die ich nicht kannte. Ich ging auf die andere Seite, öffnete die Beifahrertür und kletterte hinein. Ohne die anderen Walters wirkte der Laster auf mich seltsam leer; Cole hingegen schien sich keine derartigen Gedanken zu machen, als er sich neben mir auf dem Fahrersitz niederließ.

Ich hatte keine Ahnung, was mich erwartete. Und mit dem, was Kate mir anbot, nachdem sie von der Ladefläche aus die Heckscheibe geöffnet hatte, hatte ich ganz sicher nicht gerechnet.

»Willst du eins?«, fragte sie mich und hielt mir ein Bier hin.

»Nein«, antwortete ich instinktiv, ohne auch nur darüber nachzudenken.

»Doch, sie will.« Cole schnappte sich das Bier und ließ es in meinen Schoß fallen. »Nichts gibt einem beschissenen Tag eine bessere Wendung als ein kaltes Bier.«

»Was tust du da?«, zischte ich ihn an, als er den Motor startete.

»Dafür sorgen, dass es dir besser geht.« Er schaltete das Radio ein und drehte die Musik auf volle Lautstärke.

Kurz dachte ich darüber nach, meinen Sicherheitsgurt

aufzumachen und aus dem Wagen zu springen. Ich hatte keine Lust, in Schwierigkeiten zu kommen. Aber bevor ich eine Entscheidung treffen konnte, legte Cole den Rückwärtsgang ein, und der Laster schoss mit einem Quietschen aus der Parklücke. Mir blieb die Luft weg. Was machte ich hier? Ich hatte zugelassen, dass ein Mädchen, das ich nicht einmal kannte, mich mit einem Satz mitten ins Herz traf. Ich hatte komplett die Kontrolle verloren. Und jetzt befand ich mich in einer noch schlimmeren Situation.

Ich sah zu Cole rüber. Er hatte die Scheibe heruntergekurbelt, lehnte den Arm aus dem Fenster und sang aus Leibeskräften den Refrain des Liedes aus dem Radio mit. Von hinten stimmten einige brüllend mit ein und irgendwie war diese Stimmung ansteckend. Cole lächelte, die warme Sonne schien ihm perfekt ins Gesicht, und dann lächelte ich ebenfalls.

»Trinkst du das jetzt?«, fragte Cole und zeigte auf das Bier auf meinem Schoß.

Ich sah hinunter und betrachtete die Dose. In der warmen Luft war sie beschlagen und einzelne Wassertröpfchen rannen an dem Aluminium hinunter. Es war schlimm genug, die Schule zu schwänzen, ich musste meiner Liste von Sünden nicht auch noch unerlaubten Alkoholkonsum hinzufügen. Andererseits war ich sowieso schon hier …

»Ich kann nicht glauben, dass ich das tue«, sagte ich, zog an dem kleinen Ring und öffnete meine allererste Bierdose.

Nick bestand darauf in einem kleinen Imbiss am Stadtrand zu Mittag zu essen, weil er nicht dabei erwischt werden wollte, wie er die Schule schwänzte. Die Bedienung war lahm, obwohl wir die einzigen Gäste waren. Als wir unsere fettigen Hamburger schließlich aufgegessen hatten, hatte gerade mein Englischkurs begonnen. Dann fuhren wir bei Kate vorbei, wo wir die Biervorräte plünderten, die sie unter der Veranda gehortet hatte. Unser Ziel war ein verlassenes Lagerhaus mit zugenagelten Fenstern, das eine Stunde von der Stadt entfernt lag. Als wir dort ankamen, war die Schule bereits zu Ende. Ich wusste nicht, was ich erwartet hatte – vielleicht ein Haus am See oder eine Jagdhütte, aber sicher nicht dieses gruselige, halb verfallene Gemäuer. Cole bestand darauf, dass das Lagerhaus *der* Ort zum Schuleschwänzen wäre und dass hier bereits einige legendäre Partys stattgefunden hätten.

Ich sagte dazu nichts. Drinnen sah das Haus aus, als hätten sich hier Generationen von Highschool-Schülern ausgetobt. Die Wände waren übersät mit Graffiti und Herzen mit Initialen. Es gab Kisten und Campingstühle zum Sitzen, Plastikkühltaschen lagen verstreut herum, und an einer Wand stand sogar eine alte Tischtennisplatte. In einer Ecke des Raums lag ein Haufen mit Schlafsäcken und Decken, außerdem eine Kiste, auf die jemand die Worte »Überlebensausrüstung« gekritzelt hatte. Sie enthielt Batterien, Kerzen, Plastikbecher, einen Flaschenöffner, Pflaster und eine Taschenlampe.

Irgendjemand hatte sich die Mühe gemacht, das Haus zu

dekorieren, wahrscheinlich für eine der Partys. Luftschlangen hingen von der Decke, und an den Wänden waren Weihnachtslichterketten befestigt, die aber nicht funktionierten, weil das Haus keinen Strom hatte.

Nach und nach kam mir mein Zeitgefühl abhanden. Die Sonne war jetzt fast untergegangen, und eine batteriebetriebene Laterne in der Mitte des Raums war unsere einzige Lichtquelle. Ihr dumpfes Licht warf unheimliche Schatten auf unsere Gesichter. Ich hatte den Überblick darüber verloren, wie viele Biere ich mir bereits genehmigt hatte. Genug jedenfalls, dass mir davon der Kopf schwirrte.

»Kommt nicht infrage, Leute«, sagte ich langsam und versuchte, mich zu konzentrieren. Mein Kopf fühlte sich schwer an, und ich hatte Schwierigkeiten, bei der Sache zu bleiben.

»Ach, komm schon«, rief Nick mit so viel Begeisterung, dass er die leeren Flaschen umwarf, die er zuvor sorgfältig neben sich aufgereiht hatte. »Du musst mitspielen!« Er war ganz anders, wenn er betrunken war. Freundlicher.

Die Gruppe versuchte mich zu überreden, beim Flaschendrehen mitzumachen, was mir nicht besonders behagte.

Nachdem wir angekommen waren, hatte Cole mir die anderen vorgestellt – zwei Mädchen und vier Jungs –, aber ich hatte immer noch das Gefühl, dass sie Fremde waren. Da waren Kate, das Mädchen mit der pinkfarbenen Strähne im Haar, und ihre Freundin Molly. Dann noch außer Nick zwei Freunde von Cole aus der Footballmannschaft – ich konnte mir ihre Namen nicht merken. Ryan und Jim? Bryan und Tim? – und schließlich Mollys kleiner Bruder Joe, der einen Ring in der Lippe hatte und darauf bestand, Jet genannt zu werden.

Abgesehen von der Tatsache, dass alle hier älter waren als ich, wollte ich vor allem aus einem Grund nicht Flaschendrehen spielen. Ich hatte noch nie einen Jungen geküsst. Wollte ich wirklich meinen ersten Kuss als schmuddelige, beschwipste Katastrophe mit einem Jungen, den ich nicht kannte, in Erinnerung behalten?

»Ich sollte das nicht tun«, sagte ich und schüttelte den Kopf.

»Klingt, als würdest du dir zu viele Gedanken machen«, meinte Kate und reichte mir noch eine Dose. Ihre Aufgabe schien es zu sein, dafür zu sorgen, dass jeder zu jeder Zeit genug zu trinken hatte. Weil ich die Dose nicht nahm, stellte sie sie in den Cupholder meines Campingstuhls.

»Vielleicht sollten wir etwas anderes machen«, schlug Cole vor. Er hatte sich bequem in einem der Campingstühle zurückgelehnt und im Schein der Laterne sah er sexy und gefährlich aus.

»Warum? Du stehst doch auf Flaschendrehen.«

»Schon richtig, aber ich glaube nicht, dass das Jackies Art von Spiel ist.«

»Wie meinst du das, nicht meine Art von Spiel?«

»Dafür bist du zu spießig.«

»Bin ich nicht.«

»Beweise es.«

Im Hinterkopf wusste ich, dass er mich ködern wollte,

aber der Alkohol ließ mich Sachen sagen, die ich normalerweise so nicht sagen würde. »Okay, die Wette gilt.«

Wir setzten uns alle im Schneidersitz im Kreis auf den Boden und legten eine leere Flasche in die Mitte. Kate drehte als Erste, und als die Flasche auf Ryan-Bryan zeigte, lachte sie und drehte noch einmal.

»Hey!«, beschwerte Ryan-Bryan sich. »Das kannst du nicht machen.«

»Ich führe eine Exfreundin-Regel ein«, antwortete sie. »Ich habe dich oft genug geküsst, um zu wissen, dass ich es nie wieder tun will.«

»Wovon redest du? Ich küsse super.«

»Ryan, du bist ein Beißer. Ernsthaft, was sollte das immer mit den Zähnen? Mein Gesicht ist schließlich kein Schokoriegel.«

Jet war als Nächster an der Reihe, und als er die Flasche drehte, betete ich im Stillen, dass sie nicht auf mich zeigen würde. Als sie bei seiner Schwester Molly stehen blieb, schnitten beide eine Grimasse, und er küsste stattdessen Kate. Langsam begann mir zu dämmern, dass die Leute statt den, auf den die Flasche zeigte, einfach denjenigen küssten, den sie küssen wollten.

Dann kam Cole an die Reihe und die Flasche zeigte auf Nick.

»Zur Hölle, nein«, rief Cole und sah seinen Freund angewidert an. Alle lachten. »Ich mach noch mal«, erklärte er und drehte die Flasche erneut. Sie wirbelte vor uns über den Boden und mein Puls beschleunigte sich. Wollte ich, dass

Cole mich küsste? Sicher, er war attraktiv. Das ließ sich nicht leugnen, aber ich wurde aus ihm einfach nicht klug. Was, wenn alles, was Alex über ihn gesagt hatte, wahr war? Schlimmer noch: Was, wenn ich mich trotzdem in ihn verliebte? Was sagte das über mich als Mensch aus?

Die Kreisbewegungen der Flasche wurden jetzt gefährlich langsam. Und plötzlich war ich mir absolut sicher, dass sie auf mich zeigen würde. Ich hielt die Luft an. Zentimeter um Zentimeter quälte sich die Flasche weiter, bis sie schließlich zwischen Molly und mir zum Stillstand kam.

»Na, was machst du jetzt?«, fragte Jim-Tim Cole, während wir alle die Flasche anstarrten. Einen Moment lang war es still, dann antwortete Cole.

»Ich darf mir eine aussuchen«, sagte er, schoss auf mich zu und drückte mir seine Lippen fest auf meine.

Eine Hitzewelle durchflutete mich, und für einen kurzen Moment erlaubte ich ihm, mich zu küssen, seinen Körper an meinen zu pressen. Dann erwachten meine abgestumpften Sinne wieder zum Leben. Ich hörte Rileys Stimme in meinem Kopf: *Der Typ wird dich bei lebendigem Leib auffressen, ohne Vorwarnung …*

Erschrocken stieß ich Cole weg. »Runter von mir«, rief ich und wischte mir mit dem Handrücken über den Mund.

Cole lachte und ging an seinen Platz zurück. »Ist schon gut, Jackie«, sagte er und zwinkerte mir zu. »Ich habe bekommen, was ich wollte.«

Es war still und alle schauten zwischen Cole und mir hin und her. Im Hintergrund dröhnte der Gettoblaster.

»Meine Güte, Cole«, brach Kate das Schweigen. »Du bist ein solches Schwein.«

»Das hast du neulich Abend aber nicht gesagt«, gab er zurück, ohne den Blick von mir abzuwenden.

»Jetzt geht's ab!«, johlte Nick und hielt sich den Mund zu. Alle Jungs kicherten.

Kate erwiderte irgendetwas. Aber mir war, als wäre ich unter Wasser, und ich konnte kaum hören, was sie sagte. Cole sah mich immer noch an, mit einem Gesichtsausdruck, den ich nicht deuten konnte. Mein Kopf drehte sich. Ich brauchte frische Luft. Mit einiger Mühe rappelte ich mich hoch.

»Jackie?«, fragte irgendjemand, aber die Worte waren gedämpft, kaum da.

Als ich aufstand, begriff ich, dass ich betrunkener war, als ich gedacht hatte. Mein Kopf pochte, alles um mich herum schwankte und drehte sich. Wie durch ein Wunder schaffte ich es bis zur Tür, ohne hinzufallen. Ich drückte den rostigen Griff, schob die schwere Tür des Lagerhauses auf und trat unsicher ins Freie.

Der Gehweg war holprig. Auf meinem Weg zum Laster, wo ich mich einfach nur einrollen und schlafen wollte, bis die anderen bereit zum Aufbruch waren, kam ich plötzlich ins Stolpern, und auf einmal raste die Erde auf mich zu und krachte in mich rein. Als ich mit dem Gesicht nach unten auf dem Boden lag, schmeckte ich Blut auf der Unterlippe, fühlte aber keinen Schmerz. Langsam rollte ich mich auf den Rücken und sah in den Himmel. Die Sonne war gerade erst versunken und schickte ihre letzten, tiefroten Strahlen über den Horizont. Sterne funkelten. Noch nie in meinem Leben hatte ich eine so klare, funkelnde Sternennacht gesehen.

Das war der Moment, in dem ich endlich die Tränen laufen ließ. Ich weinte nicht, weil meine Knie aufgeschürft und blutig waren. Ich weinte nicht einmal wegen Cole. Die Tränen waren für die Menschen, die mir fehlten. Ich wollte meine Schwester über diese schreckliche Situation lachen hören, wollte, dass meine Mom mich für mein schlechtes Benehmen anbrüllte und dass mein Dad mich festhielt und tröstete.

Die Lagerhaustür schlug zu. Jemand war mir nach draußen gefolgt. Ich hörte das Geräusch von knirschendem Schotter, das immer näher kam und erst ganz nah bei mir verstummte. Ich sah weiter in den Himmel hinauf und ließ die Tränen weiter laufen. Zum ersten Mal seit meiner Ankunft in Colorado war es mir egal, ob jemand mich weinen sah. Ich war zu erschöpft.

»Jackie, bist du okay?« Ich konnte ihn nicht sehen, weil er hinter mir stand, aber ich wusste, dass er es war.

»Der Himmel sieht wie Diamanten aus, Cole«, lallte ich stattdessen.

»Ja, das tut er«. Coles Hand erschien über mir, um mir aufzuhelfen. Ich versuchte, ihm meine Hand entgegenzustrecken, aber sie war einfach zu schwer. Mein Kopf fing wieder an, sich zu drehen, die Diamanten über mir verschwammen.

»Es gefällt mir hier unten«, sagte ich nur und ließ die Hand wieder fallen.

»Okay.« Cole setzte sich neben mich. Eine Weile saß er einfach nur neben mir, dann sagte er: »Du blutest ja!«

Ich zuckte vor Schmerz zusammen, als er mir sanft mit dem Ärmel das Blut wegzuwischen versuchte.

»Gestolpert«, war das einzige Wort, das ich hervorbrachte.

»Es tut mir leid, Jackie«, flüsterte Cole. Dann zog er mich an sich und wiegte meinen Kopf auf seinem Schoß.

Ich wusste nicht genau, wofür er sich entschuldigte. Vielleicht dafür, dass er mich überredet hatte, die Schule zu schwänzen und Alkohol zu trinken. Oder vielleicht dafür, dass er mich geküsst hatte. Es war nicht wichtig.

»Ich will nach Hause«, sagte ich leise.

»In Ordnung«, antwortete er und strich mir das Haar zurück. »Ich bring dich heim.«

Aber das konnte er nicht. Nicht wirklich.

Es musste ein Schlagloch in der Straße gewesen sein, denn der Pick-up machte einen plötzlichen Satz nach vorne, und ich fiel von der Rückbank, jäh hellwach.

»Scheiße!«, hörte ich Cole vom Fahrersitz rufen. »Ich wusste doch, dass ich dich hätte anschnallen sollen.«

»Es ist wie in der Achterbahn«, kicherte ich und ließ den Kopf zurückfallen.

»Jackie, tust du mir einen Gefallen und bleibst dort auf dem Boden? Ich will nicht, dass du dich verletzt.«

»Coley, mach dir um mich keine Sorgen«, antwortete ich ihm. »Es ist wirklich bequem hier unten.«

Die Fenster waren heruntergekurbelt und ließen die kühle Abendluft und das Zirpen eines Grillenorchesters herein. Meine Zehen und Finger kribbelten und ich grinste vor mich hin. Ich versuchte, mich daran zu erinnern, wieso alles so verschwommen war, aber es blitzten nur fremde Gesichter auf, ein altes Gebäude und ... ein Kuss?

Der Laster fuhr ins nächste Loch und mein Magen machte einen Hüpfer.

»Alles gut bei dir?«, fragte Cole.

Nein. Meine Ausgelassenheit hatte jetzt ohne Zweifel einem anderen Gefühl Platz gemacht. »Glaub nicht«, murmelte ich, während sich mein Magen umdrehte. »Ich fürchte, ich muss kotzen.«

Cole bereicherte meinen Wortschatz um ein paar ausgewählte Ausdrücke und trat auf die Bremse. Ich hörte die Autotür zuschlagen, dann half Cole mir heraus. Während ich meinen Mageninhalt ins Gebüsch entleerte, hielt Cole mir das Haar aus dem Gesicht.

»War's das?«, fragte er, als ich aufstand und mir über den Mund wischte. »Im Laster gilt ein striktes Kotzverbot.«

»Alles gut«, antwortete ich ihm und torkelte zum Wagen zurück.

»Na ja«, sagte Cole, »vielleicht ist dein Magen leer, aber nüchtern bist du auf keinen Fall.«

Nachdem ich wieder eingestiegen war und mich auf die Rückbank gelegt hatte, schwiegen wir lange.

Schließlich begann Cole zu sprechen. »Wir bekommen Hausarrest«, sagte er, als er von der Straße in die Einfahrt bog.

»Ich hatte noch nie Hausarrest«, gab ich gähnend zurück. Ich hätte einen Anflug von Panik verspüren sollen, aber mein Kopf war zu leer, und die Erschöpfung nahm überhand.

»Das erste Mal ist besonders toll«, antwortete er, als er einparkte. Er brauchte einen Moment, um auszusteigen und seine Tür leise zu schließen. Dann öffnete sich meine und er half mir auf. »Du musst leise sein, wenn wir uns reinschleichen, okay?«

»Pssst!«, machte ich gehorsam und legte einen Finger an die Lippen.

»Genau«, bestätigte Cole. »Warte, ich helfe dir raus« Er legte mir die Hände um die Taille, und als er mich aus dem Wagen hob, streiften seine Finger meine Haut unter dem Pullover.

»Meine Beine fühlen sich komisch an«, bemerkte ich, als er mich abstellte. Ich versuchte, einen Schritt zu machen, aber es ging irgendwie nicht. Dann kippte meine Welt seitwärts.

»Hey, immer langsam«, hörte ich ihn sagen, als er mich in seinen Armen auffing. Ich schloss mit flatternden Lidern die Augen, während er mich mühelos den Weg hinauftrug. Cole hatte ein wenig Mühe, die Tür zu öffnen, während er mich in den Armen hielt. Schließlich schwang sie auf, nachdem er ein paarmal versucht hatte, die Klinke mit dem Ellbogen aufzudrücken.

Das Licht im Flur sprang an. »Würdest du mir erklären, was hier los ist?«

»Ach du Scheiße«, murmelte Cole. Ich öffnete die Augen.

»›Ach du Scheiße‹ trifft's ziemlich genau«, sagte Katherine. Sie stand in ihrem Morgenmantel am Fuß der Treppe. Es sah aus, als hätte sie auf uns gewartet.

»Hi, Katherine.« Ich hob den Kopf, damit ich lächeln und winken konnte.

»Ist sie …?«, fragte Mrs Walter, unfähig, den Satz zu beenden.

»Betrunken?« beendete Cole ihren Satz für sie. »Ein bisschen.«

Katherine starrte uns beide mit offenem Mund an.

»Mom? Was ist los?« Das war Alex, der gerade verschlafen oben an der Treppe aufgetaucht war. Katherine schloss die Augen, seufzte und legte eine Hand an die Stirn. »Hallo?«, fragte Alex noch einmal, als niemand antwortete.

»Alex, hilf Jackie in ihr Zimmer und geh dann wieder schlafen, okay?« Katherine sprach in einem Ton, der keinen Widerspruch duldete.

Er nickte und übernahm mich von Cole. Ich schloss die Augen, kuschelte mich enger an Alex und atmete den Duft seines Duschgels ein.

»Du bleibst, wo du bist«, hörte ich Katherine sagen. Cole hatte offenbar versucht, Alex die Treppe hinauf zu folgen.

»Ach, komm schon«, hörte ich ihn jammern. »Ich war schließlich zuständig fürs Fahren.«

Oben angekommen, bog Alex um die Ecke, sodass ich

Katherines Antwort nicht mehr mitbekam. Er drückte mit dem Fuß meine Tür auf und fuhr dann mit dem Rücken über die Wand, bis er den Lichtschalter fand. Dann legte er mich sanft auf mein Bett und beugte sich vor, um mir die Schuhe auszuziehen.

»Du hast nur deine Boxershorts an«, kicherte ich.

»Was? Oh ja.« Er schaute an sich runter, als hätte er seine leichte Bekleidung gerade erst bemerkt. Er wurde rot, fuhr aber fort, meine Schnürsenkel aufzubinden. »Brauchst du ein Glas Wasser, Jackie?«

»Nein«, gähnte ich, »aber ich hätte gern einen Kuss.«

»Schlaf jetzt, Kindskopf«, sagte er und hauchte mir einen Kuss auf die Wange.

»Nacht, Alex«, murmelte ich, als er das Licht ausmachte.

»Nacht, Jackie«, antwortete er und zog die Tür hinter sich zu.

Ich fand schnell heraus, dass Mr und Mrs Walter sich nicht scheuten, mich zu bestrafen. Als ich am nächsten Morgen aufwachte, hatte ich einen fürchterlichen Kater, und Katherine saß auf meiner Bettkante.

»Wie geht es dir, Jackie?«, fragte sie und hielt mir eine Kopfschmerztablette und ein Glas Wasser hin.

»Ähm, es ist mir schon besser gegangen«, antwortete ich, während ich mich langsam aufrichtete. Mein Kopf hämmerte; noch unangenehmer fand ich allerdings, dass Katherine mich anlächelte.

»Das bezweifle ich nicht«, sagte sie mit einem wissenden

Blick, während ich die Tablette hinunterwürgte. »Aber die Schule fängt in zwei Stunden an und du musst dich langsam fertig machen.«

»Danke.« Ich nickte nervös, als sie aufstand. Katherine sollte mich anbrüllen, nicht mir verständnisvoll beistehen.

»Sehr gern, Liebes«, sagte sie und durchquerte mein Zimmer. An der Tür ließ sie die Bombe platzen. »Oh, und Jackie? Du und Cole, ihr habt beide Hausarrest. Drei Wochen.«

Das bedeutete, dass wir mit Ausnahme der Schule das Haus nicht verlassen durften. Außerdem kein Fernsehen oder Videospiele und keinerlei Besuch von Freunden. Ehrlich gesagt machte mir das nicht allzu viel aus, da ich mir jetzt die Zeit nehmen konnte, mich wieder aufs Wesentliche zu konzentrieren. Meine eigentliche Strafe waren die Schuldgefühle. Ich konnte sie in meinen Lungen und meiner Brust spüren und in meinem heißen, roten Gesicht. Etwas daran, mit Cole die Schule zu schwänzen, hatte solchen Spaß gemacht, war so … befreiend gewesen. Für einige Stunden hatte ich meine Familie vergessen, hatte vergessen, was Mary gesagt hatte. Dieser Gedanke allein war schrecklich.

Wie konnte ich Gefühle vergessen haben, die so schmerzlich waren, dass sie sich anfühlten wie Narben, die ständig wehtaten? Auch wenn die Zeit mit Cole in mir neue, aufregende Gefühle geweckt hatte, die ich nicht ganz verstand, durfte ich sie doch nie wieder vergessen. Meine Familie war die Kraft, die mich antrieb. Ich musste meine ganze Energie wieder meinen Noten und der Bewerbung für Princeton widmen.

Die Fahrt zur Schule war grauenvoll. Jede Unregelmäßigkeit in der Straße, über die der Laster fuhr, hämmerte gegen meine Schläfen. Aber es war nicht nur der Schmerz, der mir zu schaffen machte. Die meisten seiner Brüder nahmen es Cole nicht übel, dass er sie gestern nach der Schule hatte sitzen lassen, da sie offensichtlich daran gewöhnt waren. Isaac war sauer, dass Cole ihn nicht auch mitgenommen hatte, aber als ich ihm erzählte, wie lange wir Hausarrest hatten, änderte er seine Meinung. Alex ging mir aus dem Weg. Beim Frühstück hatte er schon kein Wort mit mir geredet, und als wir an der Schule ankamen, rannte er los, ohne auf mich zu warten. Ich wusste, dass er sauer war, aber in Anatomie würden wir uns unweigerlich begegnen.

Als ich in den Kursraum ging, saß Alex an unserem gewohnten Platz und starrte mir leerem Gesicht geradeaus. Ich holte tief Luft, bevor ich den Raum durchquerte. Als ich mich setzte, rührte er sich nicht von der Stelle und nahm meine Anwesenheit nicht zur Kenntnis. Aus der Nähe sah ich, dass er ganz bleich war und seine Haut feucht glänzte – vielleicht war er nervös, weil wir unseren Test zurückbekamen?

»Also«, begann ich nach einem peinlichen Schweigen, »wie lange willst du mich ignorieren?«

Er schürzte die Lippen, sagte jedoch nichts.

»Okay, schön.« Ich raffte meine Sachen zusammen. »Wenn das so ist, setze ich mich woanders hin.«

»Ich kann nicht glauben, dass du die Schule geschwänzt hast, um mit *ihm* loszuziehen«, stieß er hervor.

»Es war nicht so, als hätte ich es geplant, Alex. Es ist einfach passiert.«

»Das ist irgendwie schwer zu glauben aus dem Mund von Ms Ich-brauche-einen-Plan-für-jede-Sekunde-meines-Lebens.«

Okay, ich hatte jetzt offiziell die Nase voll von diesem verdammten Geschwister-Rivalitätskrieg oder was immer es war. »Alex, ich weiß, dass du Probleme mit Cole hast, aber lass es nicht an mir aus. Du kannst nicht von mir erwarten, dass ich nie mit ihm rede, und er hat nur versucht, mich aufzumuntern.«

»Es gibt einen Unterschied zwischen mit ihm reden und sich mit ihm betrinken!«

»Weißt du was, Alex?«, fuhr ich ihn an. Ich hatte es satt, mich so unfair behandeln zu lassen. »Wenn deine verdammte Ex nicht so ein Miststück wäre, wäre ich vielleicht gar nicht in diese Situation gekommen.« Kaum waren die Worte aus meinem Mund, bereute ich sie. Von meiner Auseinandersetzung mit Mary hatte ich ihm definitiv nichts erzählen wollen.

»Was?«

»Nichts. Vergiss es.«

»Nein, ich will wissen, was sie zu dir gesagt hat.«

»Ich will aber nicht darüber reden, also lass es einfach gut sein.«

Alex sah nicht so aus, als wollte er sich damit zufriedengeben, aber dann erschien Mr Piper und beendete unsere

Diskussion fürs Erste. »So, ich habe eure Arbeiten dabei«, rief er gut gelaunt. Alle stöhnten.

In den nächsten fünfzig Minuten konnte ich kaum dem Unterricht folgen. Es war nicht so, dass ich es nicht versuchte, aber ich spürte regelrecht die Wut, die von Alex ausging, und war deswegen so angespannt, dass ich nicht klar denken konnte. Als es klingelte, sprang er von seinem Stuhl hoch und lief aus dem Klassenzimmer, bevor ich auch nur meine Sachen eingepackt hatte. Der Rest des Morgens verlief genauso schrecklich und die Mittagspause kam mir wie eine Erlösung vor.

»Wie geht's dir?«, fragte Cole mich, als wir aus Mathe kamen.

»Scheiße«, brummte ich und zog am Riemen meiner Tasche, damit er mir nicht von der Schulter glitt. »Ich werde mich nie wieder von dir zu so einer Dummheit überreden lassen.«

»Wie wär's, wenn ich dir zur Entschädigung ein Mittagessen spendieren würde?«

Ich seufzte. »Hör mal, Cole, das ist wirklich nett von dir. Es ist nur …«

»Nur was?«

»Alex und ich fangen wirklich an, uns gut zu verstehen. Er hängt mit Kim rum und mag auch meine anderen Freundinnen. Es passt einfach irgendwie gut.«

Ich weiß nicht genau, wann ich beschlossen hatte, mich von Cole zu distanzieren, aber ich glaube, es hatte etwas mit meinem Streit mit Alex zu tun. Wenn ich mit Alex zusammen war, war alles so anders. In seiner Nähe fühlte ich mich nicht wie dieses seltsame, abenteuerlustige Mädchen, das irgendwie aus mir herausbrach, sobald Cole auftauchte. Mit Alex fühlte ich mich wohl, nicht unruhig. Gelassen, nicht rastlos.

»Was genau willst du mir jetzt damit sagen?«

»Dass wir zwei vielleicht … hm … irgendwie einen Gang zurückschalten sollten …« Es hätte noch mehr zu sagen gegeben, aber ich würde Cole sicherlich nicht den eigentlichen Grund nennen, warum ich auf Abstand gehen wollte: dass das Zusammensein mit ihm so aufregend war, dass es mir Angst machte.

»Einen Gang zurückschalten …?«, wiederholte er, als hätte er mich nicht richtig verstanden.

»Ja, verstehst du, was ich meine?«

»Oh. Ähm – ja, sicher.«

»Cool, dann sehen wir uns also später.«

»Ja, bis dann.«

Ich hätte Cole nach dem Weg zum Computerraum fragen sollen. Normalerweise holte mich Alex nach dem Mathekurs ab, und wir gingen zusammen zum Pausenraum, aber heute tauchte er nicht auf. Wahrscheinlich schmollte er und spielte Gathering of Gods und ich wollte die Wogen zwischen uns wirklich glätten. Wenn ich das nicht tat, würde ich mir später vorwerfen, mit einem dummen Fehler unsere Freundschaft ruiniert zu haben.

Ein Lehrer hatte mich grob in eine bestimmte Richtung

geschickt, aber ich hatte mich eindeutig verlaufen. Vor mir war eine breite Doppeltür, von der ich sicher war, dass sie nicht zum Computerraum führte. Ich zog sie trotzdem auf, da ich nicht wusste, was ich sonst tun sollte. Der Raum war riesig, voller Reihen mit roten Theaterstühlen. Es war dunkel, bis auf ein Scheinwerferlicht auf der Bühne. Mir wurde klar, dass ich in der Aula gelandet war. Gerade wollte ich mich wieder umdrehen, als ich bemerkte, dass jemand vorne an der Bühne auf und ab ging.

»›Oh, sprich noch einmal, holder Engel!‹« Es war Danny. Er las aus einem Text, den ich auswendig kannte. »›Denn über meinem Haupt erscheinest du der Nacht so glorreich wie ein Flügelbote des Himmels …‹« Er brach ab und raufte sich frustriert die Haare. Wie er die Zeilen sprach, war klar, dass er jedes Wort auswendig kannte. Etwas anderes musste ihm missfallen haben.

»›O Romeo! – Warum denn Romeo?‹«, setzte ich mit Julias Text ein, in der Hoffnung, ihn zu inspirieren. Danny riss den Kopf herum und starrte mich an, während ich zur Bühne hinunterging. »›Verleugne deinen Vater, deinen Namen! Willst du das nicht, schwör dich zu meinem Liebsten, und ich bin länger keine Capulet.‹«

»›Hör ich noch länger‹«, flüsterte Danny Romeos Antwort, »›oder soll ich reden?‹« Er klang ein wenig außer Atem – mein plötzliches Erscheinen musste ihn ziemlich überrascht haben.

Ich klatschte in die Hände und strahlte übers ganze Gesicht. »*Romeo und Julia*. Ha!«

»Ja, es ist das Stück für die Frühlingsaufführung. Ich wusste nicht, dass noch jemand hier ist.«

Er wandte den Blick ab, und ich nutzte die Gelegenheit, um sein Gesicht zu betrachten. Er hatte all die schönen Gesichtszüge der Walters, aber die Bartstoppeln verliehen ihm einen raueren Ausdruck. Er sah genauso gut aus wie Cole, aber auf eine zurückhaltendere, stillere Art – ich hatte ihn genauer ansehen müssen, um das zu bemerken.

»Entschuldige, ich wollte nicht stören«, murmelte ich und trat von einem Fuß auf den anderen. »Eigentlich habe ich den Computerraum gesucht.«

»Der ist am anderen Ende des Gebäudes.«

»Das war ja klar«, seufzte ich. »Du hast die männliche Hauptrolle? Das ist ganz schön cool.«

Danny schüttelte den Kopf. »Noch nicht. Die Entscheidung fällt erst nächste Woche.«

»Oh, ich bin mir sicher, du bekommst die Rolle.« Ich setzte mich an den Rand der Bühne und ließ die Füße herunterbaumeln. »Ich finde, das klang sehr professionell.«

»Ich weiß nicht.« Seine Stimme klang gequält. »Irgendetwas stimmt nicht. Es fällt mir schwer, mich ganz und gar in die Rolle hineinzuversetzen …« Er seufzte. »Das ist das wichtigste Theaterstück, für das ich je vorgesprochen habe.«

»Dein Lieblingsstück?«

»Nein, aber unser Schauspiellehrer hat uns erzählt, dass eine Freundin von ihm zur Aufführung kommt. Sie ist ein Talentscout.«

»Vielleicht brauchst du einfach jemanden, der mit dir den Text liest«, erwiderte ich und versuchte, gelassen zu wirken. Dies war mit Abstand das längste Gespräch, das ich bisher mit Danny geführt hatte, und ich war gespannt, wie lange wir das durchhalten würden. »Ich kann dir helfen, wenn du willst.«

Danny wirkte unsicher und sah mich an, als überlegte er, ob ich mir nicht doch lieber selbst in den Finger schneiden würde. »Das würdest du tun?«, fragte er dann.

»*Romeo und Julia* ist zwar nicht mein Lieblingsstück von Shakespeare«, antwortete ich, um es ihm nicht zu leicht zu machen. »Aber ein bisschen Zeit könnte ich schon erübrigen.«

Danny brauchte eine Weile, um sich an mich zu gewöhnen. Anfangs klang sein Text noch recht unbeholfen. Aber nachdem wir einmal die berühmte Balkonszene durchgegangen waren, vergaß er, dass ich dort bei ihm stand. Er verwandelte sich in Romeo und ich war Julia.

Es läutete zum Ende der Mittagspause, und Danny schüttelte den Kopf, als erwache er aus einem Tagtraum. Mir wurde klar, warum er der Chef der Theatergruppe war. Danny spielte eine Rolle nicht nur; er tauchte darin ein, bis er glaubte, er sei die Figur.

»Das lief gut, findest du nicht?«, fragte ich und hüpfte von der Bühne.

Danny folgte mir und begleitete mich zur Tür der Aula. »Ja. Du bist ziemlich gut. Hast du schon mal darüber nachgedacht, selbst auf die Bühne zu gehen?«

»Um Himmels willen!«, lachte ich. »Ich werde vor Menschenmengen viel zu nervös. Keine Ahnung, wie du das machst.«

»Was meinst du?«

»Ich weiß nicht …« Ich wusste nicht genau, wie ich es sagen sollte. »Du bist schon sehr …«

»Schüchtern?«, fragte er unumwunden.

»Ja, genau.«

»Die meisten Menschen denken, ich sei unfreundlich«, erklärte Danny und schob die Hände in seine Hosentaschen, »aber es fällt mir einfach schwer, mit Leuten zu reden, die ich nicht kenne.«

»Geht mir genauso.«

Danny sah mich an. »Das ist nicht wahr. Du redest mit allen.«

»Ich habe ja auch keine andere Wahl – ich kenne *niemanden* hier«, sagte ich. Ich hörte den traurigen Unterton in meiner Stimme und wechselte schnell wieder das Thema. »Wenn es dir so schwerfällt, mit Menschen zu reden, wie kannst du dich dann vor so vielen da oben auf die Bühne stellen?«

»Das ist etwas anderes.«

»Wieso?«

»Weil ich mich nicht mit den Leuten auseinandersetzen muss zum Beispiel«, erklärte er mir. »Aber auch, weil es meinem Selbstbewusstsein einen richtigen Kick gibt, wenn ich eine Rolle spiele, in eine andere Haut schlüpfe. Ich weiß dann ja, dass die Leute nicht wirklich *mich* beurteilen, sondern die Figur, die ich spiele.«

»Verstehe«, antwortete ich. »Aber warum kümmert es dich so, was die Leute denken?« Irgendwie hatte seine Erklärung geklungen, als glaubte er, alle würden ihn hassen, wenn sie nur wüssten, wer er wirklich war.

Danny zog eine Augenbraue hoch. »Was ist mit dir?«

»Mit mir?«, wiederholte ich. »Was soll das jetzt heißen?«

Ja, mir war wichtig, dass ich seriös aussah, und ich war nicht gerade locker, was meine Noten betraf, denn beides waren nun mal Schlüsselelemente auf dem Weg zum Erfolg. Es war nicht so, dass ich Leuten aus dem Weg gehen und Gespräche vermeiden würde.

Für einen Moment hielt Danny meinen Blick fest und sah mich an, als versuche er, etwas zu enträtseln. »Nichts«, sagte er schließlich und wandte den Blick ab. Er schob die Tür der Aula einen Spaltbreit auf und ein Lichtstrahl drang in den dunklen Raum. »Wie dem auch sei, vielen Dank für deine Hilfe eben. Das war sehr cool, aber jetzt muss ich sehen, dass ich in den Unterricht komme.«

»Klar«, entgegnete ich verwirrt. Warum machte er plötzlich dicht?

»Wir sehen uns zu Hause«, sagte er noch, dann schlüpfte er in den Flur hinaus. Die Tür schwang hinter ihm zu, und ich war allein.

KAPITEL 10

Es war am folgenden Samstagmorgen, dass der Hausarrest bei mir langsam seine Wirkung zu zeigen begann.

»Was meinst du damit, ich kann nicht mitkommen?«, sagte Cole laut.

Nathan und ich waren von unserem morgendlichen Lauf zurück und machten auf dem Rasen Dehnübungen. Cole war gerade aus dem Haus gestürmt gekommen und hatte gesehen, wie sein Dad den Laster mit allerlei Sachen belud: Zelte, Schlafsäcke, eine Kiste mit Töpfen und Pfannen und noch so einiges, das schwer nach Camping aussah.

»Ich habe nicht gesagt, dass du nicht mitkommen darfst«, gab George zurück und sah zu seinem Sohn auf.

Danny und Isaac, die damit beschäftigt waren, ein Kanu auf Katherines Kastenwagen zu befestigen, sahen zu Cole hinüber und kicherten.

»Dad, ich kann den Campingausflug nicht verpassen«, sagte Cole unnachgiebig. »Wir fahren immer alle – als Familie.«

Irgendwie schien Familientradition in diesem Moment aber das falsche Argument zu sein.

George schnaubte. »Cole, wenn du mitkommen willst, dann komm. Du kannst es dir aussuchen. Ich sehe wirklich nicht, wo das Problem ist.«

Das Problem war, dass Cole beide Alternativen nicht gefielen.

Als ich am Freitagnachmittag aus der Schule nach Hause gekommen war, hatte ich erfahren, dass Alex mich beim Mittagessen doch nicht versetzt hatte. Er war mit einer Magenverstimmung nach Hause gegangen. Mit mir reden wollte er aber immer noch nicht. Bei den Walters stand der jährliche Campingausflug an, aber da Alex krank war, befand Katherine, dass jemand mit ihm zu Hause bleiben müsse. Wenn wir uns dafür entschieden, auf den Campingausflug zu verzichten und uns stattdessen um Alex zu kümmern, würde der Hausarrest nach dem Wochenende aufgehoben. Kämen wir mit, bliebe unser Hausarrest unverändert bestehen – zwei weitere Wochen Isolation.

Für mich war die Entscheidung einfach gewesen. Ich hasste die freie Natur, und der Gedanke, draußen zu schlafen und Ungeziefer und Kälte ausgesetzt zu sein, lockte mich überhaupt nicht. Zu Hause zu bleiben schien mir doppelt vorteilhaft. Cole jedoch war sauer. Er und Danny hatten in zwei Wochen Geburtstag, und auf die Feier mit seinen Freunden wollte Cole nicht verzichten, Familien-Campingausflug hin oder her.

»So ein Scheiß«, beschwerte er sich, während wir durchs Fenster starrten und zusahen, wie die zwei schwer beladenen Wagen langsam aus der Einfahrt bogen.

»Tut mir leid«, sagte ich.

»Nein, tut es dir nicht«, gab er giftig zurück und wandte sich vom Fenster ab. »Du wolltest ja gar nicht mitfahren.«

Ich wusste, dass er nur seinen Frust an mir ausließ, aber ich zuckte trotzdem zusammen. »Das alles ist schließlich nicht meine Schuld.«

»Wenn du bloß nicht so betrunken gewesen wärest …«, zischte er leise.

»Wage es ja nicht, das jetzt mir in die Schuhe zu schieben«, fuhr ich ihn an. »Du hattest vor, die Schule zu schwänzen, ob ich mitkommen würde oder nicht.«

»Und wenn schon«, gab er zurück und stürmte aus dem Zimmer. Ich hörte die Haustür ins Schloss fallen und wusste, dass er rausgegangen war, um an seinem Wagen zu arbeiten.

Den Rest des Tages ging jeder den anderen aus dem Weg. Alex zog sich in sein Zimmer zurück und spielte GoG, Cole blieb in der Garage. Ich versuchte, Hausaufgaben zu machen, konnte mich aber nicht konzentrieren. Stattdessen lümmelte ich mich im Wohnzimmer aufs Sofa und sah mir Wiederholungen einer Soap an, nach der meine Mom süchtig gewesen war. Ich zappte die Programme nach Dannys Krimiserie durch, aber die lief wohl nur nachts.

Später kam Cole aus der Garage, um sich etwas zum Abendessen zu machen. Als seine Tiefkühlpizza fertig war, ließ er sich neben mich auf das Sofa fallen.

»Tut mir leid, dass ich dich vorhin so angemault habe«, sagte er. »Ich war sauer auf meinen Dad.« Dann schob er sich ein Stück Pizza in den Mund. Das stundenlange Werkeln an seinem Wagen hatte offenbar sein Hirn wieder in Gang gesetzt. Das hieß aber nicht, dass ich sein Benehmen einfach so entschuldigen würde. Cole hatte die schlechte Angewohnheit, seinen Ärger an mir auszulassen, und das gefiel mir nicht. Ich schwieg. Er schluckte einen Bissen Pizza hinunter und stellte seufzend seinen Teller ab. »Ich habe mich wie ein Idiot aufgeführt, Jackie. Was willst du noch von mir hören?«

Ich dachte einen Moment lang nach. »Gib mir ein Stück von deiner Pizza. Dann sind wir wieder gut.«

Nachdem wir die Pizza aufgegessen hatten, beschlossen wir, uns einen Film anzusehen. Cole hatte gerade den Fernseher eingeschaltet, da kam Alex in die Küche geschlurft, wohl ausgehungert von den kräftezehrenden GoG-Schlachten.

»Hey, Alex«, rief Cole Richtung Küche. »Willst du mitgucken?«

Alex lehnte im Durchgang zur Küche, und als er bemerkte, dass ich ihn ansah, runzelte er die Stirn. »Bin gerade damit beschäftigt, mich von Skorpion-Trollen fressen zu lassen, aber danke.« Ich hörte ihn irgendetwas aus der Speisekammer nehmen und wieder nach oben verschwinden.

Cole zuckte die Achseln, als wir oben eine Tür zuschlagen hörten. »Sein Pech. Das soll ein toller Film sein.«

Seine Vorstellung von einem tollen Film war ein Gemetzel mit dem Titel *Crazy Jack,* und ich wusste, dass ich später nicht würde schlafen können. So gleichmütig wie möglich versuchte ich ihm zu erklären, dass Horrorfilme nicht wirklich mein Ding waren, aber er nannte mich ein feiges Huhn, und ich lenkte widerstrebend ein. Und so endete ich an einem Samstagabend auf der Couch, das Gesicht in Cole Walters Schulter vergraben, und versuchte, mir nicht die Seele aus dem Leib zu schreien. Cole lachte über das künstliche Blut und versuchte immer wieder zu erraten, wer als Nächster würde dran glauben müssen. Ich verkroch mich, so gut es ging, hinter einer Decke. Draußen wütete passenderweise ein heftiges Gewitter.

Ich spähte über den Rand der Decke. »Geh nicht nach draußen!«, brüllte ich das dumme Mädchen an, das langsam die Haustür öffnete.

»Hat Jackie Angst?«, fragte Cole und pikste mich in die Seite.

»Nein«, gab ich zurück, aber meine Stimme zitterte, und ich wusste, dass ich wenig überzeugend klang. Der Regen prasselte gegen das Wohnzimmerfenster.

»Doch, hast du«, sagte Cole und kicherte. Auf dem Fernseher streckte gerade das dumme Mädchen den Kopf in die Nacht hinaus – dann wurde es mit einem Mal im ganzen Haus stockdunkel, und der Bildschirm wurde schwarz.

»Oh, mein Gott! Er kommt uns holen«, schrie ich und vergrub das Gesicht in der nächstbesten Schulter, die zufällig die von Cole war.

»Keine Angst, hm?«, fragte er.

»Ähm, vielleicht ein bisschen.«

»Keine Sorge.« Er stand vom Sofa auf und zog dabei die Decke mit, unter der ich mich versteckt hatte. »Der Strom fällt bei heftigen Gewittern immer aus. Dad versucht schon seit Jahren, das in den Griff zu kriegen.«

»Leute?«, hörte ich Alex rufen. In der Küche sah ich ein schwaches Licht suchend hin und her flackern.

»Hier drüben, Alex«, rief Cole zurück. »Ich schau mal, ob ich den Ersatzgenerator zum Laufen kriege. Falls nicht, kannst du ein paar Kerzen organisieren?«

»In Ordnung«, antwortete Alex und drehte sich wieder um, während Cole zur Hintertür ging.

»Wartet, Jungs«, rief ich und schoss vom Sofa hoch. »Lasst mich nicht allein.«

Alex zögerte kurz und sah über seine Schulter, was ich als eine Aufforderung interpretierte, ihm zu folgen. Der Richtung nach war er auf dem Weg in den Keller. Mir wurde flau im Magen.

»Alex?«, fragte ich und versuchte, nicht nervös zu klingen.

»Ja.«

»Die Kerzen sind nicht im Keller, oder?«

»Doch.«

»Ich gehe mit Cole.«

»Kein Problem«, antwortete Alex. »Aber du weißt schon, dass der Generator in einem Schuppen draußen im Hof ist?«

»Was stehen wir noch hier rum? Ab in den Keller«, murmelte ich, als wir uns auf den Weg ins Verderben machten.

»Wir werden enden wie das Mädchen in dem Film, den mich Cole gezwungen hat anzuschauen«, flüsterte ich Alex zu, als wir kurz oben an der Treppe zum Keller haltmachten.

»Tot?«, fragte Alex und stieg vorsichtig die ersten Stufen hinunter.

»Na ja, noch nicht«, sagte ich, »aber ich weiß, dass es passiert.«

»Und?«

»Genau das meine ich. Wir werden unser armes Leben aushauchen und niemand wird uns da unten …«

Alex blieb auf der Treppe stehen. »Jackie, es ist bloß der Keller. Glaubst du, wir halten Monster da unten?«

»Nein, es ist einfach so, dass …« Ich verstummte.

»Du hast Angst vor der Dunkelheit?«, beendete Alex meinen Satz.

Ich seufzte. »Ja, ich glaube schon.« Früher war das nicht so gewesen, aber seit den Albträumen kam ich mit der Dunkelheit nicht mehr gut klar.

»Wenn wir die Kerzen haben, ist es nicht mehr so dunkel, okay?«

»Okay«, murmelte ich und fühlte mich nicht wirklich besser.

Als wir unten ankamen, griff Alex nach meiner Hand und zog mich nach links. Ich folgte ihm erstaunt. Dies war das erste richtige Gespräch seit unserem Streit, was den plötzlichen Körperkontakt umso überraschender machte. Wir kämpften uns durch ein Gewirr von Pappkartons, und als Alex plötzlich stehen blieb, rannte ich direkt in ihn hinein.

»Sorry«, murmelte ich.

»Das ist die Werkstatt meines Dads«, antwortete er und hob sein Handy, das er als schwache Lichtquelle benutzte, damit ich etwas sehen konnte. Ich nahm nur den Umriss einer offenen Tür wahr. »Hier drin sind immer Kerzen.«

Alex ging hinein, und ich zögerte einen Moment, aber nur bis ich ein schreckliches Krachen von irgendwo im Keller hörte.

»Hey, Jackie, pass auf, dass du nicht …«

»Oh mein Gott, was war das?«, kreischte ich, spurtete hinter Alex her und knallte die Tür hinter mir zu.

»… die Tür zumachst«, beendete Alex seinen Satz.

»Was?«, quiekte ich.

»Mach die Tür nicht zu«, wiederholte er mit einem Seufzen. Er rüttelte am Griff, aber die Tür bewegte sich keinen Millimeter.

»Sind wir eingesperrt«, fragte ich entsetzt.

»Sieht so aus«, antwortete er. »Die Tür lässt sich schon seit Ewigkeiten von innen nicht mehr öffnen.«

»Was machen wir jetzt?«, fragte ich.

»Warte mal einen Moment.«

Er schlurfte durch den Raum und ich hörte Schranktüren sich knarzend öffnen und wieder schließen. Dann flammte ein Streichholz auf und der Schein einer Kerze erfüllte den Raum.

»Viel besser«, sagte Alex.

»Und jetzt?«

»Wir schicken Cole eine SMS, damit er uns hier rausholt«, sagte er und hielt sein Telefon hoch. »Mist. Kein Empfang.« Er klappte das Handy zu und stopfte es zurück in seine Tasche.

»Ich habe meins oben gelassen«, sagte ich kleinlaut.

»Ist schon gut. Das kann ja keiner ahnen.«

»Was ist jetzt der Plan?«, fragte ich.

»Wir müssen warten, bis Cole uns findet, aber bis dahin …«

Alex schnappte sich ein Holzfass und stellte es in die Mitte der Werkstatt. Darauf platzierte er die Kerze, dann zog er zwei Stühle unter einer Werkbank hervor. Nun hatten wir einen Tisch, an dem wir sitzen konnten. Er ging an einen der Schränke und fing an, ihn zu durchsuchen.

»Was tust du da?«, wollte ich wissen, während ich mich vorsichtig auf dem klapprigen Holzstuhl niederließ.

»Die hier suchen!«, sagte er, grinste, als hätte er im Lotto gewonnen, und hielt ein ziemlich mitgenommenes Kartenspiel hoch. Er zog die Karten aus ihrer zerfledderten Hülle und legte den Stapel vor sich auf den Tisch. »Als ich klein war, habe ich oft hier gesessen und zugesehen, wie mein Dad Sachen reparierte. Wenn er genervt war, weil irgendwas nicht geklappt hat, zog er die hier heraus und brachte mir Kartenspiele bei.«

»Also, dein Dad repariert Sachen, hat aber nie daran gedacht, sich mal an der Tür zu versuchen?«

»Doch, hat er. Mehrfach.« Alex setzte sich und das Kerzenlicht malte Schatten auf sein Gesicht. »Ich habe nie gesagt, er sei besonders gut darin, und der Mann ist viel zu stur, um einfach den Griff zu ersetzen. Wir haben oft Karten gespielt.«

»Klingt nett«, sagte ich und beugte mich vor, damit ich das Bild auf der Rückseite der Karten besser sehen konnte. Es kam mir bekannt vor, und tatsächlich: Als Alex sie mir hinhielt, erkannte ich die Skyline von New York. Die Erinnerung an zu Hause kam so unerwartet, dass es mir die Brust zuschnürte. »Ich wünschte, mein Dad hätte mir solche Dinge beibringen können, als ich klein war.«

»Warum hat er das nicht getan?«, fragte Alex, während er mit flinken Handbewegungen die Karten mischte.

Ich hielt mich am Rand des Fasses fest und überlegte, was ich am besten auf diese Frage antworten konnte. Ehrlich gesagt hatte mein Dad nie viel Zeit, als ich heranwuchs. Sebastian Howard war ein vielbeschäftigter Mann mit jeder Menge Arbeit, und wenn er doch mal zu Hause war, dann schloss er sich in seinem Arbeitszimmer ein. Ich wich Alex' Blick aus. Ich wäre gerne aufrichtig gewesen, hatte aber überhaupt keine Lust, den Walters einen weiteren Grund zu liefern, Mitleid mit mir zu haben.

Ich zuckte die Achseln und sagte: »Wir haben nie viel gespielt in unserer Familie. Filme schauen war eher unser Ding.«

Alex beugte sich vor. »Ich bringe dir etwas bei«.

Er teilte die Karten aus und erläuterte währenddessen die Regeln. Als ich meine in die Hand nahm, stellte ich fest, dass die Karten noch älter waren, als ich gedacht hatte. Jede einzelne war geknickt und schmuddelig. Am Pik-Ass klebte Marmelade, und ich spürte den Schmutz unter meinen Fingern, als ich über die Karten strich.

Während der ersten Spielzüge konzentrierte ich mich ganz darauf, die Regeln zu begreifen. Gelegentlich fragte ich Alex, warum er diese oder jene Karte rausgelegt hatte, aber abgesehen davon redeten wir nicht viel. Er gewann die erste Runde, aber inzwischen hatte ich das Spiel verstanden und war zuversichtlich, dass ich ihn in der nächsten Runde schlagen konnte. Diesmal teilte ich die Karten aus, und nachdem ich meine sortiert hatte, stellte ich Alex die Frage, die mich seit diesem Morgen beschäftigte.

»Bist du immer noch sauer auf mich?«, fragte ich ihn, als er gerade die oberste Karte vom Stapel in der Mitte nehmen wollte. Er hielt inne und sah mich an. »Denn wenn es so ist, wäre jetzt ein ziemlich guter Zeitpunkt, um darüber zu reden.«

»Nein«, sagte er. Dann fügte er nach einer Pause hinzu: »Aber ich wüsste wirklich gern, was Mary zu dir gesagt hat.«

»Hier geht es um dich und mich, nicht um sie.«

Bevor wir unser Gespräch vertiefen konnten, hörte ich ein entferntes Rufen.

»Hey, wo zur Hölle seid ihr?«, rief Cole von irgendwo im Keller.

Alex rannte zu der verschlossenen Tür. »Werkstatt!«, schrie er.

Nach einigen Minuten des Suchens in der Dunkelheit fand Cole den Schlüssel, der an einem Haken draußen vor der Tür hing, und schloss auf. Sein Haar war tropfnass vom Regen, sein T-Shirt klebte an seinen Schultern, und darunter zeichneten sich seine Muskeln ab. Es war ihm nicht gelungen, den Strom wieder einzuschalten.

Zu meinem großen Ärger breitete Alex vor Cole in allen

Einzelheiten aus, wie ich uns im Werkraum eingeschlossen hatte, während wir uns mit einigen Kerzen in der Hand wieder auf den Weg nach oben machten.

»Keine Angst, Jackie«, sagte Cole, der immer noch lachte, als wir wieder in der Küche ankamen. »Wir werden dich vor all den grauenhaften Monstern beschützen.«

»Ach ja?«, gab ich mürrisch zurück. »Was werdet ihr tun? Die ganze Nacht vor meinem Zimmer Wache stehen?«

»Nein.« Er deutete auf das Wohnzimmer. Auf dem Boden lagen Schlafsäcke und stapelweise Decken und Kissen. »Ich dachte, wir könnten alle hier unten schlafen, weil wir ja immer noch keinen Strom haben.«

Alex legte Cole eine Hand auf die Schulter und grinste von einem Ohr zum anderen. »Gute Idee.«

Coles typisches Grinsen breitete sich auf seinem Gesicht aus. »Ja«, sagte er, »finde ich auch.«

»Toll«, murmelte ich und musste aufpassen, dass mir die Stimme nicht versagte. Auf einer Skala zwischen verbranntem Toast und globaler Erwärmung konnte man diesen Vorschlag durchaus als Katastrophe einordnen. Heather wäre an meiner Stelle vermutlich vor Glück dahingeschmolzen, aber ich wusste es nach einem Monat mit den Walters besser. Diese Jungs bedeuteten Ärger.

Am Ende schaffte ich es, mir die Couch unter den Nagel zu reißen. Cole und Alex kämpften um das Zweiersofa, und es war keine Überraschung, dass Cole den Sieg davontrug und es Alex überließ, es sich auf einem Lehnstuhl bequem zu machen.

Ich war gerade damit fertig, meine Kissen zu arrangieren, als Cole anfing, seinen Gürtel zu öffnen. »Was machst du da?«, zischte ich und wandte den Blick ab.

»Ich schlafe immer so«, sagte er, schlüpfte aus seiner Hose und verkniff sich ein Grinsen. Als Nächstes zog er sein Shirt aus und offenbarte seine Bauchmuskeln, die aussahen, als seien sie digital nachbearbeitet worden. »Es ist okay, wenn du mich anstarrst«, sagte er und warf sich auf das kleine Sofa. Er streckte sich aus und seine langen Beine baumelten über den Rand der Armlehne. »Ich habe nichts dagegen.«

»Ich habe dich nicht angestarrt«, gab ich genervt zurück.

»Siehst du mal, Cole«, sagte Alex, der nach kurzem Zögern ebenfalls beschlossen hatte, sein T-Shirt auszuziehen. »Nicht jedes Mädchen ist verrückt nach dir.«

»Ich sag ja bloß«, sagte Cole und wuselte sich in seine Kissen, »dass sich Jackie nicht nach dir dürrem Gerippe die Augen verdreht hat, als du dein T-Shirt ausgezogen hast.«

»Würdet ihr beide bitte einfach still sein?«, bat ich, dankbar für den Schutz der Dunkelheit, die mein rotes Gesicht verbarg. Und erstaunlicherweise folgten sie tatsächlich meiner Bitte und gaben Ruhe, während wir versuchten, es uns in unseren provisorischen Betten bequem zu machen.

Meine Muskeln waren müde von dem langen Tag, und ich dachte, ich würde sofort einnicken, aber ich lag hellwach da, außerstande, die Augen zu schließen. Die Gegenwart von Cole und Alex links und rechts neben mir machte mich nervös und unruhig und ich horchte auf jede noch so kleine Regung der beiden. Ich war so angespannt, dass ich beinahe aufgeschrien hätte, als ein Wassertropfen meine Stirn traf.

»Jackie?«, fragte Alex schläfrig. »Was ist los?«

»Ich glaube, die Decke ist undicht«, sagte ich und hielt die Hand in die Luft. Und tatsächlich, kurz darauf spürte ich einen kalten Spritzer auf meiner Handfläche.

»Ich hole einen Eimer«, murmelte Alex. Er rutschte gähnend von seinem Sessel und ging in die Küche.

»Hier, Jackie.« Cole stand auf und nahm sein Kissen und seine Decken vom Sofa.

»Mach dir um mich keine Sorgen«, winkte ich ab, während ich meine Decke auf den Wohnzimmerboden herunterzog und anfing, sie dort auszubreiten. »Das geht schon.«

Wenig überraschend hörte er nicht auf mich – und schon bald hatte er sich ein Bett auf dem Boden direkt neben mir zurechtgemacht. Er warf sich darauf, und ich konnte förmlich spüren, wie er dort lag, sein Arm nur Zentimeter von meinem entfernt. *Kannst du bitte ein bisschen rutschen*?, lag mir auf der Zunge, aber ich weigerte mich, irgendetwas zu sagen. Damit hätte ich ja zugegeben, dass er eine Wirkung auf mich hatte.

»Was ist los?«, fragte Alex, als er mit einer Rührschüssel in der Hand aus der Küche zurückkam.

»Ich kann doch die Dame nicht allein auf dem Boden schlafen lassen«, antwortete Cole. »Nicht, solange all diese Psycho-Mörder auf freiem Fuß sind.«

»Verdammt, Cole«, sagte ich und schlug ihn mit einem

Kissen. »Das ist nicht witzig.« Ich hatte den Film schon fast vergessen. Musste er wieder davon anfangen? Ich würde kein Auge zutun können.

Alex zögerte und schaute zwischen seinem Schlafplatz und dem leeren Stück Teppich rechts von mir hin und her. »Oh«, sagte er. Dann stellte er die Schüssel auf die Couch und ging zu seinem Sessel zurück.

Vom Boden aus hatte ich volle Sicht auf das Fenster und den tosenden Sturm draußen. Viel sah man nicht, aber immer, wenn es blitzte, rechnete ich damit, Crazy Jack mit einem Hackebeil im Fenster stehen zu sehen. Ich befahl mir, die Augen zu schließen, aber ich konnte meinen Blick nicht vom Fenster nehmen. Mein Herz schlug so laut, dass ich glaubte, die anderen müssten es hören.

»Cole?«, fragte ich schließlich mit piepsiger Stimme.

»Hmm?«

»Könntest du die Jalousie zumachen?« Es war mir egal, ob er mich deswegen aufzog.

»Klar«, sagte er und stand langsam auf. Er zog an der Schnur, musste aber mehrmals daran zerren, bevor die Jalousie mit einem Krachen herunterkam. Als die Sicht endlich verdeckt war, stieß ich erleichtert den Atem aus, den ich unbewusst angehalten hatte.

»Weißt du was«, frotzelte Cole, als er sich wieder hinlegte, »ich glaube, du hast mich nur gebeten aufzustehen, weil du meine gestählten Muskeln sehen wolltest.«

»Cole«, riefen Alex und ich wie aus einem Mund, »halt die Klappe.«

Er lachte leise in sich hinein, aber dann war es schließlich wieder ganz still. So still, dass ich das Ping hören konnte, mit dem die Wassertröpfchen auf dem Boden der Schüssel aufkamen. Neben mir war Cole bereits eingenickt und ich hörte ihn leise ein- und ausatmen. Dann das Quietschen von Federn, als Alex sich auf seinem Sessel hin und her drehte; aus dem Augenwinkel sah ich ihn aufstehen.

»Was ist los?«, flüsterte ich. Er warf seine Decke auf den Boden.

»Der Sessel ist unbequem«, antwortete er. Er stand verlegen da, und mir war klar, dass er auf die Erlaubnis wartete, sich hinlegen zu dürfen.

»Okay«, sagte ich.

Das schien Aufforderung genug zu sein, denn eine Sekunde später streckte Alex sich neben mir aus, und bald war er tief und fest eingeschlafen. Im Schlaf rückten beide Jungen langsam näher an mich heran, und als ich dann schließlich doch wegdöste, war ein Arm um meinen Bauch gelegt und eine Hand mit meiner verschränkt.

Der Sonntag verstrich schnell. Am Morgen hatte Cole Will angerufen, um ihn zu bitten, mit dem Generator zu helfen. Den Rest der Zeit, bis seine Eltern wiederkamen, verbrachte Cole dann vor dem Fernseher. Alex hatte versucht, mich zu einer Runde Gathering of Gods zu überreden, aber ich wollte nicht gegen die Regeln des Hausarrests verstoßen. Ich war in meinem Zimmer geblieben, um zu lesen. Dann klingelte mein Telefon.

»Sammy«, rief ich, nachdem ich ihren Namen auf dem Display gesehen und das Gespräch angenommen hatte.

»Hey, du«, sagte sie. »Was treibst du denn so?«

»Nicht viel«, antwortete ich, stieß mich auf meinem Stuhl vom Schreibtisch ab und wanderte zu meinem Bett. Ich ließ mich auf die Tagesdecke fallen und nahm das Telefon in die andere Hand. »Ich sitze gerade an meinen Hausaufgaben für Anatomie nächste Woche.«

»Bäh – typisch Jackie«, spöttelte Sammy. Ich konnte praktisch sehen, wie sie auf dem flauschigen, pinkfarbenen Teppich in unserem Wohnheimzimmer saß und sich die Zehennägel lackierte. »Du wohnst mit einem Haufen heißer Jungs zusammen, und statt dir mit Coles Hilfe ein paar praktische Anatomiekenntnisse anzueignen, verbarrikadierst du dich hinter einem Lehrbuch.«

»Du tust gerade so, als würde ich ihm aus dem Weg gehen«, gab ich zurück. »Immerhin haben wir letzte Nacht zusammen geschlafen.«

»Ihr habt *was*?«

»Okay, warte«, ruderte ich zurück. »Ich wollte sagen, dass …«

Aber Sammy war bereits außer sich und schimpfte. »Meine beste Freundin wurde gerade entjungfert und denkt nicht einmal daran, mich sofort am nächsten Morgen anzurufen. Echt jetzt, du ziehst weg und – puff – höre ich fünf Jahre nichts mehr von dir …«

»Sammy, nein! Oh, mein Gott!«, schrie ich ins Telefon.

»›Nein‹ was? Die Sache mit den fünf Jahren? Es fühlt sich

tatsächlich so an. Weißt du was, ich werde dich jetzt auf Facebook stalken, nur damit ich weiß, ob du noch lebst.«

»Jetzt reg dich doch nicht gleich so auf!«

»Machst du Witze?«, fragte sie, hörbar gereizt. »Ich hab noch gar nicht angefangen, mich aufzuregen«

»Sammy«, sagte ich und senkte die Stimme, damit niemand mich hören konnte. »Kannst du dich einfach mal beruhigen? Ich bin nicht … entjungfert worden.«

»Sex, Jackie. Wir reden über Sex!«

»Ja«, sagte ich. »Ich weiß, worüber wir reden, und ich habe das nicht gemacht.«

»Okay …«, antwortete sie nach einer langen Pause. »Wovon redest du dann?«

»Mit ›zusammen geschlafen‹ habe ich gemeint, dass wir, ähm, in räumlicher Nähe zum anderen geschlafen haben.«

»Okay, das hat tatsächlich deutlich geringeren Nachrichtenwert. Mr Elvis schläft auch mit mir, wenn er keine Lust hat, in seinem Körbchen zu bleiben, und dann furzt er mir das Bett voll. *Ich* würde deswegen aber keinen solchen Aufstand machen.«

»Ich mache keinen Aufstand«, sagte ich. »Und, ich weiß auch nicht, es ist einfach … ich habe das Gefühl, da passiert gerade etwas Wichtiges. Aber ich weiß nicht, wie ich mit ihm umgehen soll, Sammy.«

»Es geht nicht darum, wie du mit ihm umgehst, sondern darum, was du mit ihm machst. Pack ihn an diesen großen, männlichen Armen, die er vermutlich hat, und zeig ihm, was New York zu bieten hat.«

»Sammy, kannst du bitte für einen Moment mal ernst sein? Ich bin wirklich verwirrt. Ich versuche ihn zu ignorieren, aber dann macht er etwas richtig Nettes – mich auf eine Führung über die Ranch mitnehmen, um mich aufzumuntern, zum Beispiel. Und *ich* – ach, Scheiße!« Ich packte mein Kissen und schleuderte es quer durchs Zimmer.

Sammy seufzte. »Okay, tut mir leid. Ich bin ein bisschen aufgedreht, weil ich mich so gefreut habe, endlich von dir zu hören.«

»Ein bisschen?«

»Willst du über deine Cole-Probleme sprechen oder nicht?«

»Das ist es ja. Ich will keine Cole-Probleme haben. Ich will einfach irgendwie die nächsten Jahre überstehen und dann wieder nach Hause kommen.«

»Du hast dich also jetzt schon festgelegt, dass du deine letzten zwei Highschool-Jahre freundlos beschließen wirst?«

»Ich weiß es nicht.«

»Jackie, nur weil du irgendwann wieder fortgehst, bedeutet das nicht, dass du niemanden kennenlernen darfst.«

»Ich habe keine Angst vor Beziehungen, Sammy. Nur vor ihm.«

»Warum?«

»Weil er ein totaler Chauvinist ist. In der Schule macht er jede Stunde mit einem anderen Mädchen rum.« Ich wusste, dass das nur eine Ausrede war. Es war schwer, mir den wahren Grund einzugestehen, warum ich so viel Angst hatte vor dem, was zwischen Cole und mir passierte.

»Okay«, dachte sie laut nach, »er ist also ein Weiberheld. Aber glaub mir, da kann man was machen. Konzentrier dich auf die positiven Sachen. Du sagst ja, er kann auch ganz süß sein, wenn er will.«

»Es ist nicht nur das. Es ist …« Ich brach ab. Ich wusste einfach nicht, wie ich das, was mir im Kopf rumging, in Worte fassen sollte.

»Es ist *was*?«

»Wie kann ich überhaupt solche Gefühle haben?«, fragte ich und presste die Augen zusammen. »Was gibt mir das Recht, wenn doch …«

»Wenn doch *was*?«, fiel sie mir ins Wort. »Wenn doch deine Familie einen Unfall hatte? Du darfst niemals wieder jemanden lieben wegen dieses Unfalls?« Mit der Wut in ihrer Stimme hatte ich nicht gerechnet.

»Nein, so habe ich es nicht gemeint, aber …« Ich hielt inne und atmete tief ein. »Findest du nicht, dass es zu früh ist?«

»Gott, Jackie, nein!«. Sammy schnappte entsetzt nach Luft. »Es gibt doch keine Regeln darüber, wie man trauern darf und wie nicht. Eine Beziehung könnte sogar genau das richtige sein.«

»Inwiefern?«

»Sie könnte dir helfen, deine Wunden zu heilen«, sagte sie. »Und dabei, irgendwie irgendwann darüber hinwegzukommen.«

Ich nickte und sagte: »Hm, ja, okay«, obwohl ich nicht überzeugt war. Warum tat sie, als müsste ich geheilt werden? Ich war hier in Colorado und ich lebte mein Leben. Ich brauchte keine Beziehung, um über irgendetwas hinwegzukommen. Und schon gar nicht brauchte ich Cole.

Die Walters waren spät am Sonntagabend von ihrem Campingausflug zurückgekommen, und am Montag fuhren wir wieder alle zusammen zur Schule. Danny und ich mussten warten, bis alle ihre Rucksäcke genommen hatten, weil unsere ganz unten lagen.

»Und, wie war der Hausarrest?«, erkundigte sich Danny.

Es war das erste Mal seit unserem Nachmittag in der Aula, dass Danny mich direkt ansprach. Nicht, dass er mich per se ignorierte – er hatte mir zum Beispiel an diesem Morgen zugenickt, als wir einander im Flur begegneten – Danny war einfach ein stiller Typ.

»Gut.« Ich war überrascht und freute mich, dass er tatsächlich ein Gespräch mit mir anfing. Wir machten Fortschritte! »Der Strom ist ausgefallen, aber ich habe eine Menge für die Schule gemacht«, sagte ich. Danny schwang sich seinen Rucksack über die Schulter und nickte. »Wie war's bei euch?«, versuchte ich das Gespräch am Laufen zu halten.

»Ich mag Campen nicht.«

»Wirklich?«, fragte ich überrascht. Ich war der Meinung gewesen, alle Walters liebten die Natur. Schließlich lebten sie auf einer Ranch.

»Diese ganzen widerlichen Krabbelviecher hätten uns fast aufgefressen«, sagte er.

Ich machte ein hörbares Schluckgeräusch.

»Nur Spaß«, sagte er schnell, aber es war schwer zu glauben, weil sein Gesicht dabei vollkommen ernst blieb. »Zumindest was die Käfer betrifft. Aber ich bin tatsächlich schon lange lieber drinnen als draußen.«

Ich merkte an, dass er dafür irgendwie am falschen Ort lebte.

Er zuckte die Achseln. »Mein Schauspielkurs hat im ersten Jahr eine Exkursion nach Chicago gemacht. Mir hat es dort super gefallen. Ich würde tatsächlich lieber in der Stadt leben.«

»Ja, hat schon was – die vielen Menschen, das Gewusel, und immer ist irgendwo irgendwas los. Gibt einem das Gefühl, lebendig zu sein.« Danny sah mich mit einem Ausdruck an, den ich nicht ganz deuten konnte. »Wenn dir Chicago gefallen hat, wirst du New York lieben«, fuhr ich fort.

»New York«, wiederholte er langsam.

»Ja«, sagte ich. »Der beste Ort auf der Welt.«

»Ich habe die Rolle«, wechselte er plötzlich das Thema.

Ich blinzelte. »Ach ja, klar«, antwortete ich schließlich, als ich begriff, dass er von *Romeo und Julia* sprach. »Herzlichen Glückwunsch, Danny! Das ist großartig!«

»Danke«, sagte er, und dann war er im Gewühl der Gänge verschwunden.

KAPITEL 11

Die nächsten beiden Wochen verflogen schnell, ein Tag glich dem nächsten. Doch heute war es anders. Als ich von der Schule nach Hause kam, lief ich direkt in die Küche, die sich seit diesem Morgen in eine Bäckerei verwandelt hatte. Mrs Walter zog gerade ein Blech Kekse aus dem Ofen – ich hatte sie bereits von der Veranda aus gerochen –, und auf Abkühlgittern lag bereits mindestens die vierfache Menge.

»Hey, Jackie«, begrüßte sie mich und lud geschickt einen Schwung Kekse auf einen Pfannenwender. »Wie war dein Tag?«

»Er war gut«, antwortete ich automatisch. »Die Kekse riechen *fantastisch*. Wofür sind die?«

»Danke, Liebes.« Sie arrangierte ein halbes Dutzend Kekse auf einem Teller. »Die Zwillinge sind morgen an der Reihe, ein bisschen was zum Knabbern zu ihrem Fußballspiel mitzubringen. Apropos Zwillinge, könntest du sie suchen gehen? Ich habe sie seit Stunden nicht gesehen.«

»Klar«, antwortete ich. »Welche?«

»Oh!« Mrs Walter lachte. »Zack und Benny. Hier, nimm die mit.« Sie reichte mir den Teller, und ich machte mich auf den Weg zum Zimmer der Monster, dankbar, dass ich etwas dabeihatte, das sie friedlich stimmen würde. Kaum hatte ich die oberste Treppenstufe erreicht, streckte Zack den Kopf zur Tür heraus.

»Sind das Schokokekse?«, fragte er.

»Richtig«, sagte ich und hob den Teller über meinen Kopf, sodass er nicht herankam. Ich war ein wenig verwundert, dass er die Kekse nicht schon längst gerochen hatte – das ganze Haus duftete danach. »Bevor ich dir welche gebe, muss ich wissen, wo Benny ist.«

»Hier drin«, sagte Zack, packte meine freie Hand und zog mich in sein Zimmer. »Parker ist auch hier. Leute, *Jackie hat Kekse*!«

Sofort kreisten beide Jungen und Parker um meine Beine und verlangten lautstark nach Keksen. Ich fühlte mich ein bisschen wie ein Wärter im Zoo bei der Raubtierfütterung.

»Okay, okay!«, rief ich mit einem nervösen Lachen.

Nachdem ich mir einen Keks genommen hatte, damit ich nicht ganz leer ausging, stellte ich den Teller ab und trat sicherheitshalber ein paar Schritte zurück. Von den Keksen war innerhalb weniger Sekunden nichts mehr übrig, und ich wäre nicht überrascht gewesen, wenn sie den Teller auch noch verputzt hätten.

»Jackie«, begann Parker und leckte sich die Finger sauber. »Weißt du, wie man Mario Kart spielt, oder findest du, Videospiele sind nichts für Mädchen?«

Die Zwillinge waren bereits verschwunden, wahrscheinlich um ihre Mom um weitere Kekse anzubetteln. Ich beschloss, die Gelegenheit zu nutzen, Parker besser kennenzulernen. Seit meinem Einzug ins Haus der Walters hatte

Parker signalisiert, dass sie mich nicht mochte. Sie machte dauernd Bemerkungen darüber, wie mädchenhaft ich sei, als sei das eine Art Verbrechen, und einmal hatte sie absichtlich Limo über meinen Lieblingsrock verschüttet. Wenn ich eine Gemeinsamkeit zwischen uns finden könnte, würde es mir vielleicht gelingen, den Graben zwischen uns zu verkleinern. Ich hatte nicht viel Erfahrung als ältere Schwester, aber ich selbst hatte es immer toll gefunden, wenn Lucy mich beim Spielen gewinnen ließ.

»Ich denke, das bekomme ich hin«, antwortete ich und warf mich auf einen der Sitzsäcke. »Aber ich will einen Controller, an dem keine Schokolade klebt.«

Während sie Spielfiguren und Rennstrecke auswählte, erklärte Parker mir das Spiel und die Funktionen der einzelnen Knöpfe am Controller. Später, als Bowser nach einem heiß umkämpften Rennen unmittelbar vor Prinzessin Peach über die Ziellinie sauste, riss Parker die Faust hoch. »Ja!«, rief sie und sprang vor Aufregung auf. »Schon wieder gewonnen!«

»Wow, du bist wirklich gut«, sagte ich und versuchte, ein Lächeln zu unterdrücken.

»Nein, bin ich nicht«, erwiderte Parker und verdrehte die Augen. »Ich fahre bloß nicht wie ein Mädchen.«

»Parker?«, fragte Alex, dessen Kopf in der Zimmertür erschienen war. »Ah, da bist du ja. Mom braucht dich unten.«

»Na schön«, antwortete sie und warf ihren Controller auf den Boden. »Ist eh langweilig, dauernd haushoch zu gewinnen.«

Wir sahen ihr beide nach, und nachdem sie die Tür hinter sich zugeschlagen hatte, drehte Alex sich zu mir um. »Hey, Jackie«, sagte er. »Was machst du hier drin?«

»Versuchen, Gemeinsamkeiten zu finden«, seufzte ich und wickelte mir das Controller-Kabel um den Finger. »Etwas, worin ich offensichtlich nicht sehr gut bin. Ich glaube, sie mag mich nicht.«

Alex sah mich an und neigte den Kopf. »Es ist nicht so, dass sie dich nicht mag«, antwortete er und setzte sich neben mich. »Sie ist es einfach nicht gewohnt, dass noch ein anderes Mädchen im Haus ist.«

»Man sollte meinen, dass sie sich darüber freuen würde«, sagte ich und ließ mich enttäuscht in den Sitzsack zurücksinken. »Nachdem sie sich ihr Leben lang alleine mit so vielen Jungs hat rumschlagen müssen.«

»Falls es dir noch nicht aufgefallen ist, Parker tut alles dafür, *nicht* wie ein Mädchen rüberzukommen.« Er griff nach dem Controller, den seine Schwester auf den Boden geworfen hatte, und rubbelte an einem Schokoladenfleck.

Ich warf ihm einen Blick zu. »Das ist mir klar, aber ich will, dass sie mich mag. Wir sind hier schließlich in der Unterzahl.«

»Das wird sich aber auch dann nicht ändern, wenn ihr zwei euch besser versteht«, bemerkte er. »Mach dir keine Gedanken darüber. Sie wird sich irgendwann schon an dich gewöhnen.«

»Wahrscheinlich hast du recht.«

»Wie wär's mit einer schnellen Runde, und du zeigst mir, was du drauf hast?«

»Können wir machen.« Ich richtete mich wieder auf. »Aber lass dir nicht einfallen, mich gewinnen zu lassen.«

»Niemals«, antwortete er und warf den Controller betont lässig von einer Hand in die andere. »Ich werde dir einen erbitterten Kampf liefern.«

Ich wünschte ihm viel Glück, dann wählten wir unsere Avatare.

»Das brauch ich nicht.« Er legte die Stirn in Falten und konzentrierte sich auf den Bildschirm.

Der Startschuss fiel, ich ging schnell in Führung, und anders als beim letzten Mal überquerte mein Kart als Erster die Ziellinie.

»Das gibt's doch nicht!«, sagte Alex fassungslos und ließ seinen Controller fallen.

Ich zwinkerte ihm zu. »Ich hab's dir ja gesagt, du brauchst Glück.«

Er kniff die Augen zusammen, unschlüssig, was er von meinen unerwarteten Rennsportfähigkeiten halten sollte, und fragte: »Noch mal?«

»Wenn du ein zweites Mal verlieren willst.«

»Du wirst so was von untergehen«, sagte er mit einem entschlossenen Gesichtsausdruck.

Leider hatte er sich hier mit der Falschen angelegt. Während der nächsten dreißig Minuten besiegte ich ihn mit jeder einzelnen Spielfigur. Und ich kam dabei niemals in ernsthafte Schwierigkeiten – Lucy war süchtig nach dem Spiel gewesen, als wir klein waren, und wir hatten es jeden Tag nach der Schule gespielt.

»Weißt du, ich habe Parker nur aus Nettigkeit gewinnen lassen«, sagte ich ihm, als er schließlich aufgab.

»Das ist mir klar«, entgegnete er und konnte seinen verletzten Stolz nicht verbergen. »Du darfst niemandem davon erzählen.«

»Sagt wer?«

»Ich. Das ist eine vertrauliche Sache zwischen uns.«

»Ist das so wichtig?«

»Du verstehst das nicht«, versuchte er zu erklären. »Ich bin der König der Videospiele. Niemand besiegt mich, niemals.« Alex schüttelte ungläubig den Kopf.

»Du bist entthront worden.« Ich hob vergnügt die Augenbrauen. »Von mir und Prinzessin Peach.«

Wie benommen schüttelte er den Kopf und sah zu mir auf. Für einen Moment dachte ich, er sei sauer, aber dann sagte er: »Du weißt, dass du hinreißend bist, oder?« Dann hielt er sich schnell den Mund zu, als ihm klar wurde, was er da gesagt hatte.

Ich lächelte. »Du bist auch nicht so übel.«

Alex wurde rot und wandte den Blick ab, die Lippen zu einer dünnen Linie zusammengepresst und sichtlich verärgert über sich selbst. Ich rechnete damit, dass er aufstehen und gehen würde, aber dann holte er tief Luft und tat etwas, das ich niemals von ihm erwartet hätte – er küsste mich.

Sanft und vorsichtig berührten seine weichen Lippen meinen Mund. Ich brauchte einen Moment, um zu reagieren, aber dann schlang ich meine Arme um ihn und vergrub meine Finger in seinen blonden Haaren. Ich konnte meinen Puls in meinen Ohren rasen hören – ich küsste Alex! Ich hatte nie zuvor daran gedacht, ihn zu küssen, weil er mir immer einfach wie ein Freund erschienen war. Aber jetzt war da ein warmes Gefühl in meiner Brust, das sich langsam in meine Arme und Beine ausbreitete und auf etwas anderes schließen ließ.

Sammy hatte mir Horrorgeschichten über das Küssen erzählt. Einen Exfreund von ihr bezeichnete sie immer nur als *die Schlange*. Er ließ beim Knutschen gern immer wieder die Zunge vorschnellen wie eine Peitsche. Und einmal hatte sie ein kurzes Abenteuer mit jemandem gehabt, der die Sache so nassforsch anging, dass man danach eine Dusche brauchte – sagte sie. Seither hatte ich Angst vor meinem ersten richtigen Kuss. Was, wenn derjenige, den ich küsste, nachher ähnliche Geschichten über mich verbreitete? Jetzt, in diesem Moment, hatten diese Bedenken allerdings keinerlei Bedeutung mehr. Alex' Lippen auf meinen, seine Hände an meinem Gesicht, fühlten sich einfach nur gut an.

Als sich unsere Lippen trennten, blickte er mich unsicher aus seinen blauen Augen an. Ich lächelte ihm ermutigend zu, und ein Grinsen breitete sich auf seinem Gesicht aus, bevor er mich zu einem weiteren Kuss an sich zog. Diesmal war er forscher, weniger zurückhaltend. Er schlang einen Arm um meinen Rücken, drückte mich in den Sitzsack und presste seinen Körper gegen meinen.

»Hey, Jackie?«, kam es aus Richtung Tür. Cole. »Parker hat gesagt, dass du hier bist.«

Alex sprang von mir weg. Cole stand da und starrte uns an.

Für einen Moment sagte niemand irgendetwas.

Dann rappelte Alex sich hoch. »Ich kann gehen, wenn ihr zwei was bereden müsst«, sagte er und kratzte sich verlegen am Hinterkopf.

»Spar dir die Mühe«, erwiderte Cole ausdruckslos. »Ihr zwei seid offensichtlich beschäftigt.« Er sah mich ein letztes Mal an, dann schlug er die Tür zu.

Das Frühstück am nächsten Morgen war, gelinde gesagt, interessant. Cole blickte mich über seine Müslischale hinweg finster an, und es fiel mir schwer, mich darauf zu konzentrieren, Marmelade auf meinen Toast zu streichen. Schließlich ließ ich vor Anspannung mein Messer fallen und ein klebriger Klecks Erdbeere spritzte auf das Linoleum.

»Alles in Ordnung, Jackie?«, fragte Nathan und stieß mich sachte mit der Hüfte an. Wir standen nebeneinander an der Küchentheke, ich mit meinem Frühstück und er mit einer braunen Papiertüte, in die er sein Mittagessen packte.

»Ja, ich bin nur ein bisschen müde.« Das war eine Lüge, aber ich würde ihm nicht sagen, was wirklich los war, solange Cole da war. Ich stand unter Strom. Obwohl ich letzte Nacht überhaupt nicht hatte schlafen können, fühlte ich mich, als hätte ich eine ganze Packung von Alex' Energydrink in einem Zug in mich hineingeschüttet. Ständig musste ich an unseren Kuss denken und daran, was er für unsere Freundschaft bedeuten würde. Was, wenn Alex plötzlich ganz komisch wurde und nicht mehr mit mir rumhängen wollte? Ich wollte ihn nicht als Freund verlieren, ganz zu schweigen davon, dass es peinlich sein würde, ihn jeden Tag im Haus zu sehen. Mir kamen plötzlich erhebliche Zweifel, was unsere spontane Knutsch-Session von gestern betraf.

»Alles klar. Denk aber bitte dran, dass uns meine Mom heute nach der Schule abholt.«

»Was?«, fragte ich und sah abrupt auf. »Warum?«

Er sah zu Cole hinüber, dann schnell wieder zu mir und flüsterte: »Geburtstagseinkäufe, du erinnerst dich?«

»Oh.«

Nach dem, was am vergangenen Abend passiert war, hatte ich vollkommen vergessen, dass Cole und Danny morgen Geburtstag hatten und ich für beide noch ein Geschenk besorgen musste. Aber als wir zur Schule aufbrachen, hatte ich das Gefühl, dass Cole von mir ohnehin nichts anderes wollte, als dass ich auf Abstand ging. Normalerweise bot er mir immer an, bei Nick mitzufahren, was ich dann immer ablehnte. Heute jedoch schob er sich auf dem Weg zur Haustür einfach an mir vorbei und machte sich nicht einmal die Mühe, in meine Richtung zu schauen. Er war bereits verschwunden, als ich die Veranda hinunterging, und ich konnte nur noch Nicks schwarzem Porsche nachblicken, der aus der Einfahrt brauste.

Den ganzen Tag während des Unterrichts dachte ich über ein passendes Geschenk für Cole nach. Etwas, das irgendwie das Problem zwischen uns aus der Welt schaffen würde. Aber ehrlich, was konnte ich ihm schon schenken, das gesagt hätte: »Tut mir leid, dass du gesehen hast, wie ich deinen Bruder geküsst habe«? Je länger ich darüber nachdachte, umso ärgerlicher wurde ich. Cole hatte kein Recht, sauer auf mich zu sein. Wir waren ja schließlich nicht zusammen.

Außerdem, so sagte ich mir, als ich nach der letzten Unterrichtsstunde ins Sonnenlicht hinaustrat und den Parkplatz nach Katherines Kastenwagen absuchte, hatte ich gar keine Zeit, mich mit Cole zu beschäftigen. Das, was zwischen Alex und mir vorging, hatte Vorrang. In Anatomie war ich zu nervös gewesen, mit ihm darüber zu reden; aber immerhin hatte er mich mit einem strahlenden Lächeln begrüßt, als ich ins Klassenzimmer gekommen war. Ich deutete das als Zeichen, dass sich zwischen uns nichts geändert hatte und ich die ganze Küsserei vergessen und wir wieder Freunde sein konnten. Dann würde ich so tun können, als wäre es nie passiert.

»Hallo Kinder«, rief Katherine, kurbelte das Seitenfenster herunter und winkte. Ich schaute über meine Schulter und sah Alex, Nathan und Lee direkt hinter mir, die Rucksäcke über ihre Schultern geworfen.

»Ich sitz vorne!«, rief Lee, stieß mich aus dem Weg, riss die Beifahrertür auf und sprang ins Auto.

»Das war jetzt aber nicht die feine Art, Lee«, sagte Katherine, aber ihr Neffe schien sie gar nicht zu hören. Lee fingerte bereits am Radio herum und schaltete durch die Sender, bis er etwas fand, das ihm gefiel.

»Ist schon gut«, versicherte ich Katherine und schob die Hintertür auf. »Mir ist egal, wo ich sitze.«

Alex und ich landeten auf den mittleren Sitzen, während Nathan ganz hinten Platz nahm. Wie gewöhnlich tauchte Isaac nicht auf. Sobald wir alle angeschnallt waren, fuhr Katherine vom Schulparkplatz, bog ab und nahm die Auffahrt zum Highway. Eine Viertelstunde später standen wir vor dem Einkaufszentrum, und Katherine gab uns Anweisungen.

»Denkt daran, Zack und Benny haben heute Abend ein Fußballspiel, wir müssen uns also ein wenig beeilen. Ihr müsst alle in einer halben Stunde mit euren Geschenken wieder hier sein oder ihr geht zu Fuß nach Hause. Und bitte«, seufzte sie, »keine geschmacklosen Geschenke dieses Jahr.«

Lee war verschwunden, bevor Katherine ihren Satz auch nur beenden konnte, und auch Alex hatte es eilig, damit er noch Zeit hatte, in seinem Lieblingsladen für Videospiele vorbeizuschauen, nachdem er die Geschenke für seine Brüder ausgesucht hatte. Da ich das Einkaufszentrum nicht kannte und immer noch keinen Schimmer hatte, was ich Cole besorgen sollte, schloss ich mich Nathan an.

»Hier rein«, sagte er und bog durch die Tür eines Elektronikladens. Zielgerichtet steuerte er durch Reihen von Fernsehern, Computern und anderen Geräten, bis wir schließlich vor einem beeindruckend aussehenden sprachgesteuerten Autoradio stehen blieben.

»Darauf hat Cole schon das ganze Jahr ein Auge geworfen«, erklärte Nathan. »Er will es für den Wagen, den er restauriert.« Er drehte das Preisschild um. »Mist. Ich hatte gehofft, es wäre jetzt billiger. Es gibt doch schon längst ein neues Modell.«

»Wie wäre es, wenn wir es zusammen kaufen würden?«, schlug ich vor.

»Jackie, ich kann nicht einmal die Hälfte davon bezahlen«, sagte er. »Außerdem muss ich auch noch etwas für Danny besorgen.«

»Mach dir deswegen keine Sorgen, Nathan«, antwortete ich und dachte an die Kreditkarte in meinem Portemonnaie. »Bezahl einfach, so viel du kannst.«

Er schüttelte den Kopf. »Das geht doch nicht, Jackie. Das wäre nicht fair.«

»Ich habe mehr als genug«, erklärte ich ihm. Aber er war immer noch nicht überzeugt, deshalb fügte ich hinzu: »Außerdem würdest du mir aus der Klemme helfen. Ich habe keine Ahnung, was ich Cole schenken soll. Ohne deine Idee mit dem Radio wäre ich völlig aufgeschmissen.«

»Bist du dir sicher?«, fragte er und sah wieder auf das Preisschild.

Ich schnappte mir den Karton vom Regal und nickte. »Absolut.«

Am nächsten Morgen klopfte es an meiner Tür, noch bevor mein Wecker geklingelt hatte.

»Herein!«, rief ich und setzte mich im Bett auf.

»Morgen, Jackie«, sagte Nathan, als er hereinkam. In den

Händen hielt er das Geschenk, das wir für Cole gekauft hatten. Es war bereits in blaues Geschenkpapier gewickelt.

»Morgen, Nathan, was gibt's?«, fragte ich.

»Ich bin nur gekommen, um dir zu sagen, dass ich heute Morgen nicht laufe. Meine Mom macht an Geburtstagen immer Blaubeerpfannkuchen zum Frühstück und dann schauen wir alle beim Geschenkeauspacken zu.«

»Geschenke am Morgen?«, fragte ich und sprang aus dem Bett.

»Ja«, bestätigte er mit einem Stirnrunzeln. »Du hast immer noch nichts für Danny?«

Gestern, nachdem wir das Radio für Cole gekauft hatten, hatte Nathan für Danny die erste Staffel seiner Lieblings-Krimiserie gekauft, die ich von den Nächten kannte, in denen wir beide nicht schlafen konnten. Aber das Geschenk, das ich für Danny besorgen wollte, war etwas, das ich nicht im Einkaufszentrum kaufen konnte, und ich hatte vorgehabt, das nach der Schule zu erledigen.

»Nein«, sagte ich und riss meinen Schrank auf. »Gibt es irgendwo einen Drucker, den ich benutzen kann?«

»Sicher, ich habe einen in meinem Zimmer«, erwiderte Nathan. »Wir sehen uns beim Frühstück.«

Ich hetzte durch mein Zimmer, zog meinen Schlafanzug aus und packte meine Tasche für die Schule. Dann schaltete ich meinen Computer ein und wartete darauf, dass er hochfuhr. Ich nahm meine Kreditkarte, kaufte Dannys Geschenk und eilte in Nathans Zimmer, um es auszudrucken. Es war keine Zeit mehr, um auch noch eine Geburtstagskarte zu machen. Geschenktüte hatte ich auch keine, also faltete ich das Stück Papier in der Mitte zusammen und machte mich auf den Weg in die Küche.

»Guten Morgen, Jackie«, begrüßte Katherine mich, als ich hereinkam. Sie stand am Herd, wendete Pfannkuchen und erklärte George, wie man Orangen auspresst. So wie es aussah, wurden die Anweisungen von George aber nur teilweise umgesetzt, jedenfalls war mehr Saft auf der Arbeitsplatte als in der Karaffe.

»Morgen«, antwortete ich.

Danny und Cole saßen schon am Tisch, einen Haufen Geschenke vor sich. Direkt neben ihnen waren Zack und Benny, denen es in den Fingern juckte, die Geschenke aufzureißen.

»Alles Gute zum Geburtstag, Jungs«, sagte ich und schenkte ihnen beiden ein Lächeln.

»Danke, Jackie«, erwiderte Danny und grinste mich zum ersten Mal überhaupt an. Cole nickte nur.

Fast alle saßen um den Küchentisch, bis auf Jack und Jordan, die ihre Kamera aufbauten, damit sie das Auspacken der Geschenke filmen konnten. Auch Will war da – er lehnte an der Theke und hatte den Arm um ein Mädchen gelegt, das ich noch nicht kannte.

Ich setzte mich neben Nathan, als Katherine einen riesigen Teller mit Schinken auf den Tisch stellte. »Wer ist das?«, flüsterte ich ihm ins Ohr und sah aus den Augenwinkeln zu dem Mädchen hinüber, das schwarze Haare und große, runde Augen hatte.

»Das ist Haley, Wills Verlobte. Sie gehen zusammen aufs College.«

»Ach ja, stimmt.« Mir war wieder eingefallen, dass Katherine mir während des Fluges nach Colorado erzählt hatte, dass Will verlobt war.

Nachdem sich alle bis zum Anschlag mit Katherines wunderbarem Essen vollgestopft hatten, begannen die Jungs, ihre Geschenke auszupacken. Cole machte den Anfang, und als er Nathans und mein Geschenk halb ausgepackt hatte, sah er überrascht auf.

»Das ist von dir?«, fragte er Nathan fassungslos. »Das wünsche ich mir seit einer Ewigkeit.«

»Von Jackie und mir«, korrigierte Nathan ihn. »Gern geschehen.«

Als Cole meinen Namen hörte, zögerte er, aber dann nickte er mir zu. »Danke.«

»Keine Ursache«, erwiderte ich.

Dann war Danny an der Reihe. In den meisten Päckchen war Kleidung, bis auf ein kleines mit einem selbst gemachten Gutschein für etwas, das »nasser Lümmel« hieß.

»Was ist ein nasser Lümmel?«, fragte ich und hatte Mühe, das Gelächter der Jungs zu übertönen. Offensichtlich war mir ein Scherz entgangen.

Jack verzog die Lippen zu einem boshaften Lächeln. »Ich zeig es dir.« Er steckte den Finger in den Mund und schob ihn mir dann blitzschnell ins Ohr.

Ich verzog angewidert das Gesicht und schubste Jack weg. Alle Jungs lachten, während Katherine ihren Sohn zurechtwies und ich versuchte, Jacks Spucke aus meinem malträtierten Ohr zu bekommen.

»Nasser Lümmel«, erklärte Isaac und grinste mich an. »Ein Streich, bei dem ein mit Spucke befeuchteter Finger in das Ohr eines ahnungslosen Opfers gesteckt und dann darin gedreht wird.«

»Das ist widerlich«, gab ich zurück. Immer noch ein bisschen gebeutelt, überreichte ich dann Danny sein Geschenk. »Ich verspreche dir, dass es nicht so etwas Ekliges ist.«

»Jackie, du hättest mir aber nichts schenken müssen«, sagte er, als ich ihm das zusammengefaltete Stück Papier überreichte. Er öffnete es. Ich sagte nichts, während er die Worte überflog.

»Ist das dein Ernst?«, fragte Danny, als er schließlich zu mir aufsah.

Ich nickte. »Vollkommen.«

»Wow«, murmelte Danny und schüttelte staunend den Kopf. »Vielen, vielen Dank, Jackie.«

»Was ist es?«, wollte Cole wissen und zog Danny den Zettel weg. Als er ihn gelesen hatte, klappte ihm der Unterkiefer herunter. »Wow.«

»Zeig mal«, rief Isaac und entriss Cole das Blatt Papier. »Ein Flugticket?«, fragte er schließlich, als er wieder aufsah.

»Nun, nicht direkt. Es ist ein Gutschein für ein Flugticket. Danny hat mir gesagt, er mag die Stadt, und er war noch nie in New York. Deshalb dachte ich mir, dass er mit mir kommen kann, wenn ich im Sommer vielleicht nach Hause fliege. Wir könnten uns ein paar Broadway-Shows anschauen oder so.«

Katherine sog überrascht die Luft ein. »Jackie, Liebes«, sagte sie und schnalzte mit der Zunge, »das ist zu viel Geld für ein Geburtstagsgeschenk.«

»Mom«, rief Danny und sah sie an.

»Wirklich, das ist kein Problem«, erklärte ich ihr.

»Bist du dir sicher?«, fragte sie, aber sie wusste, dass Geld kein Thema war.

Ich nickte und bemerkte, dass alle mich anstarrten. »Was?«, fragte ich.

»Ich habe übrigens morgen Geburtstag«, erklärte Isaac.

»Lügner«, beschuldigte Jack ihn und verschränkte die Arme vor der Brust.

Isaac stieß seinem Cousin den Ellbogen in die Rippen, grinste aber. »Ich lüge nie – und, Jackie, ich erwarte ein Geschenk von gleichwertiger oder höherer Qualität, okay? Keinen schleimigen Spuckefinger im Ohr oder so was.«

»Vielleicht können wir etwas Bleichmittel in dein Shampoo füllen«, meinte Jordan. »Ich dachte immer, dass dir blond gut stehen würde.«

»Jungs!« Katherine warf ihren Söhnen einen warnenden Blick zu.

»Duhu, Jackie?«, hörte ich eine Stimme von unten und etwas zog an meinem Ärmel. Als ich hinabschaute, sah ich Benny mich mit großen Augen an.

»Ja, Benny?«, fragte ich.

»Wenn ich Geburtstag habe, krieg ich dann einen Welpen von dir?«, fragte er. Alle lachten.

»Das war so ein cooles Geschenk«, bemerkte Alex zum wiederholten Male, als wir den Anatomieraum betraten.

»Ja, danke«, gab ich nachdenklich zurück.

Die Fahrt zur Schule war heute irgendwie seltsam gewesen. Anders als sonst hatte Danny den Mund gar nicht mehr zubekommen und nicht aufgehört, darüber zu reden, wie umwerfend sein Geschenk war. Alle schienen neidisch auf ihn zu sein. Langsam beschlich mich der Gedanke, dass ich es mit dem Flugticket vielleicht doch ein wenig übertrieben hatte.

»Im Ernst«, flüsterte Alex aufgeregt, »abgesehen von der X-Box, die wir letztes Jahr alle zusammen zu Weihnachten bekommen haben, war das das Beste, was irgendeiner von uns jemals bekommen hat.«

»Wirklich?«, fragte ich und bekam ein noch schlechteres Gewissen. Ich wollte nicht, dass Mrs Walter sauer auf mich war, weil ich ihrem Sohn ein teures Geschenk machte, das sie sich selbst nicht hätte leisten können.

Alex nickte. »Der Flug nach New York wird so viel Spaß machen.«

Jetzt musste ich kichern. »Was macht so viel Spaß am Fliegen?«

»Keine Ahnung.« Alex grinste mich an. »Ich habe mir immer vorgestellt, dass es ein Riesenspaß sein müsste.«

Mein Lächeln erstarb. »Du bist noch nie geflogen?«

»Nein.«

»Macht ihr denn niemals Urlaub?«, fragte ich.

»Doch, wir gehen ständig campen. Oh, und letztes Jahr zu ihrem einundzwanzigsten Hochzeitstag sind meine Eltern mit dem Auto nach Florida gefahren, da hatten sie ziemlich lange drauf gespart.«

In dem Moment kam ich mir einfach nur unglaublich verwöhnt vor. Wenn es in New York so richtig kalt war, hatte meine Mom mich früher öfter übers Wochenende nach Miami verfrachtet, damit ich ein bisschen Sonne tanken konnte. Ich wäre nie auf die Idee gekommen, das als Urlaub anzusehen.

»Warum? Wohin seid ihr denn in den Urlaub gefahren?«, fragte Alex mich.

Ich antwortete nicht gleich, weil ich Alex nicht auf die Nase binden wollte, dass ich schon überall in Europa, Südamerika und sogar in China gewesen war.

»Ach, du weißt schon, mal hier, mal da.« Ich zuckte die Achseln.

»Ach komm, jetzt sag schon.« Alex stieß mir den Ellbogen in die Seite. Als ich nicht antwortete, runzelte er die Stirn. »Was ist los?«, fragte er.

»Ich schätze, das Ganze ist mir einfach ein bisschen peinlich. Mir war nicht klar, dass es so eine große Sache sein würde. Alle scheinen irgendwie neidisch auf Danny zu sein.« *Und abgesehen davon, weiß ich einfach nicht mehr, wie ich mich dir gegenüber verhalten soll,* wollte ich hinzufügen, aber hielt den Mund.

»Jackie«, antwortete Alex und sah mich ernst an, »was du für Danny getan hast, war sehr aufmerksam; sicher sind einige neidisch darauf, aber das ist nichts Schlechtes.«

»Bist du dir da sicher?«

»Definitiv«, antwortete er. »Und abgesehen davon bedeutet das natürlich, dass ich zu Weihnachten auch etwas Cooles erwarte.«

Ich lachte. »Und was wäre das?«

»Ach, nur ein Darth-Vader-Helm, der mit den zwei Unterschriften.«

»Muss mir das was sagen?«

»Ist was für Nerds«, lachte er. »Und nur einer der teuersten Star-Wars-Fanartikel der Welt.«

»Tja, das klingt danach, als müsstest du von jetzt an sehr, sehr nett zu mir sein.«

»Wie wäre es für den Anfang damit, wenn ich dich heute Abend wohin mitnehme, wo es garantiert lustig wird?«

Mein Herz tat einen Satz. Er meinte doch kein Date, oder? »Wohin wäre das?«, fragte ich ihn schließlich und vermied es, ihm in die Augen zu schauen. Stattdessen konzentrierte ich mich auf mein Anatomieheft, schlug eine leere Seite auf und schrieb das Datum in die rechte obere Ecke.

Er hielt kurz inne. »Ich kenne jemanden, der heute Abend eine Party gibt«, sagte er dann und versuchte unverbindlich zu klingen. »Vielleicht hast du ja Lust mitzugehen.« Als er den unsicheren Ausdruck auf meinem Gesicht sah, fügte er hinzu: »Du weißt schon, als Freunde.«

Eigentlich hätte mich Alex' letzter Satz ein bisschen entspannen müssen, aber das Drücken in meinem Magen wies darauf hin, dass das vielleicht doch nicht das war, was ich wollte. Was, wenn ich Alex nur eine Chance zu geben brauchte?

Ich wollte gerade Ja sagen, aber etwas an der Art, wie er meinem Blick auswich, machte mich misstrauisch. »Wessen Party ist es?«, fragte ich stattdessen.

»Marys«, stieß er hastig hervor. »Aber ich dachte, wenn du mir erzählst, was sie zu dir gesagt hat, bekommen wir das schon hin.«

Ich schüttelte den Kopf. »Tut mir leid, Alex. Nein.« Vielleicht musste ich einfach aufhören, an all die schlimmen Dinge zu denken, die passieren würden, wenn zwischen mir und Alex mehr war. Vielleicht musste ich ihm eine Chance geben. Aber sicher nicht auf *ihrer* Party. Nicht nach dem, was sie gesagt hatte, wie sie mich verletzt hatte. Alex konnte nichts tun, um mich umzustimmen.

»Bitte, Jackie? Ich kapiere nicht, warum du so ein Geheimnis daraus machst.«

»Wenn ich dir erzähle, was sie gesagt hat, ist das Thema dann ein für alle Mal vom Tisch?«, fragte ich ihn ernst.

»Natürlich«, sagte er und nickte.

»Sie hat mir den Tod meiner Familie unter die Nase gerieben.«

»Was? Warum sollte sie das machen?«

»Um mir wehzutun«, antwortete ich. »Weil ich mit dir befreundet bin.«

KAPITEL 12

Nach der Schule wartete Katherine mit dem Essen auf uns.

»Bringt mir jemand noch ein bisschen Milch?«, fragte Isaac nach einer Weile und hielt seinen leeren Becher hoch.

George zog eine Augenbraue hoch. »Ist irgendwas mit deinen Beinen nicht in Ordnung? Wir sind nicht deine Diener.«

»Jackie?«, fragte Benny mich dann. »Hattet ihr Diener, die euch das Essen serviert haben?«

»Nein, Benny, wir hatten keine Diener.«

»Hey!«, beklagte Cole sich, als er sein Glas in Isaacs Hand entdeckte. »Das war meine Milch!«

»Und das war auch dein Brötchen«, sagte Isaac und stopfte sich die Hälfte davon in den Mund. »Mmmm, lecker.«

Als alle mit dem Essen fertig waren und der Tisch abgeräumt war, ging ich in mein Zimmer hinauf, um Hausaufgaben zu machen. Es versprach ein sehr langweiliger Abend zu werden, weil fast alle auf Marys Party gehen würden, aber vielleicht konnte ich später zusammen mit Jack und Jordan einen Film schauen.

Im Flur vor meinem Zimmer war ein ziemlicher Krawall und der Geruch von Axe drang unter meiner Tür hindurch – die Walter-Boys machten sich zum Ausgehen fertig.

Schließlich verlagerte sich der ganze Tumult nach unten, und ich ging ans Fenster, um zuzusehen, wie sich alle in den Laster drängten und davonfuhren. Seufzend warf ich mich auf mein Bett und ignorierte das Matheheft, das aufgeschlagen auf meinem Schreibtisch lag. Obwohl es meine eigene Entscheidung gewesen war, fühlte sich ein winziger Teil von mir ausgeschlossen. Ich wünschte, ich hätte den Abend mit Alex und Nathan verbringen können.

Kurz nachdem mir dieser Gedanke durch den Kopf gegangen war, wurde meine Schlafzimmertür aufgerissen.

»Hoch mit dir!«, verlangte Cole und schlenderte in mein Zimmer.

»Häh?« Was machte er noch hier? Warum war er nicht mit seinen Geschwistern unterwegs?

»Wir haben nicht den ganzen Abend Zeit.« Er zerrte mich aus meinem Bett und schleppte mich zum Kleiderschrank. Dann zog er die Schranktüre auf und fing an, in meinen Kleidern zu stöbern. »Nein. Nein. Nein«, verwarf er ein Outfit nach dem anderen. »Hast du gar nichts Heißes?«

»Was ist damit?«, fragte ich und zeigte auf eins meiner Lieblingskleider.

»Willst du aussehen wie ein Sofa?« Er schob das Kleid beiseite. Es rutschte von seinem Bügel und glitt zu Boden.

»Das ist ein Chanel-Kleid!«, japste ich und hob es hastig auf.

»Na bitte, hier ist doch was«, sagte er und ignorierte mich. »Hier, zieh das an.«

Mir stockte der Atem, als ich sah, was er in der Hand

hielt – ein schwarzes Minikleid mit einer Silberschnalle an der Taille. Es gehörte mir nicht. Irgendwie musste eins der Partykleider meiner Schwester in meinen Sachen gelandet sein.

»Hallo? Erde an Jackie?«, sagte Cole und wedelte mit dem Kleid vor meinem Gesicht herum.

»Das kann ich nicht anziehen«, antwortete ich ihm mit gepresster Stimme. »Es gehört mir nicht.«

»Ich bin mir ziemlich sicher, dass es nicht Isaac oder Danny gehört, also muss es deins sein.«

»Es hat meiner Schwester gehört«, sagte ich. »Ich weiß nicht, wie es in eine meiner Umzugskisten geraten ist.«

»Oh.« Cole ließ die Hand mit dem Kleid sinken. »Eigentlich kannst du auch einfach in dem gehen, was du gerade anhast.«

»Wohin *gehen* wir denn überhaupt?«, fragte ich, obwohl ich bereits wusste, was er sagen würde.

»Auf die Party«, erwiderte er vergnügt. »Du kommst mit mir.«

Und mehr war nicht nötig. Da war wieder dieses Gefühl – das, das mich mutig werden ließ, nur weil Cole neben mir stand. Es war so stark, so überwältigend, dass ich ihm wie in Trance erlaubte, mich aus meinem Zimmer und hinunter zum Wagen zu führen.

Als Nick in die Sackgasse einbog, in der Mary Black wohnte, wurde mir klar, dass ich mich wieder einmal in eine verzwickte Situation gebracht hatte. Ich konnte da nicht reingehen – das letzte Mal, als ich meine Vernunft beiseitegeschoben hatte, war es schlimm ausgegangen. Die Musik von der Party war so laut, dass ich sie spüren konnte, obwohl die Türen geschlossen waren. Ich verschränkte die Arme vor der Brust und machte keine Anstalten, meinen Sicherheitsgurt zu lösen. Cole schob sich ein Stück Kaugummi in den Mund.

»Muss ich dich reintragen?«, fragte er. »Wenn es sein muss, werde ich das tun.«

Statt zu antworten, starrte ich durch die Windschutzscheibe und rührte mich nicht. Ich war bereit, wenn nötig die ganze Nacht im Wagen zu sitzen. Das Problem war nicht nur Mary, ich wollte auch nicht, dass Alex dachte, ich hätte ihm einen Korb gegeben, nur um dann mit seinem Bruder aufzutauchen.

Cole seufzte und stieg aus. Ich riskierte einen schnellen Blick in seine Richtung und sah, wie ihm eine Brise die Haare zerzauste. Als er vor den Wagen trat, lächelte ich in mich hinein und dachte, er habe aufgegeben. Aber er blieb nur stehen, um etwas zu Nick zu sagen. Sie schüttelten sich die Hände und umarmten sich nach Männerart, was einen Sekundenbruchteil dauerte und mit einem festen Schulterklopfen endete. Mein Lächeln verschwand, als Cole zur Beifahrertür kam und sie öffnete.

»Raus jetzt«, sagte er mit ernstem Gesicht.

»Cole!«, protestierte ich und hörte den jammernden Ton in meiner Stimme. »Ich habe Alex gesagt, dass ich nicht mitgehe. Er wird sauer sein, wenn ich jetzt auftauche.«

»Ist das mein Problem?«, fragte er und beugte sich vor, um meinen Sicherheitsgurt zu öffnen. »Sag ihm einfach, du hättest deine Meinung geändert.«

Wie sollte ich ihm erzählen, was Mary zu mir gesagt hatte? Die Worte lagen mir auf der Zunge, aber ich zögerte zu lange und verlor den Mut. »Im Ernst«, murmelte ich stattdessen, »das ist nicht witzig.«

Cole antwortete nicht. Stattdessen packte er mich um die Taille, zog mich aus dem Wagen und warf mich über seine Schulter.

»Lass mich runter!«, schrie ich, als er die Autotür mit einem Fußtritt schloss.

Einige Leute, die sich auf der Veranda unterhielten, schauten zu uns rüber. Cole lachte jetzt, und ich hämmerte mit der Faust auf seinen Rücken, während er auf Mary Blacks Haus zuging.

»Cole Walter, lass mich sofort runter«, verlangte ich, »oder ich werde dafür sorgen, dass du eines qualvollen Todes stirbst!«

Wir zogen noch mehr belustigte Blicke auf uns, als wir die Treppe hinaufkamen. »Ich weiß, sieht komisch aus«, wandte sich Cole grinsend an die Leute, die an der Tür standen und an ihren Getränken nippten. »Aber mein Date war heute ziemlich widerspenstig.«

»Ich bin *nicht* dein Date!«, zischte ich ihn an.

Aber da waren wir schon drin und Cole setzte mich endlich ab.

»Siehst du?«, sagte er und tätschelte mir den Kopf. Er

musste schreien, um die Musik zu übertönen. »Das war doch gar nicht so schlimm, oder?«

»Soll das ein Witz ...«, begann ich, aber jemand unterbrach mich.

»Jackie?« Ich wandte mich um und sah Alex aus dem Gewühl auftauchen. »Ich dachte, du wolltest nicht kommen.«

»Wollte ich auch nicht, aber dein nerviger Bruder ...«

»Hat sie eingeladen, auf die Party mitzugehen«, fiel Cole mir ins Wort. Er legte mir den Arm um die Taille und grinste seinen kleinen Bruder an.

»Was machst du da?«, fauchte ich und versuchte, ihn wegzustoßen. »Lass mich los.« Aber Coles Griff war stark und seine Finger bohrten sich in meine Seite.

»Du bist mit *ihm* hergekommen?«, fragte Alex mit zusammengebissenen Zähnen.

»Alex, so war das nicht«, versuchte ich ihm zu erklären. Mein Magen verknotete sich vor Angst, und ich hatte das Gefühl, dass bereits alles zu spät war.

»Also wirklich, Jackie.« Cole beugte sich vor, um mir die Lippen auf die Stirn zu drücken. »Du brauchst doch wegen uns nicht zu lügen. Alex versteht das. Richtig, kleiner Bruder?«

Und in diesem Moment war der Schaden angerichtet. Alex stand da und starrte uns an. Ich konnte die Anspannung, die von ihm ausging, fast körperlich spüren. Seine dunklen Augen blickten mich anklagend an. Alles in mir zog sich zusammen.

»Wie wär's, wenn ich uns ein Bier hole?«, schlug Cole

vor. Er verzog den Mund zu einem halbherzigen Lächeln, das ohne Wärme war. »Ich bin gleich wieder da, okay?«

Er nahm seinen Arm von meiner Taille, und mir war, als würde er mir mit derselben Bewegung das Rückgrat herausziehen und mir das letzte bisschen Energie nehmen, das ich noch gehabt hatte. Meine Knie gaben nach, aber dann schnellte meine Hand vor, und ich stützte mich an der Wand ab. Hatte Cole alles ruiniert, was ich mit Alex gehabt hatte – was immer das war, Freundschaft oder mehr –, und das in Minutenschnelle? Konnte er wirklich so leicht gewinnen?

»Alex«, begann ich. Auf keinen Fall würde ich Cole damit durchkommen lassen. »Du musst mir zuhören. Er hat mich hergezerrt. Ich wollte nicht mitkommen.«

Alex schnaubte verächtlich. »Du glaubst wirklich, ich kaufe dir diese beschissene Lüge ab? Wenn du mit Cole rumlungern willst, dann hab zumindest den Anstand, mir die Wahrheit zu sagen.«

»Ich sage die Wahrheit«, erklärte ich und versuchte, die Panik zu ignorieren, die durch meine Adern floss und mein Herz immer schneller schlagen ließ.

»Weißt du, beim ersten Mal habe ich dir noch geglaubt«, sagte Alex, und eine Haarsträhne fiel ihm vors Auge. Ich wusste, dass er von dem Abend sprach, als ich sturzbetrunken mit Cole nach Hause gekommen war. »Aber so dumm bin ich auch wieder nicht.«

In dem Versuch, meine wirren Gedanken zu ordnen, trat ich einen Schritt auf ihn zu. »Bitte«, begann ich, aber da hatte sich Alex bereits umgedreht und war in der Menge verschwunden. Ich starrte ihm mit leerem Blick hinterher.

»Was macht *die* hier?«, hörte ich jemanden schreien.

Ich kam jäh wieder zu mir und sah Mary oben an der breiten Eingangstreppe stehen, einen Cocktail in der Hand. Mit ihren aufgetürmten Haaren sah sie aus, als hätte sie einen goldenen Heiligenschein. Der rosafarbene Rock, den sie trug, war eher ein breiter Gürtel, und die hochhackigen Schuhe ließen ihre Beine meterlang aussehen. Aus dem Schwarm Mädels hinter ihr schloss ich, dass sie ihren Freundinnen gerade in ihrem Zimmer eine Privataudienz gegeben hatte. Alle sahen in meine Richtung, ihre Gesichter zu einem höhnischen Grinsen verzogen.

Der Großteil der Gäste hatte sich mittlerweile mir zugewandt, einige tuschelten bereits. Verzweifelt sah ich mich nach einem bekannten Gesicht um – Nathan oder vielleicht Riley, selbst Isaac hätte genügt –, aber alles, was ich sah, waren Fremde.

»Ich habe gefragt, was du hier machst! Du bist nicht eingeladen.« Mary war inzwischen herabgestiegen und hatte sich vor mir aufgebaut, eine Hand in die Hüfte gestemmt.

»Ich … ich …« Mehr brachte ich nicht heraus.

Einige der Umstehenden hatten sich einander zugewandt, um sich etwas ins Ohr zu flüstern. Und dann sah ich alles nur noch wie durch einen langen schwarzen Tunnel, in meinen Ohren rauschte das Blut. Panik ergriff mich. Bevor Mary ein weiteres Wort sagen konnte, machte ich auf dem Absatz kehrt und flüchtete nach draußen.

Ich drängte mich an den Leuten auf der Veranda vorbei und dann begann ich zu laufen. Die kalte Nachtluft brannte mir im Hals, ich keuchte und rang nach Atem. Aus irgendeinem Grund gelangte der Sauerstoff nicht in meine Lungen, aber ich blieb nicht stehen. Ich hatte keine Ahnung, wo ich war oder wohin ich lief. Aber jeder Ort auf der Welt war besser als Marys Haus.

Als die Häuser weniger wurden, sah ich ein Schild auf mich zukommen: *West Walnut Hills heißt Sie in Evansdale, Colorado, willkommen!* Ich blieb stehen, stützte mich mit den Händen auf meine Knie und versuchte, wieder zu Atem zu kommen. Meine Arme zitterten, und ich spürte, wie mir Tränen das Gesicht hinunterliefen.

Voller Wut trat ich gegen einen Stein. Der Wind war stärker geworden und fuhr mir durch die schweißnassen Haare. Mir war kalt. »Ich hasse es hier!«, schrie ich. »Warum kann ich nicht einfach nach Hause?«

Nur der Wind antwortete mir.

Als Nathan mich am nächsten Morgen zum Joggen weckte, war ich völlig überrascht. Nach letzter Nacht war ich davon ausgegangen, dass alle mich ignorieren würden. Deshalb hatte ich eigentlich vorgehabt, den ganzen Tag im Bett zu bleiben. Katherine hätte ich gesagt, dass mir nicht gut war. Sie hatte mich letzte Nacht an der Ortseinfahrt aufgelesen, nachdem ich sie fast noch in Tränen aufgelöst angerufen hatte. Auf der Rückfahrt hatte sie mich immer wieder gefragt, was los sei, aber ich hatte ihr nichts erzählt.

»Was willst du?«, brummte ich Nathan an und zog mir die Decke über den Kopf. »Hast du nicht gehört, was gestern Nacht passiert ist?«

»Natürlich«, antwortete er und zog mir die Decke vom Gesicht. Er trug seine Laufklamotten – Shorts und ein abgeschnittenes T-Shirt – und wippte auf den Fersen, bereit loszulaufen.

»Warum bist du nicht sauer auf mich?«

»Ich bin kein Idiot, Jackie«, sagte er und lachte fast. »Ich kenne meine Brüder gut genug, um zwei und zwei zusammenzuzählen, als ich die Geschichte gehört habe. Du hast absolut nichts falsch gemacht.«

Ich schlang die Arme um meinen Oberkörper und starrte an die Decke. »Wie soll ich das jemals wieder geradebiegen?«, fragte ich mehr mich selbst als ihn.

»Ein Anfang wäre, aufzustehen und mit mir joggen zu gehen.«

Es war schön zu wissen, dass zumindest einer auf meiner Seite war. Trotzdem schickte ich Nathan dieses Mal alleine los.

Wie sollte ich jetzt weiter hier leben können? Es war schon schwer genug gewesen, als ich neu hier angekommen war – aber jetzt? Das Schuljahr war fast vorüber, und meine Aussicht für den Sommer war, auf dieser blöden, abgelegenen Farm mit einem Haufen Jungs festzusitzen, die nicht mit mir reden würden.

Ich sah auf die Uhr. Inzwischen hätte man eigentlich schon die Geräusche morgendlicher Aktivitäten hören müssen, aber das Haus war unheimlich still. Stöhnend schob ich das Laken beiseite und setzte leise die Füße auf den Boden. Ich wollte keinen Lärm machen. Ich zuckte zusammen, als die Dielenbretter unter meinen Füßen knarzten, dann gab ich mir einen Ruck, schlich zur Tür und spähte hinaus. Alle Türen waren geschlossen. Verwundert zog ich mich wieder in mein Zimmer zurück.

Als mich Katherine letzte Nacht ins Bett gebracht hatte, hatte sie mein Fenster geöffnet, weil sie meinte, frische Luft täte mir gut. Deshalb konnte ich die Rufe unten jetzt gut hören. Wie aus dem Nichts durchbrachen sie die Stille des Morgens. Ich lief zum Fenster, um festzustellen, was los war, und sah Cole mit einem Bündel in den Armen von den Feldern kommen. Er trug Arbeitskleidung und verrichtete offenbar seine morgendlichen Aufgaben.

»Isaac, Hilfe!«, rief Cole. In dem Moment bemerkte ich Isaac, der in Boxershorts auf der hinteren Terrasse stand und versuchte, heimlich eine Zigarette zu rauchen. »Mit Nathan stimmt etwas nicht!«

Als ich Nathans Namen hörte, kniff ich die Augen zusammen, um besser sehen zu können, und mir stockte der Atem. Das reglose Bündel in Coles Armen war Nathan.

»Tante Katherine!«, hörte ich Isaac panisch rufen. »Irgendetwas stimmt nicht mit Nate. Ich glaube, wir brauchen einen Krankenwagen!«

Gedanken an gestern Abend oder meine Zukunft hier waren plötzlich nicht mehr wichtig. Ich schlüpfte schnell in eine Hose und eine Bluse, dann raste ich aus meinem Zimmer. Unten in der Küche half Isaac Cole, Nathan durch die Hintertür zu tragen. Das Warten war nervenaufreibend, und als der Krankenwagen endlich mit heulenden Sirenen und blitzenden Lichtern die Einfahrt hinaufjagte, waren fast alle unten in der Küche.

»Was ist los?«, fragte Danny, als die Rettungssanitäter Nathan auf einer Trage in den Wagen schoben. »Ist er okay?«

»Ich weiß es nicht«, antwortete ich und musste schlucken, weil mir Magensäure hochkam. »Ich habe Schreie gehört – Cole hat ihn getragen – und, oh Gott!« Ich sackte auf einen der Küchenstühle und ließ den Kopf auf meine Arme sinken, während ich um Fassung rang. Meine Gedanken überschlugen sich, und ich hatte wieder den Unfall meiner Familie vor Augen, ihre Gesichter blitzten auf, darunter auch Nathans.

Das konnte nicht sein! Nicht schon wieder!

»Komm, Jackie«, sagte Danny und schüttelte mich. »Isaac sitzt schon im Laster. Wir fahren ins Krankenhaus.«

Obwohl sich mir der Kopf drehte, ließ ich mich von Danny aus dem Haus ziehen. Meine Gedanken waren an einem anderen Ort, meilenweit entfernt. Auf der Fahrt zum Krankenhaus dachte ich kein einziges Mal darüber nach, wie unangenehm es mir sein würde, neben Alex zu sitzen. Es spielte keine Rolle. Ich konnte nur daran denken, dass ich vielleicht noch jemanden verlieren würde, der mir etwas bedeutete.

Keiner wusste, was los war. Cole sagte nur, dass er

Nathan heute Morgen bewusstlos in der Scheune gefunden hatte. War er beim Laufen gestürzt und so unglücklich aufgeschlagen, dass er das Bewusstsein verloren hatte? Das klang absurd.

Isaac fuhr so schnell, dass wir fast vor dem Krankenwagen am Krankenhaus ankamen. Wir rissen die Türen des Lasters auf, bevor er richtig eingeparkt hatte. Dann rannten wir über den Parkplatz und strömten in die Eingangshalle, wo eine erschrockene Krankenschwester uns den Weg zur Notaufnahme wies.

Nach so viel Eile und Panik verstrich die Zeit im Wartebereich quälend langsam. Keiner sagte etwas. Wir saßen stumm auf den unbequemen Krankenhausstühlen und warteten darauf, dass uns die Ärzte irgendetwas zu Nathans Zustand mitteilten. Cole ging im Raum auf und ab. Katherine weinte leise, den Kopf an Georges Schulter gelehnt, und Isaac trommelte ständig unruhig mit einem Fuß auf dem Boden herum.

Schließlich erschien ein Mann in einem weißen Kittel.

»Katherine Walter?«, fragte er und schaute von seinem Klemmbrett auf.

Sie sprang von ihrem Stuhl hoch. »Ja?«, fragte sie mit brüchiger Stimme. »Das bin ich.«

Er stellte sich als Dr. Goodman vor, und nach einigen höflichen Floskeln, die niemanden interessierten, teilte er uns endlich das mit, worauf wir gewartet hatten. »Ihr Sohn Nathan ist gerade aufgewacht, und es sieht so aus, als würde er wieder auf die Beine kommen«, sagte er und lächelte.

Alle stießen einen Seufzer der Erleichterung aus.

»Gott sei Dank«, murmelte Katherine und legte sich eine Hand aufs Herz. »Wann können wir zu ihm?«

Dr. Goodman zögerte. »Nathans Zustand ist stabil«, sagte er dann. Er musterte Katherine konzentriert, und man sah, dass er seine nächsten Worte mit Bedacht wählte. »Aber es gibt etwas, das wir zuerst besprechen müssen. Ihr Sohn hat eine schwere Gehirnerschütterung. Wir müssen noch weitere Untersuchungen machen, aber im Moment gehen wir davon aus, dass Nathan gestürzt ist und sich den Kopf angeschlagen hat, weil er einen Anfall hatte«, erklärte Dr. Goodman.

»Einen Anfall?«, wiederholte George erstaunt. »Wie kann das denn sein?«

Dr. Goodman erklärte den Walters, dass Nathans Anfall die Folge überhöhter neuronaler Aktivität im Gehirn sei, eine weitverbreitete, chronische neurologische Störung, die auch als Epilepsie bekannt war. Er erläuterte weiter, dass zwar ungefähr fünfzig Millionen Menschen weltweit an Epilepsie litten, ein Großteil dieser Menschen aber in ihrem ganzen Leben nur einen einzigen Anfall erlitten.

»Dürfen wir ihn jetzt bitte sehen?«, fragte Katherine, nachdem Dr. Goodman mit seinen Erläuterungen fertig war.

»Natürlich«, antwortete er und sah sich im Wartezimmer um. Als würde er erst jetzt richtig wahrnehmen, wie viele wir waren, fügte er dann hinzu: »Aber nur Familienangehörige.«

Alle standen auf und folgten dem Arzt. Ich trottete langsam hinterher, weil ich nicht wusste, was ich tun sollte. Würde ich Nathan sehen dürfen? Ich sah zu, wie alle in einem Krankenzimmer verschwanden, und beschloss dann, dass es mir egal war, was der Arzt gesagt hatte. Auf einen mehr oder weniger würde es nicht ankommen. Als ich meinen Schritt beschleunigte, um den anderen in den Raum zu folgen, trat Lee in den Flur hinaus.

»Was denkst du, wo du hingehst?«, fragte er mich mit seinem gewohnten finsteren Stirnrunzeln.

»Ich will Nathan sehen«, gab ich mit entschlossener Miene zurück.

»Hast du den Arzt nicht gehört?«, fragte er. »Nur Familienangehörige.«

»Komm schon, Lee«, erwiderte ich, und ich konnte die Betroffenheit in meinem Tonfall hören. »Ich wohne bei euch. Ich zähle auch.«

»Jackie«, sagte er langsam, ein grausames Glitzern in den Augen. »Du könntest den Rest deines Lebens bei uns wohnen, es würde trotzdem keine Rolle spielen. Du wirst *niemals* ein Teil unserer Familie sein.«

Ich wandte mich von ihm ab und ließ seine Worte auf mich wirken. Er hatte recht. Ich gehörte nicht dazu.

»Außerdem«, zischte Lee mich an, »warum solltest du ihn besuchen dürfen, wenn es doch deine Schuld ist, dass er hier drin ist?«

»Was?«, presste ich hervor. Ich traute meinen Ohren nicht. Ich wandte mich zu ihm um, obwohl mir bereits Tränen in den Augen standen. Er sah mich giftig an.

»Du hast schon richtig gehört«, sagte er langsam. »Das wäre nie passiert, wenn du mit Nathan laufen gegangen wärst. Aber wir waren ja zu beschäftigt damit, in unserem Zimmer zu schmollen. Und das alles nur, weil Alex dich nicht mehr mag.«

Es war, als hätte er mich geohrfeigt. »Nein«, sagte ich und schüttelte langsam den Kopf. Aber das, was er da andeutete, traf mich so tief, dass ich entsetzt einen Schritt nach hinten machte.

Lee verzog angewidert den Mund. »Verzieh dich einfach, Jackie«, sagte er.

Und ich ging.

Es war der letzte Ort, an dem mich jemals irgendjemand suchen würde. Will wohnte in der Stadt in einer Zweizimmerwohnung, die nur eine Viertelstunde zu Fuß vom Krankenhaus entfernt lag.

Ich war schon einmal dort gewesen, als Katherine Cole und mich gebeten hatte, Will eine Schachtel mit Einladungskarten vorbeizubringen, die sie für seine bevorstehende Hochzeit geschrieben hatte. Das war vor über einem Monat gewesen, und ich war mir nicht sicher, ob ich noch hinfinden würde. Aber der Wohnblock lag direkt an der Hauptstraße, und als ich ihn entdeckte, atmete ich erleichtert auf.

Ich klopfte, aber niemand antwortete. War Will vielleicht gar nicht zu Hause? Ich klopfte noch einmal, lauter. Nach einer Weile hörte ich drinnen Geräusche, dann öffnete sich die Tür, und Wills verschlafenes Gesicht erschien im Türspalt.

»Jackie?«, fragte er und blinzelte ins Tageslicht. »Was machst du hier?«

»Tut mir leid, Will. Ich wollte dich nicht wecken«, sagte ich und fummelte hinter meinem Rücken nervös mit meinen Händen herum. »Aber als wir uns das erste Mal gesehen haben, hast du gesagt, dass ich mit dir reden könnte, wenn jemals irgendwas wäre.«

»Oh«, antwortete er und machte die Tür ganz auf. »Komm rein.«

Das Innere von Wills Wohnung war eine Höhle. Die schwarzen Vorhänge vor dem einzigen Fenster im Wohnzimmer waren dicht zugezogen.

»Mach es dir bequem«, sagte er und schloss die Tür, was dem Raum seine einzige Lichtquelle nahm.

Ich ging vorsichtig auf etwas zu, das nach einer Couch aussah, und schaffte es, mir auf dem Weg dorthin nur ein einziges Mal die Zehen zu stoßen.

»Möchtest du einen Kaffee?«, fragte Will.

Ich hörte ihn geübt durch die Dunkelheit navigieren, geleitet von den leuchtenden Ziffern der Digitaluhr der Mikrowelle wie ein Seemann von den nächtlichen Sternbildern.

»Gerne«, antwortete ich.

Will erreichte die winzige Küche und schaltete das Licht an. Während er die Kaffeemaschine einschaltete und Tassen hervorholte, ließ ich meinen Blick durch den Raum wandern. Neben dem Sofa und dem Tisch, an dem ich mir die Zehen gestoßen hatte, war das einzige andere Möbelstück ein Liegesessel, der aussah, als würde er sofort auseinanderfallen, wenn sich jemand darauf setzte. Außerdem gab es ein Bücherregal, das aber bis auf ein paar winzige Kakteen in kleinen Töpfen fast leer war. Das Einzige im Raum, das neu aussah, war der Flachbildfernseher, der direkt vor mir an der gegenüberliegenden Wand hing.

»Zucker, Sahne?«, rief Will.

»Nur Sahne.«

Ein Löffel klackerte in einer Tasse, die Kühlschranktür fiel zu, und dann kam Will mit zwei dampfenden Tassen aus der Küche. Er reichte mir eine und ließ sich dann auf den Liegesessel fallen. Erstaunlicherweise brach der Sessel nicht zusammen.

»Also«, sagte Will. »Was ist passiert?« Obwohl er noch nicht von seinem Kaffee getrunken hatte, wirkte er jetzt wacher.

Es hatte keinen Sinn, um den heißen Brei herumzureden. »Nathan liegt im Krankenhaus«, eröffnete ich ihm so gelassen wie möglich.

»Was?« Zum Glück hatte Will seinen Kaffee bereits abgestellt, sonst hätte er ihn sich vermutlich über den Schoß geschüttet. »Hat es auf der Ranch einen Unfall gegeben?«

»Nicht direkt«, antwortete ich. »Er hatte einen Anfall.« Als ich den Schrecken auf Wills Gesicht sah, fügte ich schnell hinzu: »Keine Sorge. Der Arzt hat gesagt, dass es ihm bald wieder gut gehen wird.«

Will schüttelte ungläubig den Kopf. »Aber wie ist das passiert?«

Ich zögerte. »Es hieß, er habe Epilepsie.«

»Aber … er ist so jung.«

»Ich glaube, das Alter hat damit nichts zu tun.«

»Ich weiß, es ist nur …« Ihm versagte die Stimme und er vergrub das Gesicht in den Händen.

»Es tut mir so leid, Will.«

Er blieb so lange still, dass ich erschrocken zusammenfuhr, als er plötzlich aufstand und der Liegesessel ein gequältes Quietschen von sich gab. »Sind die anderen noch im Krankenhaus?«, fragte er.

»Ja, ich glaub schon.«

»Okay, alles klar.« Er griff sich ein Schlüsselbund vom Tisch. »Ich muss nur schnell ein anderes Hemd anziehen und dann – Moment, warte mal«, sagte er und hielt inne, um mich anzusehen. »Warum bist du nicht dort? Wie bist du überhaupt hergekommen?«

Ich wand mich unter seinen Fragen. »Ich … ich bin hergelaufen.«

»Warum denn das?«, fragte er. Ich wandte den Blick ab und blieb lange still. Auf keinen Fall würde ich Will erzählen, was Lee mir an den Kopf geworfen hatte. »Jackie, ist alles in Ordnung?«

Ich seufzte. »Ich bin aus dem Krankenhaus weg, weil ich den Gedanken nicht ertragen konnte, dass Nathan verletzt ist«, sagte ich dann. »Es hat mich an meine Familie erinnert, an …«

»An den Unfall«, beendete Will meinen Satz flüsternd.

»Ja.« Das war nicht gelogen. Als Cole Nathan bewusstlos in die Küche gebracht hatte, hatte mich die Angst umgehauen, noch jemanden zu verlieren, der mir wichtig war.

»Oh Gott, Jackie. Es tut mir so leid.«

Dann weinte ich, ein schweres Schluchzen, das mir die Brust zuschnürte und im Hals wehtat. Ich weinte wegen so vieler Dinge: wegen des leeren, achtlosen Ausdrucks, den ich auf Marys Party in Coles Augen gesehen hatte, und wegen des niedergeschmetterten Ausdrucks in Alex' Augen, als er mich mit seinem Bruder gesehen hatte; wegen Nathans Unfall, Lees grausamen Worten, des Verlusts meiner Familie und meines Zuhauses. Und ich weinte, weil ich wusste, dass nicht ich es war, die weinen sollte. Will war derjenige, der gerade erfahren hatte, dass sein Bruder im Krankenhaus lag, aber er saß immer noch an meiner Seite und versuchte, mich zu trösten.

»Schscht, Jackie. Es wird alles wieder gut.«

Ich konnte mir nicht vorstellen, wie.

Ich musste mich in den Schlaf geweint haben. Als ich die Augen öffnete, klebten mir die Haare im Gesicht, und ich spürte die getrockneten Tränen auf meinen Wangen. Mein Nacken war steif, weil ich auf dem Sofa gelegen hatte. Ich wusste, dass ich noch bei Will war, aber die Wohnung war wieder dunkel, und ich konnte nichts sehen.

»Will?«, rief ich schwach.

»Er ist im Krankenhaus.«

Die Lampe neben dem Sofa ging an, und ich sah Cole, der in dem Liegestuhl saß. Er hatte Ringe unter den Augen und seine Haare standen wirr nach allen Seiten ab.

»Was tust du hier?«, fragte ich. Bei seinem Anblick wurde ich wieder ganz traurig.

»Will wollte Nathan besuchen, aber er wollte dich nicht allein lassen, deshalb hat er mich angerufen.«

Ich ließ mich wieder auf das Sofa sinken, damit ich ihn nicht anzusehen brauchte. Will musste mich zugedeckt haben, nachdem ich eingeschlafen war, und ich zog mir die Decke jetzt bis zum Kinn hoch. »Aber warum bist *du* hier?«, formulierte ich meine Frage neu.

»Weil ich mir Sorgen um dich gemacht habe.«

Ich zwang mich zu einem Lachen. »Bitte, du brauchst nicht zu lügen.«

»Warum sollte ich dich anlügen?«

»Cole, hör auf, so zu tun, als hätte es den gestrigen Abend und *alles*, was auf der Party passiert ist, nicht gegeben«, entgegnete ich. »Ich bin im Moment nicht in der Stimmung für deinen Mist.«

Er seufzte. »Ich weiß.«

»Gut. Dann wirst du verstehen, dass ich allein sein will.«

»Jackie, bitte, hör mir zu«, sagte er kaum hörbar, beinahe so, als litte er genauso sehr wie ich. Ich biss die Zähne zusammen und ignorierte ihn. »Ich bin hergekommen, um mich zu entschuldigen. Und um dich nach Hause zu bringen.«

Ich blieb still und dachte nach. Konnte ich das Haus der

Walters wirklich Zuhause nennen? Einige Wochen lang hatte es sich so angefühlt, aber nach dem, was auf der Party passiert war, und jetzt mit Lee, wusste ich, dass es das nicht war.

»Jackie, bitte, sag was.«

»Warum sollte ich mit dir irgendwo hinfahren?«, antwortete ich schließlich. »Ich hab das zwei Mal gemacht – und zwei Mal hat es beschissen geendet.«

»Okay, ich weiß, dass ich vielleicht deine Gefühle verletzt habe, aber …«

»Vielleicht?«, fragte ich scharf und richtete mich auf, um ihn anzufunkeln. Irgendetwas presste hart von innen gegen meinen Brustkorb, und ich kniff die Augen zusammen, um nicht zu explodieren. »Ich habe meine Familie verloren, ich bin ans andere Ende des Landes gezogen, um bei Fremden zu leben, und wurde dort von Leuten wie dir wie Scheiße behandelt, und du glaubst, meine Gefühle könnten *vielleicht* verletzt worden sein?«

Statt um sich zu schlagen, wie ich es erwartet hatte, ließ Cole den Kopf hängen. »Es tut mir leid«, murmelte er.

»Was?«, fragte ich und legte eine Hand ans Ohr. »Ich kann dich nicht hören.«

»Es tut mir leid. Ich war ein Mistkerl.«

»Oh, ein Mistkerl?«, fuhr ich ihn an. Wenn das seine Entschuldigung sein sollte, dann machte er es sich zu leicht. »Sei nicht zu streng mit dir, Cole.«

Coles Nasenflügel weitete sich, aber er hielt seine Wut im Zaum. »Hey, ich versuche hier, mich zu entschuldigen, okay?« Als ich nicht reagierte, holte er tief Luft. »Ich war wahrscheinlich einfach eifersüchtig«, sagte er schließlich und sah auf den Teppich.

»Eifersüchtig?«, wiederholte ich.

»Ja.« Er klang zögerlich, als sei er sich seiner Antwort nicht sicher. Dann sprach er weiter: »Auf Alex.«

»Was ist mit Erin, Olivia, all den Mädchen?«

»Genau das ist es ja.« Cole ballte frustriert die Fäuste. »Ich mag keines dieser Mädchen. Es ist einfach … ich weiß auch nicht. Ich habe das Gefühl, dass meine Freunde ganz klare Vorstellungen davon haben, wer ich bin und wie ich zu sein habe. Und auf der anderen Seite ist da Alex, dem alles einfach so zufällt.«

Ich lachte. »Dem unbeholfenen Alex fällt alles zu und Superstar Cole geht leer aus?«, gab ich hart zurück.

»Ja«, bestätigte er und sah mir direkt in die Augen. »Wenn es um Beziehungen geht, ist es so. Er verhält sich einfach so, wie er ist, und alles läuft perfekt.«

»Perfekt?«, fragte ich. »Du meinst wie mit Mary?«

»Hör zu.« Cole hob die Hände. »Ich weiß, dass ich ein Arsch sein kann, aber du musst mir glauben, dass ich Alex niemals so etwas antun würde. Sie hat mir erzählt, *er* habe mit *ihr* Schluss gemacht. Sobald mir klar wurde, dass es anders herum war, habe ich sie in die Wüste geschickt.«

Ich wusste nicht, was ich zu alldem sagen sollte.

»Jackie«, fuhr Cole fort. »Ich hätte dich und deine Gefühle da nicht hineinziehen sollen, aber ich habe gesehen, wie nah ihr beide euch gekommen seid, du und Alex, und ich wollte einfach nicht …« Er zögerte und versuchte, die richtigen Worte zu finden. »Ich war egoistisch und hatte Angst davor …«

»Allein zu sein?«, beendete ich seinen Satz für ihn.

»Ja«, bestätigte Cole nickend. »Ich hatte Angst davor, allein zu sein.«

»Willkommen in meinem Leben«, sagte ich traurig.

KAPITEL 13

Cole brauchte eine halbe Stunde, um mich zu überreden, Wills Wohnung zu verlassen. Auf der Rückfahrt zur Ranch erkundigte ich mich nach Nathan.

»Es geht ihm ganz gut«, sagte Cole und wandte den Blick von der Straße ab, um mich anzusehen. »Er hat nach dir gefragt.«

Darauf erwiderte ich nichts. Ich fühlte mich schuldig, weil ich nicht für Nathan da gewesen war.

»Ich kann dich morgen zu ihm bringen, wenn du willst.«

»Klar«, gab ich knapp zurück. Ich war immer noch stinksauer auf ihn und hatte keine Lust auf Small Talk – und zum Streiten fehlte mir die Energie. Als der Laster endlich mit einem Ruck in der Einfahrt der Walters zum Stehen kam, riss ich die Tür auf und schoss aus dem Wagen.

»Warte, Jackie!«, rief Cole, aber ich raste bereits die Treppe hinauf.

Ein Teil von mir wollte in Alex' und Nathans Zimmer gehen. In den letzten Wochen war der halb chaotische, halb ordentliche Raum der Ort gewesen, an dem ich die meiste Zeit verbracht hatte. Das Zimmer der beiden war zu einer Art Refugium für mich geworden, und die Poster an den Wänden waren mir so vertraut wie das Wandgemälde in meinem eigenen Zimmer. Aber Alex würde dort sein und er war wahrscheinlich immer noch sauer auf mich. Eigentlich wollte ich einfach nur allein sein.

Größtenteils ließen die Walters mich in Ruhe. Alle bis auf Katherine kamen mittags aus dem Krankenhaus nach Hause, doch im Haus blieb es still. Immer noch geschockt von Nathans Unfall, war keiner der Jungs so wild wie üblich. Irgendwann im Laufe des Nachmittags klopfte Parker an meine Tür, weil sie Jack und Jordan suchte, aber auch sie war nicht in der Stimmung, mir ihr gefürchtetes höhnisches Grinsen zu schenken.

Ich ging weder zum Mittagessen noch zum Abendessen runter in die Küche. Gegen sieben klopfte es an meiner Tür, und bevor ich etwas sagen konnte, schob Alex sie mit der Schulter auf. Er trug ein Tablett mit einer Schüssel Tomatensuppe und einem gegrillten Käsesandwich.

»Hast du Hunger?«, fragte er und deutete auf das Essen.

Obwohl ich überrascht war, ihn zu sehen, rührte ich mich kaum. Die Ereignisse des Tages hatten mich ausgelaugt und ich brachte nicht mehr als ein Achselzucken zustande. Mein Magen fühlte sich leer an, aber nicht weil ich etwas zu essen brauchte.

»Also, darf ich reinkommen?«

»Von mir aus.«

Alex durchquerte vorsichtig den Raum, damit er die Suppe nicht verschüttete. Nachdem er das Tablett auf meinen Schreibtisch gestellt hatte, trat er neben mein Bett, die Hände tief in seine Hosentaschen vergraben. Er öffnete den Mund, als wolle er etwas sagen, schloss ihn dann aber wieder, als habe er es sich anders überlegt. Ganz offensichtlich rang er mit sich, wie er am besten ein Gespräch in Gang bringen könnte, aber ich würde ihm nicht helfen. Ich blieb stumm und sah ihn an.

Schließlich sagte er: »Jackie, es tut mir wahnsinnig leid.« Alex sah genauso mitgenommen aus, wie ich mich fühlte. Alle Farbe war aus seinem Gesicht gewichen und irgendwie glaubte ich ihm deshalb. Trotzdem konnte ich meine Überraschung nicht verbergen.

»Zwei Entschuldigungen an einem Tag? Wer bewirkt denn hier solche Wunder?« Mein Sarkasmus war so nicht beabsichtigt gewesen, trotzdem aber durchaus berechtigt. Beide Jungs verhielten sich komplett widersprüchlich – gestern hatten sie mich gehasst, und jetzt wollten sie meine Vergebung.

Alex' Schultern versteiften sich. »Nathan«, antwortete er.

»Wirklich? Erzähl mal.« Es fiel mir schwer, das zu glauben. Schließlich hatte er gerade einen epileptischen Anfall hinter sich.

»Als ihm klar wurde, dass du nicht im Krankenhaus warst, ist er wütend geworden. Er hat darum gebeten, Cole und mich allein sprechen zu dürfen, und dann hat er uns angebrüllt«, berichtete Alex. »Richtig laut. Eine der Krankenschwestern hatte beinahe eine Panikattacke, als sie ihn so schreien hörte.«

Es fiel mir nicht ganz leicht, mir Nathan vorzustellen, wie er mit einer Infusion im Arm in seinem Krankenbett saß und seine Brüder anbrüllte. Als es mir gelungen war, verzog ich zufrieden die Lippen. »Und was hat Nathan gesagt?«

Inzwischen leuchtete Alex' Gesicht dunkelrot. »Dass ich ein kompletter Idiot sei, wenn ich tatsächlich dächte, dass du versucht hättest, mir wehzutun«, murmelte er.

»Ziemlich präzise für jemanden mit einer Kopfverletzung«, sagte ich. Höflichkeiten interessierten mich gerade nicht, und die Tatsache, dass Alex Coles Aufführung so bereitwillig geglaubt hatte, machte mich schon wieder wütend. Hielt er mich wirklich für so grausam?

»Es tut mir leid.« Er ließ den Kopf hängen. »Ich weiß, es ist keine gute Entschuldigung, aber ich war schon ziemlich sauer, dass du nicht mit mir zu der Party gekommen bist, und obendrein hatte ich getrunken. Dann bist du ganz plötzlich mit ihm aufgetaucht und ich konnte einfach nicht mehr klar denken.«

»Weißt du, was das Einzige war, woran ich gedacht habe, als Cole mich zu dieser Party geschleppt hat?« Ich redete jetzt, ohne viel darüber nachzudenken, was ich sagte.

»Nein«, antwortete Alex zögernd. »Was?«

»Was wird Alex denken?«

»Willst du, dass ich mich noch schlechter fühle?«

»Nein«, erwiderte ich und versuchte, einfühlsamer zu klingen. »Ich will nur, dass du weißt, dass es so war.«

»Das was so war?«

»Dass ich an dich gedacht habe.«

Die Wahrheit war, dass seit unserem Kuss der Gedanke

an Alex meinen Magen flattern ließ. Das Frustrierende daran war, dass ich nicht dahinterkam, *warum*. Es ließ sich nicht leugnen, dass Alex gut aussah – er hatte ein unwiderstehliches Lächeln, das man sofort erwidern musste –, aber ich hatte nie das Gefühl, mein ganzer Körper stehe in Flammen. So, wie es in der Nähe einer gewissen anderen Person der Fall war. Außerdem war Alex fürsorglich und verlässlich. Bei ihm hatte ich das Gefühl, ihn schon mein ganzes Leben lang zu kennen, zu Hause zu sein.

»Ich hab mich fürchterlich benommen«, sagte er und schüttelte den Kopf, als könne er es selbst nicht fassen. Als ich nicht reagierte, sah er zu mir auf. »Kannst du mir verzeihen?«

»Ich verzeihe dir, Alex. Ich verstehe, dass du nicht absichtlich versucht hast, gemein zu mir zu sein. Du hast Cole und mich zusammen gesehen, und du hast gedacht, die ganze Sache mit Mary würde wieder passieren.«

Daraufhin fragte er: »Aber?«

»Aber es ist erst gestern passiert. Die Wunde ist noch ein bisschen frisch.«

»Stimmt«, sagte Alex und biss sich auf die Unterlippe. Wir schwiegen beide für einen Moment, dann kam plötzlich wieder Leben in ihn. »Kann ich versuchen, es wiedergutzumachen?«

»Das kommt drauf an«, antwortete ich mit einem winzigen Lächeln. »Was schwebt dir denn vor?«

»Nachdem wir aus dem Krankenhaus zurückgekommen waren, bin ich in die Bibliothek gegangen«, berichtete er und nahm eine DVD vom Tablett, die ich noch nicht entdeckt hatte. »Nach der Party gestern Nacht konnte ich nicht schlafen, deshalb habe ich *Ein Sommernachtstraum* zu Ende gelesen. Ich habe mir eine der Verfilmungen ausgeliehen, weil ich dachte, wir könnten sie uns vielleicht zusammen ansehen.«

Er hatte sich tatsächlich Gedanken gemacht. »Ja, ich schätze, das könnten wir machen«, meinte ich und versuchte, nicht zu enthusiastisch zu klingen.

»Toll, wo ist dein Laptop?«

Alex brauchte nicht lange, um den Film zu starten und sich auf mein Bett zu setzen. Während des ersten Aktes war er immer noch ziemlich angespannt. Als ich versehentlich gegen seine Schulter stieß, wurde sein ganzer Körper steif. Aber nachdem die Handlung in Gang gekommen war, entspannte er sich. Am Ende des Films lag mein Kopf auf seiner Brust.

»Und, wie fandest du ihn?«, fragte ich, als der Abspann lief.

»Hmm?« Alex' Finger wanderten durch mein Haar, und jedes Mal, wenn er Luft holte, spürte ich, wie seine Brust sich hob und senkte.

»Hat dir der Film gefallen?«

»Ehrlich gesagt«, sagte er und ließ seine Hand blieb liegen, wo sie war, » habe ich nicht so genau zugeschaut.«

»Was?« Ich richtete mich auf, damit ich ihn ansehen konnte. »Warum nicht?«

»Weil ich abgelenkt war«, erwiderte er. Bevor ich ihn

fragen konnte, was das war, fuhr er fort: »Kann ich dich was fragen?«

Mit besorgter Miene streckte er die Hand aus, berührte meine Haare und schob mir meine Ponyfransen hinters Ohr. Ich spürte die Schwielen an seinen Fingern, als sie über meine Haut glitten, und bekam Gänsehaut. Ein Teil von mir wusste, was er sagen würde. Mit einem Nicken bejahte ich seine Frage, und ich fühlte, wie mein Herz in meiner Brust zu hämmern begann. Ich war mir sicher, dass er es hören konnte, so still war es in meinem Zimmer.

»Jackie«, begann er mit ernster Stimme, als hielte er eine wichtige Rede. Ich sah auf seine Lippen, als er meinen Namen sagte. Im Licht meines Zimmers sahen sie weich und voll aus und meine Gedanken wanderten zurück zu jenem anderen Tag, als Cole uns überrascht hatte … »Ich weiß, es ist eine dumme Frage, aber ich muss es trotzdem versuchen. Auf der Party, als ich dich bei Cole habe stehen sehen, war ich nicht wirklich wegen dir sauer. Ich war sauer auf mich selbst, weil ich dachte, Cole sei mir zuvorgekommen.«

»Ich verstehe die Frage nicht.«

»Warte, kommt gleich.« Er holte tief Luft. »Was ich sagen will, ist, dass ich dich das schon neulich hätte fragen sollen – du weißt schon, an dem Tag, an dem wir Mario Kart gespielt haben.« Er zögerte wieder und sein Gesicht wurde rot. Dann sagte er schnell: »Jackie, willst du meine Freundin sein?«

Da war sie, die Frage, vor der ich mich seit unserem Kuss

gefürchtet hatte, weil ich nicht wusste, wie ich darauf antworten sollte. Aber jetzt, da ich sie gehört hatte, wusste ich plötzlich, wie ich mich entscheiden würde. Alex' Gegenwart hatte etwas so Beruhigendes. Bei ihm brauchte ich nicht auf der Hut zu sein. Gestern Abend auf der Party hatte ich gedacht, ich hätte das verloren, und jetzt würde ich es nicht wieder aufgeben.

Ich antwortete ihm mit meinen Lippen.

Am nächsten Morgen schlich ständig Parker um mich herum. Normalerweise bemühte sie sich, mir aus dem Weg zu gehen, und verließ manchmal sogar das Zimmer, wenn ich hereinkam, doch heute hatte sie sich beim Frühstück direkt neben mich gesetzt. Während ich im Bad war und meine Haare zu zähmen versuchte, kam sie herein und putzte sich zehn Minuten lang die Zähne. Später am Tag zog ich einfach mal testweise meine Zimmertür auf und fand sie im Flur, wo sie einfach rumlungerte.

Ich verschränkte die Arme vor der Brust und zog eine Augenbraue hoch. »Was führst du im Schilde, Parker?«

Sie grinste und zwei Grübchen erschienen auf ihren Wangen. »Ich warte.«

»Worauf?«, fragte ich.

»Auf Coles Rache«, war ihre einzige Antwort, und ich hatte keinen Schimmer, was sie meinte. Dann hörte ich das Geschrei. »Oh Mann«, beklagte Parker sich, als sie die wütenden Rufe hörte. »Ich hatte gehofft, er würde seine Wut an dir auslassen, nicht an Alex.«

Sie rannte die Treppe hinunter auf das Stimmengewirr zu, und ich beeilte mich, ihr zu folgen. Aber als wir das Wohnzimmer erreichten, zog George Cole und Alex bereits auseinander.

»Was ist los mit euch beiden?«, fragte er und funkelte seine beiden Söhne an. Er hatte sie beide fest am T-Shirt gepackt und hielt sie mit ausgestreckten Armen auseinander. Alex hatte eine blutige Lippe und ein selbstgefälliges Lächeln auf dem Gesicht, während Cole so aussah, als würde er gleich explodieren.

»Er hat angefangen«, verteidigte sich Alex. »Ist total durchgedreht und hat mich aus heiterem Himmel einfach angegriffen. Keine Ahnung, was ich ihm getan habe.« Seinem Tonfall nach zu urteilen, stimmte das offensichtlich nicht.

»Und?«, fragte George und wandte sich an Cole. »Ist das wahr?«

»Der Typ führt sich auf, als wäre er sonst wer.«

»Und das reicht als Grund, deinen Bruder zu schlagen? Cole, ich weiß nicht, was in letzter Zeit in dich gefahren ist«, sagte George und schüttelte den Kopf. »Wenn das noch einmal vorkommt, wirst du für den nächsten Monat die Pferdeställe ausmisten. Hast du mich verstanden?«

Cole nickte und damit ließ George beide Jungen los. Als er weg war, baute Cole sich gleich wieder vor Alex auf. »Du findest dich jetzt richtig cool, was?«, zischte er. »Denk dran, dass du nur die erste Runde gewonnen hast. Wir wissen beide aus Erfahrung, dass du letztlich doch immer den Kürzeren ziehst.«

Das Grinsen auf Alex' Gesicht gefror und ich sah etwas Düsteres in seinen Augen aufblitzen.

»Jungs?«, fragte ich zögernd. Kaum hatte ich etwas gesagt, war Cole auch schon ohne ein weiteres Wort aus dem Zimmer gestürmt.

»Ha!«, hörte ich Lee sagen.

Ich drehte mich um und sah den Großteil der Walter-Jungs hinter mir versammelt.

»Scheiße«, zischte Isaac. »Damit habe ich nicht gerechnet.«

»Verloren«, gab Lee zurück. »Her mit der Kohle.«

Isaac wühlte in seiner Tasche nach seinem Portemonnaie. Er zog einen Zwanziger heraus und klatschte ihn seinem Bruder mit finsterer Miene in die Hand. Neben den beiden stand Danny, auf dessen für gewöhnlich ausdruckslosem Gesicht sich Überraschung abzeichnete. Irgendwie hatte ich deshalb das Gefühl, dass der Streit der Brüder meine Schuld gewesen sein könnte. Obwohl ich einen Druck auf meiner Brust spürte, gab ich mir einen Ruck und sprach Danny an.

»Was war das denn jetzt?«, flüsterte ich.

Danny schüttelte den Kopf, und ich befürchtete schon, dass er mir nichts sagen würde, doch dann packte er mich am Ellbogen und zog mich auf die Terrasse, wo man uns nicht hören konnte. Er erzählte mir, dass Alex am vergangenen Abend vor allen außer Cole damit geprahlt hätte, dass ich jetzt seine Freundin sei. Es war, als hätte er vorsätzlich versucht, seinen älteren Bruder zu provozieren. Als Cole dann am Morgen davon erfuhr, bekam Alex die Reaktion, auf die er es angelegt hatte.

Cole schäumte vor Wut und verbrachte den Rest des Sonntags in der Garage, um an seinem Wagen zu arbeiteten.

Am nächsten Tag in der Schule war Alex nicht besser. Nach dem Anatomie-Unterricht gingen wir gemeinsam aus dem Klassenzimmer. Bei seinem Schließfach angekommen, küsste er mich heftig, seine Hand fest an meinem Rücken, damit er mich an sich pressen konnte. In dem Moment dachte ich, seine Gefühle wären mit ihm durchgegangen, aber als er seine Lippen von meinen löste, ertappte ich ihn dabei, wie er über meine Schulter schaute. Ich folgte seinem Blick und sah Mary, umringt von ihren Freundinnen und mit einem mörderischen Ausdruck in den Augen.

Das Mittagessen war eine Katastrophe. Kaum hatten wir uns hingesetzt, bombardierten Riley, Heather und Skylar Alex und mich mit Fragen. Die dreißig Minuten Mittagspause glichen einem Verhör. Alex schien das nichts auszumachen, aber mir wäre es deutlich lieber gewesen, wenn unsere Beziehung nicht Tagesthema Nummer eins gewesen wäre. Kim, die Einzige, bei der ich mich darauf verlassen konnte, dass sie sich normal benehmen würde, tauchte überhaupt nicht auf.

Nach der Schule war ich so erschöpft, dass ich mich kurz hinlegte, etwas, das normalerweise nicht zu meinen Gewohnheiten gehörte. Am Ende schlief ich so lange, dass ich am Abend nicht einschlafen konnte. Als es weit nach Mitternacht an meiner Tür klopfte, lag ich immer noch hellwach und mit offenen Augen im Bett.

»Jackie, bist du noch wach?«, flüsterte Alex und spähte herein.

Ich nuschelte ein undeutliches Ja.

»Darf ich reinkommen?«. Seine Stimme war jetzt noch leiser.

»Ja, natürlich«, antwortete ich und richtete mich auf. »Was ist?«

Er zog die Tür leise hinter sich zu und kam auf Zehenspitzen zu meinem Bett herüber.

»Hast du irgendwelche schwarzen Klamotten?«, fragte er dann.

»Irgendwo in meinem Schrank«, antwortete ich und nickte. »Warum?«

»Such sie mal raus«, sagte er mit einem Grinsen auf seinem Gesicht.

»Weshalb?«, fragte ich, ging aber trotzdem zu meinem Schrank. Ich durchwühlte meine langärmeligen Shirts, bis ich meinen alten Hawks-Pullover fand, auf dessen Brusttasche mein Name eingestickt war.

»Die Jungs haben alle abgestimmt, und wir haben beschlossen, dich bei unserem kleinen Ritual zum Schuljahresabschluss mitmachen zu lassen.«

»Und das wäre?«, fragte ich, während ich in eine schwarze Hose stieg.

»Wir dekorieren das Haus des Direktors mit Toilettenpapier.«

»Pst«, flüsterte Isaac, als alle sich später in sein und Lees Zimmer zwängten. Alex erklärte mir, dass sich das Zimmer seiner Cousins am besten als Ausgangspunkt für inoffizielle nächtliche Exkursionen eignete, weil direkt vor dem Fenster eine riesige Eiche stand.

»So, hat jeder sein Toilettenpapier?«, fragte Cole und sah von einem zum anderen – mich ließ er aus.

»Jawoll«, antwortete Danny und hielt grinsend eine Rolle hoch. »Ich habe mir außerdem diese Schachtel mit Plastikgabeln geschnappt, die Mom für unsere Abschlussparty besorgt hat. Damit können wir den Garten umgraben.«

»Wahnsinn!«, sagte Lee und klatschte seinen Cousin ab.

»Hey, Jackie, was zum Geier ist das auf deinem Gesicht?«, flüsterte Alex und sah mich an.

»Kriegsbemalung«, gab ich zurück und zog einen schwarzen Eyeliner aus meiner Tasche. »Willst du auch?«

»Scheiße, ja.« Er grinste. Ich zog die Kappe mit einem Plopp von dem Stift ab und malte ihm vorsichtig zwei schwarze Linien unter beide Augen.

»Hey«, sagte Isaac und sah uns an. »Ich will auch Kriegsbemalung!«

»Okay«, antwortete ich lächelnd. »Sonst noch jemand?«

Alle nickten und warteten geduldig, bis sie an der Reihe waren. Alle bis auf Cole.

»Das ist so lahm«, erklärte er, als ich fragend den Stift in seine Richtung hielt. Ich packte den Stift wieder ein und wandte mich von Cole ab.

»So, Leute«, begann Isaac und versuchte, das peinliche Schweigen zu überbrücken. »Den Baum runter und rein in den Laster.«

Danny nickte, schob das Fenster auf und kletterte hinaus.

»Schau zu, wie er es macht«, sagte Alex und deutete auf seinen Bruder, der geschickt und vorsichtig den Baum hinabkletterte.

»Okay, der Nächste!«, rief Danny flüsternd, als er unten war.

Cole kletterte schnell aus dem Fenster, gefolgt von Lee und dann Isaac.

»Bist du so weit?«, fragte Alex mich, als ich vor das Fensterbrett trat. Ich spürte die kühle Nachtluft und zog den Reißverschluss meiner Jacke hoch.

»Glaub schon«, sagte ich nervös.

»Keine Sorge. Es ist ganz einfach«, beruhigte er mich. Ich nickte und streckte einen Fuß aus dem Fenster. Dann zog ich mich hoch und hielt mich vorsichtig an einem Ast fest. »Gut so. Mach weiter«, sagte Alex.

Mit einem tiefen Atemzug trat ich vom Fensterbrett und klammerte mich an den Baum. Langsam ließ ich den linken Fuß auf einen tiefer liegenden dicken Ast sinken.

»Wir haben nicht die ganze Nacht Zeit«, brummte jemand von unten. Es klang nach Cole.

»Ignorier ihn«, flüsterte Alex. »Er ist einfach sauer.«

Alex half mir den Baum hinunter, indem er mir erklärte, wohin ich die Füße stellen musste. Als ich endlich im weichen Gras landete, beeilten wir uns, den anderen hinterherzukommen, die schon auf dem Weg zum Laster waren.

»Hat ja lange genug gedauert«, nörgelte Cole, während Alex gerade seine Großpackung Toilettenpapier auf die Ladefläche wuchtete.

»Halt einfach die Klappe, Cole«, erwiderte Alex und sah seinen Bruder finster an.

»Könntet ihr zwei mal für eine Minute chillen?«, ging Isaac dazwischen. »Ihr könnt weiterstreiten, wenn wir wieder zu Hause sind, aber ich würde jetzt gern erst mal loskommen.«

Cole und Alex funkelten einander an, sagten aber nichts mehr.

»Wir müssen den Laster bis zur Straße schieben«, sagte Danny.

»Schieben?«, fragte ich überrascht. Ich stellte mir das nicht gerade einfach vor.

»Ja, Mom hört alles«, erklärte er. »Also Leute, wir kommen hier erst weg, wenn die Karre auf der Straße ist. Alle Mann in Anschieb-Formation hinter Fox!«

»Fox?«, fragte ich mit einer hochgezogenen Augenbraue.

»Ja«, bestätigte Isaac grinsend. »Unser Laster ist heiß – wie Megan Fox.«

Ich verdrehte die Augen, während die meisten der Jungs versuchten, sich das Lachen zu verkneifen.

»Also schön, Leute. Eins, zwei, drei!«, kommandierte Cole.

Alle schoben, und wir brauchten nur wenige Minuten,

um Megan die lange Einfahrt der Walters hinunterzuschieben.

»Yeah!«, rief Alex, sobald der Laster auf der Straße war. »Auf geht's.«

Alle stiegen ein, Cole ließ den Wagen an, und dann machten wir uns auf in die Nacht.

»Okay. Isaac, Danny, ihr geht in den Garten«, sagte Cole und warf die schwarze Reisetasche auf den Boden. Mit einem schnellen Ruck zog er den Reißverschluss auf und warf ihnen Toilettenpapierrollen zu. Wir standen draußen vor Direktor McHales dreistöckigem Haus. Es war weit genug von der Straße weg, und die vielen Bäume sorgten für gute Deckung. Sicherheitshalber hatte Cole den Laster trotzdem eine Seitenstraße entfernt geparkt.

»Das Haus ist riesig«, flüsterte ich Alex zu. »Und die vielen Bäume.«

Alex nickte und grinste. »Es eignet sich perfekt für unsere Zwecke.«

»Seid nicht so laut«, zischte Cole und sah mich an.

»Na schön, Chef. Gib mir was zu tun«, verlangte Alex.

Cole warf ihm den Kasten mit den Gabeln hin. »Irgendjemand muss mit der Gabel den Rasen bearbeiten.«

»Ich gehe mit«, erklärte ich und hakte mich bei Alex unter. Ich wollte nicht allein mit Cole und Lee zurückbleiben.

»Hiergeblieben«, widersprach Cole und hielt mich am Arm fest. »Ich habe die perfekte Aufgabe für dich.«

Einige Minuten stand ich mit Cole hinter dem Haus der

McHales' und blickte mit offenem Mund zum Balkon hinauf.

»Das tu ich nie und nimmer«, erklärte ich und verschränkte die Arme vor der Brust. »Du bist ja nicht ganz dicht.«

»Wir brauchen jemand Leichtes dafür«, entgegnete Cole. »Normalerweise macht Nathan das, aber er steht ja leider vorübergehend nicht zur Verfügung ...«

»Gib schon her!« Ich riss ihm die Rolle aus der Hand.

»Braves Mädchen«, sagte Cole und kniff mir in die Wange.

»Du bist so ein ...«, gab ich zurück, dann drehte ich mich schnell um und legte eine Hand ans Rosengitter.

»Pass bloß auf, dass es nicht bricht«, belehrte er mich, als ich mich zum Test vorsichtig auf den untersten Holzbalken stellte. Als ich mir sicher war, dass er meinem Gewicht standhalten würde, begann ich mit dem Aufstieg. War gar nicht so viel anders, als eine Leiter hochzuklettern.

»Au!«, brüllte ich, als mir ein Rosendorn in den Finger stach.

»Sei still!«, zischte Cole von unten. »Willst du geschnappt werden? Das da oben ist ihr Schlafzimmerbalkon.«

»Ja, ich weiß. Das hast du mir schon ungefähr fünfzig Mal gesagt«, flüsterte ich und saugte den kleinen Blutstropfen von meinem Finger. »Es wäre schön gewesen, wenn auch noch ein Paar Handschuhe drin gewesen wäre.«

»Hör auf zu jammern, und sieh zu, dass du nach oben kommst«, schoss er zurück.

Ich biss die Zähne zusammen und verkniff mir eine Antwort. Als ich es endlich bis nach oben geschafft hatte, zog ich mich leise über das Geländer. Vor der gläsernen Schiebetür zum Schlafzimmer hing ein Vorhang, aber trotzdem begann mein Herz zu hämmern. Ich hatte das Gefühl, alle im Haus könnten mich sehen und hören, deshalb beeilte ich mich, das Toilettenpapier zu verteilen.

»Du musst es unbedingt um das Geländer wickeln«, rief Cole zu mir herauf.

»Bla, bla«, murmelte ich vor mich hin. Wenn er es so genau nahm, hätte er die Sache vielleicht selbst erledigen sollen. Ich hätte ihn nicht daran gehindert.

»Jackie? Hast du mich gehört? Denk an das Geländer.«

Ich streckte den Kopf über das Geländer und salutierte.

Nachdem ich mein Werk vollbracht hatte, trat ich einen Schritt zurück, um es zu bewundern. Keine gute Idee. Ich trat auf meine Reserverolle Toilettenpapier, verlor das Gleichgewicht und fiel gegen die Balkontür. So leise wie möglich versuchte ich, mich wieder hochzurappeln. Mein Herz hämmerte wie verrückt. Ich hielt den Atem an und lauschte. Hatte mich jemand gehört? Direktor McHale schlief wahrscheinlich gerade nur wenige Meter von mir entfernt.

Als nichts geschah, ließ ich langsam die Luft aus meinen Lungen. Und dann durchschnitt das schrille Plärren einer Sirene die Nacht. Das Haus hatte eine Alarmanlage! Für einen Moment konnte ich mich nicht bewegen. Dann hörte ich Stimmen von unten.

»Was zur Hölle, Cole?«, rief Lee. »Was tut sie da oben?«

»Jackie! Komm runter!«, überschrie Alex den Lärm der Alarmanlage. Das half mir aus meiner Schockstarre – ich schwang mich über das Balkongeländer und begann, das Rosengitter wieder hinunterzuklettern.

»Komm schon, schneller«, hörte ich irgendjemanden rufen.

Ich war fast auf dem Boden angelangt, als mich plötzlich etwas nach oben zog. Der Ärmel meines Pullovers hatte sich im Rosengitter verfangen.

»Jackie, wir müssen weg hier!«, rief Isaac.

»Ich kann nicht. Ich sitze fest!«, rief ich und versuchte verzweifelt, meinen Ärmel loszubekommen.

»Was ist da draußen los?«, rief eine tiefe Stimme von oben.

»Zieh ihn einfach aus«, hörte ich Alex rufen.

Ich versuchte es, aber ich zitterte zu heftig und bekam den Stoff nicht richtig zu fassen. Plötzlich war Cole an meiner Seite und zerrte mir den Pullover über den Kopf.

»Komm schon«, sagte er und sprang auf den Boden.

»Aber mein Pullover«, protestierte ich und zog an einem herabhängenden Ärmel. »Ich bekomme ihn nicht los.«

»Lass ihn hier. Ich kaufe dir einen neuen.« Er packte meine Hand und zog mich in den Schutz der Bäume.

»Verdammte Kinder!«, brüllte jemand in die Nacht.

Wir spurteten aus dem Garten der McHales und rannten, so schnell wir konnten, die Straße runter. Als wir schließlich am Laster ankamen, war ich völlig außer Atem.

»Was zur Hölle hast du dir dabei gedacht?«, fuhr Alex

Cole an und stieß ihn gegen die Seite des Trucks. »Du hast das absichtlich gemacht. Du wolltest, dass sie geschnappt wird, oder?«

»Ist sie aber nicht«, gab Cole mit einem selbstgefälligen Lächeln zurück.

»Sie hätte gar nicht da oben sein dürfen!«, brüllte Alex. »Nur weil du eifersüchtig bist, bedeutet das nicht …«

»Moment mal!«, unterbrach ich die beiden. Mich beschlich ein seltsames Gefühl. »Ihr umwickelt den Balkon normalerweise gar nicht mit Toilettenpapier?«

»Bist du verrückt?«, rief Isaac. Danny schüttelte nur den Kopf. »Das ist doch Wahnsinn. Wir haben schließlich keine Lust, uns erwischen zu lassen.«

Ich hörte gar nicht mehr richtig hin. Mein Blick ruhte auf Cole, der die Stirn runzelte und genervt wirkte, als würden wir uns alle wegen nichts aufregen.

»Was hättest du für einen Grund, mich anzulügen?«, fragte ich ihn schließlich. Ich sprach leise und langsam, damit mir die Stimme nicht versagte. Die unglaubliche Enttäuschung über diesen Verrat schnürte mir fast die Kehle zu. Wenn Direktor McHale mich gesehen hätte, hätte das das Ende meiner Princeton-Träume und von allem, was damit zusammenhing, bedeuten können. Cole wusste, wie wichtig mir meine Schulausbildung und meine Zukunft waren, und hatte beides bewusst gefährdet. In mir breitete sich unsagbare Wut aus, dann durchzuckte mich eine schreckliche Erkenntnis. Nicht nur Cole hatte heute Nacht meine Zukunft aufs Spiel gesetzt – ich ebenso. Niemand hatte mich gezwungen, das Rosengitter hinaufzuklettern. Das hatte ich ganz allein getan. Was war in letzter Zeit bloß mit mir los? Noch nie zuvor in meinem Leben war ich so unbesonnen und leichtfertig gewesen.

Cole verschränkte die Arme vor der Brust. »Es war nur ein Scherz«, sagte er. »Hört auf, so zu tun, als sei jemand gestorben.«

Neben mir hörte ich Danny nach Luft schnappen. Ich fixierte Coles Gesicht und blickte forschend in seine eisigen Augen. Ich wollte wissen, ob er wirklich meinte, was er da gerade gesagt hatte. Wie konnte er so gefühllos sein?

»Das war total daneben«, brach Alex das Schweigen und trat vor Cole. »Entschuldige dich bei Jackie.«

»Komm, verpiss dich«, sagte Cole und tat seinen Bruder mit einer knappen Handbewegung ab.

»Entschuldige dich«, wiederholte Alex.

»Und wenn nicht? Was machst du dann?«

»Das«, gab Alex zurück und rammte seinem Bruder die Faust in die Nase.

Cole stolperte nach hinten und krachte seitlich gegen den Laster. Alex holte schon wieder aus, aber Isaac reagierte blitzschnell und hielt Alex am Arm fest, bevor er einen weiteren Treffer landen konnte. Bevor Cole wieder ganz bei sich war, ging Danny dazwischen und schlang die Arme um seinen Zwillingsbruder, um ihn zurückzuhalten.

Ich hätte diese Eskalation kommen sehen sollen. Er war lange überfällig gewesen. Alex und Cole hatten sich schon vor meiner Ankunft in Colorado immer wieder gestritten.

Und wegen mir schien jetzt der offene Krieg ausgebrochen zu sein.

»Lass mich los, verdammt.«, brüllte Cole und versuchte, sich von Danny loszureißen.

Es dauerte eine Weile, bis alle sich halbwegs beruhigt hatten. Die anderen schienen genauso wütend auf Cole zu sein wie er auf sie, und die meisten wollten ihn zu Fuß nach Hause gehen lassen. Glücklicherweise konnte ich sie davon abbringen. Ja – ich war unsagbar wütend auf Cole – was er gesagt hatte, war wie ein Schlag ins Gesicht gewesen –, aber ich wusste, dass alles noch viel schlimmer werden würde, wenn wir ihn hier so zurückließen. Schließlich zwängten wir uns alle wieder in den Laster, Danny übernahm das Steuer. Cole saß vorn, hielt die Hand an seine Nase und beschimpfte jeden, der versuchte, mit ihm zu sprechen. Ich saß hinten, so weit weg von ihm wie irgend möglich.

»Das war der Hammer«, bemerkte Isaac, der sich das Lachen kaum verkneifen konnte. »Das Beste an der ganzen Nacht. So viel hat Cole noch nie einstecken müssen.«

»Ja«, stimmte Danny zu. »Ich wünschte, ich hätte eine Kamera dabeigehabt.«

»Ihr haltet jetzt besser die Klappe, oder ihr werdet euch wünschen, niemals auch nur ein Sterbenswörtchen gesagt zu haben«, brummte Cole. Alle lachten. Ich nicht.

»Hey, Jackie, alles in Ordnung mit dir?«, flüsterte Alex mir ins Ohr. Ich schüttelte den Kopf. »Was ist los? Ich hätte Cole wahrscheinlich keine reinhauen sollen, aber geht es dir dadurch nicht zumindest ein klein wenig besser?«

»Mein Pullover ist noch dort.« Ich musste mich anstrengen, um meine Tränen zurückzuhalten. Auf der Heimfahrt war ich alles, was diese Nacht passiert war, noch mal in Gedanken durchgegangen. Und dabei war mir etwas eingefallen.

»Und?«, fragte Alex achselzuckend. »Ist doch bloß ein Pullover.«

Ich wandte mich Alex zu. Jetzt stiegen mir doch Tränen in die Augen. »Auf dem Pullover steht mein Name.«

KAPITEL 14

Am nächsten Morgen konnte ich schon durch meine geschlossenen Augenlider erkennen, dass die Sonne mit aller Kraft in mein Zimmer schien – es würde ein strahlender, sonniger Frühsommertag werden. Mit einem Stöhnen wälzte ich mich auf die andere Seite.

Mein Wecker ging. Ich ließ ihn schrillen und versuchte, mein Gehirn zur Arbeit zu überreden. Warum war ich so müde und warum tat mir alles weh? Dann sah ich meine schmutzigen Schuhe neben dem Schrank stehen und mit einem Schlag fiel mir alles wieder ein. Ich schlug so fest auf den Wecker, dass er ein paar Zentimeter davonhüpfte. Aufzustehen war das Letzte, wozu ich Lust hatte. Trotzdem stellte ich meine nackten Füße auf den kalten Holzboden, gab mir ein paar Sekunden, um einigermaßen wach zu werden, und tapste dann hinunter ins Badezimmer.

Frustriert von Cole, mir selbst und allem anderen drückte ich ein wenig zu fest auf die Zahnpastatube, sodass eine Wulst blauer Creme im Waschbecken landete.

»Verdammt«, murmelte ich genervt, und versuchte, die verschwendete Zahnpasta mit Wasser wegzuspülen.

Während ich mir die Zähne putzte, dachte ich an den bevorstehenden Tag. Ich war mir sicher, dass man mich ins

Direktorat rufen würde. Die Sekretärinnen würden mich mit kritischen Blicken mustern. Dann würde man mir mit einer stummen Handbewegung zu verstehen geben, dass der Herr Direktor mich jetzt zu sprechen wünsche. Hinter einem großen Holzschreibtisch würde er sitzen, meinen schwarzen Pullover in der Hand. Meine Zukunft war ruiniert.

Es tut mir leid, Mom.

Mit einem Seufzer spuckte ich die Zahnpasta aus und spritzte mir schnell Wasser ins Gesicht. Ich zog mir meinen Morgenmantel wieder über, schaltete das Licht im Bad aus und tappte verdrossen in mein Zimmer zurück. Dort traute ich meinen Augen nicht. Am Fußende meines Bettes lag mein Pullover.

Ich stürmte die Treppe hinunter und schlang die Arme um Alex. »Danke, danke, danke!« Ich küsste ihn auf die Wange.

»Gern geschehen?«, erwiderte Alex und sah mich reichlich verwirrt an.

»Du glaubst gar nicht, wie erleichtert ich bin«, erklärte ich ihm freudestrahlend.

»Erleichtert worüber genau?«

»Meinen Pullover«, rief ich und hielt ihn hoch. »Unglaublich, dass du den ganzen Weg bis dorthin zurückgefahren bist, um ihn für mich zu holen.« Alex starrte mich an und sagte nichts. »Du hast ihn doch geholt, oder?«, fragte ich, nun doch ein wenig verunsichert.

»Hm, ich wünschte, ich hätte daran gedacht« – seine Antwort klang enttäuscht – »aber nein, ich war das nicht.«

Ich wandte den Kopf zu den anderen Jungen in der Küche. Mein Blick fiel auf Cole, aber der zog nur eine Augenbraue hoch, als wolle er sagen, dass die Bergung meines Pullovers das Letzte auf der Welt sei, das ihn interessierte.

»Danny?«, fragte ich. Danny sah mit einem entschuldigenden Gesichtsausdruck von der Morgenzeitung auf und schüttelte den Kopf.

»Du?«, fragte ich Isaac.

»Leider nicht, Jackie«, murmelte er mit einem Mund voller Cornflakes.

»Wer dann?«, fragte ich laut.

»Isaac«, sagte Katherine, die gerade mit einem Kaffeebecher in der Hand in die Küche kam. »Kannst du bitte deinen Bruder wecken? Der kommt heute gar nicht aus dem Bett.«

»Geht klar, Tante Katherine«, sagte Isaac, stand auf und stellte seine Müslischale in die Spüle.

»*Lee?*«, fragte ich laut.

»Wäre mir neu, dass ich sonst noch einen Bruder habe«, meinte Isaac und sah mich an, als hätte ich schon intelligentere Fragen gestellt.

Während der Autofahrt zur Schule plauderten alle über die Abschlussparty, die sie jedes Jahr veranstalteten. Sie war für dieses Wochenende geplant, da waren Katherine und George nicht da. Ich hörte still zu und beobachtete dabei Lee von meinem Platz auf der Rückbank aus. Warum war ausgerechnet er zum Haus der McHales zurück, um meinen Pullover zu holen? Lee war der Einzige, der sich nicht aufgeregt am Gespräch über die Party beteiligte. Er hatte den Kopf gegen das Beifahrerfenster gelehnt und von hinten sah es aus, als schliefe er.

»So, alle raus«, sagte Cole, als wir auf den Parkplatz einbogen. Ich öffnete schnell die Tür und schnappte mir meine Tasche von der Ladefläche.

»Bist du so weit?«, fragte Alex mich, als er seine holte.

Mit einem Blick auf Lee, der immer noch damit beschäftigt war, seinen Sicherheitsgurt zu lösen, erwiderte ich: »Geh schon mal vor. Ich muss noch was erledigen.«

»Okay«, antwortete Alex, bevor er mich auf die Wange küsste und sich dann auf den Weg Richtung Haupteingang machte.

Wie erwartet war Lee der Letzte, der aus dem Wagen stieg, müde wie er war. Als er seinen Rucksack von der Ladefläche gehievt hatte, waren die anderen schon alle weg. Er bemerkte nicht einmal, dass ich am Laster lehnte und warf sich seine Tasche über die Schulter.

»Lee«, rief ich, als er einfach davonging. Er blieb für einen kurzen Moment stehen, dann setzte er seinen Weg fort. »Lee!«, rief ich noch einmal. Als er sich auch dann nicht umdrehte, rannte ich hinter ihm her und packte ihn am Arm. »Ich weiß, dass du mich gehört hast.« Ich wirbelte ihn herum.

Er sah mich nur mit einem leeren Blick an.

»Und?«, hakte ich nach, in der Hoffnung, dass er mit der Antwort auf meine unausgesprochene Frage herausrücken würde.

»Was *und*?«, entgegnete er und schüttelte meine Hand von seiner Schulter.

»Du weißt schon«, sagte ich.

»Nein, tu ich nicht«, antwortete er, bevor er sich umdrehte und davonging.

Für einen Moment stand ich wie angewurzelt da. Was sollte das? Warum sollte er etwas Nettes für mich tun und dann vorgeben, er hätte es nicht getan?

»Lee, warum hast du mir meinen Pullover zurückgeholt?«, rief ich. Er hielt an. Er stand einfach nur da und wandte mir den Rücken zu. Dann begriff ich, dass er darauf wartete, dass ich ihn einholte. »Warum?«, wiederholte ich, als ich direkt neben ihm stand. »Ich weiß, dass du mich nicht magst.«

»Jackie«, erwiderte er und sah mich direkt an. »Tu einfach so, als sei es nie passiert, okay?«

Es läutete, das Zeichen, dass der Unterricht gleich begann.

»Nein«, sagte ich ernst. »Ich will wissen, warum du das getan hast.«

»Wir kommen zu spät zur ersten Stunde«, sagte er und schickte sich an, die ersten Treppenstufen hinaufzusteigen.

»Das ist mir egal«, erklärte ich ihm zu meiner eigenen Überraschung. »Und dir auch, das weiß ich.«

»Also gut«, brummte er. Lee führte mich hinter die Schule und zu einer Baumgruppe, die vom Schulgebäude aus nicht einzusehen war.

»Ist das Teil eines geheimen Planes, mich umzubringen?«,

fragte ich ihn, während ich mich umsah. Wir waren vollkommen allein.

Lee wandte sich zu mir um und funkelte mich an. »Hier komme ich normalerweise her, wenn ich keine Lust habe, in den Unterricht zu gehen.«

»Oh …«

»Hat dir irgendjemand etwas über meine Eltern erzählt?«, fragte er dann.

»Deine Eltern?«

»Ja, über den Grund, warum Isaac und ich bei meiner Tante und meinem Onkel leben.«

»Nein«, antwortete ich. Ich hatte keine Ahnung, worauf dieses Gespräch hinauslief. Ich hatte mich immer mal wieder gefragt, wo Lees und Isaacs Eltern waren, mich aber nie getraut, mich nach ihnen zu erkundigen.

»Meine Mom ist unmittelbar nach meiner Geburt weg. Ich habe sie nie kennengelernt.« Ich hielt den Mund und ließ ihm Zeit, die richtigen Worte zu finden. »Meinen Dad hat das vollkommen fertiggemacht. Er ist Offizier beim Militär, und statt Isaac und mich großzuziehen, hat er uns bei seinem Bruder abgeladen und ist ins Ausland gegangen. Wir sehen ihn nur alle paar Jahre.«

Ich legte meine Hand auf den Mund, um meine Überraschung zu verbergen, aber Lee sah mich nicht an. Sein Blick war in den Himmel gerichtet. Was er mir da gerade anvertraute, war fast schlimmer als das, was mit meiner Familie passiert war. Obwohl meine Eltern fort waren, wusste ich zumindest, dass sie mich geliebt hatten.

Wir saßen für eine Weile schweigend da und die Frühsommersonne wärmte meine Haut. »Lee, es tut mir so leid«, sagte ich schließlich.

»Weißt du was? Du bist wahrscheinlich der erste Mensch, der das tatsächlich auch so meint«, gab er zurück.

»Wirklich?«

»Ich habe so viele Leute ›Tut mir leid‹ sagen hören, aber es wirkte nie echt. Sie wissen nicht wirklich, wie es ist, keine Familie zu haben.«

Ich nickte. »Aber weißt du, was das Schlimmste ist?«, fragte ich. »Wenn die Leute dich plötzlich anders ansehen. Ich bin nicht länger Jackie, Tochter der Howards. Ich bin Jackie, das Mädchen mit den toten Eltern.«

»Besser als Lee – der Junge, der seinen Eltern scheißegal war.«

»Warum hasst du mich?«, sagte ich dann.

»Ich hasse dich nicht. Es ist nur …« Lee seufzte und fuhr sich mit einer Hand durch sein gelocktes Haar. »Sagen wir einfach, ich habe ein Mutterproblem. Ich habe meine nie gekannt … und Katherine … es ist schwer genug für sie, sich um uns zwölf zu kümmern. Und dann bist du aufgetaucht, und meine Tante fühlte sich so verantwortlich für dich, dass sie ihr Atelier hergegeben hat. Ich hatte das Gefühl, dass du mir das wenige an Zeit gestohlen hast, das ich mit ihr hatte.«

»Ich weiß nicht, was ich sagen soll.«

»Du musst gar nichts sagen«, antwortete er. »Ich bin zurückgegangen und habe dir deinen Pullover geholt, weil mir klar geworden ist, dass du im Gegensatz zu mir niemanden hast.« Er bemühte sich sichtlich, die richtigen Worte zu finden. »Ich war zu eifersüchtig, um zu verstehen, dass du genauso leidest wie ich. Ich war ein Mistkerl.«

Seufzend ergriff ich Lees Hand. Ich war immer noch sauer auf ihn, wegen all der Gemeinheiten, die er sich für mich hatte einfallen lassen, aber zumindest sagte er mir die Wahrheit. »Ja«, stimmte ich ihm zu. »Und was für einer.«

Lee rang sich ein Lächeln ab.

Nathan machte mich niemals nervös. Unsere Freundschaft hatte etwas so Natürliches und Einfaches – und unterschied sich damit grundlegend von meiner Beziehung zu irgendeinem anderen der Walter-Boys. Aber als ich jetzt den Flur entlang zu seinem Zimmer ging, musste ich mir ständig meine nassen Hände an meiner Hose abwischen und gegen den Drang ankämpfen zu flüchten.

Katherine hatte ihn vom Krankenhaus abgeholt, nachdem wir zur Schule aufgebrochen waren, und als wir um vier Uhr nach Hause kamen, eilten alle hinauf, um ihn zu sehen. Er hatte die Woche über im Krankenhaus bleiben müssen und die meisten der Jungs hatten ihn seit Samstag nicht mehr gesehen. Ich hielt mich zurück und wartete geduldig, bis ich an die Reihe kam, unter vier Augen mit ihm zu reden.

Wir hatten seit dem Morgen seines epileptischen Anfalls nicht mehr miteinander gesprochen, und jetzt war ich so nervös, dass ich Magenschmerzen hatte. Was Lee in der

Notaufnahme zu mir gesagt hatte, hatte sich mir ins Gedächtnis gebrannt. Ja, Lee und ich hatten uns am Montag in gewisser Weise ausgesprochen, aber trotzdem konnte ich nicht aufhören, ›was wäre gewesen, wenn‹ zu denken. Wenn ich mich doch nur aus dem Bett bequemt hätte, als Nathan mich gefragt hatte, ob ich mit ihm laufen gehen will – meine Scham und Furcht ignoriert hätte, die anderen Jungs zu sehen –, dann würde ich mich jetzt vielleicht nicht so schuldig fühlen.

Ich hatte die Hand schon an der Türklinke, traute mich dann aber nicht, sie herunterzudrücken. Durch die Tür konnte ich die sanften Klänge eines neuen Songs hören und sah Nathan vor mir, wie er auf seinem Bett saß, die Augen geschlossen, die Gitarre in der Hand. Ich konnte ja später wiederkommen, irgendwann, wenn mein Magen nicht mehr so nervös war.

»Er ist drin«, bemerkte jemand, als ich mich zum Gehen wandte. »Du solltest mit ihm reden.«

Die Stimme kannte ich. Ich holte tief Luft und sah auf. Cole stand mitten im Flur, sein Gesicht eine starre Maske. Der Bluterguss um sein Auge herum verblasste gerade zu einem Gelbgrün.

Es war das erste Mal, dass Cole zu mir gesprochen hatte, seit Alex ihn geschlagen hatte. Wut loderte in mir auf. In Wahrheit aber schämte ich mich mehr für mich selbst, als dass ich wütend auf Cole war. Warum musste mir ausgerechnet jetzt auffallen, wie Coles Hemd sich um seine Muskeln spannte und dass seine Augen blauer wirkten denn je?

Nach allem, was er getan hatte – mich absichtlich verletzt hatte – fühlte ich immer noch dasselbe Flattern in der Brust, das ich zu verstehen versuchte, seit ich in Colorado angekommen war. Es war eine Art unsichtbarer Kraft – als sei er die Sonne und ich ein winziger Planet, der seiner alles verzehrenden Schwerkraft nichts entgegenzusetzen hatte. Wie hatte Heather es genannt? Den Cole-Effekt.

»Oh ... stimmt«, antwortete ich, als hätte ich das nicht selbst gewusst. Mehr brachte ich nicht heraus, denn plötzlich war mir einfach nur zum Weinen zumute.

Das Gitarrenspiel war zu Ende, und ich wusste, dass Nathan uns hören konnte. Coles laute Stimme hatte mich verraten. Doch in diesem Moment löste sich meine Angst davor, Nathan zu sehen, in Luft auf. Ich öffnete die Tür, ohne anzuklopfen, und schlüpfte hinein. Alles, um von Cole und den Gefühlen wegzukommen, die er in mir auslöste. Leise schloss ich die Tür, lehnte mich von innen dagegen und atmete langsam ein und aus.

»Jackie?«, hörte ich Nathan fragen.

Ich riss die Augen auf. Er saß aufrecht im Bett, einen besorgten Ausdruck auf dem Gesicht. Ich erwiderte seinen Blick, und mit einem Mal wurde mir klar, wie völlig bescheuert es gewesen war, wegen eines Treffens mit Nathan nervös zu sein.

»Hey, Nate«, antwortete ich, und die Erleichterung kühlte meine erhitzte Haut.

»Alles in Ordnung?«, fragte er und runzelte die Stirn.

Nach einem weiteren tiefen Atemzug stieß ich mich von

der Tür ab. »Das sollte ich eigentlich dich fragen.« Als ich mich zu Nathan aufs Bett setzte, sah ich den viereckigen Verband auf seiner Stirn und die dunklen Ringe unter seinen Augen. »Oh Nathan«, murmelte ich und strich seine Ponyfransen beiseite, damit ich die Verletzung besser sehen konnte.

»Mir geht es gut«, versicherte er mir und schob meine Hand weg. Das Signal war deutlich – er wollte nicht darüber reden, was mit ihm passiert war.

»Du hast uns allen einen ziemlich Schrecken eingejagt«, sagte ich dennoch. Er musste wissen, dass ich, obwohl ich ihn nicht im Krankenhaus besucht hatte, trotzdem in Sorge gewesen war. »Vor allem mir.«

Daraufhin war er still, seine Lippen zu einer schmalen Linie zusammengepresst.

»Nathan?«, fragte ich. Plötzlich war ich wieder nervös geworden und mir versagte die Stimme. Vielleicht war er mir doch böse.

Schließlich sah er auf und frage leise: »Habe ich irgendetwas getan, um dich sauer zu machen?«

»*Was*?« Ich rutschte etwas, um ihn besser sehen zu können. »Nein. Wie kommst du denn auf diese Idee?«

»Weil ich dich nicht gesehen habe, seit …« Er hielt inne. »Na ja, seit es passiert ist.«

Ich beugte mich wieder vor und legte ihm die Hand auf den Arm. »Nathan, es tut mir so leid. Es ist nur … ich konnte nicht …« Ich brach ab, weil ich nicht wusste, wie ich es erklären sollte. Ich nahm mir eine Sekunde Zeit, dann fuhr ich langsam fort: »Als der Krankenwagen kam, hatte ich das Gefühl, als würde genau das Gleiche schon wieder passieren. Du weißt schon – jemanden zu verlieren, der mir etwas bedeutet. Ich hatte panische Angst.«

»Ja, Cole hat mir erzählt, dass du zu Fuß zu Wills Wohnung gelaufen bist.«

Ich riss den Kopf hoch. »Er hat von mir gesprochen?«

Nathan nickte. »Wir haben heute länger miteinander geredet«, sagte er und legte seine Gitarre beiseite, damit er näher an mich heranrücken konnte. »War irgendwie seltsam«. Als er meinen verwirrten Gesichtsausdruck sah, fügte er schnell hinzu: »Nicht die Tatsache, dass wir geredet haben, obwohl das auch eher ungewöhnlich ist. Es war, als ob … Ich weiß nicht, er schien wegen irgendetwas enttäuscht zu sein. Und durcheinander.«

»Durcheinander? Weswegen?«

»Das weiß ich auch nicht genau. Er hat sich sehr vorsichtig ausgedrückt. Eigentlich hat er nicht wirklich viel gesagt … Weißt du, was mit seinem Auge passiert ist? Ich konnte nicht einmal das aus ihm herausbekommen.«

»Das Rätsel kann ich lösen«, antwortete ich. Meine Wangen wurden rosa. »Alex hat ihm eine verpasst.«

Nathan riss die Augenbrauen hoch. »Er hat *was?*«

»Glaub mir.« Ich schüttelte bei der Erinnerung daran den Kopf. »Cole hatte es verdient.«

Nathan lachte beeindruckt auf. »Das bezweifle ich nicht. Ja, kann schon sein, dass das einer der Gründe ist, warum er so daneben ist.«

»Wenn du mit *daneben* wütend meinst, dann ganz bestimmt.«

»Ich weiß nicht.« Nathan klopfte sich mit dem Zeigefinger ans Kinn. »Wütend würde ich eher nicht sagen. Es ist mehr so, als sei er traurig.«

»Traurig«, wiederholte ich und versuchte zu begreifen, was Nathan gesagt hatte. Welchen Grund hätte Cole, traurig zu sein?

»Oje«, sagte Alex mit leiser Stimme. »Das sieht nicht gut aus.« Es war der nächste Morgen und ich und Alex spähten vom Flur aus in die Küche. Katherine stand über den Küchentisch gebeugt und rieb sich mit einem Finger die Schläfe. Der Tisch war übersät mit Unterlagen, allem Anschein nach alten Rechnungen und Quittungen.

»Seid vorsichtig«, sagte Isaac. Er lehnte an der Theke und beäugte seine Tante argwöhnisch, während er darauf wartete, dass der Kaffee fertig wurde. Alex und ich waren unbemerkt in die Küche geschlüpft und hatten uns zu ihm gesellt. »Sie dreht gleich durch.«

»Was ist los?«, fragte ich und öffnete auf der Suche nach der Sahne den Kühlschrank.

»Jemand vom Blumenladen für die Hochzeit hat heute angerufen und gesagt, wir hätten ihre Rechnung noch nicht bezahlt«, erklärte er und zog zwei Becher aus dem Schrank über seinem Kopf. »Sie ist sich aber sicher, dass sie ihnen einen Scheck geschickt hat, und jetzt wühlt sie alles durch auf der Suche nach dem Beleg.«

»Das ist nicht gut«, antwortete ich.

Aber ich machte mir nicht nur wegen des Blumenladens Gedanken. Katherine und George wollten das Wochenende über verreisen – morgen war ihr zweiundzwanzigster Hochzeitstag, und George hatte einen romantischen Ausflug für sie beide organisiert. Aber wegen der bevorstehenden Hochzeit von Will und Haley war Katherine gestresster denn je. Ihrem Gesichtsausdruck nach zu urteilen, war ein Kurzurlaub so ziemlich das Letzte, das sie im Moment interessierte.

»Nein, das ist es ganz und gar nicht«, meinte Isaac, der die dampfende, braune Flüssigkeit in zwei Tassen goss, eine für sich selbst und die andere für mich. »Falls du die Sahne suchst, sie steht hinter dem Ketchup.« Ich fand sie und schob sie über die Theke zu Isaac.

»Ist da noch ein *Kickstart* drin?«, fragte Alex, bevor ich den Kühlschrank zumachte. Die neonfarbenen Dosen waren nicht zu übersehen. Naserümpfend reichte ich ihm sein Lieblingsgetränk, das laut Dosenaufdruck »dreimal so viel Koffein wie handelsüblicher Kaffee« hatte. Er riss die Lasche ab und schüttete, ohne abzusetzen, die halbe Dose in sich hinein. Wahrscheinlich würde er mit zwanzig einen Herzinfarkt bekommen.

Als ich den Kühlschrank schloss, fiel mein Blick auf die Kühlschranktür. »Isaac, du hast gesagt, sie sucht nach einem Beleg.«

»Ja, glaub schon«, antwortete er. Er hatte mir nicht richtig zugehört, weil er gerade voll und ganz darauf konzentriert war, genau die richtige Menge Zucker in sein Getränk zu löffeln.

Jemand hatte aus einer Reihe Magnetbuchstaben einen unschönen Kommentar über Coles Charakter an der Kühlschranktür hinterlassen und unter einem der Buchstaben klebte ein pinkfarbener Zettel. Der Zettel war verkehrt herum und halb verdeckt, aber ich meinte das Wort »Blumen« ausmachen zu können.

»Katherine«, fragte ich und hielt ihr den Zettel hin, »ist es das, wonach du suchst?« Als sie das Stück Papier in meiner Hand überflog, dachte ich zuerst, sie würde in Tränen ausbrechen. Stattdessen umarmte sie mich stürmisch.

»Liebes, du hast mir das Leben gerettet«, sagte sie. Dann holte sie tief Luft, zog ihr Telefon heraus und tippte eine Nummer.

»Was ist los?«, fragte Cole, der zusammen mit Danny im Halbschlaf in die Küche geschlurft kam und das Chaos auf dem Tisch bemerkt hatte. Nathan folgte ihnen, gähnend und die Augen noch halb geschlossen.

»Hochzeitskrise«, antwortete Alex und zerquetschte die leere Energydrinkdose zwischen den Händen. »Sie konnte abgewendet werden.«

»Sieht aber nicht so aus«, meinte Nathan, zog einen der Barhocker hervor und setzte sich an die Theke. »Hey, Isaac, bekomme ich auch einen Kaffee?«

»Seit wann magst du Kaffee?«, fragte Isaac, war aber schon dabei, Nathan eine Tasse einzuschenken.

»Ich mag ihn nicht, aber meine Ohrstöpsel sind verschwunden, und Alex hat die ganze Nacht dieses nervige Spiel gespielt.«

»Pst«, machte Alex, sah zu Katherine hinüber und schlug seinem Bruder auf den Arm. Aber seine Mom hatte davon nichts mitbekommen. Sie lief in der Küche auf und ab und sprach mit genervtem Ton ins Telefon.

»Ohrstöpsel?«, fragte Isaac. »Ich glaube, Zack hatte gestern zwei in der Nase stecken.«

»Was?«, fragte Nathan und sah ziemlich sauer aus. »Was fällt dem denn ein?«

Sein Cousin zuckte nur die Achseln. »Woher soll ich wissen, was im Gehirn dieses Jungen vor sich geht? Er ist seltsam.«

»Okay, okay. Danke.« Katherine, die jetzt eine Spur weniger gestresst wirkte, legte auf. Doch dieser Augenblick des Friedens wurde vom Klingeln der Haustüre unterbrochen. »Da sind sie ja schon!«, rief sie, strich sich die Haare glatt und lief zur Haustür. Nicht lange danach führte sie Will und Haley herein, beide hielten Koffer in Händen. »Das ist so lieb von euch, dass ihr so kurzfristig gekommen seid«, sagte sie und machte sich daran, den Papierstapel auf dem Tisch in eine Aktenmappe zu schieben.

»Überhaupt kein Problem, Mom«, antwortete Will und stellte seine Sachen beiseite. »Das ist doch das Mindeste, was wir tun können.«

In diesem Moment betraten Jack und Jordan die Küche, und als sie Will sahen, gab es kein Halten mehr.

»Will! Will!«, schrien sie beide. »Was machst du hier?«

»Haley und ich bleiben übers Wochenende, um auf euch Hosenscheißer aufzupassen, während Mom und Dad Urlaub machen.«

Cole, der gerade Orangensaft aus dem Tetrapack in sich hineinschüttete, verschluckte sich und sabberte sich dabei das Hemd voll.

»Was?«, regte er sich auf und wandte sich an seine Mom. »Warum muss er hier sein? Ich bin achtzehn.«

»Cole, hast du wirklich gedacht, ich würde dir die Verantwortung überlassen?«, fragte Katherine, die gerade den Inhalt einer Küchenschublade durchwühlte.

»Wo ist er?«, murmelte sie vor sich hin. »Ich bin mir sicher, dass ich ihn hier reingelegt habe.«

»Liebling«, sagte George, der gerade in der Hintertür erschienen war. Dem Schweiß auf seinem Gesicht nach zu urteilen, hatte er bis eben noch ziemlich auf der Ranch geschuftet. »Suchst du immer noch nach der Quittung von dem Blumenladen? Wir müssen bald los und du hast noch nicht gepackt.«

»Was?«, entfuhr es Will und er sah seine Mutter an. »Du hast noch nicht gepackt? Dann aber mal los.«

»Will, du kannst dir nicht vorstellen, wie viel ich für die Hochzeit noch erledigen muss«, gab Katherine zurück, ohne von der Schublade aufzuschauen. »Sie ist in weniger als zwei Wochen, und ich weiß nicht, ob ich die Zeit habe, diese Reise zu machen.«

Ich bezweifelte es nicht. Letzten Monat waren Will und Haley vorbeigekommen, um bei den Vorbereitungen zu helfen, aber Katherine hatte als Gastgeberin der Hochzeitsgartenpary mit Abstand am meisten zu tun.

»Dann gib uns etwas zu tun«, sagte Will.

»Ja«, bekräftigte Haley. »Wir würden gerne helfen.«

»Das ist wirklich lieb von euch beiden, aber das sind Sachen, die ich selbst erledigen muss.«

»Kitty«, warf George entnervt ein. »Lass die Kinder helfen. Wir haben diese Reise schon so lange geplant.«

»Und ich plane diese Hochzeit seit sechzehn Monaten! Ich werde nicht zulassen, dass sie in einer totalen Katastrophe endet.«

»Mom«, schaltete Will sich ein. Er war hinter seine Mutter getreten und hatte die Arme um sie gelegt. »Du musst ein bisschen runterkommen.«

Sie schüttelte ihn ab. »Wie soll ich runterkommen, wenn noch so viel zu regeln, zu erledigen und vorzubereiten ist?«, rief sie und raufte sich die Haare.

»Katherine …«, versuchte ich ihre Aufmerksamkeit zu bekommen.

Sie stöberte wieder in der Schublade, obwohl das, was sie suchte, dort ganz offensichtlich nicht war. »Ich habe einfach zu viel zu tun«, murmelte sie wieder.

»Katherine!« Dieses Mal hatte ich etwas lauter gesprochen. Alle sahen mich an, aber ich ignorierte die überraschten Gesichter und versuchte, mich ganz auf Mrs Walter zu konzentrieren. Sie war gerade dabei, in einen Panikmodus abzudriften, eine Angewohnheit, die ich von meiner Mutter kannte. Vielleicht schaffte ich es, sie zu beruhigen, bevor sie vollends zusammenbrach. Beim Klang meiner Stimme wandte sie den Kopf und sah mich wie in Trance mit halb geöffnetem Mund an.

»Was genau musst du machen?«, fragte ich langsam und deutlich.

»Was meinst du?«

Ich formulierte meine Frage um: »Was muss erledigt werden, damit du beruhigt in den Urlaub fahren kannst?«

»Oh, tja, ich weiß nicht, ob das möglich sein wird. Die Sitzordnung muss festgelegt und das Programm für die Feier muss getippt werden. Liebes, ich verstehe nicht, warum du wissen willst …«

»Nein«, fiel ich ihr ins Wort. »Bitte sprich einfach weiter.«

»Also gut«, sagte sie zögernd. »Wo ist denn bloß der …«, murmelte sie noch und begann dann, wie in Trance ihre unzähligen Aufgaben herunterzurattern.

»Hat jemand was zum Mitschreiben?«, sagte ich leise und streckte die Hand aus. Katherine war schon bei Punkt drei oder vier. Nathan reagierte und klatschte mir einen Kugelschreiber aus seiner Tasche in die Hand. Ich griff mir die Morgenzeitung und begann, am Rand einer Seite Stichpunkte zu notieren. Die Liste war nicht annähernd so ordentlich wie eine meiner eigenen To-do-Listen, aber sie würde genügen.

George nickte mir anerkennend zu, führte seine Frau zu einem der Küchenstühle, platzierte sie darauf und legte ihr die Hände auf die Schultern. Alle anderen bat er ebenfalls, sich zu setzen.

»Hört zu, Leute«, sagte ich einige Minuten später, nachdem ich meine Notizen noch einmal durchgegangen war. »Wir machen das so.« Ich sah von einem zum anderen, um sicherzugehen, dass ich ihre Aufmerksamkeit hatte. »Cole und Isaac – ihr habt Gartendienst. Rasen mähen, Hecken schneiden, Unkraut jäten. Jack und Jordan, ihr seid zuständig für die Diashow. Und bitte keine komischen Sachen einbauen, ich schaue sie mir an, wenn ihr fertig seid. Danny, jemand muss Haleys Kleid von der Boutique abholen, und Nathan, ich will, dass du die Lieferanten anrufst und mit ihnen noch mal die Termine absprichst.«

Als ich fertig war, starrten mich alle an. »Seid ihr taub?«, fragte ich scharf. »An die Arbeit. Wir haben alle Hände voll zu tun.«

Der Tisch geriet in Bewegung.

»Ich glaub's nicht«, murmelte Alex, als alle aus der Küche gestürmt waren.

»Das war noch gar nichts.« Er hätte mich mal früher sehen sollen, wie ich die Modenschauen und Wohltätigkeitsveranstaltungen meiner Mutter organisierten.

»Ist für mich noch irgendetwas übrig geblieben?«, erkundigte Katherine sich unsicher. »Ich könnte die Platzkarten schreiben …«

»Ja, Katherine«, antwortete ich, zog sie hoch und schob sie aus der Küche. »Geh packen. Du hast dir deinen Urlaub redlich verdient.«

»Cole ist gerade garantiert total sauer«, meinte Alex. Es war etwas später am Tag und wir hatten es uns in seinem

Zimmer gemütlich gemacht. Ich kuschelte mich in die Kissen auf seinem Bett, in meiner Nase eine Mischung aus dem Waschmittelgeruch der Bettwäsche und Alex' markantem Duft. Mein Anatomiebuch lag aufgeschlagen vor mir. Eigentlich wollten wir zusammen lernen, aber kaum hatten wir das Garagentor zufallen hören – Katherine und George mussten gerade abgefahren sein –, loggte Alex sich in seinen Computer ein, um GoG zu spielen.

»Wieso?«, fragte ich und blätterte ans Ende des Kapitels, um zu sehen, wie viel ich noch zu lesen hatte.

»Unsere Party zum Schuljahresende. Eigentlich sollte sie heute Abend stattfinden. Aber mit Will als Babysitter bin ich mir da nicht so sicher.«

»Aber was ist mit den Prüfungen?«

»Was soll damit sein? Wir haben noch die nächsten zwei Wochen Zeit zum Lernen.«

»Okay. Also, was wird Cole tun?«, fragte ich, obwohl die Aussicht auf eine Party mich nervös machte.

Alex zuckte die Achseln. »Ich weiß nicht, aber ihm wird schon etwas einfallen. Er hat sich noch nie die Chance entgehen lassen, eine Show abzuziehen.«

Ich wandte mich wieder meinem Buch zu. Wenn es später tatsächlich eine Party geben würde, würden Riley, Heather und der Rest der Bande vorbeikommen. Bis dahin wollte ich zumindest mein Mindestpensum schaffen. Nachdem ich zehn Minuten lang immer wieder den gleichen Absatz gelesen hatte, klappte ich mein Buch zu. Wegen der nervigen Musik aus Alex' Computer konnte ich mich nicht konzentrieren.

»Alex, musst du das ausgerechnet jetzt spielen?«

»Muss ich«, gab er zurück und grinste mich an. Obwohl ich ein bisschen sauer auf ihn war, spürte ich sein Lächeln als wohlige Wärme in meiner Magengegend. Alex war süßer, als gut für ihn war. »Und jetzt, da du meine Freundin bist, solltest du auch anfangen, GoG zu spielen.

Ich schnaubte. »Ich habe kein Problem mit deiner Sucht, aber Onlinespiele sind wirklich nicht mein Ding.«

»Überleg doch mal, was das für ein Spaß wäre. Zusammen könnten wir den ganzen Kontinent RuWariah erobern.«

»Solltest du dich nicht etwas mehr aufs Lernen konzentrieren?« Ich hatte keinen Schimmer, was dieses RuWariah war, konnte aber mit Sicherheit sagen, dass ich keinerlei Drang verspürte, es zu erobern. »Zwei Wochen zum Lernen sind nicht viel.« Wie ich Alex kannte, würde er mit dem Lernen erst am Wochenende vor den Prüfungen anfangen. Das würde nicht reichen, um sich richtig vorzubereiten. Bei dem Gedanken wurde mir übel.

»Jackie, hör auf, dir solche Sorgen zu machen.«

»Wir haben nur vierzehn Tage«, wiederholte ich. »Komm schon, Alex. Ich kenne die Note deiner letzten Anatomiearbeit. Du wirst bei der Prüfung mindestens neunzig Punkte brauchen, um auch nur eine Chance zu haben, eine Zwei für den Kurs zu bekommen.«

»Das ist okay. Mir reicht eine Drei.«

Ich fühlte mich unbehaglich. Wie konnte er nur so wenig Ehrgeiz haben?« Ich versuchte eine andere Methode: »Wir müssen anfangen, darüber nachzudenken, wo wir uns fürs

College bewerben wollen. Wenn du eine gute Hochschule besuchen willst, musst du dein Zeugnis schon ein wenig aufpolieren.«

»Das ist kein Problem. Ich werde einfach auf das hiesige Gemeindecollege gehen, genau wie Will.«

»Aber willst du denn nicht an ein … renommierteres College?«

»Was? Yale vielleicht? Jackie, meine Eltern können sich das nicht leisten.«

»Aber wenn du hart arbeiten und gute Noten bekommen würdest …«

»Ich bin ein Computerfreak, kein Superhirn. Keine Hochschule wird mir ein Stipendium geben – *so, nehmt das, ihr verdammten untoten Priester.*« Er hämmerte mit den Fingern auf die Tastatur, den Blick starr auf den Bildschirm geheftet.

Ich wurde still. Ich verstand nicht, wie Alex damit zufrieden sein konnte, nach weniger als dem Besten zu streben. Ich schlug mein Buch zu, schob die Kissen beiseite und stand auf. Ja, das Leben mit den Walters hatte mich gelehrt, lockerer zu werden. Aber das bedeutete nicht, dass ich mich mit schlechteren Noten zufriedengeben würde.

»Hey, alles in Ordnung?«, fragte Alex und sah aus dem Augenwinkel zu mir herüber.

»Ähm – ja, alles bestens«, antwortete ich und bahnte mir einen Weg über den mit Gerümpel übersäten Teppich. »Ich gehe in mein Zimmer. Ich muss wirklich noch bis zum Abend dieses Kapitel zu Ende lesen.«

Alex wirbelte auf seinem Computerstuhl herum. »Bist du dir sicher, dass alles okay ist?«

Ich lächelte ihn an, so gut ich konnte. »Ich bin nur nervös wegen nächster Woche. Mach dir um mich keine Sorgen.«

»Kommst du zur Party?«

Lieber nicht, wenn es sich irgendwie vermeiden ließe – aber das würde wohl nicht klappen. »Natürlich.«

»Klasse. Bis später.«

Und so begab es sich dann, dass ich vier Stunden darauf meinen Freunden dabei zusah, wie sie sich für die Party zurechtmachten.

»Die Party wird *unglaublich* werden!«, schwärmte Riley, und ihre Stimme überschlug sich fast vor Begeisterung.

Sie stand vor dem kleinen Spiegel in meinem Zimmer und versuchte, sich zu schminken. Wie Alex vermutet hatte, war es Cole gelungen, Will zu überreden, die Party doch stattfinden zu lassen. Nach allem, was ich gehört hatte, scheint es auch nicht allzu schwierig gewesen zu sein, da die Schuljahresendfete wohl ursprünglich Wills Idee gewesen war. Außerdem hatte Cole seinen älteren Bruder daran erinnert, wie oft er ihn gedeckt hatte, wenn dieser sich wieder einmal abends aus dem Haus geschlichen hatte.

»Bist du jemals in deinem ganzen Leben wegen irgendetwas so aufgeregt gewesen?«, fragte Heather, dramatisch wie immer. Sie durchstöberte gerade meinen Kleiderschrank auf der Suche nach etwas Passendem zum Anziehen. »Jackie, ziehst du die an oder darf ich sie mir ausleihen?«

Sie hielt mir eine Bluse hin, die meine Mutter mir von einer ihre Modenschauen mitgebracht hatte. Die grellen Farben waren nicht mein Stil und zu Hause hatte die Bluse ungetragen in meinem Kleiderschrank gehangen. Wie das Kleid meiner Schwester war sie irgendwie von New York nach Colorado mitgekommen.

»Tu dir keinen Zwang an«. Ich lächelte sie aufmunternd an, bevor ich hinzufügte: »Aber was ist denn so Besonderes an dieser Party?« Sie benahmen sich, als wären sie zum Empfang des Präsidenten eingeladen, nicht auf irgendeine x-beliebige Party.

»Oh, Jackie«, kam es aus Skylars Richtung. Er blickte über den Rand seiner *Cosmo* und hatte die Augen verdreht. »Manchmal vergesse ich, wie wenig du weißt.«

Immer wenn ich mit den Mädchen und Sky rumhing, löcherte ich sie mit Fragen. Sie wussten so viel mehr über Jungs im Allgemeinen und die Walters im Besonderen, was ein bisschen paradox war, da ich ja mit ihnen zusammenlebte.

»Das Besondere ist, dass wir mit dir befreundet sind«, antwortete Riley.

»Und ...?« Ich verstand immer noch nicht.

»Du wohnst bei den Walters«, fügte Heather hinzu.

»Ja.« Ich hatte keine Ahnung, worauf sie hinauswollte. »Ich dachte, das Thema hätten wir durch.«

»Nun, das bedeutet, dass wir eine Einladung zur VIP-Party bekommen«, erklärte Skylar.

»Es gibt einen VIP-Bereich?«, fragte ich überrascht. Bei

Cole konnte ich mir vorstellen, dass er einem kleinen Kreis Auserwählter eine Sonderbehandlung angedeihen ließ, aber den anderen traute ich das eigentlich nicht zu.

»Die ganze Schule ist eingeladen. Ganze Völkerscharen werden hier auftauchen und in den Garten strömen, bis man sich kaum noch bewegen kann. Der Platz reicht nicht für alle, deshalb gibt es für die engsten Freunde eine Sonderveranstaltung«, erklärte Skylar.

»Dee, meine ältere Schwester, war auf der Highschool mit Will befreundet«, fügte Heather hinzu. »Sie hat mir Wahnsinnsgeschichten über diese Party erzählt.«

»Was hindert die anderen Gäste daran, einfach hineinzuplatzen?«

»Soweit ich von Dee weiß, ist die VIP-Party irgendwo anders auf der Ranch«, meinte Heather, während sie das Top anzog, das ich ihr geliehen hatte.

»Der Wasserfall!«, rief Kim plötzlich. Wie immer hielt sie einen bunten Comic in den Händen. »Die Jungs fahren die Gäste mit Quads dorthin.«

»Ja, das könnte sein.« Ich nickte. Am Strand war reichlich Platz für eine kleinere Gruppe.

»Woher weißt du das?«, fragte Riley, die herumgewirbelt war und Kim musterte.

»Alex hat mich letztes Jahr dahin mitgenommen«, sagte sie verlegen.

»Und du bist nie auf die Idee gekommen, uns das zu erzählen?« Heather schnappte beleidigt nach Luft. Kim zuckte nur die Achseln und las weiter.

Ein Klopfen an der Tür unterbrach das Gespräch, bevor Heather und Riley Kim mit weiteren Fragen löchern konnten. »Jackie?«, fragte Alex und streckte den Kopf herein.

»Ja?« Ich blickte über meine Schulter zur Tür.

»Oh, ich wusste nicht, dass ihr schon da seid«, sagte Alex und schwang die Tür ganz auf.

»Ich habe dir eine SMS geschickt«, erwiderte Kim, die weiter wie gebannt in ihr Buch starrte.

»Tut mir leid, ich habe mich für die Party fertig gemacht«, antwortete Alex. »Ich bin eigentlich nur gekommen, um mir Jackie zu schnappen. Wir brauchen Hilfe beim Dekorieren.«

»Wir helfen alle mit!«, rief Heather. »Was ist das Thema dieses Jahr?«

»Es gibt ein Thema?«, fragte ich.

»Ja. Ich wollte eine Superheldenparty, aber die Jungs haben mich überstimmt«, erklärte er. »Dieses Jahr veranstalten wir ein Lu'au. Danny ist gerade vom Einkaufen zurück – mit Hunderten Blütenkränzen, Petroleumfackeln und einer aufblasbaren Palme.«

»Eine Bikini-Party!«, kicherte Heather.

»Ja«, sagte Alex und verdrehte die Augen. »Dreimal darfst du raten, wessen Idee das war.«

Ich brauchte nicht zu raten.

KAPITEL 15

Die Lichtung war von Fackeln erleuchtet, an den Bäumen hingen Weihnachtslichterketten. Die Flammen tanzten auf der glitzernden Wasseroberfläche und die rhythmische Musik verlieh der ganzen Szene etwas Hypnotisches. Wenn jemand in den Teich sprang, spritzte das Wasser auf wie ein Diamantenregen.

»Es ist wunderschön«, flüsterte ich.

»Danke«, sagte Danny, der neben mich getreten war. »Ich hab den ganzen Nachmittag daran gearbeitet. Ich musste Jack und Jordan bestechen, damit sie auf die Bäume klettern und die Lichterketten anbringen.«

»Das war es wert.«

»Gut. Es hat mich das Taschengeld von zwei Wochen gekostet.«

Riley, Heather und Skylar, die noch nie zuvor am Wasserfall gewesen waren, zogen sich schnell bis auf ihre Badesachen aus. Ich wusste, wie kalt das Wasser war, und beschloss, mir das Schwimmen zu sparen. Stattdessen ging ich zu Alex und Kim, die mit Freunden um den Picknicktisch saßen.

»Seid mir gegrüßt, ruhmreiche Dame«, sagte einer der Jungen, als ich näher kam. Sein langes Haar war schon seit einiger Zeit nicht mehr gewaschen worden. Fettige Ponyfransen glänzten im Flackern der Petroleumfackeln.

Ich sah Alex fragend an.

»Malcolm.« Alex zog mich auf seinen Schoß. »Das ist meine *Freundin,* Jackie.« Er betonte »Freundin«. »Jackie, das sind Malcolm und der Rest meiner Gilde.«

Neben Malcom gehörten zu der GoG-Gilde zwei weitere Jungen – einer mit mageren Armen und einer langen Hakennase und ein anderer mit Haaren, die in einem schrecklichen Blauton gefärbt war.

»Es ist mir eine Ehre, die Bekanntschaft der holden Maid unseres furchtlosen Anführers zu machen«, verkündete Malcolm, ergriff meine Hand und küsste sie.

»Alter, versuchst du, mich in Verlegenheit zu bringen?«, fragte Alex seinen Freund, und Kim brach in Gelächter aus.

»Könnte schlimmer sein«, sagte der blauhaarige Junge. »Zumindest hat er sie nicht auf Sindarinisch begrüßt.«

»Ähm – freut mich auch, dich kennenzulernen«, erwiderte ich und zog Malcolm meine Hand weg. Ich hatte keinen Schimmer, welche Sprache Sindarinisch war. Und während ich versuchte, mir unbemerkt die Hand an meiner Hose abzuwischen, überlegte ich bereits, wie sich das Gespräch schnell wieder beenden lassen würde. Vielleicht hätte ich doch schwimmen gehen sollen …

»Ah, die Dame spricht, und das in solch erfreulichem Ton.«

»Ernsthaft, Mann.« Alex schlug seinem Freund auf die

Schulter. »Wenn du das nicht bleiben lässt, werde ich mich nie wieder mit dir in der Öffentlichkeit zeigen.«

»Soll ich ein paar Bier holen?«, fragte ich Alex, während ich unter dem Tisch mein Bein von seinem löste und über die Bank kletterte. Ich selbst würde nichts trinken, nicht nach meiner letzten Erfahrung, aber im Moment war mir jede Ausrede recht, um wegzukommen.

»Das wäre super.«

Ich war verschwunden, bevor Malcolm noch ein weiteres peinliches Wort murmeln konnte. Das Fass befand sich am Rand der Lichtung, direkt vor der Baumreihe. Als ich dort ankam, bediente Nick gerade den Zapfhahn.

»Hi«, sagte ich und versuchte, so energisch wie möglich zu klingen. Nick hatte etwas an sich, das mich verunsicherte. Vielleicht lag es daran, dass er Coles bester Freund war oder dass er meistens so unfreundlich war. »Zwei für mich, bitte.«

»Immer nur eins.« Er hielt mir ein Glas hin. »Hausregeln.«

»Wenn man bedenkt, dass ich hier wohne und du nicht«, erwiderte ich und stemmte meine freie Hand in die Hüfte, »dürfte es eigentlich kein Problem sein, die Regeln ein bisschen zu biegen. Und das zweite Glas ist für Alex, der, falls du es noch nicht wusstest, ebenfalls hier wohnt.«

Die Leute hinter mir in der Schlange kicherten.

»Von mir aus«, entgegnete er. Während ich darauf wartete, dass er den zweiten Becher füllte, war die Atmosphäre angespannt. Ich nahm das Getränk wortlos entgegen und wandte mich zum Gehen.

»Hey, pst!« Jemand zerrte mich in die Bäume und Bier schwappte über meine Arme.

»Cole?«, fragte ich, als ich aufsah und ihn erkannte. »Was zur Hölle soll das?«

»Können wir reden?«, fragte er und deutete mit dem Kopf hinter sich.

»Ich hole gerade Bier für Alex und mich«, erklärte ich ihm.

»Es ist wichtig.«

»Das ist schön, aber ich bin mitten in einem interessanten Gespräch«, log ich und sah zu dem Tisch hinüber, an dem Alex und seine Freunde saßen.

»Mit wem? Den Dungeons-and-Dragons-Freaks?«

»Musst du immer so gemein sein?«

»Musst du immer so stur sein?«

»Ich bin nicht stur.«

»Ich brauche nur zehn Minuten. Könntest du so viel deiner Zeit für mich erübrigen?«

Ich dachte an Malcolm, den Ritter ohne Punkt und Komma. »Fünf«, brummte ich schließlich.

»Das reicht«, antwortete Cole, nahm mir die Gläser aus den Händen und kippte ihren Inhalt auf den Boden. »Gehen wir.«

»Hey!«, beschwerte ich mich und sah auf die leeren Becher. »Für die musste ich anstehen.«

Aber Cole hörte nicht zu. Er zog mich durch das Unterholz und schob Äste aus dem Weg.

»Was ist so wichtig, dass wir uns durch diesen Dschungel

schlagen müssen, um darüber zu reden?«, wollte ich wissen. Von der Party war bereits nichts mehr zu sehen und zu hören.

Ohne mich zu beachten, pflügte er weiter durch das dichte Grün, bis wir auf eine kleine Lichtung kamen.

»Wow.« Das war alles, was ich herausbrachte.

Das Mondlicht ergoss sich über die Baumwipfel und auf die kleine Grasfläche und tauchte die Lichtung in ein wunderschönes, weißes Licht. Es war jedoch nicht das Mondlicht allein, das mir den Atem stocken ließ. Überall wuchsen Hunderte kleiner, weißer Blumen. Ich spürte, dass Cole mich ansah, während ich meine Umgebung in mich aufnahm.

»*Dicentra spectabilis*«, sagte er.

»Was?«

»Die Blumen.« Er deutete mit dem Kopf. »Man nennt sie auch ›Tränendes Herz‹.«

»Sie sind wunderschön«, antwortete ich und nahm eine der Blüten sachte zwischen meine Finger. Sie sahen wirklich wie Herzen aus.

»Normalerweise sind sie rosa«, erklärte er weiter, fasste mich bei der Hand und führte mich zu einem Felsbrocken in der Mitte der Lichtung. »Aber manche Sorten sind weiß.«

»Blühen sie immer nachts?«, fragte ich und zog die Beine unter, als ich mich hinsetzte.

Cole schüttelte den Kopf. »Sie mögen Schatten, daher öffnen sie sich normalerweise gegen Ende des Tages. Diese hier haben sich nur noch nicht geschlossen.«

»Seit wann bist du Blumenexperte?«, fragte ich.

»Ich weiß hier ein bisschen was und da ein bisschen was. Meine Mom liebt Gartenarbeit. Warte nur, bis du sie an ihren Blumenbeeten arbeiten siehst.« Er lächelte mich an und rutschte ein wenig näher.

»Also, worüber wolltest du so dringend mit mir reden?« Eigentlich waren seine fünf Minuten bereits abgelaufen. Er verstummte und sah weg, als ich versuchte, seinen Blick festzuhalten. »Cole, warum hast du mich hierhergebracht?«, fragte ich. Ich wollte keins von seinen Spielchen spielen.

»Jackie …« Er strich sich das Haar zurück, einen bedauernden Ausdruck in den Augen, und ich wusste, dass er versuchte, sich irgendwie für die Nacht der Toilettenpapieraktion zu entschuldigen.

»Nein.« Ich trat einen Schritt von ihm weg. »Nein, nein. So geht das nicht, Cole. Keine Chance.«

»Würdest du mir bitte einfach zuhören?«

»Warum?«, fragte ich. »Alles, was du mir bei Will erzählt hast, war eine Lüge.«

»Das ist nicht wahr!«

»Ist es doch! Erst drückst du mir diese bescheuerte reumütige Rede aufs Auge, und was machst du, kaum dass wir zu Hause sind …?«

»Jackie, bitte …«

»Nein, Cole«, fuhr ich ihn an. »Ich habe so was von die Schnauze voll von deinem Scheiß. Du bekommst keine zweite Chance.«

»Was ist mit Alex? Er hat eine zweite bekommen!«

»Das stimmt, Cole. Das hat er. Aber der Unterschied zwischen euch beiden ist, dass das, was *du* getan hast, aus Boshaftigkeit geschehen ist. Und willst du wissen, was ich glaube? Ich glaube, es macht dir Spaß, ein Arschloch zu sein.«

»Verdammt, Jackie!«, explodierte er. »Was hast du erwartet, nachdem ich mich dir geöffnet hatte? Ich erzähle dir von meinen Gefühlen – und du drehst dich um und gehst mit meinem Bruder.«

»Von deinen Gefühlen, Cole? Du hast nie etwas über deine Gefühle gesagt!«

»Dass ich dich mag, Jackie! Mir war nicht klar, dass ich dir das schriftlich geben muss, nach all den Sachen, die ich für dich getan habe.«

»Ach so, jetzt bedeute ich dir also plötzlich etwas? Wenn das wahr ist, warum hast du dann versucht, mir solchen Ärger einzubrocken?«

»Weil du Ja zu Alex gesagt hast!«, schrie er. Und dann ließ er den Kopf sinken, als sei ihm der Dampf ausgegangen. »Warum hast du Ja gesagt?«

Er vergrub den Kopf in den Händen und keiner von uns beiden sagte etwas.

»Cole«, begann ich schließlich. Eine kühle Brise wehte durch die Lichtung und überzog meine Arme mit einer Gänsehaut. Er hob langsam den Kopf, dann sah er mir in die Augen. »Cole, ich verstehe dich nicht. In der einen Minute machst du mit dem ganzen Cheerleader-Team rum, und in der nächsten bist du wütend auf mich, weil ich mit Alex gehe? Das ist nicht fair.«

»So hatte ich mir unser Gespräch nicht vorgestellt«, sagte er und riss ein Grasbüschel aus dem Boden. Er begann die langen, grünen Halme in winzige Fetzen zu zerrupfen.

»Viele Dinge laufen nicht so, wie wir es planen«, antwortete ich. So viel hatte ich gelernt, seit ich in Colorado angekommen war.

»Aber das alles …« – er machte eine Handbewegung, die mich, ihn und diese ganze mysteriöse Sache zwischen uns einschließen sollte – »nichts davon hatte ich *geplant*.«

»Ich auch nicht, Cole«, begann ich. »Und ich versuche immer noch, damit zurechtzukommen.«

Und in dem Moment wurde es mir klar – die Sache mit Romeo und Julia, meine ich. Niemals hatte ich damit gerechnet, dass jemand wie Cole oder Alex in mein Leben treten würde – genauso wenig, wie Shakespeares berühmtestes Paar damit gerechnet hat, sich ineinander zu verlieben. Ich versuchte, mit der ganzen Sache zurechtzukommen, genau wie Romeo und Julia es versuchten. Ihre Art war vielleicht ein bisschen unkonventionell, aber was, wenn das das Beste war, was sie in ihrer Situation tun konnten? Eventuell hatte ich ein vorschnelles Urteil über die beiden gefällt.

Ich hatte so lange versucht, meine Welt in eine kleine, sichere Schachtel zu zwängen. Aber so funktionierte das Leben nicht. Manchmal kam etwas daher, das nicht in die Schachtel passte. Man konnte nicht alles kontrollieren, weil das Leben nicht dazu gedacht war, immer nur perfekt zu sein. Manchmal musste es drunter und drüber gehen.

Ich stand auf. Gut – ich hatte also keine Kontrolle darüber, dass Cole und Alex in meinem Leben waren und darin Chaos veranstalteten. Aber ich würde es mir einfacher machen als Romeo und Julia und den leichten Ausweg aus der Liebe nehmen. Ich hatte meine Entscheidung bereits in der Nacht getroffen, in der ich zu Alex Ja gesagt hatte. An der galt es jetzt festzuhalten.

»Ich muss zurück auf die Party, bevor sich jemand Sorgen macht«, erklärte ich. »Du solltest das Gleiche tun.«

Cole bewegte sich nicht, als ich mich langsam wieder den Bäumen am Rand der kleinen Lichtung näherte.

Der Garten war ein Meer aus roten Bechern und ich musste jeden einzelnen davon einsammeln.

Will hatte uns bei Tagesanbruch geweckt, damit wir die Spuren der Party beseitigten, bevor Katherine und George nach Hause kamen. Beeindruckt davon, wie ich während des Zusammenbruchs seiner Mom das Kommando übernommen hatte, hatte Will es mir überlassen, die Aufräumarbeiten zu koordinieren. Schnell hatte ich die anstehenden Aufgaben unter den Jungs aufgeteilt. Ich dachte ja, ich hätte mir selbst den doofsten Job gegeben, aber dann hörte ich Isaac aus Richtung des Pools.

»… zu früh für diesen Scheiß«, brummte er genervt und riss sich sein T-Shirt herunter. Ich hatte ihm das Reinigen des Pools zugeteilt. Erst jetzt sah ich, dass er voller Erde und Abfall war und dass mitten im Wasser zwei Gartenstühle schwammen. Ganz oben an der Stange des Basketballkorbs, der an einem Ende über das Wasser ragte, hatte irgendein Witzbold ein Bikinioberteil festgebunden. Murrend ergab sich Isaac seinem Schicksal und sprang in das trübe Wasser. Die Plastikbecher, die auf der Oberfläche trieben, schaukelten dabei auf und ab wie kleine Bojen.

Danny war für das Innere des Hauses zuständig, das ziemlich wüst aussah, obwohl die Party eigentlich auf den Garten beschränkt gewesen war. Will und Haley kümmerten sich um den Vorgarten, und Cole hatte ich aus naheliegenden Gründen zum Wasserfall geschickt, um dort sauber zu machen.

Am vergangenen Abend war ich nach unserem Gespräch auf der Lichtung zur Party zurückgekehrt und hatte die Nacht am Tisch mit Alex und seinen Freunden verbracht. Malcolm hatte die ganze Zeit über fürchterlich genervt, mich angemacht und nur peinliches Zeug geredet, bis ihm Alex schließlich ein Bad im eiskalten Wasser des Teichs verabreicht hatte. Coles Rückkehr war mir entgangen. Irgendwann war er mir dann aufgefallen, ein Bier in der Hand und den anderen Arm um Olivia gelegt. Er war den Rest des Abends auf Abstand geblieben, wobei ich ihn mehr als einmal dabei ertappte, wie er von der anderen Seite des Strandes zu mir herüberspähte.

Heute Morgen nach dem Aufstehen war die Stimmung eher mäßig gewesen. Und obendrein hatten wir eigentlich gar keine Zeit fürs Frühstück. Also stellten wir uns in einer langen Reihe entlang der Küchentheke auf, um Toast sozusagen »wie am Fließband« zu produzieren. Danny schob das Brot in den Toaster. Immer wenn die zwei Scheiben herausgesprungen waren, reichte er sie an Isaac weiter, der sie auf einem Pappteller platzierte und dann zu Cole weiterschob. Der strich Marmelade auf eine der Scheiben und gab dem Teller einen Schubs, sodass er bei mir landete. Ich war dann dafür zuständig, die zweite Scheibe mit Butter zu bestreichen. Zum Schluss schnitt Alex beide Stücke durch und beförderte den Teller auf den Küchentisch. Mir war nach wie vor schleierhaft, wie ich in der engen Reihe genau zwischen Alex und Cole gelandet war. Cole jedenfalls war seine Position sichtlich unangenehm.

Für die Aufräumarbeiten hatte ich ihm den Wasserfall zugeteilt, damit ich ihn erst mal nicht mehr sehen musste. Als Alex, der einige Schritte von mir entfernt mit einer Mülltüte hantierte, dann zum millionsten Mal davon anfing, wie leid ihm das mit gestern Nacht täte, wünschte ich mir kurz, ich hätte ihn ebenfalls dorthin geschickt.

»Alex«, erwiderte ich und hob einen Plastikbecher aus dem glitzernden, taufeuchten Gras. Ich warf ihn in meine Tüte und ein Hauch von schalem Bier stieg mir in die Nase. »Wie oft muss ich es denn noch sagen? Hör auf, dich zu entschuldigen.«

»Ich fühle mich einfach mies, dass du dich die ganze Nacht mit Malcolm abgeben musstest.«

Ich wusste, dass er sich wirklich Sorgen machte, dass der Eindruck, den ich von seinen Freunden hatte, auf ihn zurückfallen würde. Mir war aber tatsächlich schnurzpiepegal, wie seltsam Malcolm war, solange ich nicht mehr mit ihm rumzuhängen brauchte. Ich machte mir eher Sorgen darüber, dass wir viel zu lange zum Aufräumen brauchten. Wenn Alex mehr Zeit ins Arbeiten und weniger ins Lamentieren investiert hätte, wären wir vielleicht bereits fertig gewesen.

»So schlimm war es gar nicht«, log ich. »Lass uns einfach zusehen, dass wir fertig werden.«

»Bist du dir sicher?«, fragte Alex wieder. Ich warf ihm einen Blick zu, der jeden Zweifel beseitigen musste. »Okay, alles klar! Mehr Becher, weniger reden.«

Wie durch ein Wunder schafften wir es dann doch, das Party-Chaos zu beseitigen, bevor Katherine und George zurückkamen. Als die beiden schließlich in die Einfahrt einbogen, waren Nathan und ich bereits wieder mit Prüfungsvorbereitungen beschäftigt. Nathan hatte mich gefragt, ob wir bei mir lernen könnten, da er sich in seinem Zimmer nicht konzentrieren konnte, weil Alex noch schnell eine Runde GoG spielen wollte, bevor seine Eltern nach Hause kamen.

Durch mein offenes Fenster wehte eine schon beinahe sommerliche Brise herein, strich mir über den Nacken und kühlte meine klebrige Haut. Mir schwirrte der Kopf von den ganzen Daten, die ich für die Geschichtsprüfung auswendig lernen musste. Ich schloss die Augen, lehnte meinen Kopf gegen die Wand und versuchte, mich zu entspannen. Leichter gesagt als getan. Ich sah zu Nathan hinüber, der seine Karteikarten durchblätterte und dabei mit dem Kopf hin und her wippte. Er hatte Kopfhörer auf, aus denen deutlich hörbar der hämmernde Beat irgendeines Rocksongs dröhnte.

»Hey, Nathan«, rief ich in dem Versuch, seine Aufmerksamkeit zu erregen. Keine Antwort. »Nathan!«, schrie ich. Er zuckte zusammen und ließ seine Karteikarten fallen. Dann drückte er einen Knopf auf seinem MP3-Player und sah verwundert zu mir herüber.

»Was ist los?«

Ich lachte. »Nichts. Ich wollte bloß reden. Wie kannst du dich überhaupt bei diesem Lärm konzentrieren?«

»Oh«, sagte er und beugte sich runter, um ein paar Karteikarten aufzuheben. »Das macht mir nichts aus. Ich bin mit so viel Lärm in diesem Haus groß geworden.«

»Und deswegen kannst du nur arbeiten, wenn du dich mit ohrenbetäubender Musik zudröhnst?«, fragte ich wenig überzeugt.

Nathan zuckte die Achseln. »Wenn es hier zu leise wird, fühlt es sich so an, als stimme etwas nicht.«

»Ja, das verstehe ich. Sag mal, wo warst du denn gestern?«, fragte ich dann. »Ich habe dich auf der Party nicht gesehen.«

»Ich durfte nicht hin. Will brauchte jemanden, um auf die Kleinen aufzupassen, während er mit der Party-Aufsicht alle Hände voll zu tun hatte. Außerdem meinte er, dass ich für die Party sowieso noch zu jung wäre. Lee durfte allerdings letztes Jahr hin, da war er auch erst in der Neunten, aber damals hatte Cole das Sagen.«

»Das ist ja doof«, erwiderte ich, denn ich wusste, was den Jungs die Party bedeutete.

Er dachte kurz darüber nach. »Eigentlich nicht«, sagte er dann. »Diese ganze Partyszene ist sowieso nicht wirklich mein Ding.«

»Ja, geht mir genauso.« Kaum waren die Worte aus meinem Mund heraus, wurde mir klar, dass das so nicht mehr ganz stimmte. Seit meinem Umzug nach Colorado war ich auf mehr Partys gewesen als in meinem ganzen Leben davor.

Nathan war der Widerspruch wohl nicht so klar wie mir, denn er redete einfach weiter. »Nur das mit dem Einschlafen hat nicht so gut geklappt, bei all dem Lärm draußen. Und dann war da natürlich noch die Essensschlacht.«

»Essensschlacht?«

»Zack und Benny sind sich über die Frage in die Haare geraten, wer besser ist, der Grüne Kobold oder dieser Tintenfischtyp. Ich habe seinen Namen vergessen.«

»Dr. Oktopus«, half ich ihm.

»Ja, genau. Jedenfalls haben sie angefangen, sich mit Popcorn zu bewerfen. Als ihnen das ausgegangen war, ging's mit Traubensaft in die zweite Runde. Hat eine Ewigkeit gedauert, alles wieder sauber zu kriegen.«

Ich wollte gerade über eine Antwort nachdenken, da hörte ich die Haustür aufschlagen und jemanden brüllen: »Hüh, Pferdchen!«

Ich war gerade noch rechtzeitig am Fenster, um zu sehen, wie Isaac mit Parker auf dem Rücken von der Veranda fegte. Parker konnte sich gerade so auf ihn halten, weil sie beide Hände dazu brauchte, ihre riesige Wasserpistole festzuhalten. Um den Hals hing ihr ein viel zu großer Cowboyhut und ihre Füße steckten in einem uralten Paar ausgelatschter Cowboystiefel.

Die Tür schlug abermals auf, und dann sah ich Benny und Zack – in Badehosen und mit Kriegsbemalung im Gesicht – von den Stufen springen und mit wildem Gejaule die Verfolgung aufnehmen. Jetzt nahmen sie ihr Ziel mit Wasserbomben unter Beschuss.

»Falsche Richtung, Pferd!«, rief Parker und gab Isaac einen Klaps auf den Hintern. »Los, die schnappen wir uns!«

Ich kicherte und schob das Fenster ganz auf, um mich auf die Fensterbank zu setzen und das Spektakel aus sicherer Entfernung zu beobachten. Während ich es mir auf meinem Logenplatz bequem machte, sah ich, wie sich Zack unter einem Wasserstrahl aus Parkers Waffe wegduckte. Dabei flog ihm sein improvisiertes Indianerstirnband vom Kopf.

»Auszeit!«, brüllte Benny, damit sein Kampfgefährte seinen Kopfschmuck wieder auflesen konnte. Parker kümmerte sich nicht darum.

»Hey, das ist nicht fair!«, schrie Zack seine Schwester an, als diese ihm ungerührt eine Ladung aus ihrer Wasserpistole ins Gesicht verpasste. »Er hat Auszeit gesagt!«

»Ich höre nicht auf Wilde!«, verkündete Parker. Dann zerplatzte eine Wasserbombe an ihrem Arm.

»*Kinder!*«, rief George ungehalten, der in diesem Moment auf der Veranda erschienen war. »Als ich dir gesagt habe, dass der Hund nicht zum Reiten da ist, habe ich eigentlich nicht gemeint, dass du stattdessen Isaac nehmen sollst. Er soll mir eigentlich dabei helfen, das Spülbecken zu reparieren!«

Isaac verzog den Mund und ließ Parker von seinem Rücken gleiten.

»Ach Menno!«, beschwerte sich Parker und verschränkte die Arme vor der Brust. »Jetzt seid ihr einer mehr.«

»Hey, Jackie!«, rief Zack, als er mich im Fenster entdeckte. »Willst du Wilder Westen spielen?«

»Natürlich will sie«, stellte Parker ohne Rücksprache mit mir fest und schickte mir zielgenau einen Wasserstrahl aus ihrer Waffe durchs Fenster.

»Hey!«, kreischte ich, halb erschrocken, halb angestachelt, den Kampf aufzunehmen. »Wag es nicht!«

Sie drückte abermals ab. Ich versuchte, nach hinten auszuweichen, und fiel mit einem lauten Plumps auf den Boden.

»Leute«, rief Nathan hinter mir. »Wir versuchen hier zu lernen.«

Ich rappelte mich gerade vom Boden hoch, da flog die Tür zu meinem Zimmer auf. In der Tür stand Katherine, schwer atmend und kreidebleich.

»Was ist passiert? Hat es bei euch so gekracht?« Katherines Blick suchte Nathan, und als sie ihn bei bester Gesundheit an meinem Schreibtisch sitzen sah, stieß sie einen Seufzer der Erleichterung aus. »Gott sei Dank«, hörte ich sie flüstern.

»Es geht mir gut, Mom«, sagte Nathan genervt.

»Es tut mir leid. Ich dachte, es sei etwas Schlimmes …«

»Das war meine Schuld, Katherine«, unterbrach ich sie. »Ich wollte dir keinen Schreck einjagen. Ich habe mich einfach dumm angestellt.«

Sie sah erst mich an, dann Nathan. »Seid ihr sicher, dass alles in Ordnung ist?«, fragte sie, immer noch nicht ganz überzeugt.

»Ja, Mom, ganz sicher«, gab Nathan langsam zurück, und ich konnte sehen, dass er sich beherrschen musste, um nicht zu schreien.

In dem Moment sah ich etwas Rotes an mir vorbeifliegen. Erst als sie schon auf dem Boden zerplatzt war, begriff ich, dass es eine Wasserbombe gewesen war. Draußen kreischendes Gelächter.

»*Kinder!*«, schrie Katherine. Das Gekicher erstarb. »Was habe ich euch über Wasserbomben im Haus gesagt? Sofort rein mit euch!«

Sie stürmte aus dem Zimmer und ließ uns verblüfft und schweigend zurück. War sie nur wegen der Kleinen so ausgerastet? Oder stand sie noch so unter Spannung, weil sie gedacht hatte, Nathan hätte wieder einen Anfall gehabt? Ich blieb still, bis Nathan schließlich deutlich hörbar die Luft ausstieß, die er angehalten hatte.

»Soll ich gehen?«, fragte ich, obwohl wir in meinem Zimmer waren. Er sah aus, als wollte er seine Ruhe haben.

»Nein!«, gab er barsch zurück und blätterte wütend in seinen Karteikarten. Dann seufzte er und fügte hinzu: »Entschuldige, Jackie. Ich wollte dich nicht anschreien. Ich würde nur einfach gern weiterlernen.«

»Schon gut«. Dann versuchte ich, mich wieder aufs Lesen zu konzentrieren. Aber irgendwie wollten sich die Wörter nicht zu sinnvollen Sätzen zusammenfügen. »Willst du darüber reden?«, fragte ich schließlich und sah zu ihm hinüber.

»Mir geht es gut«, sagte er nach kurzem Zögern. »Aber es nervt einfach, wenn man keine Privatsphäre mehr hat. Meine Mom springt ständig um mich herum. Es überrascht mich, dass sie nicht nachts in meinem Zimmer auf dem Boden schlafen will.«

»Sie macht sich einfach Sorgen um dich«, entgegnete ich, unsicher, wie ich reagieren sollte.

»Ich weiß.« Er seufzte und fuhr sich mit der Hand durch seine Haare. »Ich will einfach nur mein altes Leben zurück.«

Ja … Was hätte ich ihm darauf antworten sollen? Ich sah ihn stumm an, dann ließ ich den Blick sinken, und wir saßen einfach nur da, jeder in seine Gedanken versunken.

Ich fuhr erschrocken hoch, als die Tür abermals aufgestoßen wurde.

»Hey, Jackie?« Alex stand da und strahlte wie ein aufgeregtes Kind.

»Was ist los?«

»Nichts Besonderes. Habe mich bloß gefragt, ob du später zu meinem Baseballspiel mitkommen willst. Es ist das letzte in diesem Jahr.« Seine Mundwinkel hoben sich zu einem erwartungsvollen Lächeln. Wie konnte ich da Nein sagen?

»Sehr gerne, Alex«, antwortete ich ihm und klopfte

neben mir aufs Bett. »Aber vorher musst du mir einen Gefallen tun.«

»Klar«, gab er freudestrahlend zurück.

»Du musst für Anatomie lernen.«

Während ich mir die Hände wusch, pfiff ich ein Lied, das Nathan sich angehört hatte. Ich hatte es geschafft, Alex dazu zu überreden, mit mir unsere Anatomie-Definitionen durchzugehen, und zusammen mit Nathan hatten wir uns während der letzten zwei Stunden in meinem Zimmer verschanzt. Irgendwann war Alex dann wegen seines Spiels unruhig geworden. Ich hatte ihn in sein Zimmer zurückbegleitet und war danach kurz im Badezimmer verschwunden.

Als ich gerade den Wasserhahn zudrehte, hörte ich plötzlich ein Kichern.

»Wer ist da?«, fragte ich und wirbelte herum. Ich hörte, wie jemand versuchte, ein Lachen zu unterdrücken, und riss den Duschvorhang zurück. »Benny!«, kreischte ich, als ich ihn zusammengekauert in der Wanne sitzen sah. »Was machst du hier?«

»Verstecken spielen. Mom hat uns die Wasserbomben weggenommen«, erklärte er mit enttäuschter Miene. Aber dann grinste er und fügte hinzu: »Trägst du immer gepunktete Unterwäsche?«

Ich zählte im Kopf langsam bis drei und atmete einige Male tief ein und aus. »Benny«, sagte ich dann, »warum hast du denn nichts gesagt, als ich hereingekommen bin?«

»So spielt man doch nicht Verstecken«, flüsterte er verschwörerisch und legte einen Finger an die Lippen. »Da muss man ganz leise sein.«

»Aber ich musste auf die Toilette ...«

Die Tür wurde aufgerissen. Irgendwie schien das im Haus der Walters der Normalfall zu sein – Anklopfen Fehlanzeige. »Ich hab dich!«, schrie Zack.

»Hab ich gewonnen?«, fragte sein Zwillingsbruder eifrig und kletterte aus der Wanne.

»Nein, hast du nicht!«, rief Parker dazwischen und drängelte sich an Zack vorbei ins Badezimmer. »Zack hat gemogelt. Er hat geblinzelt, als ich mich versteckt habe!«

»Hab ich nicht!«

»Hast du doch!«

»Du bist bloß zu doof, dich richtig zu verstecken!«, sagte Zack und versetzte seiner Schwester einen Schubs.

»Bin ich nicht!«, schrie Parker zurück.

»Ich hab gewonnen! Ich hab gewonnen!«, sang Benny und tanzte vor Freude über den Badezimmerboden.

»Leute!«, versuchte ich, den Streit zu schlichten. »Wie wär's mit noch einer Runde? Ich spiele mit. Diesmal wird nicht geblinzelt.«

Ich bedachte Zack mit einem Mach-keine-Dummheiten-Blick. Der grinste, drehte sich um und lief in sein Zimmer, um zu zählen. »Eins. Zwei. Drei«, begann er langsam. Dann: »Vier-fünf-sieben-zehn!«

Parker flitzte aus dem Badezimmer, während Zack unter Auslassung einiger unwichtiger Zahlen bis sechzig zählte. Ich machte mich auf die Suche nach einem Versteck und merkte schnell, dass ich mir einen winzigen Schatten zugelegt hatte. »Benny, du kannst mir nicht auf Schritt und Tritt nachlaufen … ich muss mich doch verstecken.«

»Darf ich mich mit dir verstecken?«, fragte er, schob die Unterlippe vor und sah mich mit großen Augen an.

»Na gut«, lenkte ich ein, außerstande, dem kleinen Charmeur zu widerstehen. Ich öffnete den Wäscheschrank, nahm einige Handtücher heraus und räumte ein Regalbrett frei. »Na dann komm mal her, du«, sagte ich, nahm ihn unter den Achseln und half ihm, auf das Regalbrett zu klettern. Er zog die Knie an die Brust, und ich stapelte die Handtücher vor ihm auf, so gut es ging. Dann zwängte ich mich selbst in den Schrank und zog die Tür zu.

»Hier findet er mich nie«, kicherte Benny.

»Hey«, flüsterte ich. »Ich dachte, man muss still sein.«

Wir waren erst seit ein paar Minuten hier, und trotzdem begann ich bereits, unruhig zu werden. Das war das Blöde am Versteckspielen – irgendwann musste man immer pinkeln. Gerade als ich es nicht länger aushalten konnte, ging die Schranktür auf.

»*Ahhh!*«, schrie Cole und sprang erschrocken zurück, als er mich sah. Beinahe wäre ihm das Handtuch heruntergefallen, das er sich um die Taille geschlungen hatte. Er musste auf dem Weg in die Dusche gewesen sein. »Was genau machst du bitte im Schrank?«

»Eins, zwei, drei, vier Eckstein, alles muss versteckt sein«, rief Zack aus seinem Zimmer. Benny zupfte panisch an meinem T-Shirt. Mist, wir würden als Erste gefunden werden.

»Rein mit dir«, sagte ich kurz entschlossen, packte Cole am Handgelenk und zerrte ihn in den Schrank.

Es war eng – sehr eng. Die Regalbretter bohrten sich mir in den Rücken und Coles ganzer Körper wurde an meinen gepresst.

»Hast du's dir anders überlegt und willst jetzt doch nicht länger mit Alex zusammen sein?«, fragte Cole. Ich konnte ihn in der Dunkelheit nicht sehen, dafür spürte ich umso deutlicher seinen Atem auf meinem Gesicht.

»*Was?*«

»Na ja, du hast mich gerade halb nackt zu dir in den Schrank gezogen. Ich gehe mal davon aus, dass du mir jetzt deine unsterbliche Liebe beichten und zugeben wirst, dass du in der Nacht der Party einen Fehler gemacht hast. Dann könnten wir heißen, leidenschaftlichen Se…«

»Halt die Klappe, Cole«, zischte ich ihn an, und mein Gesicht wurde warm. »Ich habe meine Meinung überhaupt nicht geändert. Wir spielen Verstecken, und du warst drauf und dran, alles zu verderben.«

»Okay, na schön. Dann überspringen wir die unsterbliche Liebe und kommen gleich zum lustigen Teil.«

»Cole!«, fauchte ich und trat ihm auf den Fuß. »Sei jetzt endlich still!«

»Spinnst du? Das hat wehgetan!«

»Könnt ihr euch nicht einfach küssen oder so etwas?«, beklagte sich jetzt Benny. »Dann wärt ihr zumindest leise. Ich will gewinnen.«

»Heilige Scheiße – *Benny?*«, rief Cole und drückte sich

vor Überraschung noch enger an mich. »Ist hier sonst noch jemand drin?«

»Ja«, gab ich zurück. »Carmen Sandiego und Wo ist Walter. Ruhe jetzt!«

Cole gehorchte. Aber als es still wurde, hörte ich mein Herz so laut schlagen, dass ich fürchtete, man würde es im ganzen Haus hören.

KAPITEL 16

»›Weh mir! Gram dehnt die Zeit! War das mein Vater, der so eilig ging?‹« Danny legte sich eine Hand aufs Herz, mit der anderen umklammerte er sein Manuskript.

»›Er war's. Und welcher Gram dehnt Euch die Stunden?‹«, erwiderte Isaac mit dröhnender Stimme und fuchtelte dabei wild mit den Händen in der Luft herum.

»Gott sei Dank, dass du nicht mitspielst«, murmelte ich in seine Richtung und verzog dabei das Gesicht, als hätte ich etwas Saures im Mund.

Danny, Isaac und ich saßen auf der Tribüne und sahen uns Alex' Baseballspiel an. Die metallenen Sitze glühten von der Nachmittagssonne, und mein Rock zwang mich, ganz vorne an der Stuhlkante zu sitzen, damit ich mir nicht die Beine verbrannte. Mein Freund war weit draußen im linken Feld, ich konnte ihn im gleißenden Sonnenlicht kaum ausmachen.

»›Dass ich entbehren muss, was sie verkürzt.‹«, fuhr Danny fort.

Als Isaac nicht antwortete, weil er auf dem Spielfeld gespannt einen möglichen Homerun verfolgte, stieß Danny ihm den Ellbogen in die Seite.

»Oh, ähm ›Entbehrt Ihr Liebe?‹«, las er weiter. Danny

hatte Isaac genötigt, seinen Part mit ihm durchzugehen, damit ich Alex in Ruhe beim Spielen zusehen konnte.

Danny seufzte, ganz der liebeskranke Romeo. »Nein.«

Dann sprang Isaac wie von der Tarantel gestochen auf. »Hat er den Ball?«, rief er aufgeregt. »*Hat er ihn?* Ich kann nichts sehen, weil mich die Sonne so blendet.«

»Häh?« Ich wusste nicht, wovon er sprach. Ich versuchte zwar, mich auf das Spiel zu konzentrieren, aber die schwüle Hitze machte meinem Kopf zu schaffen.

»Vergiss es«, brummte Isaac und setzte sich wieder hin. »Du bist ja gar nicht richtig bei der Sache.«

»Du auch nicht«, warf Danny genervt ein. »Wir sollten längst mit diesem Akt durch sein.«

»Warum musst du das überhaupt noch mal durchgehen? Ihr hattet doch schon Generalprobe«, beschwerte Isaac sich. Als Danny ihn anfunkelte, seufzte er und sah wieder in den Text. »›Nein, Lieb entbehr ich, wo ich lieben muss.‹«

Danny sprach seine Zeile, ohne auf das Papier hinabschauen zu müssen.

»Du bist raus!«, kam plötzlich die Stimme des Schiedsrichters vom Spielfeld.

»Ja!«, schrie Isaac und reckte die Faust in die Höhe. »Waren das zwei oder drei?«

»Zwei, glaub ich«, antwortete ich geistesabwesend, aber dann sahen wir Alex' Team vom Feld Richtung Spielerbank joggen.

Isaac sah mich an und verdrehte die Augen. »Kein großer Baseballfan, oder?«

»Doch, eigentlich schon«, widersprach ich und presste mir eine Hand gegen meine schweißnasse Stirn. »Ich mag die Yankees. Es ist einfach so, dass …«

»… dass sie nicht aufhören kann, an Cole zu denken. Und du«, fügte Danny hinzu und pikste seinem Cousin einen Finger in die Brust, »vergisst immer wieder, dass du mir beim Üben helfen solltest. Du bist wirklich ein grauenvoller Benvolio, Isaac.«

»Hey!«, riefen Isaac und ich wie aus einem Mund.

»Ich denke nicht an Cole«, verteidigte ich mich.

»Und ich bin ein großartiger Schauspieler. Oscarverdächtig, vielen herzlichen Dank«, fügte Isaac hinzu und fuchtelte mit dem Zeigefinger vor Dannys Gesicht hin und her.

»Isaac, wenn ich mich richtig erinnere, warst du nicht einmal fähig, einen Baum zu spielen, ohne es zu vermasseln.«

»Mann, das war im Kindergarten«, murmelte Isaac, aber Danny hatte seine Aufmerksamkeit schon mir zugewandt.

»Jackie, ich bin vielleicht eher der ruhige Typ, aber nicht blind«, eröffnete er mir. »Der benebelte Blick, den du hast, seit ihr zwei aus dem Schrank gekommen seid, sagt etwas anderes.«

»Sagt was?«, wollte Isaac wissen.

»So ist es aber nicht«, widersprach ich. »Ehrlich.« Danny mochte viel mitkriegen, weil er eher der stille Beobachter war, aber dieses Mal war er auf dem falschen Dampfer.

»Natürlich nicht«, sagte Isaac.

Ja, gut. Vielleicht sagte ich nicht ganz die Wahrheit. Ja, ich dachte an Cole, aber nicht so, wie sie glaubten. Und das war genau der Grund, warum ich mich nicht auf das Baseballspiel konzentrieren konnte. Bei unserem Versteckspiel hatte Zack eine Ewigkeit gebraucht, uns zu finden. Schließlich hatte Cole sich über Bennys Proteste hinweggesetzt und einfach die Schranktür geöffnet. Seine Dusche lief und irgendwann würde das warme Wasser aufgebraucht sein. Danny hatte uns beide aus unserem Versteck stolpern sehen, und ich hatte da schon befürchtet, dass er vielleicht einen falschen Eindruck bekommen hatte.

»Da ist nichts zwischen Cole und mir«, bekräftigte ich noch einmal. »Danny, du hast auch Benny aus dem Schrank klettern sehen. Sag Isaac das.«

»Was zum Geier hat Benny mit euch beiden da drin gemacht?«, warf Isaac ein. »Das ist widerlich und garantiert nicht jugendfrei. Der arme Benny wird fürs Leben gezeichnet sein.«

»Wir haben Verstecken gespielt«, erklärte ich. Langsam regte sich Panik in mir. »Komm schon, Danny, sag ihm die Wahrheit.«

»Ich weiß nicht, Jackie«, meinte er mit todernstem Gesicht. »Cole hatte nicht einmal ein Hemd an.«

Isaac hob seinen Zeigefinger. »Also, das ist jetzt schon ein bisschen heftig.« Er legte mir eine Hand aufs Bein und grinste. »Warum bin ich nicht eingeladen gewesen?«

»Isaac, du bist widerlich.« Ich stieß ihn weg.

»Hast du ihm mit den Zähnen das Hemd heruntergerissen?«, fragte er und hob vielsagend die Augenbrauen.

»Er wollte unter die verdammte Dusche!«, rief ich.

Einige Mütter, die in unserer Nähe saßen, drehten sich um und sahen mich stirnrunzelnd an. Beide Jungen taten einen Moment dasselbe, bevor sie in einen tosenden Lachanfall ausbrachen.

»Es macht Spaß zuzusehen, wie du dich windest«, stieß Isaac mit erstickter Stimme hervor, und ich boxte ihm in die Schulter.

»Wir ziehen dich doch nur auf, Jackie«, gluckste Danny und wischte sich eine Träne aus dem Auge.

»Nicht lustig«, grummelte ich, verschränkte die Arme vor der Brust und starrte auf das Spielfeld.

»Komm schon, Jackie.« Isaac legte mir eine Hand auf den Arm. »Ich habe doch nur Spaß gemacht.«

Ich streckte ihm die Zunge heraus und wandte mich dann wieder dem Spiel zu.

»Willst du mich für den Rest des Tages ignorieren? Ich kann nämlich ziemlich nervig sein, wenn ich will.« Er pikste mir in die Wange.

Ich schob seine Hand beiseite und antwortete: »Klar kann ich das. Jetzt sei still. Alex schlägt.«

Alex erwischte den schwierigen Ball super. Er flog weit, schlug auf, hüpfte ein paar Mal und rollte dann noch ein ganzes Stück weiter, bis er schließlich genau zwischen zwei Spielern liegen blieb. Alex schaffte es bis zur Second Base.

»Yeah, Alex!«, schrie ich begeistert und sprang aufgeregt auf und ab.

»Oh, Alex!«, piepste Isaac, »du bist so verdammt sexy,

dass ich mit deinem älteren Bruder im Wäscheschrank rumgemacht habe!«

Danny verschluckte sich bei dem Versuch, nicht zu lachen. Ich wirbelte herum und boxte Isaac abermals gegen die Schulter.

»Verflixt, Jackie! Du wirst meiner zarten Haut noch einen blauen Fleck bescheren«, jammerte er weinerlich und rieb sich dabei die Schulter.

»Gut«, antwortete ich und setzte mich wieder hin, um dem nächsten Schlagmann zuzuschauen.

Dannys Telefon klingelte. »Hey, Dad«, sagte er zur Begrüßung. »Jetzt sofort?« Er zögerte. »Okay, wir sind in ein paar Minuten da.« Danny klappte sein Handy zu und eröffnete uns, dass er Zack und Benny von deren Fußballspiel abholen musste.

Ich runzelte die Stirn. Es standen noch vier Innings aus. Danny hatte uns hergefahren, wie sollten wir nach Hause kommen, wenn er jetzt ging?

»Ich komme auch mit.« Isaac stand auf.

»Aber was ist mit dem Rest des Spiels?«, fragte ich.

»Du kannst ja noch hierbleiben, wenn du willst«, schlug Isaac vor. »Alex ist mit dem Fahrrad da. Da habt ihr schon zu zweit drauf Platz.«

»Ihr wart super«, begrüßte ich Alex nach dem Spiel. Sein Team hatte mit drei Punkten Vorsprung gewonnen.

Er zog mich an sich. »Danke, Jackie. Ich bin wirklich froh, dass du gekommen bist.«

»Igitt! Du bist ja ganz verschwitzt«, kreischte ich und versuchte mich aus seinen Armen herauszuwinden. Er würde meine Bluse ruinieren.

»Gefällt dir das nicht?«, fragte er mit einem Lachen und verschränkte die Arme fest hinter meinem Rücken.

»Nein! Alex, lass mich los«, rief ich, gab dann aber lachend nach.

Gegen Ende des Spiels waren Wolken aufgezogen, die die heiße Sonne verdeckten. Aber die Luft war immer noch sehr feucht, sodass unsere Körper förmlich aneinanderklebten.

»Wo sind denn alle hin?«, fragte er. Er ließ mich los und sah sich suchend um.

»Danny musste Zack und Benny abholen. Ich wollte bleiben und hatte gehofft, dass du mich auf deinem Fahrrad mitnehmen kannst. Bist du sehr erschöpft?«

»Ein bisschen«, antwortete er und legte mir einen Arm um die Schultern. »Aber es wird mir trotzdem ein Vergnügen sein.«

Wir hatten etwa die Hälfte des Weges hinter uns, als es mit einem Mal in Strömen zu regnen anfing. Als Alex von der Straße auf einen kleinen Schotterweg abbog, der zu einer winzigen, baufälligen Hütte führte, zuckten bereits die ersten Blitze am Himmel. Ich sprang vom Rad und lief unter das Vordach, um mich vor dem Regen zu schützen. Dann nahm ich mein Haargummi vom Handgelenk und zog mir die nassen Haare aus dem Gesicht. Alex hatte sein Rad an eine Backsteinmauer gelehnt und bereits sein

Handy in der Hand. Während er telefonierte, führte er mich zu einem alten hölzernen Picknicktisch, auf dem sich unzählige Leute mit Namen und Sprüchen verewigt hatten.

»Wir werden abgeholt«, sagte er.

Ich nickte und ließ meinen Blick über die Landschaft schweifen. »Wo sind wir hier?«, fragte ich.

Neben der Hütte stand etwas, das aussah, wie ein vernagelter Imbissstand. Dahinter erstreckte sich eine Wiese mit einer riesigen braunen Fläche in der Mitte, die aussah wie ein ausgetrockneter Teich.

»Früher konnte man hier im Winter Schlittschuh laufen«. Alex war meinem Blick zu dem braunen Fleck gefolgt, der früher die Eisfläche gewesen sein musste. Dann nahm er eine meiner Hände und strich mir sachte mit dem Daumen über den Handrücken. »Bist du schon mal Schlittschuh gelaufen?«

Es war eine harmlose Frage, trotzdem versetzte sie mir einen Stich ins Herz.

»Ja«, antwortete ich langsam. »In meiner Familie gab es diese Tradition, am Geburtstag meiner Mom zu der Schlittschuhbahn am Rockefeller Center zu gehen. Ich muss noch sehr klein gewesen sein, als wir das angefangen haben, denn ich kann mich nicht erinnern, dass wir mal nicht da waren.«

Alex legte mir die Arme um die Taille und zog mich an sich. »Tut mir leid, ich wollte dich nicht traurig machen.«

»Ist schon in Ordnung«, erwiderte ich und legte den Kopf

an seine Schulter. »Es ist eine dieser schönen Erinnerungen. Du weißt schon – die, die dich traurig machen, bei denen du aber gleichzeitig lächeln musst.«

Beinahe konnte ich sie sehen, wie sie fröhlich lachend über das Fleckchen trockenen Grases glitten. Das Bild hielt mich so gefangen, dass ich erst gar nicht bemerkte, dass Alex nichts mehr sagte. Als ich mich ihm wieder zuwandte, sah ich, dass er seinen Blick nicht von mir abgewandt hatte.

Als Alex mich damals das erste Mal geküsst hatte, war es so unerwartet gekommen, dass mein Magen vor Aufregung gehüpft war. Damals hatte ich vor lauter Adrenalin keinen klaren Gedanken fassen können. Diesmal wusste ich, was geschehen würde, als er seine Augen schloss und sein Kopf eine leichte Bewegung auf mich zu machte, und ich spürte den stetigen Schlag meines Herzens.

Alex' Art zu küssen war genau wie er selbst. Er begann ganz langsam und vorsichtig – sollte ich ihn also zurückweisen, konnte er sich von mir lösen und so tun, als sei nichts gewesen. Aber dann, als ihm klar wurde, dass ich seinen Kuss tatsächlich erwiderte, ging er zusehends ungestüm und auch ein wenig hektisch zu Werke. Seine Hände blieben niemals an einer Stelle, sondern wanderten von meinen Haaren über meine Arme bis zu meiner Taille, bis dann die ganze Prozedur von Neuem begann. Alles in allem war es auch eine etwas feuchte Angelegenheit. Aber auch wieder nicht *so* feucht, dass man es schon als Geschlabber hätte bezeichnen können. Außerdem hatte ich ja auch keine großen Vergleichsmöglichkeiten – womöglich war Alex ein ganz großartiger Küsser.

So seltsam es sich anhört, er erinnerte mich an einen Welpen. Welpen sind doch gut, oder? Jeder mag Welpen. Und genau wie ein Hund hatte er eine schier unerschöpfliche Energie. Ich hatte das Gefühl, Atem holen, aufhören, auftauchen zu müssen. Alex nicht, denn er lag halb auf mir und drückte mich auf den Picknicktisch hinunter.

Als mir die Luft auszugehen drohte, hupte ein Auto, und Alex sprang schnell zurück. Ich stand auf und zog meine Bluse glatt, die hochgerutscht war, während wir uns geküsst hatten. Alex warf mir ein freches Grinsen zu. »Wir machen später weiter«, flüsterte er, bevor er in den Regen hinaustrat, um sein Fahrrad zu holen.

Ich hob die Arme über den Kopf, um mich gegen den Regen zu wappnen, und sprintete Richtung Pick-up. Als ich die Beifahrerseite erreichte, zog ich am Griff, doch die Tür rührte sich nicht.

»Hey, die Tür ist zu!«, schrie ich durch den Regen und hämmerte mit der Faust gegen das Fenster. Es goss jetzt so heftig, dass ich nicht einmal sehen konnte, wer im Wagen saß. Ich hörte das Schloss leise klicken, dann riss ich die Tür auf und ließ mich auf den Beifahrersitz fallen. »Gott, ist das grässlich da draußen«, sagte ich und strich mir meine Haare glatt. Meine Bluse klebte mir auf der Haut, und ich spürte die Krümel von irgendjemandes Kuchenfrühstück an meinen Beinen, als ich mich im Sitz zurücklehnte.

Niemand antwortete. Ich wandte meinen Blick und sah

Cole hinter dem Lenkrad sitzen. Er funkelte so grimmig zur Windschutzscheibe hinaus, dass ich Angst hatte, er würde ein Loch ins Glas brennen.

»Alles okay mit dir?«, fragte ich, aber ich hatte ein flaues Gefühl im Magen. Cole sagte nichts, und ich wusste, dass er Alex und mich hatte knutschen sehen.

Ich schwieg verlegen, während Alex sein Fahrrad auf die Ladefläche des Lasters warf. Die Klimaanlage summte leise und trocknete meine feuchte Haut. Plötzlich bekam ich eine Gänsehaut. Ich spürte die Wut, die von Cole ausging, und konzentrierte mich auf das Radio und versuchte, den Songtext im Kopf zu wiederholen. Aber Cole war unmöglich zu ignorieren, und jetzt wünschte mir, ich hätte mich nach hinten gesetzt. Endlich, nach drei endlos langen Strophen eines bescheuerten Popsongs, stieg Alex hinten ein. Cole trat aufs Gaspedal und setzte mit voller Geschwindigkeit auf dem Schotterweg zurück, dass der Kies nur so spritzte.

»Hey!«, rief Alex, als er in seinem Sitz zurückgeworfen wurde, bevor er auch nur eine Chance gehabt hatte, sich anzuschnallen. Der Pick-up bog so scharf auf die Hauptstraße, dass das Heck ausbrach und Alex gegen das Fenster geschleudert wurde. »Was zur Hölle?«

»Cole, fährst du bitte langsamer?«, fragte ich leise.

Mit zusammengekniffenen Augen musterte er seinen Bruder im Rückspiegel, fuhr aber nicht mehr so schnell.

Keiner sagte mehr ein Wort. In dem kleinen, beengten Raum herrschte eine fast unerträgliche Spannung. Das kitschige Liebeslied, das jetzt aus dem Radio drang, machte die Stimmung auch nicht besser. Ich beugte mich vor und schaltete das Radio ab. Alex seufzte erleichtert auf.

Als wir in die Einfahrt der Walters einbogen, blieb Cole direkt am Fuß des Hügels stehen. Ich warf ihm einen fragenden Blick zu, als er den Schlüssel aus der Zündung riss. Wir würden bis auf die Haut durchnässt werden, wenn wir den ganzen Weg bis hinauf zum Haus zu Fuß gingen. Warum parkte er nicht an der gewohnten Stelle unter dem Basketballkorb? Cole beantwortete meine unausgesprochene Frage, indem er einen kleinen Regenschirm aus dem Handschuhfach kramte, wortlos ausstieg und die Tür krachend hinter sich zuschlug. Alex und ich saßen erschrocken da und sahen ihm nach.

»Was ist sein Problem?«, fragte Alex.

Ich legte meine Stirn in Falten, dann erzählte ich ihm von meiner Befürchtung, die mich nicht mehr losgelassen hatte, seit Cole uns bei der alten Schlittschuhbahn aufgelesen hatte. »Er hat uns gesehen.«

Alex schüttelte den Kopf. »Jackie, ich kann kaum aus dem Fenster schauen, so heftig regnet es. Wie sollte er uns da gesehen haben?«

Ich zuckte die Achseln, weil ich nicht wusste, wie ich seine Frage beantworten sollte. Selbst wenn Cole uns nicht erwischt hatte, war er eindeutig wegen irgendetwas stinksauer.

»Also, was machen wir jetzt? Ich kann meine Mom noch mal anrufen und sie fragen, ob uns jemand einen Regenschirm bringen kann«, schlug er vor.

Ich schüttelte den Kopf. »Ich würde Cole diese Befriedigung lieber nicht geben. Es ist nur Wasser und wir sind sowieso schon ziemlich nass. Außerdem müffelst du immer noch. Eine Dusche würde dir guttun.«

»Und mein Handy?«

»Lass es einfach im Wagen liegen«, sagte ich und schob die Tür auf. »Du wirst ohne dein Handy nicht sterben.«

Während wir vor uns hin trotteten, ließ der Regen langsam nach, und plötzlich konnte ich aus Richtung des Hauses aufgeregtes Gekicher hören. Ich blickte auf und sah die meisten der Walter-Boys unter dem Schutz des Vordachs auf der Veranda sitzen.

»Was machen sie da?«, fragte ich Alex.

»Sich das Gewitter anschauen«, antwortete er. »Bist du noch nie während eines Gewitters draußen gesessen? Eine tolle Stimmung.«

»Ich habe in der obersten Etage eines Apartmentblocks gewohnt«, erklärte ich ihm, während ich das Wasser in meinen flachen Schuhen quietschen hörte. Ich hätte sie vor dem Aussteigen ausziehen sollen, jetzt waren sie wohl endgültig hinüber. Aber ich hatte auch keine Lust darauf gehabt, mir die Füße an den spitzen Kieselsteinen in der Einfahrt zu verletzen.

»Ach ja, stimmt«, gab Alex zurück. »Wir machen das hier ständig.«

»Na, genießt ihr das Wetter?«, fragte Nathan, als wir das Haus erreichten. Alex zeigte ihm den Finger und alle brachen in Gelächter aus, als wir die Verandatreppe hinaufstiegen.

»Jackie, ist dir kalt?«, fragte Isaac. »Deine Scheinwerfer sind an.«

Ich widerstand dem Drang, die Arme vor der Brust zu verschränken, und antwortete ihm: »Mir ist tatsächlich kalt. Vielleicht würde mich eine Umarmung wieder ein bisschen aufwärmen?« Ich machte mit weit geöffneten Armen einen Schritt auf ihn zu. Isaac wich hastig zurück, weil er nicht nass werden wollte, aber Alex hatte sich von der Seite an ihn rangepirscht und setzte meinen Plan in die Tat um.

»Mann, musste das sein?«, beschwerte Isaac sich. »Jetzt bin ich tropfnass.«

»Das hat sie auch gesagt«, gab Lee zum Besten und sorgte für weiteres allgemeines Gelächter.

»*Tropfnass?*« Alex schüttelte den Kopf und sah seinen Cousin zweifelnd an. Isaac hatte hier und da ein paar feuchte Flecken auf seinen Klamotten, aber das war nichts im Vergleich zu Alex und mir. »Aber dabei kann ich dir helfen.« Ein schneller Schubs und Isaac hatten den sicheren Bereich des Vordachs unfreiwillig verlassen. Danny klatschte Alex ab, als Jack und Jordan in der Haustür erschienen.

»Was macht er da draußen?«, fragte Jack und wischte sich seine beschlagenen Brillengläser an seinem Hemd ab.

»Er wurde laut Mehrheitsbeschluss verstoßen«, sagte Danny.

»Wirklich?«, kam Isaacs Stimme aus dem Regen. »Wer übt dann mit dir deinen Text?«

»Sicher nicht du.« Danny verdrehte die Augen. »Du bist grauenvoll.«

Isaac grinste und kam die Treppe herauf. »›O Romeo! Warum denn Romeo?‹«, rief er und stürzte sich auf seinen Cousin.

»Geh weg.« Danny sprang von seinem Stuhl auf. »Ich will nicht nass werden.«

»Pech«, lachte Isaac und schubste ihn von der Veranda.

Lee brach ebenfalls in Gelächter aus. »Hey, seht euch das an! Da hat doch tatsächlich jemand Romeo im Regen stehen lassen«, rief er und zeigte mit einem Finger auf seinen Cousin. Kurzerhand zerrte Danny ihn ebenfalls in den Regen hinaus. »Na toll«, schimpfte Lee.

Benny, der still neben mir gestanden hatte, zog an meiner Hand. »Jackie, darf ich auch raus in den Regen, oder muss mich jemand schubsen?«

Ich grinste breit. »Wenn du im Regen spielen willst«, antwortete ich ihm, »dann nur zu. Ich werde sogar mit dir spielen. Wer als Erster in eine Pfütze springt, gewinnt.«

Bennys Augen leuchteten auf und er hüpfte in seinen gelben Regenstiefeln von der Veranda.

»Machst du mit?«, fragte ich und griff nach Alex' Hand.

»Mit dem allergrößten Vergnügen.« Er grinste mich an und dann traten wir zusammen wieder in den Regen hinaus.

Die kühlen Tropfen auf meiner Haut taten gut. Ich war vollkommen durchnässt, aber irgendwie hatte ich das Gefühl, das Wasser, das in Bächen an mir herunterlief, würde auch einen Teil meiner neuen Sorgen mit sich nehmen.

»Jackie! Ich habe gewonnen!«, rief Benny.

»Ach ja, hast du das?«, rief ich zurück und rannte wie

wild um mich spritzend auf ihn zu. »Weißt du was? *Du bist!*«, sagte ich und klopfte ihm auf die Schulter. Das musste man Benny nicht zweimal sagen. Er sah sich kurz um und flitzte dann in Richtung eines seiner älteren Brüder davon.

»Weißt du, woran mich dieses Wetter erinnert?«, fragte Jack seinen Zwillingsbruder. »An diesen Piratenfilm von gestern Abend. Der Schwertkampf im Sturm.«

»Denkst du, was ich denke?«, fragte Jordan, griff nach einem Besen und fuchtelte damit vor dem Gesicht seines Bruders herum. »En garde!«

Jack grinste und riss einen Stock aus dem Blumenbeet. Den Besen im Anschlag stürzte Jordan auf seinen Bruder zu, dann begannen die beiden, sich im Schwertkampf über den rutschigen Holzboden der Veranda zu jagen.

»Ich bin der Piratenkapitän«, rief Jack.

»Du hast eine Brille, das macht dich automatisch zum Loser«, gab Jordan zurück. »Und Loser können nicht Kapitän werden.« Mit diesen Worten stieß er seinen Bruder mit einem schnellen Besenhieb die Stufen hinunter. Jack strauchelte und fiel rückwärts in eine Schlammpfütze.

»Sieht aus, als hättest du dir in die Hose geschissen«, zog Lee ihn auf.

»Sieht aus, als hättest du dir ins Gesicht geschissen«, rief Jack zurück. Er griff sich eine Handvoll Schlamm und beförderte sie treffsicher ins angekündigte Ziel.

»Das gibt Saures«, murmelte Lee und wischte sich den Schlamm aus dem Gesicht. Er bückte sich und griff sich ebenfalls eine Handvoll. »Das wirst du büßen.« Er ließ den

Schlamm in Jacks Richtung fliegen, dieser duckte sich jedoch rechtzeitig, und die Ladung zerspritzte auf Nathans Rücken.

»Was zur …?« Nathan sah sich verwirrt um.

»Schlammschlacht!«, rief Jordan und brachte ein matschiges Geschoß in Richtung Danny auf den Weg. Jetzt waren alle dabei.

»Jackie!«, rief Alex, dem schwarz-brauner Modder zwischen den Fingern hervorquoll. »Du bist ja noch so sauber!«

»Nein, bitte nicht«, flehte ich und wich langsam zurück. »Meine schöne Bluse. Den Dreck bekomme ich nie wieder raus.«

Alex schien das nicht zu beeindrucken, denn er kam weiter langsam auf mich zu, ein böses Grinsen im Gesicht. Ich drehte mich auf dem Absatz um und spurtete davon. Wasser spritzte mir bis zu den Knien hoch, während ich mir einen Weg durch die regengetränkte Wiese bahnte. Das wilde Spiel hatte mich in ein Hochgefühl versetzt, das ich nicht kannte. Ich warf einen kurzen Blick über die Schulter, um zu sehen, wie nah mir Alex auf den Fersen war.

»Jackie, pass auf!«, hörte ich Danny rufen.

Ich wandte meinen Kopf gerade noch rechtzeitig wieder nach vorn, um Zack wie aus dem Nichts vor mir auftauchen zu sehen. Er reckte den Hals gen Himmel und streckte die Zunge heraus, um damit die Regentropfen aufzufangen. Meine schnelle Reaktion überraschte mich selbst, aber ich rammte meine Fersen in den Boden und kam tatsächlich kurz vor Zack auf wackligen Beinen zum Stehen. Dann spürte ich einen Schlag im Rücken, der mir die Luft aus den Lungen drückte, und sah Flecken von Braun und Grün auf mich zurasen – Alex hatte wohl nicht ganz so schnell reagiert wie ich. Für einen Moment lag er regungslos auf mir, und ich hatte das Gefühl, dass er nach den passenden Worten für die Situation suchte.

»Scheiße, Jackie, tut mir leid«, murmelte er.

Ich entschied mich dafür, ihm erst mal nicht zu antworten, sondern die Situation auf mich wirken zu lasen. Ich spürte überall Matsch und Wasser auf meiner Haut, und mir war klar, dass mein Oberteil vollkommen ruiniert sein musste. Ein Teil von mir wollte wütend sein – das wäre meine normale Reaktion gewesen –, aber irgendetwas an dem Spiel im Regen fühlte sich so absolut befreiend an, dass ich gar nicht in der Stimmung für einen Wutausbruch war.

»Tja«, sagte ich schließlich und grub die Finger in den Boden. »Dafür musst du bezahlen.« Ich klatschte ihm eine Handvoll Schlamm auf die Wange. Er blinzelte mich überrascht an, dann brachen wir beide in Gekicher aus.

»So viel Spaß hatte ich seit einer Ewigkeit nicht mehr«, sagte Alex dann und hauchte mir einen Kuss auf die Lippen.

»Achtung! Austausch von Zärtlichkeiten in der Öffentlichkeit!«, rief Isaac von irgendwoher. »Ihr zwei seid ekelhaft. Nehmt euch ein Zimmer.«

Alex verdrehte die Augen, dann sah er mich an, und ich wusste, dass er Isaac für einen Moment ignorieren und mich noch einmal küssen würde.

»Oh nein.« Ich schob ihn von mir runter. Kurz stand ihm Verwirrung in den Augen, dann bemerkte er meine Finger, die sich in den schlammigen Boden gruben. »Isaac schreit förmlich danach«, erklärte ich ihm.

»Tja«, sagte Alex und grinste dabei übers ganze Gesicht. Er hatte sich hochgerappelt und hielt mir eine Hand hin, um mir aufzuhelfen. »Dann sollten wir ihm geben, was er will.«

Als der gesamte Walter-Clan und ich am folgenden Montagabend die Schulaula betraten, wurde bereits die Beleuchtung heruntergedreht. Wir waren wie üblich spät dran, da es fast unmöglich gewesen war, Katherine aus der Küche zu bekommen. Sie hatte beschlossen, das Essen für die Hochzeitsfeier selbst zuzubereiten, da ein Caterer das sowieso nicht so gut hinbekommen würde wie sie. Wie ein menschlicher Tornado war sie die letzten drei Tage durch die Küche gefegt und hatte geschnitten, gehackt, gewürfelt, gemischt, geknetet und gebacken. Bis zur Hochzeit waren es zwar noch drei Wochen, aber, so hatte sie gesagt, man müsse eben früh anfangen, damit dann auch alles genau so war, wie es sein sollte.

Als es dann Zeit war, zu Dannys Aufführung aufzubrechen, hatte Katherine noch am Spülbecken gestanden und darauf bestanden, dass es geputzt werden musste – obwohl es so blitzblank funkelte, dass ich mich darin spiegeln konnte. George hatte ihr einfach die Spülhandschuhe ausgezogen und sie mehr oder weniger zum Wagen geschleppt.

Er hatte gerade den Blinker gesetzt, um aus der Einfahrt der Walters auf die Hauptstraße zu biegen, als Jack und Jordan einfiel, dass sie das Stativ für ihre Kamera vergessen hatten. Fünf Minuten später war es Nathan, der sich plötzlich nicht mehr sicher war, ob er das Bügeleisen auch wirklich ausgeschaltet hatte. Als Parker dann auf halbem Weg zur Schule feststellte, dass sie zwei verschiedenfarbige Socken anhatte, fuhr George einfach erbarmungslos weiter.

Nur in der allerletzten Reihe waren noch genug Plätze für uns alle frei. Ich hatte gerade einen Platz zwischen Alex und Nathan ergattert, da hörte ich, wie Cole Nathan ein forderndes »Auf« zuraunzte. Es war aber wohl nur noch ein Platz neben Jack und Benny frei war, denn Nathan machte keinerlei Anstalten, Coles Aufforderung Folge zu leisten. »Auf keinen Fall, Mann, ich sitze nicht neben diesen beiden Monstern.«

Dafür war ich dankbar. Seit der Party hatte sich Cole ziemlich verändert. Statt eingebildet und unausstehlich wie sonst, war er in sich gekehrt und verbrachte die meiste Zeit draußen in seiner Garage. Spannenderweise hatte Coles verändertes Verhalten den gesamten Walter-Haushalt ziemlich durcheinandergebracht. Der alte, extrovertierte Cole schien derjenige gewesen zu sein, der wie eine Art Klebstoff die anderen Jungs und ihre verschiedenen Persönlichkeiten zusammengehalten hatte. In letzter Zeit war das Haus seltsam ruhig geworden. Jeder machte sein eigenes Ding – und die Tage der Baseballspiele und Filmabende schienen langsam in Vergessenheit zu geraten.

Wenn ich, was selten vorkam, Cole auf dem Flur über den Weg lief, lächelte er zwar, aber irgendwie war es kein echtes Lächeln. Seine Augen leuchteten nicht. Beinahe vermisste ich sein altes selbstgefälliges Grinsen. Alex dagegen schien von Coles Veränderung nichts mitbekommen zu haben, er war in Gegenwart seines älteren Bruders unbekümmert, sorglos und gut drauf. Er machte Späße, flirtete mit mir und benahm sich, als könnte das Leben nicht besser sein. Ich hatte das Gefühl, dass wir uns das glückliche junge Liebespaar nicht allzu sehr raushängen lassen sollten, wenn Cole in der Nähe war, und versuchte mich auch so zu verhalten. Aber Alex fand offenbar, dass alles in Ordnung war – schließlich hatte sein Bruder ja keine Wutausbrüche oder irgendwas in die Richtung.

Ich fand es immer sehr anstrengend, wenn beide gleichzeitig in meiner Nähe waren. Der eine auf Wolke sieben, der andere zu Tode betrübt. Zu wissen, dass ich daran schuld war, machte es nicht besser. Und auf dieses Gefühl hatte ich jetzt gerade so gar keine Lust, ich wollte mich ganz auf Dannys Stück konzentrieren.

»Pech gehabt. Ich bin älter als du, ich darf mir aussuchen, wo ich sitze.«

Als Nathan darauf nur mit einem Lachen antwortete, drehte sich eine Frau in der Reihe vor uns um. »Würden Sie bitte etwas leiser sein?«

Cole blickte Nathan noch für einen Moment bitterböse an, dann reckte er den Mittelfinger in die Höhe und ließ sich auf den einzigen freien Sitz neben Zack fallen.

»Hey, Cole?«, hörte ich Zack flüstern. Ich wandte kurz meinen Blick und sah, wie Zack mit konzentriertem Gesicht an seinen kleinen Händen herumfuhrwerkte. »Bringst du mir das auch bei, das mit dem Finger?«

»Jungs!«, zischte Katherine die Zwillinge an. »Wenn ihr euch nicht benehmt, gibt es später keinen Nachtisch.«

Das schienen Zack und Benny aber nicht sonderlich ernst zu nehmen, denn kaum war der erste Schauspieler auf die Bühne getreten, konnte ich deutlich das boshafte Gekicher der beiden hören.

»Danny, das war großartig!«, rief ich und umarmte ihn. Er hatte sich – immer noch im Romeo-Kostüm – nach der Aufführung draußen vor der Aula zu uns gesellt.

»Eine wahrhaft herzzerreißende Darbietung«, bemerkte Isaac und wischte sich eine falsche Träne aus dem Gesicht. »Krieg ich ein Autogramm?« Danny verdrehte die Augen und versetzte seinem Cousin einen kleinen Stoß, dann lachten beide. »Nein, im Ernst, du warst wirklich super.«

»Danke«, erwiderte Danny und nickte. Sie umarmten sich auf diese alberne Jungs-Art und klopften einander auf den Rücken.

»Danny Walter?«, fragte eine Frau, die aus der Menge geradewegs auf uns zugesteuert kam.

»Ja?« Er drehte sich zu ihr um.

»Hi«, sagte sie und hielt ihm eine Visitenkarte hin. Danny nahm sie und warf einen kurzen Blick darauf. »Mein Name ist Jillian Rowley, ich bin Talentsucherin bei der Starlight

Group. Wir sind eine Theatergesellschaft in New York. Ich wollte dich fragen, ob du einen Moment Zeit hast.«

»Ich … ähm, ja!« Danny blickte auf. In seinem Gesicht war nichts abzulesen, aber ich wusste ja, dass Danny sehr gut darin war, seine Gefühle zu verbergen. Das kleine Holpern in seinem Satz sagte alles: Er war außer sich vor Freude.

»Wunderbar«, entgegnete Jillian und deutete ihm mit einer Handbewegung an, sich kurz von unserer Gruppe zu lösen.

»Was war das gerade?«, fragte Alex, der sich in diesem Moment zu uns gesellte. Eine von Kims Schwestern hatte bei dem Stück mitgespielt, und nach dem Stück war Alex Kim suchen gegangen, um sich mit ihr über den neuesten GoG-Klatsch auszutauschen.

»Danny hat mir erzählt, dass möglicherweise jemand vom Theater zur Aufführung kommt«, klärte ich ihn auf. »Deshalb war er so nervös und wollte unbedingt die männliche Hauptrolle.«

Er hatte es nie so gesagt, aber ich wusste, dass Danny überzeugt war, dass seine Zukunft von der heutigen Aufführung abhing. Er hatte sich nicht fürs College beworben – nicht, weil seine Eltern es sich nicht leisten konnten, sondern weil er nicht wollte. Sein Traum war es, Schauspieler zu werden. Und selbst wenn diesmal nichts dabei herauskam, würde er nach New York gehen und seinen Traum dort weiter verfolgen. Zur Not eben als Kellner arbeiten und die restliche Zeit sämtliche auch noch so kleine Theater abklappern.

»Jackie?«, rief Katherine. Sie und George standen mit einigen anderen Eltern etwas abseits.

»Ja?«, fragte ich und trat neben sie.

»Weißt du, wer das ist?«, erkundigte sie sich und deutete mit dem Kopf in die Richtung, wo Danny und Jillian sich immer noch angeregt unterhielten.

»Nicht genau, aber sie hat sich als Talentsucherin für eine New Yorker Theatergesellschaft vorgestellt.«

Katherine zog eine Augenbraue hoch. »Soso«, sagte sie, und über ihr Gesicht huschte der Hauch eines Lächelns. »Das sind ja interessante Neuigkeiten.« Ich sah ihr an, dass sie sich sehr für Danny freute, sich aber noch zurückhielt, falls die Dinge sich doch anders entwickelten.

»Was war das mit einer Talentsucherin?«, fragte Cole, der neben seiner Mom aufgetaucht war. Er war damit betraut worden, nach dem Stück mit den Kleinen auf die Toilette zu gehen. Anscheinend war sein Babysitter-Job damit allerdings beendet, denn Zack, Benny und Parker jagten sich zwischen den Beinen der Leute hindurch quer durch die Halle.

»Anscheinend ist die Frau, die sich gerade mit Danny unterhält, eine Talentsucherin«, weihte Katherine ihn ein.

»Welche Frau?«

Wir wandten alle den Kopf in Dannys und Jillians Richtung, aber sie war fort, und Danny kam mit einem breiten Grinsen auf dem Gesicht auf uns zu.

»Ratet mal!«, rief er.

»Sie macht dich zum angesagtesten Hollywood-Star

überhaupt, und du wirst so reich und berühmt, dass für mich locker noch ein Haus mit drin ist?«, fragte Cole. Danny sah ihn kurz an, grinste aber nur.

»Sie hat mir einen Platz im Sommerkurs ihres Ensembles angeboten. Wenn ich mich gut mache, stehen die Chancen nicht schlecht, dass ich im Herbst in New York auf der Bühne stehe.«

»Ich bin so stolz auf dich, mein Schatz«, sagte Katherine und drückte ihren Sohn fest an sich.

»Herzlichen Glückwunsch, Danny«, sagte ich und wartete darauf, dass Katherine ihren Sohn losließ, damit ich ihn meinerseits umarmen konnte. »Das ist der Hammer!«

»Danke, Jackie. Das habe ich dir zu verdanken.« Er befreite sich sachte aus der Umarmung seiner Mutter, um sich mir zuzuwenden. »Wenn du dir nicht so viel Zeit genommen hättest, mit mir zu üben, weiß ich nicht, ob ich den Romeo überhaupt bekommen hätte.«

»Das glaube ich schon«, widersprach ich ihm, »und außerdem habe ich das wirklich sehr gerne gemacht.«

»Wann fängt dieser Kurs denn an?«, wollte Katherine wissen.

Danny zögerte. »Tja, das ist so. Ich muss gleich zu Ferienanfang nach New York.« Als er das Stirnrunzeln auf dem Gesicht seiner Mutter sah, fügte er hinzu: »Schließlich bin ich erwachsen, und die Gesellschaft wird mir eine Unterkunft zur Verfügung stellen, solange ich noch keine eigene Wohnung habe.«

»Aha. Darüber reden wir später noch einmal, in Ordnung?«

»Schön«, sagte Danny. Es war nicht die Antwort, die er hatte hören wollen, aber auch sie hatte das breite Grinsen nicht aus seinem Gesicht vertreiben können.

Zack und Benny krachten von links und rechts gegen die Beine ihrer Mutter. »Mom! Mom! Wir haben Hunger.«

Katherine blickte in die Runde. »So, der ganze Walter-Clan bitte mir nach. Es gibt was zu feiern und wir haben in der Küche noch einiges zu tun!«

KAPITEL 17

Während der letzten Schulwoche blieb ich in meinem Zimmer, damit ich mich aufs Lernen konzentrieren konnte. Die Prüfungstage selbst vergingen dann wie im Flug und ich habe sie nur noch als verschwommene Aneinanderreihung von Multiple-Choice-Bögen, Aufsätzen und schriftlichen Klausuren im Kopf. Die erste Woche der neu gefundenen Freiheit verbrachten die Walters damit, einfach nur rumzuhängen. Keiner verschwendete mehr einen Gedanken an die Schule. Ich dagegen wartete angespannt darauf, dass wir endlich unsere Prüfungsergebnisse erfuhren. Natürlich wusste ich, dass ich in meinen Kursen brilliert hatte – jede einzelne Prüfung war der reinste Spaziergang gewesen –, aber das wollte ich schon schwarz auf weiß haben.

»Hey, Leute, kommt mal her«, rief Nathan.

Ich sah von meinem Anatomieheft auf. Die letzte Stunde hatte ich damit verbracht, auf Alex' Bett zu sitzen und noch einmal alle meine Aufzeichnungen durchzugehen. Ich wollte ganz sichergehen, dass ich bei der Prüfung nichts vergessen oder übersehen hatte. Alex war in seine virtuelle GoG-Welt abgetaucht und Nathan hatte währenddessen auf der Gitarre einen neuen Song geübt. Jetzt war die Gitarre verschwunden und Nathan hing über seinem Laptop.

»Was ist los?«, frage Alex zurück, ohne die Augen von seinem Bildschirm zu nehmen.

»Die Prüfungsergebnisse sind da.«

»Oh!« Ich krabbelte vom Bett herunter und huschte hinüber zu Nathans Schreibtisch. Er schob mir den Computer hin und ich loggte mich schnell in meinen Schulaccount ein. »Komm schon«, murmelte ich, als das Ding eine Ewigkeit zum Laden brauchte. Endlich ging ein neues Fenster auf.

»Eins, eins, eins, eins, eins, eins«, las Nathan meine Noten vor.

»Bis jetzt halten sich die Überraschungen in Grenzen«, kommentierte Alex.

»Man kann nie wissen«, erwiderte ich. »Im ersten Highschool-Jahr habe ich in Geschichte eine Eins minus bekommen, weil mein Lehrer meine Abschlussarbeit zu lang fand. Das war der Horror.«

Alex verdrehte die Augen. »Ja, schlimm. Wenn ich irgendwo 'ne Eins minus hätte, würde ich mich ein Jahr lang nicht mehr aus dem Haus trauen.« Ich zog es vor, ihn zu ignorieren.

Jetzt war auch für mich der Sommer da. Das bedeutete, dass ich mich erholen und vielleicht eine Reise nach New York machen konnte. Die Verspannungen in meinem Nacken und Rücken ließen bei dem Gedanken gleich ein bisschen nach. Aber bevor ich nach Hause fliegen konnte, war da noch Wills und Haleys Hochzeit – morgen, um genau zu sein.

Katherine hatte den ganzen Vormittag damit verbracht, Dutzende Mini-Kuchen zu backen, die sich Haley statt der üblichen großen Hochzeitstorte gewünscht hatte. Die schätzungsweise zweihundert kleinen Leckerbissen standen zum Abkühlen auf dem Esstisch, während Katherine die Küche schon wieder auf Hochglanz polierte. (Eigentlich durfte ich das alles gar nicht so genau wissen, weil der Zutritt zur Küche strengstens verboten war …) Das heutige vorhochzeitliche Abendessen – mit dem Brautpaar, der ganzen Familie und den wichtigsten Hochzeitsgästen – würde dann auch in einem eleganten italienischen Restaurant in der Stadt stattfinden.

»Willst du deine Noten wissen?«, fragte ich Alex und rutschte zur Seite, damit er an den Computer konnte.

Er verzog das Gesicht und schüttelte den Kopf. »Ich will mir lieber nicht das Wochenende verderben. Ich schaue sie mir am Montag an.«

»Kinder!«, hörte ich George vom Fuß der Treppe rufen. »Macht euch fertig. In einer Stunde fahren wir.«

Ich wusste nicht, was mich mehr beunruhigte: die Tatsache, dass Parker mit einem Schlafsack zu ihren Füßen auf meinem Bett saß oder dass sie einen Blumenstrauß in der Hand hielt. Nach dem ziemlich langen und nervenaufreibenden Abendessen – unter anderem hatte Zack Benny eine Gabel in den Arm gestochen, und Jack und Jordan hätten beinahe das Tischtuch in Brand gesetzt – waren wir jetzt wieder zu Hause, und alle freuten sich aufs Bett.

»Na du?«, sagte ich vorsichtig, nicht sicher, was sie im Schilde führte.

»Die da haben auf dich gewartet«, erklärte sie, und schon sausten die Blumen auf mich zu. Ich riss die Arme hoch und konnte sie gerade noch so aus der Luft pflücken. Parker machte ein enttäuschtes Gesicht.

»Von wem sind die?«, fragte ich und vergrub die Nase in den Rosen. Sie waren wunderschön, mit riesigen, dunkelroten Blütenblättern.

»Woher soll ich das wissen?«, gab Parker zurück, während sie sich auf meinem Bett ausstreckte. »Aber wer immer es war, will ganz auf Nummer sicher gehen. Rosen? Ich bitte dich!«

Sie mussten von Alex kommen. Er war so süß. »Ich finde sie wunderschön«. Ich hielt den Strauß von mir weg, um ihn noch mal im Ganzen zu bewundern. Ein kleiner Zettel fiel heraus und flatterte zu Boden. Ich bückte mich und hob ihn auf, bevor Parker ihn genauer unter die Lupe nehmen konnte. Hoffentlich hatte Alex nichts allzu Kitschiges oder Unpassendes geschrieben.

Jackie, stand auf dem Zettel, *es tut mir leid, dass ich mich immer wieder so bescheuert verhalte und alles falsch mache. Irgendwie ist beim Leben leider keine Gebrauchsanweisung mit dabei.* Keine Unterschrift. Mein Mund wurde trocken und ich warf die Blumen schnell auf meine Kommode.

»Was steht drauf?«, fragte Parker. Mein plötzlicher Stimmungswechsel hatte ihre Aufmerksamkeit erregt.

Ich zerknüllte den Zettel und warf ihn in den Müll.

»Nichts«, antwortete ich. »Also, was machst du in meinem Zimmer?«

Parker öffnete den Mund, um zu antworten, aber da ging hinter mir die Zimmertür auf.

»Jackie, ich hatte gehofft, dass du hier bist«, sagte Katherine schwer atmend. Sie kam mit kleinen Schritten rückwärts in den Raum und zog eine Art Liege hinter sich her. Isaac erschien am anderen Ende und murmelte etwas über Sklavenarbeit. Kaum hatten sie das Behelfsbett auf dem Boden abgestellt, war Isaac auch schon wieder verschwunden.

»Isaac«, rief Katherine ihm nach. »Denk dran, noch die Decken und Kissen zu holen.«

»Selbstverständlich, Eure Majestät«, erklang seine Stimme aus dem Flur. Katherine spitzte ihre Lippen, sagte aber nichts.

»Was ist los?«, fragte ich.

»Parker schläft die nächsten zwei Tage in deinem Zimmer«, erklärte Katherine. »Grandma Green aus New York bekommt Parkers Zimmer.«

Beim heutigen Abendessen hatte ich einige Mitglieder der walterschen Großfamilie kennengelernt, unter anderem Katherines Mutter. Da Parker und ich die einzigen Mädchen waren, war eigentlich klar gewesen, dass wir uns für das Wochenende ein Zimmer teilen mussten, um Platz für Gäste zu schaffen. Ich war mir nur nicht sicher, ob meine neue Mitbewohnerin mir feindlich oder freundlich gesinnt war.

»Okay«, antwortete ich und mied Parkers Blick. Ich

spürte, dass sie mich beobachtete, und wollte nicht zu nervös erscheinen. »Also, was ist der Plan für morgen?«

»Ich möchte, dass alle um sieben Uhr aufstehen, damit wir Zeit haben, uns fertig zu machen. Wie ich mich kenne, wird mir noch einiges einfallen, das auf die letzte Minute erledigt werden muss. Ich wollte dich fragen, ob du Parker vielleicht morgen die Haare machen könntest. Mit meinen elf Jungs habe ich da nicht so die Erfahrung.«

»Nein«, nörgelte Parker und sprang auf. »Ich will nicht, dass mir jemand die Haare macht. Sie sind doch in Ordnung so.«

Katherine bedachte Parker mit einem strengen Blick. Die Haare ihrer Tochter zeichneten sich normalerweise vor allem dadurch aus, dass sie nie eine Bürste zu sehen bekamen. »Wir müssen morgen alle vorzeigbar aussehen. Du vor allem, schließlich bist du ja an der Hochzeitszeremonie beteiligt.« Als sie dies sagte, flog ein Stapel Bettzeug durch die offene Tür und landete mit einem dumpfen Plumps auf dem Boden. Katherine massierte sich die Schläfen. »Danke, Isaac«, rief sie und verdrehte die Augen. »Eins plus für den guten Willen.«

»Kein Problem, Tante Katherine«, schrie er zurück. Er war bereits halb den Flur hinunter.

»Ich wollte sowieso nie das blöde Blumenmädchen sein«, murrte Parker jetzt und trat gegen eins der Kissen, die Isaac auf den Boden geworfen hatte. »Das ist doch doof.«

»Denk dran, du tust das, um deinem Bruder eine Freude zu machen«, rief Katherine ihr ins Gedächtnis.

Damit schien die Sache geklärt und Parker warf sich missmutig auf die Liege.

»Gut«, sagte ihre Mutter mit einem knappen Nicken. »Ihr zwei solltet ins Bett gehen. Es ist schon spät und morgen wird ein langer Tag.«

»Gute Nacht, Katherine.« Das Abendessen war anstrengend gewesen, und ich hatte kein Problem damit, zeitig das Licht auszuschalten.

»Träumt schön«, sagte Katherine und wandte sich zum Gehen. Als ihre Tochter nichts erwiderte, blieb sie stehen, sah in Parkers Richtung und neigte den Kopf.

»Nacht«, murmelte Parker.

Nachdem Katherine gegangen war, wollte ich Parker eigentlich sagen, dass ich ihr das Haar für die Hochzeit nicht allzu mädchenhaft frisieren würde. Aber als ich ihr finsteres Gesicht sah, verschob ich das auf später. Ich nahm meinen Kulturbeutel und meinen Schlafanzug und ging hinunter ins Badezimmer. Vielleicht würde sie sich ja in der Zwischenzeit ein bisschen beruhigen. Als ich zurückkam, hatte Parker das Licht bereits ausgeschaltet und sich auf ihrer Liege zusammengerollt, offensichtlich nicht in der Stimmung zu reden.

Ich kletterte in mein Bett, machte die Augen zu – und war hellwach. Ich spürte, dass es Parker genauso ging, obwohl sie keinen Mucks von sich gab. Es lag die Art von angespannter Ruhelosigkeit im Raum, wie sie nur von einer schlaflosen Person ausgehen konnte.

Schließlich seufzte sie. »Ich will kein Kleid anziehen.«

Ich wollte ihr sagen, dass es Spaß machen würde, dass das richtige Kleid einem Mädchen das Gefühl geben konnte, etwas Besonderes zu sein; aber es war das erste Mal überhaupt, dass sie mir gegenüber etwas von sich preisgab, und das wollte ich nicht vermurksen. »Wieso nicht?«

»Kleider sind so mädchenhaft.«

Ich versuchte, meine Worte mit Bedacht zu wählen. »Aber du bist ein Mädchen.«

»Ich bin eine *Walter*«, sagte sie, als wäre das ein Widerspruch.

»Was meinst du damit?«, fragte ich. »Weil du mit einem Haufen Jungs zusammenlebst, musst du dich auch wie einer benehmen?«

Darüber dachte sie einen Moment lang nach, und ich konnte schemenhaft erkennen, wie sie grübelnd die Decke zwischen ihren Fingern rieb. »Ja, irgendwie schon. Einer der Jungs zu sein, macht mich zu etwas Besonderem. Alle in der Schule wissen, wer ich bin – Parker Walter, die Lässige mit den elf Brüdern, die Football spielen und lauter rülpsen kann als alle Jungs in meinem Alter.«

Ich lachte. »Aber was ist mit daheim?«

»Wie meinst du das?«

»Na ja, wenn du einfach einer der Jungs bist, was unterscheidet dich dann von deinen Brüdern?«

»Keine Ahnung.«

»Ich beneide dich ja, weil du dir jeweils die Rosinen rauspicken kannst, wenn du willst.« Ich richtete mich im Bett auf. »Wenn Du willst, schaust du dir Sport im Fernsehen an oder spielst Videospiele. Du kannst aber auch ein Kleid anziehen und ein Mädchen sein. Das ist etwas, was deine Brüder nicht können.«

Darauf sagte sie lange nichts. »So habe ich das noch nie gesehen.«

»Ein Mädchen zu sein, macht dich nicht schwach, Parker. Es macht dich zu etwas Besonderem.«

»Ich schätze, ich kann das Kleid anziehen, aber nur dieses eine Mal«, sagte sie dann. »Und du musst mir versprechen, mir keine Locken zu machen.«

»Geht klar. Abgemacht.«

Der Samstagmorgen verlief nicht besonders glatt. Da das Leben mit den Walters immer unberechenbar war, hatte ich meinen Wecker um eine Stunde vorgestellt, um möglichen kleinen Katastrophen besser begegnen zu können. Natürlich würde eine Stunde mehr nicht annähernd ausreichen, wenn tatsächlich etwas passierte. Ich stand neben dem Toaster und wartete darauf, dass mein Milchbrötchen heraussprang, als ich einen Schrei hörte.

»Katherine?«, rief ich und rannte ins Esszimmer. »Was ist los?«

»Die Törtchen«, sagte sie und presste sich entsetzt die flache Hand auf den Mund. Sie verdeckte meinen Blick auf den Tisch, und für einen Moment hatte ich Angst, dass sie alle fort waren – *wie konnten die Jungs zweihundert kleine Kuchen essen?* –, aber dann trat sie beiseite und alles sah völlig normal aus. »Ich habe vergessen, sie zu glasieren.«

»Okay«, sagte ich gelassen. »Ich habe ein bisschen Zeit. Wo ist die Glasur?«

Sie verschwand in der Küche und ich hörte sie vor sich hin murmeln. »… wusste einfach, dass so etwas passieren würde. Habe George gesagt, dass etwas nicht stimmt, bevor wir ins Bett gegangen sind, aber hört er mir zu?« Einen Moment später war sie zurück und balancierte allerlei Küchenutensilien auf ihren Armen. »Also, die Glasur ist bereits gemischt«, erklärte Katherine mir, froh, dass ich ihr meine Hilfe angeboten hatte. »Bitte achte darauf, dass die eine Hälfte der Törtchen blaugrün und die andere Hälfte gelb glasiert wird. Ich habe verschiedene Spritzbeutel dafür.«

Und schon hatte ich mein Projekt für heute morgen. Ich hatte noch nie zuvor zweihundert Stück Gebäck glasiert und hatte mir die ganze Sache deutlich einfacher vorgestellt. Es dauerte länger, als ich gedacht hatte. Als ich ungefähr die Hälfte fertig hatte, sah ich auf die Uhr und musste die aufkommende Panik unterdrücken. Ich musste noch duschen, mich fertig machen und dann Parker frisieren.

»Mist, Mist, Mist!«, schimpfte ich, als mir auch noch die Glasur im Spritzbeutel ausging. Das Nachfüllen der Spritzbeutel war der schmutzigste und lästigste Teil der ganzen Angelegenheit.

»Alles in Ordnung, Jackie?«

Ich sah von meiner Arbeit auf. Cole. Seine Haare waren noch feucht vom Duschen, aber er steckte bereits in seinem Anzug. Und in der Hand hielt er einen Cupcake, von dem die frische Glasur noch heruntertropfte.

»Würdest du das bitte bleiben lassen?«, fuhr ich ihn an.

»Was bleiben lassen?«, fragte er kauend.

»Dich hier zu bedienen! Ich muss noch ungefähr eine Milliarde davon glasieren, und ich werde eine Ewigkeit dafür brauchen, wenn ich auch noch ständig aufpassen muss, dass sie mir keiner wegisst!«, brüllte ich.

»Tut mir leid«, murmelte Cole, nachdem er den letzten Bissen hinuntergeschluckt hatte. Er vermied meinen Blick und mich überkam plötzlich ein furchtbar schlechtes Gewissen. Ich durfte meinen Ärger nicht an ihm auslassen. Er konnte nun wirklich nichts dafür, dass ich mich selbst in diesen nervigen Job reingequatscht hatte.

»Hör mal, Cole, ich wollte dich nicht so anschnauzen«, begann ich, »aber nach dem hier muss ich mich noch fertig machen und dann Parker helfen. Das wird alles ewig dauern.«

»Brauchst du Hilfe?«, fragte er zu meiner großen Überraschung.

»Danke, Cole, aber du bist schon angezogen. Ich will nicht, dass du dir deinen Anzug schmutzig machst.«

»Gar kein Problem.« Er schlüpfte aus seinem Jackett. Dann fing er an, sein Hemd aufzuknöpfen, und ich konnte nicht anders – ich starrte ihn an. Schon bald stand er nur noch in Anzughose und Unterhemd da. »Okay, Boss«, sagte er, »was liegt an?«

Ich brauchte kurz, um meine Fassung wiederzugewinnen, dann kam der Organisationsprofi in mir wieder durch. »Hier«, sagte ich und reichte ihm den leeren Spritzbeutel.

»Wenn du den mit gelber Glasur füllen und mit der Reihe dort drüben anfangen könntest, wäre das großartig.«

»Geht klar.« Er nahm mir den Spritzbeutel aus der Hand. »Und übrigens, du hast Glasur auf der Nase.«

»Habe ich sie erwischt?«, fragte ich, nachdem ich mir die Nase an meinem Handrücken abgewischt hatte.

»Warte.« Cole kam näher, hob seine Hand und fuhr mir vorsichtig mit dem Finger über meine Nase. Dann leckte er sich den Finger ab. »Ich hab sie erwischt.«

Meine Wangen wurden heiß und ich drehte mich weg. Wahrscheinlich war ich knallrot. »Danke.« Ich nahm mir einen der Spritzbeutel. »Wir sollten uns an die Arbeit machen.«

»Du hast recht.«

Ich riskierte einen schnellen Blick in Coles Richtung. Er war bereits dabei, mit flinken Händen die gelbe Paste in den Spritzbeutel zu löffeln, und auf seinem Gesicht zeichnete sich das typische Cole-Grinsen ab.

»Das ist jetzt nicht wahr, oder?«, beklagte ich mich bei Nathan. Mein Namenskärtchen auf dem uns fürs Abendessen zugewiesenen Tisch stand genau zwischen … denen von Cole und Alex.

Will und Haley hatten sich bereits feierlich in Katherines blühendem Garten das Ja-Wort gegeben. Danach waren Cocktails serviert worden, und langsam bereitete sich die Hochzeitsgesellschaft auf das Abendessen vor, für das im Garten zwei riesige Zelte aufgebaut worden waren. In einem davon stand ich und starrte immer noch ungläubig auf die kleinen Kärtchen vor mir auf dem Tisch.

»Das wird ein vergnüglicher Abend werden«, meinte Isaac, bedachte mich mit einem rätselhaften Grinsen und machte es sich auf seinem Stuhl bequem.

Ich warf ihm einen irritierten Blick zu und wandte mich dann an Danny, der sich auch gerade hinsetzen wollte. »Würde es dir etwas ausmachen, mit Cole zu tauschen?«, fragte ich.

Danny ließ sich schnell auf seinen Stuhl fallen. »Tut mir leid, Jackie.« Er sah mich bedauernd an. »Das geht nicht.«

»Warum denn nicht?«, fragte ich. Ich stand immer noch unschlüssig vor meinem Platz. Was war so schwer daran, einfach einen Stuhl weiter zu rutschen?

»Na ja, weil …« Er ließ den Satz unvollendet, beinahe so, als sei ihm der Grund unangenehm. Stattdessen griff er sich sein Glas, füllte es bis knapp unter den Rand mit Wasser aus einem Krug und bemühte sich, es so langsam und konzentriert wie möglich auszutrinken.

»Er will unsere Wette nicht verlieren«, mischte Isaac sich wieder ein. Er war gerade dabei, seine Serviette auseinanderzufalten und sie sich auf dem Schoß zurechtzulegen.

»Was für eine Wette?«, fragte ich und wirbelte zu Danny herum. Isaac war ein Spieler. Allerdings waren die anderen Jungs meistens schlau genug, sich da rauszuhalten. Das sah Danny so wenig ähnlich, dass es mich wütend machte.

»Ich weiß, ich hätte das nicht tun sollen.« Danny ließ den

Kopf hängen. »Aber wenn ich nach New York ziehe, brauche ich mehr Geld.«

Resigniert zog ich meinen Stuhl unter dem Tisch vor und setzte mich auf den mir zugedachten Platz. »Warum hast du nichts gesagt?«, wollte ich wissen. »Du weißt, dass ich dir liebend gern geholfen hätte.«

Er zuckt die Achseln. »Ich wollte nicht in deiner Schuld stehen.«

»Anscheinend würde er lieber in meiner Schuld stehen«, bemerkte Isaac. »Die hundert Mäuse sind mir sicher.«

»Hundert Mäuse?«, fragte ich erschrocken. »Worum in aller Welt habt ihr denn bitte gewettet?«

»Dass Cole und Alex das Abendessen nicht durchhalten werden, ohne sich um dich zu streiten«, klärte Isaac mich schließlich auf.

»Und …?« Ich wusste nicht, ob ich den Rest hören wollte.

»Mein Tipp ist, dass es keine fünf Minuten dauern wird, bis sie sich in die Haare kriegen«, antwortete Danny leise.

»Super.« Ich ließ mich kraftlos in meinem Stuhl zurückfallen. »Ganz super.«

»Cole und Alex wird es auf jeden Fall freuen, dass sie neben dir sitzen«, wandte Nathan ein. Es war fast rührend, wie er versuchte, meinem Martyrium auch noch etwas Positives abzugewinnen. »Also, erst mal …«

»Und was ist mit mir?«, jammerte ich. Warum kümmerte es niemanden, ob ich mich freute?

»Was soll mit dir sein?«, fragte Alex, der hinter mich getreten war und mir die Hände auf die Schultern gelegt hatte. Er beugte sich vor und drückte mir einen Kuss auf die Wange.

»Nichts«, brummte ich, als er mir einen zweiten Kuss auf die andere Wange setzte.

»Äh, kotz. Bitte nicht am Esstisch«, hörte ich Cole sagen, der nun auch aufgetaucht war. Er setzte sich und stieß einen lauten Rülpser aus. »Mann, hab ich einen Hunger.«

»Was für ein Gentleman«, sagte ich und schüttelte angewidert den Kopf.

»Oh, tut mir leid. Ich wusste nicht, dass Damen anwesend sind.«

»Hey!«, rief Alex. »Pass auf, wie du mit meiner Freundin redest.«

»Nur Spaß, reg dich ab. Und musst du sie ständig so nennen, oder hast du Angst, dass sie es vergessen könnte?«

»Hey! Jungs!«, mischte ich mich ein und versuchte, die Gemüter zu beruhigen. Aber es spielte keine Rolle. Alle wussten, dass es passieren würde. Ich konnte die Vorfreude auf Isaacs Gesicht sehen und Dannys Augen klebten an seiner Armbanduhr.

»Was zur Hölle soll das heißen?«, fragte Alex mit hochrotem Gesicht.

»Gar nichts«, erwiderte Cole und schaffte es dabei, jede Silbe des kurzen Satzes so zu betonen, als meinte er genau das Gegenteil. »Ich wollte einfach nur darauf hinweisen, dass Jackie ein Mensch ist, kein Besitztum.«

»*Jungs!*« Mein Blick wanderte zwischen den beiden hin und her.

Cole wirkte äußerlich ruhig und gelassen, innerlich bebte er, das wusste ich. Alex dagegen sah aus wie ein Vulkan kurz vor dem Ausbruch. Unbewusst hatte er die Finger um seine Gabel gelegt und drückte sie so fest, dass seine Knöchel weiß hervortraten. Ich behielt die Gabel wohl besser im Auge.

»Halt einfach die Klappe, Cole«, zischte Alex.

»Halt die Klappe?« Cole kicherte. »Das ist gut. Muss ich mir merken. Ich wette, deine Freundin kann es kaum erwarten, dass du sie in einem Kampf verteidigst.«

»Jungs, bitte hört auf«, flehte ich.

Ich riskierte einen schnellen Blick zum Kopf der Tafel. George war gerade mit einem Champagnerglas in der Hand aufgestanden, räusperte sich und blickte in die Runde. Schlaglichtartig schossen mir alle möglichen Szenarien durch den Kopf. Schlimmstenfalls begannen Cole und Alex mitten in der Rede ihres Vaters eine Prügelei und ruinierten Wills und Haleys Hochzeit. Und ich war irgendwie schuld daran.

»Ich habe wenigstens eine«, konterte Alex selbstgefällig.

Coles Augen verengten sich zu schmalen Schlitzen. Das war's. Alex war offiziell zu weit gegangen. Jetzt konnte nichts und niemand mehr die beiden aufhalten.

»Willst du mich herausfordern?«, zischte er.

»Pech gehabt«, flüsterte Danny seinem Cousin mit einem Lächeln zu. »Das waren genau drei Minuten. Ich will mein Geld in bar.«

»Verdammt«, stieß Isaac hervor, schüttelte den Kopf und

zog seine Geldbörse hervor. »Irgendwann muss diese Pechsträhne doch wieder aufhören.«

Alex antworte Cole nicht, sondern zeigte ihm lediglich den Stinkefinger.

»Wie du meinst.« Cole grinste boshaft. »Aber meine Schuld ist es nicht, wenn dein Mädchen schließlich doch in meinen Armen landet.«

»Cole!«, rief ich wütend und trat ihm unter dem Tisch kräftig gegen das Schienbein. Aber er schien das gar nicht zu bemerken, weil er und Alex zu beschäftig damit waren, sich gegenseitig niederzustarren.

»Puh, der Abend fängt ja vielversprechend an«, bemerkte Nathan an Danny gewandt.

»Ja.« Isaac lächelte. »Und wir hatten noch nicht mal die Vorspeise.«

Im Laufe des Abends wurde es anstrengender und anstrengender, zwischen Cole und Alex zu sitzen.

»Jackie, möchtest du, dass ich dir etwas von der Bar mitbringe?«, fragte mich Cole.

»Was hast du vor, willst du sie betrunken machen?« Das kam von Alex. Seit er und Cole aneinandergeraten waren, hatte sich ein dunkler Schatten auf seine Stirn gelegt.

»Nein, ich wollte einfach nur höflich sein«, gab Cole zurück und hob die Hände in einer Verteidigungsgeste.

»So wie das letzte Mal, als du ihr etwas zum Trinken besorgt hast?«, fragte er in Anspielung auf den Tag, an dem Cole und ich die Schule geschwänzt hatten.

»Jungs, jetzt hört doch endlich mal auf«, sagte ich zum millionsten Mal. Ich legte Alex eine Hand aufs Bein, um ihn zu beruhigen. Dann, an Cole gewandt: »Ein Glas Rotwein wäre toll.« Wenn das den restlichen Abend so weiterginge, würde *ich* etwas zur Beruhigung brauchen.

»Stilvoll«, meinte Isaac und stand zusammen mit Cole auf. »Das gefällt mir.«

»Irgendetwas für dich?«, fragte Cole Danny.

»Nur ein Bier, danke.«

Alex brummelte vor sich hin, als sein Bruder und sein Cousin sich Richtung Bar aufmachten. Mir war das inzwischen egal. Obwohl ich immer noch gehörigen Respekt vor jeglicher Art Alkohol hatte, brauchte ich jetzt dringend irgendetwas, das meine Kopfschmerzen linderte. Früher hat mich meine Mom ab und zu beim Essen an ihrem Wein nippen lassen. Seitdem weiß ich, dass er zwar einen bitteren Geschmack hat, mich das überraschenderweise aber nicht stört.

Wir mampften schweigend unseren Nachtisch und warteten, dass Cole und Isaac mit unseren Getränken zurückkamen. Katherines kleine Törtchen waren dank Coles Hilfe wunderschön geworden.

»Bitte, schöne Frau«, sagte Cole und setzte das Weinglas vor mir ab. Alex starrte seinen Bruder düster an, aber bevor er irgendetwas sagen konnte, stellte Isaac auch ihm ein Glas hin.

»Für mich?«, fragte Alex überrascht. Sein Cousin nickte. »Super, danke. Was ist es denn?«

»Eistee. Mit ein bisschen was extra. Lass es langsam angehen, das Zeug haut ganz schön rein.«

Alex nahm vorsichtig einen Schluck. Dann saß er mit einem Mal kerzengerade auf seinem Stuhl und starrte Isaac aus weit aufgerissenen Augen an. »Wow, das ist ja der Hammer. Man schmeckt kein bisschen, dass da Alkohol drin ist!«

Der Drink schien Alex etwas runterzubringen, deshalb sorgte Isaac beständig für Nachschub. Die Warnung, vorsichtig zu sein, war schnell vergessen, und so hing Alex zwei Stunden später dann auch über der Toilettenschüssel und kotzte sich die Seele aus dem Leib. Ich hatte ihm gerade ein Glas Wasser gebracht und war dann erschöpft auf einem Stuhl in der Küche zusammengesunken. In ein paar Minuten würde ich nach ihm sehen und ihn dann ins Bett bringen, damit er sich ausruhen konnte. Ich war müde. Und enttäuscht. Ich hatte mich so auf die Hochzeit gefreut. Für Haley und Will mag es ein schöner Tag gewesen sein. Für mich hatte er mit der Törtchenkrise am Morgen schon eher mäßig angefangen und war von da an mit dem Streit der Jungs und Alex' Kotzerei nur immer weiter bergab gegangen.

»Und jetzt kommt der letzte Song des Abends«, hörte ich den Leadsänger der Band verkünden.

»Ach verdammt«, murmelte ich genervt. »Ich hätte so gern wenigstens auch mal getanzt.«

»Da lässt sich doch was machen.« Cole schob die Fliegengittertür auf, kam auf mich zu und hielt mir seine Hand hin. »Komm, Jackie, lass uns tanzen.«

Unschlüssig betrachtete ich seine Hand. Mit Cole zu tanzen konnte eigentlich nur zu weiteren Problemen führen. Andererseits hatte ich mich so auf die Hochzeitsfeier gefreut. »Du brauchst eine Abwechslung«, fügte er hinzu.

»Ich weiß nicht«, sagte ich schließlich und fummelte nervös an meinen Händen herum. Dann deutete ich mit dem Kopf in Richtung Toilette. »Ich sollte wirklich nach Alex sehen.«

»Er ist ein großer Junge und du bist nicht seine Mutter.« Cole griff nach meinen Händen und zog mich hoch. »Nur ein einziger Tanz. Er wird nicht einmal merken, dass du weg warst.«

»Ich …«. Irgendetwas wollte ich noch sagen, aber da zog mich Cole bereits zur Hintertür hinaus. Und ich ließ mich ziehen.

Die Tanzfläche war voller Pärchen, die sich im langsamen Rhythmus einer Ballade hin und her wiegten. Ich wusste nicht, was ich tun sollte. Sollte ich wirklich mit Cole tanzen? Er nahm mir die Entscheidung ab, indem er mir die Arme um die Taille legte.

»Meinst du, du könntest mir eventuell deine Hände auf die Schultern legen?«, sagte Cole und sah mich halb skeptisch, halb amüsiert an. »Anderenfalls werden wir hier ziemlich schnell ziemlich seltsam auffallen.«

»Ich sollte das hier überhaupt nicht tun«, entgegnete ich, legte ihm aber trotzdem meine Hände um den Nacken.

»Wahrscheinlich nicht«, murmelte er leise. »Aber du willst es tun.«

»Cole, fang bitte nicht wieder damit an«, bettelte ich. Seine ausgebleichten Ponyfransen waren länger geworden – jetzt streiften sie schon seine Augen –, und seine Lippen waren halb geöffnet und warteten darauf, geküsst zu werden. Er war wunderschön. Makellos. Ich spürte, wie das Blut durch meine Adern rauschte. Dann zwang ich mich, meinen Blick von seinem Gesicht abzuwenden.

»Warum nicht, Jackie? Habe ich nicht recht?«

»Cole, *bitte*«, antwortete ich und wich seiner Frage aus. »Ich will nur einen einzigen Tanz.«

»Und ich will nur eine einzige Antwort.«

»Warum spielt das überhaupt eine Rolle, Cole?«, fragte ich und musterte sein Gesicht von Neuem.

Er schloss die Augen, als müsse er sich für einen Moment konzentrieren. »Weil«, sagte er dann und öffnete seine strahlend blauen Augen wieder, »die Liebe zu dir sich ganz fies bei mir eingeschlichen hat und ich dir, bevor ich wusste, wie mir geschah, mit Haut und Haaren verfallen war.«

Ich erstarrte. »Liebe?«, wiederholte ich geschockt.

»Sag mir, dass du genauso empfindest oder dass du irgendetwas empfindest.« Seine Stimme wurde brüchig. »Ich muss nur – ich muss wissen, dass ich damit nicht alleine bin.«

»Gott, Cole, bring mich nicht in diese Situation! Ich kann nicht!«

»Was kannst du nicht, verdammt noch mal?«, stieß er hervor und riss seine Arme von mir weg. »Ich merke doch, wie du mich ansiehst, wenn du denkst, dass ich gerade nicht darauf achte. Das Problem ist nur, dass ich gar nicht anders kann, als auf dich zu achten. Es ist … als wärst du die Schwerkraft und ich irgendwie eine kleine Störung auf deinem Radar.«

»Eine Störung auf meinem Radar?«, wiederholte ich. Was für eine lächerliche Vorstellung. »Cole, dich kann man doch gar nicht übersehen.«

»Bedeutet das also …«

»Nein«, unterbrach ich ihn und wandte mich ab. »Ich sage es nicht. Ich bin fertig damit. Mit uns.«

»Jedes Mal, wenn ich versuche, die Sache zwischen uns zu klären, läufst du davon«, sagte Cole, ergriff mein Handgelenk und drehte mich wieder zu sich. »Warum gehst du mir aus dem Weg?«

»*Weil*«, schrie ich ihn an, »*ich dich mag dich, obwohl es hinten und vorne keinen Sinn ergibt, und ich es hasse, wenn ich meine Gefühle nicht kontrollieren kann.*« Ich durfte ihn nicht lieben – nicht so, wie er sagte, dass er mich liebte. Die Schuldgefühle meiner Familie gegenüber würden diese Liebe sowieso zerstören.

Cole ließ erschrocken die Arme sinken. Ich musste weg hier. Sofort. Ehe Cole auch nur irgendetwas auf mein Geständnis erwidern konnte. Als ich mich von ihm abwandte, fiel mein Blick auf die Veranda. Auf der Treppe stand Alex, sein Gesicht ausdruckslos wie eine Maske.

»Na, bist du jetzt zufrieden?«, fuhr ich Cole an und warf ihm einen letzten zornigen Blick zu. Dann flüchtete ich.

»Jackie, was machst du hier oben?«

Ich nahm langsam den Kopf von den Knien und wischte mir eine Träne aus dem Gesicht. Danny streckte seinen Kopf durch die Falltür des Baumhauses.

»Mich vor der Welt verstecken«, brummte ich. Danny lächelte traurig und zog sich in mein Versteck hinauf. »Wie hast du mich gefunden?«

»Nichts für ungut, Jackie, aber ›verstecken‹ sieht anders aus. Ich konnte dich kilometerweit weinen hören«, informierte er mich.

Nach der Szene mit Cole auf der Tanzfläche wollte ich einfach nur weg von allem. Mich irgendwo verstecken, wo mich niemand finden würde. Nur Alex benutzte das Baumhaus noch ab und zu – und er war der Letzte, der nach mir suchen würde.

»Weißt du, mein Bruder sucht nach dir«, sagte Danny und setzte sich neben mich.

»Ich will nicht mit Cole reden!«

Danny sagte eine Weile nichts, dann legte er mir einen Arm um die Schulter. »Jackie«, sagte er behutsam, »du hast doch nichts falsch gemacht.«

»Doch«, widersprach ich und wischte mir mit dem Ärmel die Nase ab. »Ich hätte nicht mit Cole tanzen dürfen.«

»Aber man kann seine Gefühle doch nicht steuern. So ist es halt nun mal mit dir und Cole«, sagte er dann, als sei es gar kein großes Geheimnis, dass ich Cole mochte.

Ich überlegte lange, was ich darauf antworten sollte. »Aber was sagt das über mich aus? Meine ganze Familie ist eben erst umgekommen und ich kann an nichts anderes denken als an ihn.« Es Danny gegenüber so auszusprechen, brachte mich gleich wieder zum Schluchzen.

»Alles wird gut, Jackie«. Danny nahm mich in den Arm. »Wein ruhig ein bisschen.«

»Nichts wird gut!«, schniefte ich, und mir schossen die Tränen in die Augen. »Ich bin ein schrecklicher Mensch. Meine Mom – ich weiß nicht, wie sie jemals stolz auf mich sein soll.«

»Ich bin mir nicht sicher, was deine Mom damit zu tun hat«, sagte Danny, »aber wie könnte sie sich nicht für dich freuen? In Cole hast du jemanden gefunden, der dir geholfen hat, über deinen Schmerz hinwegzukommen.«

Ich hatte keine Ahnung, was ich darauf sagen sollte. »Wirklich? Nach allem, was er mir angetan hat?«, erwiderte ich ausweichend.

»Ich weiß, dass es oft nicht so aussieht, aber mein Bruder ist schwer in Ordnung. Wir sind zwar total verschieden, aber trotzdem bleiben wir Zwillinge, und Cole erzählt mir alles. Er war am Boden zerstört, als Alex nach der ganzen Mary-Geschichte nicht mehr mit ihm geredet hat. Und Cole hat die Wahrheit gesagt – er hatte keinen Schimmer, dass sie seinetwegen mit Alex Schluss gemacht hatte.«

»Danny, warum erzählst du mir das alles überhaupt?« Nichts davon hatte irgendetwas mit dem Kampf in meinem Kopf zu tun.

»Keine Ahnung. Ich versuche nur zu erklären, wie Cole ist«, entgegnete er. »Sicher, er ist ein Weiberheld, aber das macht ihn noch nicht zu einem schlechten Menschen. Dann bist du aufgetaucht und der Riss zwischen ihm und Alex hat sich in ein klaffendes Loch verwandelt. Cole ist plötzlich total aggressiv geworden.« Als Danny den gequälten Ausdruck auf meinem Gesicht sah, fügte er schnell hinzu: »Es gab nichts, was du hättest tun können, Jackie. Es war nicht deine Schuld.«

»Willst du mich aufmuntern? Es funktioniert nicht.«

»Ich will einfach nur sagen, dass ich weiß, dass Cole dir wehgetan hat. Aber ich denke nicht, dass er es mit Absicht getan hat.«

»Glaubst du das wirklich? Was ist mit der Klopapieraktion oder mit dem Abend, an dem er mich zu Marys Party geschleppt hat?«

»Seine Wut hat sich immer gegen Alex gerichtet, nicht gegen dich.«

»So ist es mir aber nicht vorgekommen.«

»Cole hat eine dämliche Art, es zu zeigen, aber du bedeutest ihm etwas, Jackie. Ich habe Cole noch nie so um etwas kämpfen sehen. Nicht einmal um sein Football-Stipendium.«

Lange Zeit sagte ich gar nichts. Mir schwirrte der Kopf. »Irgendwie wird die ganze Sache immer noch komplizierter.«

»Red einfach mit ihm.«

»Es spielt keine Rolle, dass ich ihn mag. Ich bin trotzdem sauer, und ich denke nicht, dass ich es jetzt ertragen könnte, ihn zu sehen.«

»Nicht mit Cole, mit Alex.«

»Ja klar. Weil der Lust drauf hat, mit mir zu reden.«

»Er war derjenige, der nach dir gesucht hat. Nicht Cole.«

»Warum sollte Alex mit mir reden wollen?«

»Er ist nicht so ahnungslos, wie er wirkt.«

Das musste ich erst einmal verdauen. Wollte Danny andeuten, dass Alex die ganze Zeit über gewusst hatte, dass ich etwas für Cole empfand? Wo ich es selbst nicht einmal sicher gewusst hatte? Da fiel mir etwas ein. »Hey, Danny?«

»Was denn?«

»Ich werde dafür sorgen, dass du den Sommerkurs in New York machen kannst, ob du meine Hilfe willst oder nicht.«

»Gut, dass du das ansprichst«, sagte Danny und kratzte sich am Hinterkopf. »Das ist jetzt vielleicht nicht der beste Zeitpunkt – aber ich hatte vorhin ein Gespräch mit meiner Mom. Ich wollte es dir eigentlich bei einer besseren Gelegenheit erzählen, aber sie hat gesagt, du könntest mitkommen, wenn du willst.«

»Was?«, fragte ich verblüfft. »Katherine hat gesagt, ich darf zurück nach New York und dort wohnen?«

»Na ja, ich bin ja jetzt achtzehn, und natürlich weiß Mom, wie sehr du dir wünschst, wieder zu Hause zu sein. Es wäre nur für den Rest des Sommers, zu Schulanfang müsstest du wieder hier sein. Und dein Onkel Richard hat zugestimmt, dass wir zusammen in eurem Appartement wohnen können. Natürlich nur, wenn es dir recht ist.«

Für einen Moment brachte ich vor Aufregung kein Wort heraus. Ich durfte wieder nach Hause und dort obendrein mit einem der besten Freunde zusammenwohnen, die ich in Colorado gefunden hatte. Aber dann dachte ich an all die anderen großartigen Menschen, die ich hier kennengelernt hatte. Was würde aus meinen täglichen Joggingrunden mit Nathan werden, was aus Riley und Heather? Wie würde sich ein Leben ohne Alex und Cole anfühlen?

»Danny, ich würde wahnsinnig gern mit dir nach New York gehen. Du weißt, wie sehr ich dorthin zurückwill. Trotzdem bin ich mir gerade nicht sicher, ob das im Moment das Richtige wäre.«

»Kann ich gut verstehen, Jackie. Lass dir Zeit, dich in Ruhe zu entscheiden.«

KAPITEL 18

Am nächsten Morgen war es still im Haus, da sich alle noch von der Feier erholen mussten. Ich blieb in meinem Zimmer und dachte darüber nach, was ich tun sollte. Ich war hin- und hergerissen, was Dannys Vorschlag betraf. Mehr als irgendetwas sonst auf der Welt wollte ich wieder nach Hause, aber was war mit den Menschen, die ich hier in Colorado ins Herz geschlossen hatte?

Ein Klopfen an der Tür riss mich aus meinen Gedanken.

»Ja?«, sagte ich. Alex öffnete die Tür. Er sah noch ziemlich mitgenommen aus.

»Hey«, begrüßte er mich. Seine Stimme klang müde und verunsichert. »Können wir reden?«

»Ähm, ja. Setz dich.« Jetzt würde es mir an den Kragen gehen, aber ich war bereit, die Verantwortung für das zu übernehmen, was ich gestern getan hatte. Ich rutschte auf meinem Bett zur Seite, um ihm Platz zu machen.

Er nickte, schlurfte durch den Raum und setzte sich neben mich aufs Bett. Die Federn quietschten so laut, dass ich nervös zusammenfuhr. Dann wieder Stille.

»Also«, begann ich nach einer Weile, weil Alex nichts sagte. »Wegen gestern Abend …«

»Jackie, es tut mir so leid.«

»… ich hatte nicht gewollt, dass du das hörst, aber – Moment mal, *was?*«

»Ich war so unfair zu dir«, fuhr er leise fort.

Ich hatte keine Ahnung, worauf er hinauswollte, und sagte erst einmal nichts. »Nach der ganzen Sache mit Mary und Cole war ich einfach nur enttäuscht und verletzt. Ich glaube, mir war irgendwie schon klar, dass Cole wirklich keine Ahnung davon hatte, dass Mary mir den Laufpass gegeben hatte und nicht andersherum. Aber einen Grund zu haben, um sauer auf Cole zu sein, fühlte sich einfach so gut an.«

»Warum solltest du sauer auf deinen Bruder sein wollen?«

»Ich war neidisch auf ihn. Ständig vergleichen uns alle miteinander – und er ist in jeglicher Hinsicht so viel besser als ich.«

»Das stimmt doch nicht, Alex. Beim Computerspielen oder beim Baseball hätte er keine Chance gegen dich. Ganz abgesehen davon, dass du ein viel besserer Freund bist.«

»Darum ging es damals nicht.«

»Damals?«

»Als du hier angekommen bist.«

»Was meinst du?«

»Jetzt komm schon, Jackie«, sagte Alex und sah mich an, als würde ich mich absichtlich dumm stellen. »Du bist wunderschön. Das ist jetzt wirklich schwer zu übersehen. Aber ich wusste, dass ich gegen Cole keine Chance haben würde.« Wieder sah er kurz zu mir herüber. »Dann warst du in meinem Anatomiekurs. Wir hatten plötzlich etwas gemeinsam, hatten Dinge, über die wir reden konnten. Ich hatte einen Vorwand, um mit dir rumzuhängen, und plötzlich hatte ich das Gefühl, ich hätte vielleicht doch eine Chance. Was mich noch mehr überrascht hat, war, dass du ihn zurückgewiesen hast, als sei er nichts Besonderes. Das hat mir geholfen, mich besser zu fühlen und ein bisschen darüber hinwegzukommen.«

»Darüber hinwegzukommen?«, fragte ich, obwohl ich genau wusste, was er meinte.

»Über Mary.« Dann war er still und presste die Augen zusammen, als hätte er starke Kopfschmerzen. »Kannst du dich an das Wochenende erinnern, an dem die anderen beim Campen waren?«, fuhr er schließlich fort. »Die Nacht, in der es so gestürmt hat und in der du, ich und Cole im Wohnzimmer auf dem Boden geschlafen haben? In der Nacht wurde mir klar, dass ich um dich kämpfen muss. Gegen ihn. Ich wollte Cole besiegen, wollte das Gefühl haben, etwas geschafft zu haben, das ihm nicht gelungen war. Und ich wollte Mary beweisen, dass ich mit ihr fertig war.«

Keiner von uns sagte etwas. Alex' Worte hallten in meinem Kopf nach. Ich wusste nicht, wie ich auf sein Geständnis reagieren sollte. Dann wurde mir klar, dass ich eigentlich zutiefst verletzt hätte sein müssen. Aber das war ich nicht. Ich war einfach nur … erleichtert. Alex hatte mir das Zusammenleben mit den Walters von Anfang an so viel leichter gemacht, er war gewissermaßen mein Fels in der Brandung gewesen. Bei ihm hatte ich mich gut aufgehoben gefühlt, er war der erste Junge, den ich geküsst hatte, aber viel wichtiger noch – er war ein guter Freund.

Ich brauchte einen Moment, um meine Gedanken zu sortieren. Alex geriet derweil zusehends in Panik. »Sagst du bitte was, Jackie? Hasst du mich jetzt?«

»Alex, ich könnte dich niemals hassen.«

»Was ist es dann?«

Ich zögerte und musterte sein Gesicht. Der angsterfüllte Ausdruck in seinen Augen verriet mir, dass er ahnte, was gleich kommen würde. »Du bist noch nicht über sie hinweg, oder?«, fragte ich.

»Jackie, bitte zwing mich nicht, darauf zu antworten. Du bedeutest mir wirklich, wirklich viel. Ich weiß, ich habe dich in meine Probleme mit Cole reingezogen, aber …«

»Alex, warte«, fiel ich ihm ins Wort. »Ich muss dir auch etwas gestehen.« Und nicht nur ihm, sondern vor allem auch mir selbst.

»Ich weiß, dass du Cole und mich gestern Abend gehört hast, und ich bin es dir schuldig, dir das genauer zu erklären. Als ich hier ankam, wollte ich nur eins: mir selbst und allen anderen beweisen, dass ich ganz gut damit zurechtkam, dass es meine Familie nicht mehr gab. Kommt wohl daher, dass ich immer diese bescheuerte Vorstellung hatte, perfekt sein zu müssen, damit meine Mutter Notiz von mir nimmt. Und dann ist da plötzlich Cole – waghalsig, bedrohlich, unberechenbar. Er hätte alles zunichtemachen können, worauf ich bis dahin mein Leben lang hingearbeitet hatte. Bei dir habe ich mich sicher gefühlt. Ich bin mit dir gegangen, damit … damit ich mich nicht mit ihm auseinandersetzen muss. Keine Ahnung, vielleicht hat das alles immer noch irgendwas mit meiner Beziehung zu meiner Mutter zu tun. Aber das spielt keine Rolle. Das, was ich mit dir gemacht habe, war falsch.«

Alex schnappte nach Luft. »Willst du damit sagen, dass du mit mir Schluss machst?«

»Ich … ich glaube schon.«

Dann waren wir beide still.

Als Alex nach einer ziemlichen Weile schließlich wieder etwas sagte, wechselte er abrupt das Thema. »Jack und Jordan haben Danny und Mom gestern Abend reden hören. Sie haben gesagt, dass du nächste Woche mit ihm wegfährst.«

Es war eine Frage. Er wollte wissen, ob ich vor ihm davonlief. »Ich habe mich noch nicht entschieden. Das, was zwischen uns vorgefallen ist, hat mit meiner Entscheidung nichts zu tun. Es ist einfach so, dass ich mein Zuhause wahnsinnig vermisse. Aber ich will auch nicht von euch allen weg.«

»Und falls du gehst, dann hat das ganz bestimmt nichts mit mir zu tun? Versprochen?«, fragte er.

»Versprochen!«

Er nickte erleichtert. »Wenn das so ist, dann finde ich, du solltest gehen.«

»Was?«

Zuerst dachte ich, er wäre doch sauer, aber dann griff er nach meiner Hand und sah mich an. »Ich glaube, das wird dir guttun, Jackie«, sagte er sanft, aber bestimmt. »Fahr nach New York. Schau, ob du dann klarer siehst. Wenn es dir dann besser geht, freuen wir uns alle, wenn du wiederkommst.«

Alex hatte recht. Ich musste mich endlich meiner Vergangenheit stellen und das ging nur in New York.

Es sollte eigentlich eine Party zur Feier von Coles und Dannys bestandener Abschlussprüfung sein, aber Cole war noch nicht aufgetaucht. George stand am Grill, Katherine bereitete in der Küche Salate vor, und Nathan war gerade dabei, Obst aufzuschneiden und auf einem großen Tablett anzurichten. Am Pool hingen Dutzende Kids aus der Schule rum, die meisten Freunde von Cole, und einige Leute aus Dannys Theatergruppe waren vorbeigekommen, um ihm zu gratulieren.

»Jackie?«, rief Nathan. »Weißt du, wo Cole steckt? Hier ist schon wieder ein Scheck für ihn.«

»Ich habe ihn seit einer Weile nicht mehr gesehen«, antwortete ich und nahm ihm den Umschlag aus der Hand. Katherine hatte mich gebeten, die Geschenke im Auge zu behalten, damit nichts wegkam. »Soll ich schauen, wo er ist?«

»Kann nicht schaden. Richte ihm aus, dass er was verpasst.«

Ich legte die Karte auf den Kühlschrank außer Sichtweite der Kleinen, dann machte ich mich auf die Suche nach Cole. Ich brauchte nicht lange, um ihn zu finden. Ich vermutete ihn in seiner Garage und da war er auch.

Normalerweise waren die Türen fest verschlossen, wenn er arbeitete. Heute jedoch standen sie weit offen und die späte Nachmittagssonne tauchte den kleinen Raum in ein goldenes Licht.

»Sag mal«, sagte ich, als ich in Coles Heiligtum eintrat, »du weißt schon, dass hinten im Garten gerade eine Party läuft? Es sind jede Menge Leute da, die sich freuen würden, dich zu sehen.«

Cole sah überrascht von seiner Arbeit auf, als hätte er nicht damit gerechnet, dass jemand ihn suchen würde. »Oh«, murmelte er, als er mich sah. »Hi, Jackie.«

»Hast du die Zeit vergessen?«. Ich war länger nicht hier gewesen und sah mich in der Garage um. Die Werkbank war ordentlicher als sonst, die meisten Werkzeuge und Ersatzteile waren säuberlich im Regal verstaut.

»Nein«, gab er knapp zurück und schlug die Motorhaube zu. »Ich wollte nur dieses letzte Teil noch fertig einbauen.«

»Dann ist er jetzt fertig?«

»Sollte fahren, ja.« Die Antwort klang ein bisschen traurig. Beinahe so, als wolle er nicht, dass sein Wagen fertig wird. Seufzend zog er einen Lumpen aus seiner Tasche und wischte sich die Hände ab.

»Hey«, sagte ich und ging auf ihn zu. »Alles in Ordnung?«

»Ja, alles klar.«

»Sieht aber irgendwie nicht so aus.«

Cole betrachtete den Wagen und holte tief Luft. »Ich weiß nicht so recht, was ich mit mir anfangen soll, jetzt, da der Wagen fertig ist. Ich habe so lange daran gearbeitet.«

Es folgte ein Augenblick der Stille, in dem Gelächter von der Party zu uns herüberdrang. »Du meinst, seit du dir das Bein gebrochen hast?«, fragte ich schließlich.

Cole riss den Kopf hoch. »Woher weißt du …?«

»Nathan hat es mir erzählt.«

Er sah mich nachdenklich an. »Hat er sonst noch etwas gesagt?«

»Er hat noch erwähnt, dass du dich danach wohl ziemlich verändert hast.«

Cole sagte lange nichts, als müsse er all seine Energie zusammennehmen, bevor er sein Geheimnis preisgab. »Als ich nicht mehr zum Footballtraining ging«, begann er schließlich, »dachten die meisten, ich hätte einfach die Lust daran verloren, weil ja mein Stipendium weg war. Ich habe mich sicher auch so benommen – Schule schwänzen, Partys, Mädchen.«

»Und der eigentliche Grund?«

»Ehrlich gesagt habe ich Angst, dass jetzt alles anders wird. Ich fühle mich … ich weiß nicht … gebrochen wahrscheinlich.«

»Dann hat das hier also den Football ersetzt?«, fragte ich und deutete auf den Wagen.

Cole nickte. »Ich kann mich selbst nicht reparieren, aber ich kann dieses Ding reparieren.«

Ich nickte langsam. Ich konnte Cole nicht zustimmen, weil ich nicht fand, dass er gebrochen war. Aber ich verstand, wie er sich fühlte. »Weißt du was, Cole? Ich habe das Gefühl, dass es dir wieder besser gehen wird.«

Statt zu antworten, wechselte er das Thema. »Ich ziehe in Wills altes Appartement.«

»Wie das?«

»Er wohnt jetzt bei Haley und sein Appartement ist näher bei meiner Arbeit. Ich muss diesen Sommer Geld sparen fürs College.« Cole wollte auch ohne Football-Stipendium dasselbe College besuchen: die University of Colorado in Boulder.

»Sobald du dich eingerichtet hast, könntest du mir ja eine Führung geben«, sagte ich lächelnd.

»Wenn du das willst.«

»Natürlich! Und wie wäre es, wenn du jetzt aufhörst, Trübsal zu blasen, und dich unter deine Gäste mischst? Ich hätte schon noch gern einen Hamburger, bevor sie alle weg sind.«

»Geh nur«, sagte er mit einem rätselhaften Ausdruck in den Augen. »Wir sehen uns später. Es gibt da noch was, das ich erledigen muss.«

Die nächsten Tage verflogen nur so. Den größten Teil des heutigen Vormittags hatte ich mit Packen verbracht, denn heute war es so weit: In ein paar Stunden würden Danny und ich zum Flughafen fahren. Ich sah mich ein letztes Mal in meinem Zimmer um, und mein Blick blieb an meinem Schreibtischstuhl hängen, über dessen Lehne Katherines alte Jeans hing, die Cole mir mal gegeben hatte. Sie stand nicht auf meiner Liste der Dinge, die ich mitnehmen wollte, aber ich stopfte sie trotzdem in meinen Koffer.

Als ich schwer bepackt die Treppe herunterkam, war fast die ganze Familie versammelt. Katherine standen Tränen in den Augen. Danny und George waren gerade dabei, den Pick-up zu beladen, und es musste schwer für Katherine sein, innerhalb einer Woche drei von uns zu verlieren.

Cole hatte sich noch während der Abschlussparty mit seinem Wagen aus dem Staub gemacht und nur einen kurzen Zettel auf der Küchentheke hinterlassen. Ich hatte das Gefühl, dass es meine Schuld war. Er hatte in der Garage davon gesprochen wegzugehen, und ich hätte wissen sollen, dass das sein Versuch war, sich von mir zu verabschieden. Dass es so bald sein würde, damit hatte ich einfach nicht gerechnet. Seitdem hatte ich zweimal versucht, ihn anzurufen, aber es ging immer nur die Mailbox ran.

»Bevor ihr alle geht, möchte ich euch noch etwas zeigen«, sagte Katherine. Sie hatte während der letzten beiden Tage sehr geheimnisvoll getan.

Isaac sah seine Tante an, als wäre ihm gerade etwas eingefallen. »Bist du fertig mit dem Wa…«

»*Isaac!*«, fiel Nathan ihm ins Wort, und sein Cousin hielt sich erschrocken die Hand vor den Mund.

»Komm, hier entlang, Jackie.«

Katherine nahm mich am Arm und der ganze Walter-Clan folgte uns um das Haus herum zur Scheune.

»Du musst die Augen zumachen«, sagte sie und hielt mir ihre Hände vors Gesicht, als wir vor der Scheune ankamen.

Ich kicherte nervös, weil ich nicht wusste, was mich erwartete, schloss aber gehorsam meine Augen. Ich hörte die

Scheunentür quietschen, dann nahm mich Katherine wieder beim Arm und führte mich hinein.

Ich hörte erstaunte »Ahhhs« und »Ohhhs«, einige applaudierten, und Jack und Jordan fingen an zu diskutieren, wer besser aussah. Was war da los? Durfte ich meine Augen schon wieder aufmachen?

»Okay«, hörte ich Katherine. »Jetzt, Jackie.«

Gespannt öffnete ich die Augen. Dann machte ich sie schnell noch einmal zu und wieder auf, weil ich nicht glauben konnte, was ich da sah.

Eine Wand der Scheune war komplett mit einem spektakulären Wandgemälde bedeckt. In der Mitte waren Katherine und George, umringt von ihren Kindern. Die kleinen Zwillinge tollten auf dem Boden herum, Nathan hielt seine Gitarre in der Hand und Lee sein Skateboard.

»Es ist wunderschön, Katherine!«, sagte ich ehrfurchtsvoll und trat einen Schritt vor, um die Gesichter auf dem Bild besser erkennen zu können.

»Zack, Benny, nicht anfassen. Es ist noch feucht«, tadelte sie ihre Kleinsten. »Danke, Jackie, freut mich, dass es dir gefällt. Ich habe mich ganz schön reingekniet, weil ich es unbedingt fertig bekommen wollte, bevor ihr nach New York geht, du und Danny.«

Jetzt erst sah ich das Mädchen, dem zwei der größeren Jungs links und rechts einen Arm um die Schulter gelegt hatten. Für Parker war sie eigentlich zu groß … Dann traten mir Tränen in die Augen und ich musste schon wieder blinzeln. Das war ich – und Cole und Alex standen lächelnd links und rechts neben mir. An den oberen Rand des Bildes hatte Katherine ein breites Schriftband gemalt, auf dem stand: »Meine Familie.«

Das war der Moment, in dem ich wirklich begriff, was Katherine mir mit dem Bild sagen wollte.

»Das ist das schönste Geschenk, das mir jemals jemand gemacht hat«, sagte ich und musste dabei schlucken und schniefen. Meine Hände zitterten, als ich Katherine umarmte. Es gab nichts, was ich noch hätte sagen können, um ihr zu zeigen, was mir das – wieder eine Familie zu haben – tatsächlich bedeutete.

»Ich bin froh, dass es dir gefällt, Liebes«, flüsterte sie leise. Es war beinahe so, als verstünde sie, was mir durch den Kopf ging.

»Wir müssen langsam los«, sagte Danny mit einem Blick auf seine Armbanduhr. Er war den ganzen Morgen über ein Nervenbündel gewesen, weil er Angst hatte, den Flieger zu verpassen.

Alle stellten sich in der Einfahrt auf, damit wir uns verabschieden konnten.

»Ich werde meine Laufpartnerin vermissen«, sagte Nathan zu mir, als er mich in den Arm nahm und fest drückte.

»Nicht so sehr, wie ich dich vermissen werde«, erwiderte ich und vergrub mein Gesicht an seiner Schulter. »Aber ich komme im September zurück. Du wirst mich nicht los.« Ich trat einen Schritt zurück, damit ich ihn ansehen konnte. Oder genauer: zu ihm aufsehen konnte. Nathan war jetzt so viel größer als ich, dass er meinen Kopf als Armstütze benutzen könnte. Es fehlten nur noch wenige Zentimeter, dann hatte er Danny eingeholt.

»So, ihr zwei«, sagte George und öffnete die Tür des Lasters. »Es wird Zeit.«

Jeder bekam noch einmal eine Umarmung, Katherine zwei, dann stiegen Danny und ich in Georges Pick-up.

»Ich bin zum Abendessen zurück«, rief George seiner Frau zu.

Ich legte meinen Sicherheitsgurt an, dann sah ich durchs Fenster auf all die wunderbaren Menschen, die in einer schwierigen Zeit meines Lebens für mich da gewesen waren. Das würde ich niemals vergessen. Kurz glitt mein Blick über ihre traurigen, aber lächelnden Gesichter hinweg die Fassade des Walter-Hauses hoch und ich fand das Fenster meines Zimmers. Wenn ich die Augen zusammenkniff, konnte ich die leuchtend bunten Wände sehen, und im Geist malte ich mein Bett und meinen Schreibtisch dazu.

Als spürte das Wetter die niedergeschlagene Stimmung, waren jetzt dunkle Wolken aufgezogen. Danny und ich winkten aus dem Fenster, während wir langsam die Einfahrt entlangfuhren und die Walters vor ihrem Haus immer kleiner wurden. Ein paar Regentropfen streiften meine Hand. Als wir auf die Hauptstraße einbogen, goss es bereits in Strömen.

Danny griff nach meiner Hand und rieb sie tröstend. Ich lehnte den Kopf ans Fenster und starrte in das düstere Wetter hinaus. Der Abschied von Colorado war nicht nur für mich schwer. Natürlich freute sich Danny auf das Theater, aber er ließ doch seine Familie zurück.

»Was zum ...?«, hörte ich plötzlich George rufen. Er sah irritiert in den Rückspiegel. Ich verrenkte mir den Kopf, um zu sehen, was hinter uns los war. Ein zweiter Wagen schloss mit rasender Geschwindigkeit zu uns auf. Er hupte wie verrückt, dann scherte er aus, überholte aber nicht, sondern drosselte seine Geschwindigkeit und fuhr neben uns her. Coles frisch restaurierter Buick Grand National.

»Es ist Cole!«, rief Danny und zog überrascht die Augenbrauen hoch.

»Ja, du hast recht.« George klang genauso verwirrt. »Was macht er denn da?«

Mein Handy klingelte, und ich fummelte es aus meiner Handtasche, ohne den Blick von Coles Wagen zu nehmen. »Hallo?«

»Jackie, ich bin's. Bitte, bring meinen Dad dazu, kurz anzuhalten.« Mein Herz hämmerte, und ich musste kurz Atem holen, bevor ich Coles Aufforderung Folge leisten konnte.

»Mr Walter? Könnten wir bitte ganz kurz anhalten? Es dauert nur eine Sekunde, versprochen.«

»In Ordnung, aber es muss schnell gehen. Katherine bringt mich um, wenn ihr beide euren Flug verpasst.«

»Ich weiß. Vielen, vielen Dank«, sagte ich, als er den Wagen abbremste und ausrollen ließ.

Der Wagen stand noch nicht, da riss ich die Tür auf und sprang in den Regen hinaus. Coles Buick hielt einige Meter hinter uns.

»Ich dachte, du würdest dich nicht verabschieden«, schrie ich gegen den Regen an, rannte auf Cole zu und stürzte mich in seine Arme.

»Ich weiß. Es tut mir leid«, antwortete er und hielt mich fest. »Ich hatte Angst. Ich wollte mich nicht von dir verabschieden.«

»Es ist nicht für immer.«

»Es fühlt sich aber so an«, entgegnete er. Ich biss mir auf die Lippe und versuchte, meine aufkommenden Gefühle runterzuschlucken. Er sah mir in die Augen. »Ich wünschte, zwischen uns wäre es besser gelaufen. Irgendwie hat das Timing nie gepasst.«

»Wer weiß?«, gab ich zurück. Ich legte meine Hände an sein Gesicht. »Das kann sich ändern.«

Ja, ich ging weg aus Colorado. Hierherzukommen hatte mir geholfen, etwas besser mit dem Schmerz über den Verlust meiner Familie zurechtzukommen. Aber jetzt musste ich aufhören, davor wegzulaufen. In New York würde ich versuchen müssen, zu mir selbst zu finden. Das würde schmerzlich werden, aber ich würde mich dem stellen und gestärkt daraus hervorgehen. Und wenn ich wiederkam, würden Cole und ich es vielleicht schaffen, unser Timing besser aufeinander abzustimmen.

Cole reckte den Kopf in den dunklen Himmel über uns, und ich konnte nicht sehen, ob es ein Regentropfen war oder eine Träne, die ihm das Gesicht hinunterlief. »Okay.«

George hupte – wir mussten weiter.

»Auf Wiedersehen, Cole«, flüsterte ich und vergrub mein nasses Gesicht an seinem Hals.

»Warte!«, rief er, als ich mich zum Gehen wandte. »Nur ein einziger Kuss, Jackie. Ein richtiger Kuss, damit du etwas hast, worüber du nachdenken kannst, wenn du nach Hause kommst.«

Ich sah ihn an, schloss mit zitternden Lidern meine Augen, und dann fühlte ich seine warmen Lippen auf meinen, während der schwere, kalte Regen auf uns niederprasselte. Ich klammerte mich an seine Schultern und fühlte seine Hände, die mir durchs Haar fuhren, meinen Kopf festhielten. Unsere triefnassen Kleider klebten auf unserer Haut, und ich spürte ihn so nah bei mir, wie ich noch nie zuvor einen Jungen gespürt hatte.

Dann waren seine Lippen plötzlich weg und er presste seine Stirn fest gegen meine. »Danke«, flüsterte er. Mein Herz flehte mich an, seine Lippen wiederzufinden und sie nie mehr loszulassen. Wieder hupte es, länger diesmal.

»Mach's gut, Jackie«, rief Cole mir nach, als ich wieder auf dem Weg zum Wagen war.

»Bis in drei Monaten«, rief ich und winkte ein letztes Mal zurück. Kein Abschied. Dies war kein Abschied. Er nickte und ließ ein kleines Lächeln aufblitzen.

Und dann richtete ich den Blick nach vorn, auf Georges Wagen, und schaute nicht mehr zurück. Es war Zeit heimzufahren.